1/50

Viel Spaß beim lesen

Herbst

Graz, Juni 2021

Für die vier Frauen in meinem Leben:

Ilse, Sofie, Julia und Romy

RUDI ZÖTSCH

LÖCHTENBERGER
UND DER UHRTURMSCHATTEN

Ein Michael Theresia Löchtenberger Krimi

www.löchtenberger.com

Impressum

© 2020 Rudi Zötsch

Autor: Rudi Zötsch

Umschlaggestaltung, Illustration:

Rudi Zötsch/Matthias Hoenger

Nicht lektorierte Fassung

Verlag: myMorawa von

Dataform Media GmbH, Wien

www.mymorawa.com

978-3-99118-360-0 (Paperback)
978-3-99118-361-7 (Hardcover)
978-3-99118-362-4 (e-Book)

Printed in Austria

Das Werk, einschließlich seiner Teile, ist urheberrechtlich geschützt. Jede Verwertung ist ohne Zustimmung des Verlages und des Autors unzulässig. Dies gilt insbesondere für die elektronische oder sonstige Vervielfältigung, Übersetzung, Verbreitung und öffentliche Zugänglichmachung

Liebe Leserin, lieber Leser!

Möchten Sie während Sie dieses Buch lesen, die im Buch vorkommende Musik hören?

Ich erlaube es mir ja, in meiner Geschichte von einigen Liedern zu schwärmen.

Darum habe ich für Sie eine Playlist auf Spotify erstellt.

Hören Sie doch einfach mal rein.

Löchtenberger und der Uhrturmschatten – Soundtrack

Inhaltsangabe:

Der Grazer Uhrturm thront am Schlossberg und wacht über die ganze Stadt. Er suhlt sich den ganzen Tag in der Sonne und wirft seinen Schatten über Graz.

In diesem Schatten bewegt sich ab sofort Michael Theresia Löchtenberger, der erst kürzlich bei der neu gegründeten Task-Force der Grazer Polizei, seinen neuen Job angetreten hat.

Er liebt sein Leben, seine einundzwanzigjährige Tochter Magdalena und seinen Lifestyle, geprägt von lässiger Mode und guter Musik. Mit seinem besten Freund Florian, einem Journalisten einer kleinen Grazer Privatzeitung, trinkt er gerne ab und zu ein gutes Glas Gin.

Schon an seinem ersten Arbeitstag bei der Polizei, wird er mit einer Mordserie konfrontiert, die sowohl die Stadt als auch ihn erschaudern lässt. Gemeinsam mit seinem kleinen neuen Team, seiner Kollegin Karin Gruber, der Psychologin Anna Mühlbacher und der Gerichtsmedizinerin Laura de Bianchi, wird er in einer der intensivsten Wochen seines Lebens versuchen diese Mordfälle zu lösen.

Er wird aufgrund dieser drei Frauen verloren gegangene Facetten seiner Gefühlswelt wiederentdecken. Aufgrund der Mordserie wird er an seine Grenzen gehen und auch darüber hinaus.

Vorwort von Michael Löchtenberger:

Nix mit: Ich bin besser als Columbo!

Im Wesentlichen will ich Ihnen von meiner ersten Woche als der Neue von der SOKO Graz erzählen und wie geschickt ich meinen ersten Fall lösen werde. Ich bin Michael Theresia Löchtenberger und werde souverän ermitteln, ausgesprochen klug und hartnäckig analysieren.

Alles in allem also schlauer als es die Polizei erlaubt. Tja, erstens kommt es anders und zweitens als man denkt. Wenn nur diese drei Frauen nicht wären, eine geheimnisvolle und ziemlich sexy Psychologin, eine faszinierende Gerichtsmedizinerin die meine Vergangenheit wieder hervorholt und eine viel zu junge, viel zu hübsche und wirklich entzückende Kollegin.

Fünf Tage das totale Chaos, ein echt grausiger Serienmord und dazu nicht den Hauch einer Spur. Logisch, dass ich da ins Stolpern kommen werde. Aber wissen Sie was: Lesen Sie die Geschichte doch einfach selbst.

Prolog

Wir haben einfach nichts. Nada.

Aller Anfang ist schwer, sagt man. Ich habe mir meinen ersten Arbeitstag zurück in der Heimat anders vorgestellt. Jetzt, beinahe fünfzehn Stunden nach Arbeitsantritt, habe ich einen ungeklärten Mord und nicht einen Hauch von brauchbaren Spuren. Spuren? Nicht eine einzige klitzekleine Spur. Nicht den kleinsten Hinweis und auch keine brauchbare Idee, die mich weiterbringen würde.

Wie gesagt, ich habe einfach nichts. Außer Kopfschmerzen.

Wo doch alles so gut begonnen hat. Ist es mein Los zu scheitern? Meine Glückssträhne vorbei? Befindet sich mein Karma im Keller? Mein Schicksal scheint vorbestimmt. Erlebe ich vielleicht sogar ein typisch österreichisches Schicksal? Mir scheint, dass ich die hohen Erwartungen an meine Person nicht erfüllen kann.

In vino veritas. Nicht nur bei den alten Römern. Auch bei uns liegt die Wahrheit oftmals im Wein. Gerade im Weinparadies Südsteiermark. Vielleicht liegt die Wahrheit auch nur zu gut in den Weinkellern versteckt. Wir

Österreicher sind ja bekannt für unsere Keller. Wir haben es ja direkt mit Kellern. Apropos haben.

Wir haben auch unsere Traditionen und unsere Dramen. Wie etwa Cordoba 1978. Ich fühlte mich heute an den österreichischen Fußball erinnert. An die männlichen Fans unserer Nationalmannschaft, die sich gerne als selbst ernannte Trainer wähnen. Wir Fans, die wir im Kopf fast schon immer Weltmeister sind. Bis uns auf nüchterne Art und Weise die Realität einholt und wir gegen – beispielsweise – die Färöer-Inseln spielen. BUMM. Verloren. Aus. Wer hat verloren? Wir. Österreich. Also zurück an den Start. Zurück zur ernüchternden Realität. Wieder einmal nichts gerissen. Da sind wir wieder beim Nichts. Wie heute bei mir.

Kopf hoch, Michi!

Laut Konfuzius gehört zu einem guten Ende auch ein guter Anfang. Ich höre meine Großmutter Theresia sagen: „Aller Anfang ist schwer, Michi!"

Aber lassen wir das. Kommen wir noch einmal zurück zum Karma. Vielleicht ist mein Karma ja in Asien verloren gegangen. Genau heute vor einer Woche lag ich noch auf einer wunderbar weichen, herrlich gepolsterten und unglaublich bequemen Bambusliege am weißen Strand auf Ko Samui. Ich war richtig entspannt. Glücklich. Nein, besser noch: glückselig. Genüsslich betrachtete ich durch die verspiegelten, blitzblauen Gläser meiner Pilotensonnenbrille – eine Hommage an die Achtzigerjahre, ein Relikt auf der Nase eines Relikts – die sich reflektierenden Sonnenstrahlen im türkis-blauen Wasser des Meeres. Nur der leichte warme Wind und die kleinen Wellen des Golfs von Thailand, die sich wie ein Soundteppich an meine Ohren schmiegten.

Ich war glücklich und frei im Kopf. Voller Vorfreude auf den heutigen Tag. Keine Gedanken an jegliche Spuren, nur die Spuren meiner Fußabdrücke im weißen Sand.

Und jetzt? Sonne ja, aber keine Wärme. Weder in der Luft noch in meinem Herzen. Mich fröstelt es leicht.

Im Stiegenhaus, auf dem Weg zu meiner Wohnung im obersten Stock des Jugendstil-Mehrparteienhauses, in dem ich wohne, ist es kalt. Noch keine Frühlingsgefühle in Graz. Schon gar nicht jetzt, hier bei mir. Ich blicke zu Boden und lächle wie jeden Tag über den Spruch auf meiner Fußmatte.

„Meine Wohnung. Meine Musik. Meine Regeln."

Beim Aufsperren der Wohnungstür freue ich mich auf die wohlige Wärme, die mir von innen langsam entgegenströmt. Ein schneller Blick auf meine Armbanduhr zeigt: Es ist schon 23:30 Uhr.

Das ist spät. Heute war ein langer erster Tag. Zu lange. Ich lege die Uhr, den Schlüsselbund und einige lose Münzen aus meiner Hosentasche in die kleine goldene Schale, die auf meiner indischen Kommode im Vorraum steht. Ein etwas längerer Blick in den Spiegel über ihr bestätigt mir meinen Verdacht: Ich bin fertig für heute.

Ich betrachte die verschwindenden Reste meines Urlaubsteints. Meine mehr grauen als grünen Augen können nicht leugnen, dass sich darunter bereits leichte Schatten in mein Gesicht geschummelt haben.

Verdammt. Das geht ja schnell. Viel zu schnell.

Meine kurzen, leicht zerzausten braunen Haare sind aus der Form, als hätte sich mein geliebtes Gel in Luft aufgelöst.

Ich werfe mein schwarzes Sakko mit Schwung auf meinen „Egg Chair" von Arne Jacobsen aus Vintage-Leder. Ich habe ihn erst kürzlich in Wien bei einem Händler im ersten Bezirk erstanden. Liebe auf den ersten Blick. Ist mir bei einer Frau schon lange nicht mehr passiert. *Diese Frauen!* Dann ziehe ich meine schwarzen Sneakers von *ARKK Copenhagen* aus. Ich lasse sie einfach am Parkettboden liegen. Ich schiebe sie jedoch mit meinen Füßen so zur Seite, dass sie so parallel wie möglich stehen.

Ordnung muss sein.

Ich betrachte meine hellblauen Socken und wackle ein wenig mit den Zehen. Das tut gut. Mein nächster Weg führt mich in meine große Wohnküche. Ich werfe einen Blick in den Kühlschrank. Er ist gut gefüllt, wie er es immer ist. Nicht der Hunger ist es, der mich ihn öffnen lässt. Statt nach dem Sauvignon Blanc vom Weingut Polz, der grundsätzlich ohnehin nur für meine Gäste bestimmt ist, greife ich nach einem steirischen Bier, einer kleinen Flasche Puntigamer. Ich drehe den Verschluss mit einem leichten Plopp auf und genehmige mir einen ersten großen Schluck des kalten Hopfengetränks. Wie gut das tut. Hunger habe ich nicht. Ein guter Anfang für den restlichen Abend oder die kommende Nacht.

Mit Schlaf ist nicht zu rechnen.

Ich lehne mich an meine frei stehende Kochinsel und lasse meinen Blick durch das annähernd quadratische Wohnzimmer schweifen. Ich freue mich, dass ich so ordentlich bin. Die Wahrheit ist, dass meine bosnische Putzfrau Mara heute Vormittag da war. Sie kommt immer montags und donnerstags. Da heute Montag ist, erklärt sich der Rest ja von selbst. Es glänzt alles.

Apropos glänzend. Heute war wie schon gesagt ein wirklich matter Tag. Diesen Blitzstart und einen solchen müden Verlauf habe ich nicht erwartet.

Verdient schon gar nicht. *Armer schwarzer Kater*. Das zum Thema Karma. Ich nehme noch einen Schluck vom kalten Bier. Herrlich.

Mein Blick schweift zur schwarz glänzenden chinesischen Lackkommode und ihren goldenen Beschlägen, die rechts an der Wand steht. Auf ihr die Bilderrahmen, die, wie zufällig angeordnet, platziert sind. Ich betrachte die Fotos der Reihe nach und mir wird schmerzlich bewusst, wie allein ich gerade bin.

Nur nicht schwermütig werden, mein Freund.

Ich wandere zu meinem Retro-Plattenspieler. Er ist allerdings alles andere als alt. Ein kleiner weißer Plattenteller thront auf einem schwarzen quadratischen Sockel. Ich lasse meine Finger im Regal dahinter von links nach rechts über die Rücken der vielen Platten gleiten und finde, was ich suche. Ich nehme die schwarze Vinylplatte aus der Hülle und wische sie vorsichtig mit einem weichen Tuch ab. Dann lege ich die B-Seite von *„Breakfast in America"*- *„Supertramp live in Paris"* – vorsichtig auf den Plattenteller. Ich bewundere kurz das sich spiegelnde Licht auf der glänzenden Platte und drehe dann den Regler der Anlage in Richtung Maximum.

„When I was young, it seemed that life was so wonderful a miracle, oh it was beautiful, magical."

Langsam wird es besser. Durchatmen und wieder einen großen Schluck vom Bier nehmen. Die Musik dringt in mich ein. Ich schließe meine Augen. Ich halte mein Bier mit der linken Hand, klopfe mit den Fingern auf die Flasche und spiele ein wenig Luftgitarre. Kurz bin ich Roger Hodgson in Paris.

Paris liebt mich. Ich liebe Paris. Sagte ich das schon?

Ich fühle mich jetzt deutlich wohler. Entspannt öffne ich die Tür und gehe auf den Balkon, der mit seinen gut zwanzig Quadratmetern sich fast schon Terrasse nennen darf. Ich spüre die kühlen Bangkirai Terrassendielen unter meinen Füßen. Ich gehe zu meiner eiförmigen Rattan-Liege und setze mich auf sie. Mara hat schon sehr optimistisch die hellgrauen Kissen darauf drapiert, wahrscheinlich inspiriert vom heutigen Frühlingstag in Graz, an dem leichte Toskana Gefühle aufkommen. Habe ich erwähnt, dass ich sehr optimistisch sein kann?

Ich habe natürlich auch ein Laster. Ich rauche. Meist kontrolliert, bei Stress jedoch mehr. In Kombination mit Alkohol neige ich dazu die Zigaretten zu verschlingen. Typischer *Raucher eben*.

Es ist Zeit, sich eine Zigarette anzuzünden. Ich liebe das Geräusch meines Zippo-Feuerzeugs. Das leise Klicken beim Öffnen des Feuerzeugs ist für mich wie der Startschuss für einen Hundert-Meter-Läufer.

Alle Synapsen meines Körpers rufen: *Ich bin bereit!* Ich nehme langsam einen tiefen Zug. *Besser. Viel besser.*

Roger Hodgson Stimme erklingt im Hintergrund und er singt: „It's a long way home."

Mein Weg zurück nach Graz war auch lang, gute zwanzig Jahre war ich weg von Graz. Jetzt bin ich wieder zu Hause. Ich kann es direkt fühlen. Ich bin endlich angekommen. Ein letzter genussvoller Schluck vom Bier. Ich stelle die Flasche auf den Tisch vor mir und überlege noch während ich bei der ersten Zigarette bin, ob ich mir noch eine zweite Zigarette mit einem zweiten Bier gönnen soll.

Besser nicht, Michi!

Ich klopfe die Asche von meiner Zigarette in den blitzblanken Aschenbecher. Meine Gedanken kreisen. Die kalte Luft am Balkon lässt mich erschaudern. Was man für seine Sucht nicht alles auf sich nimmt. Rauchen in der Wohnung ist für mich tabu, wenn nur im Freien. Im Freien und an der frischen Luft. Klingt verrückt. Ein Widerspruch der ganz besonderen Art. Raucherdenken. Ich muss schmunzeln. Gut, wenn es doch nur das wäre. Aber komm jetzt.

Denk nach, Michael. Konzentriere dich. Mach einen Plan.

Ich stehe wieder auf und werfe einen Blick in die schwarze Nacht. Im Innenhof ist es dunkel. Nur bei einem der gegenüberliegenden Häuser schimmert ein schwaches Licht. Graz schläft schon. Ich lehne mich an die Tür, höre die Musik aus der Wohnung klingen, ziehe einen letzten Zug von der Zigarette und dämpfe die Zigarette aus. Ich schließe meine Augen und blase den Rauch in die kalte Nachtluft. Meinen Gedanken lasse ich freien Lauf. Mir kommt Monopoly in den Sinn. Du ziehst die falsche Karte, auf der dann Folgendes steht:

„Gehen sie nicht über Los, gehen Sie direkt ins Gefängnis."

Freu dich nicht zu früh, wer immer du auch bist. Ein neuer Sheriff ist in der Stadt. Ich. Beim Zurückgehen in die Wohnung ziehe ich die Tür hinter mir zu. Ich lausche noch ein wenig der Musik und weiß plötzlich eines ganz genau: *Alles wird gut.*

Der Versuch meine negativen Gefühle an morgen zu verdrängen scheitert kläglich. Kurz bevor es mir zu gelingen scheint, trifft es mich wie ein Blitz. Ein Einschlag. Kein Blitz, sondern es fühlt sich eher an, als hätte mich ein Schnellzug gestreift. Nur kurz. Aber lange genug, um haftenzubleiben. Die Tatsache, dass ich nicht einen Hauch einer Spur habe, macht mich wahnsinnig.

Ich habe einfach nichts.

1.

Der letzte Blick in den Spiegel ist für sie immer der Wichtigste. Noch einmal kurz alles überprüfen, denkt Eliza. Der Eyeliner und die Wimperntusche sitzen, die Augenbrauen sind wie immer im perfekten Bogen gezupft, gebürstet, frisch gefärbt und kleine Makel, die so nicht sein dürfen, mit der dazugehörigen Schablone nachgezogen und ausgebessert. Perfekt.

Ihre leicht gebräunte, makellose Haut wird mit ein wenig Schminke und Puder bestens in Szene gesetzt. Eliza dreht ihren Kopf ein wenig nach rechts, ein wenig nach links und kippt ihn anschließend mit den schulterlangen braunen Haaren leicht in den Nacken, um alles im richtigen Licht bewundern zu können. Nur noch ein wenig glänzendes, aber farbloses Lipgloss von Dior, um ihre leichten Schmolllippen wie zarte Rosenblätter erscheinen zu lassen. Perfekt, denkt sie sich.

Nun ist sie zufrieden mit sich und der Welt, so wie sie es streng genommen meistens ist. Sie dreht sich in ihrem fensterlosen Badezimmer nach rechts, um das kleine rosarote Radio auszuschalten. Es ist ein Tag wie jeder andere. Sie ist bereit, um aus dem Haus zur Arbeit zu gehen. Eliza ist zufrieden.

Sie ist nahezu immer zufrieden. Warum auch nicht? Eliza findet sich durchaus hübsch. Schönheit liegt ja bekanntlich im Auge des Betrachters. Hübsch? Ja! Schön? Vielleicht. Aber was soll's? Es ist ihr einerlei. Eliza geht ihrer Arbeit im größten Kaufhaus der Stadt nach, hat dort schon gelernt und verdient jetzt als Kosmetikberaterin genug, um ihre Wohnung, ihre Kosmetika, das Fitnessstudio und die coole Mode, die sie braucht, zu finanzieren. Mehr braucht sie nicht zum Glück. Alles andere ist nicht wichtig. Es ist unwichtig. Eliza ist vieles unwichtig.

Mega Unwichtig.

Ihre Familie ist ihr sehr wichtig. Allerdings hat sie nicht immer genug Zeit und schon gar nicht die Nerven, um ihre Eltern regelmäßig zu besuchen. Mit ihrer jüngeren Schwester telefoniert sie aber regelmäßig. Das muss reichen.

Wenn sie vor der täglich wiederkehrenden schwierigen Entscheidung steht, welche der neuen Sneakers sie anziehen soll, kommt ihr das Leben jedoch richtig schwer vor.

Und genau das ist auch heute wieder ihre größte Sorge.

Wählt sie die schwarzen *adidas zyx*, mit den drei so bekannten Streifen, die bei diesem Modell in Grau gehalten sind oder die durch und durch rosaroten Sneakers von Nike? Beide stark im Trend. *Nice. Voll geil die Schuhe.*

Apropos voll. In ihrem viel zu kleinen Vorraum stehen zwei weiße Regale (selbstverständlich für ihre 48 Sneakers und die 12 High Heels in Größe 39). Sechzig Paar haben Platz, mehr nicht. Sie kratzt sich am Kopf und überlegt, wo sie denn die nächsten Schuhe verstauen soll, die sie sich kaufen wird.

Eliza betrachtet sich und ihr perfektes Outfit kritisch im riesigen Standspiegel, der gerade noch im Vorraum Platz gefunden hat. Heute trägt sie schwarze Leggings, ihr enges schwarzes T-Shirt mit feinen Silberapplikationen und einen stark taillierten Blazer. Schwarz ist die erwünschte Farbe im Kaufhaus. Ihr Blick ist auf die schwarzen Adidas gerichtet. Die richtige Wahl der passenden Schuhe ist immer wieder eine schwierige Entscheidung. Für einen kurzen Moment, ein Augenzwinkern oder vielleicht sogar zwei, ist ihr einmal nicht alles unwichtig.

Für jemanden, dem das Meiste einerlei ist, ist das Treffen einer solchen Entscheidung, einer der schwierigsten Momente des Tages. Sie ist eben ein Millenniumskind. Da gibt es keine leichten Entscheidungen. Es gibt einfach zu viel Möglichkeiten.

Ich weiß nicht, doch lieber die rosaroten Sneakers?

Sie wirft noch schnell einen letzten Blick in ihr Schlafzimmer und prüft, ob das Fenster gekippt und ihr Bett mit der weißen Bettwäsche und dem zarten rosa Blumenmuster darauf auch ordentlich gemacht ist. *Gut.*

Eliza mag nicht noch aufräumen müssen, wenn sie von der Arbeit müde nach Hause kommt. Was du heute kannst besorgen, das verschiebe nicht auf morgen, sagt Mama immer.

Noch ein schneller Blick in die Wohnküche mit der weißen Küchenfront rechts und dem kleinen weißen Esstisch und den vier Plastikstühlen, natürlich alles vom schwedischen Möbelhaus ihrer Wahl. Die Küche ist nicht ihr Lieblingsraum. Essen wird ja grundsätzlich überbewertet. Sie hasst Kochen. Eine Sache, die nicht nice ist. Alles nur verlorene Zeit.

In der Arbeit reden alle nur übers Essen und was sie heute kochen werden. Jeden Tag das Gleiche. Darum sind auch die meisten fett. Sie hat lieber Konfektionsgröße 34 und ist deshalb so, wie sie isst.

Auch die weiße Couch mit dem selbstverständlich weißen Couchtisch und dem beigen Teppich darunter scheinen ungebraucht zu sein und den 32-Zoll Fernseher auf dem ebenso weißen TV-Bord zu bewachen. Keine Blumen, keine Dekoration, keine Bilder stören hier die Harmonie der Leere. Kein Bücherregal. Zumindest nicht für Bücher.

Warum sagt man denn Bücherregal zu diesem Regal, wenn es doch für Schuhe viel besser geeignet ist als für Bücher, denkt sie kurz. Auch so eine völlig überbewertete Sache. Erst gestern hat Silvia bei der Arbeit sie wieder einmal aufgezogen. Die blöde Kuh. Nur weil sie auf die Frage, welche Bücher sie denn so lese, geantwortet hat:

„Keine, liebe Silvia."

Es ist i völlig unerheblich, was in diesen Büchern steht. Sie hasst Bücher. Lies dieses und lies jenes. Nur viele schwarze Buchstaben auf weißem Papier. Wenn sie etwas wissen will, kann sie ja fernsehen, so wie sie das auch jeden Abend macht. Das ist viel einfacher, unterhaltsamer und geht auch schneller. Aber weiter jetzt. Wohnzimmer-Check, alles perfekt.

„Vielleicht hätte sie sich ihre Haare heute doch waschen sollen, nicht erst morgen."

Das Läuten der Türglocke erschreckt sie für einen kurzen Moment. Wer kann das sein um diese Uhrzeit?

Sicher die Post! Sind heute aber früh dran?

Vielleicht kommen die neuen hellblauen *Asics* Sneakers von Amazon, die sie sich erst vorgestern Abend, direkt mit ihrem zart rosafarbenen Samsung Handy, bestellt hat. Sie greift ihre Tasche, wirft noch einen Blick auf ihr Handy, um die Uhrzeit zu kontrollieren und öffnet voller Vorfreude die Eingangstür ihrer Wohnung.

2.

Ich trommle mit den Fingern meiner rechten Hand auf das schwarze Lederlenkrad. Trommle im Rhythmus der lauten Musik. Mit meiner linken Hand halte ich meine Zigarette, nehme einen tiefen Zug und blase den Rauch durch das geöffnete Fenster meines Autos hinaus. Ich bin nervös. Die Musik lenkt mich ab. Ich singe den Songtext so laut wie möglich mit. Leider nicht besonders qualitativ, eher Kategorie unterirdisch. Doch im Auto ist es wie unter der Dusche. Ich bin allein. Somit bin ich zugleich mein Kläger und mein Richter. *Amen.*

Bei offenem Fenster rauchend und falsch singend Auto fahren. Na bravo. Lauter schlechte Angewohnheiten von mir, aber wer ist schon ohne Laster? Nicht gerade vorbildlich, aber was soll's? Apropos Laster, der Laster zwei Wagen vor mir hätte locker noch bei Orange abbiegen können. Er bekommt einen ermahnenden Gruß von meiner Hupe.

So ein Kasperl.

„On a dark desert highway. Cool wind in my hair..."

Wie ich diesen Song liebe. Diesen mystischen Versuch über den Konsum von Hasch zu singen, wie es die Kultband, die Eagles, 1976 so großartig gemacht haben. Andererseits mag ich gar kein Hasch.

In besonderen Momenten meines bisherigen Lebens, geschah es immer wieder, dass ich dieses spezielle Lied hörte. In schwachen Stunden und von denen gab es viele aber auch in guten Stunden. Heute ist ein guter Tag. Ich brauche Musik, um zu mir zu kommen, mich zu entspannen oder zumindest mich gut zu unterhalten. Manchmal auch, um die Welt um mich herum einfach zu vergessen.

Ich stehe vor der Geidorf-Kreuzung in der Heinrichstraße im Stau und werfe einen Blick auf die Uhr. Es wird knapp. Wäre ich zu Fuß gegangen, wäre ich schon im Büro. *Gute Idee, Michael!* An diesem Montagmorgen für den lächerlich kurzen Weg zur Arbeit das Auto nehmen. *Na Bravo.*

Vor mir stehen andere unzählige und auch gequälte Montagmorgen-Opfer im Stau. Verkehrsopfer sozusagen. Ich drehe die Musik noch ein wenig lauter und fühle mich schon besser. Mein nachträglich eingebautes und im Gegensatz zu meinem in die Jahre gekommenen Auto, modernes Radio lässt mich nie im Stich. Sehr in die Jahre gekommen ist vielleicht übertrieben. Sehr alt fühle ich mich von Zeit zu Zeit selbst. Insbesondere dann, wenn ich noch lange hier im Stau stehen muss.

Das Originalradio in meinem Wagen hat mir den Wunsch meine Lieblingsmusik hören zu können – und das in Topqualität – nicht erfüllen können. Okay, ich weiß, bei einem Sammlerstück das Originalradio auszubauen, ist für wahre Autoliebhaber eine Sünde. Aber was kümmern mich denn die Anderen. Ich bin ja bekannt dafür, kleine Sünden und gute Musik zu lieben.

Nun habe ich ein gelb leuchtendes Autoradio, das mit allem notwendigen aber auch unwichtigem Schnickschnack bestückt ist. Becker Indianapolis Pro. War keine leichte Entscheidung. Becker oder Blaupunkt, beide durch und durch deutsch eben, wie auch mein Porsche 993 Carrera 4S Coupé noch mit luftgekühlten Boxermotor, aus dem Jahr 1996. Selbstverständlich in Schwarz.

Beim Wort Blaupunkt fällt mein Blick kurz nach rechts zu meinem Handschuhfach und ich überlege für Sekunden, ob ich das Blaulicht auf mein Dach heften soll, entscheide mich aber dagegen.

„Welcome to the Hotel California, such a lovely place, such a lovely face ..."

Der stockende Verkehr vor mir bewegt sich endlich weiter. Ich fahre durch das Paulustor und setze den Blinker links, um in die öffentliche Tiefgarage unter dem Freiheitsplatz zu fahren. Beim Schranken bleibe ich notgedrungen stehen und stecke meine Dauerparkkarte in den Schlitz. Ich schalte das Radio aus. Schnippe lässig die Zigarette aus dem Fenster und atme tief durch. Ein erneuter Blick auf meine Uhr bestätigt mir, dass es sich locker ausgeht bis zu meinem Termin. Beim Aussteigen lehne ich mich kurz an den Wagen und gehe in Gedanken die wichtigsten Punkte noch einmal durch. Habe ich alles bei mir? Ich beantworte die Frage mit „JA" und mache mich auf den Weg zum Büro. Dafür muss ich kurz durch den Stadtpark und über die Passamtswiese laufen. Frische Frühlingsluft für meine Nerven. Das tut gut.

„Gehe ganz in deinen Taten auf, ganz so als wären es deine letzten."

Eines meiner Mantras, dieses von *meinem* Freund Buddha – leicht abgewandelt – begleitet mich schon viele Jahre erfolgreich auf meinen Wegen. Mantras, Traditionen und Rituale gehören zu meinem Dasein. Ein Leben, das sich ab heute ändern wird.

Ich bin Michael T. Löchtenberger, ein 45-jähriger gebürtiger Grazer, Vater einer wunderbaren 21-jährigen Tochter, mit Namen Magdalena. So wie ihre Mutter ist sie hübsch, schlau und unglaublich stur, eben einfach großartig.

Ich bin Polizist, besser gesagt Kommissar oder wie man heute so schön sagt, Sonderermittler und gerade auf dem Weg zu meinem neuen Job. Privat bin ich wieder einmal Single und werde es auch für die nächste Zeit bleiben. Das ist auch gut so.

Ich muss mich heute um 09:00 Uhr in der Paulustorgasse in Graz, im zweiten Stock des Stadtpolizeikommandos im neuen Einsatzreferat einfinden. Nach Jahren des Stillstandes und des Umbaus am Paulustor werden ab sofort von hier aus wieder Mörder gejagt.

Für das Paulustor gilt das gleiche wie für mich.

Aufwachen. Der Dornröschenschlaf ist vorbei.

Es ist an der Zeit die alten Dämonen hinter sich zu lassen.

3.

Der Mann wirft einen Blick auf die alte vergilbte Uhr an der Wand mit der gemusterten grünen Tapete aus den sechziger Jahren, die Zeiger springen gerade auf 05:00 Uhr. Er sitzt auf einem braunen Holzstuhl. Zwei Stühle und eine mit beigem Stoff bezogene Eckbank dienen als Sitzgelegenheit rund um den rechteckigen Küchentisch mit der lindgrünen Resopalplatte. Die Einrichtung war schon immer so. Seit er ein kleiner Junge war und in diesem Haus gelebt hat, hat sich nichts verändert.

Er befindet sich in der Küche seines Elternhauses. Jetzt ist es sein Haus. Das Meiste hat er so belassen, wie es war. Doch hat er einiges renovieren müssen und ein paar Dinge erneuert. Einige Gegenstände im Haus sollen ihn aber – wie ein Mahnmal – an die furchtbare Zeit mit seinen Eltern erinnern. Die Küche ist ein solcher Ort. Sein Mahnmal. Sie verbreitet immer noch den so typischen Geruch. Schwächer zwar als früher, aber dennoch. Leicht säuerlich, fast schon ein wenig modrig. Ihm ist das jedoch unwichtig, er hat sich daran gewöhnt.

Seit gestern hat er nicht geschlafen. Er ist hellwach. Konzentriert. Er ist allein. Seine Hände hält er mit den Handflächen nach unten gerichtet am Tisch. So wie beim gemeinsamen Essen mit den Eltern früher.

„Du sprichst nur, wenn du gefragt wirst", sagte sein Vater streng. „Sitz gerade!", „Waren die Augen wieder größer als dein Magen?" Er schließt kurz seine Augen, um die bösen Erinnerungen zu vertreiben. Gleichgültig was war, jetzt ist alles gut. Er hört die Musik. Er entspannt sich wieder.

Von der Stereoanlage im Wohnzimmer, das an die Küche grenzt, erklingt der Song „The Impossible Dream" aus dem Musical „Man of la Mancha", im Original gesungen von Peter O'Toole. Hier aber erklingt die Stimme von Elvis und erfüllt den ganzen Raum. Es ist alles im Leben ein ewiger Kampf gegen Windmühlen: *„Into hell for a heavenly cause."*

Er hört die Musik lieber immer eine Spur zu laut. Die hochwertigen Standlautsprecher aus Balsaholz mit dem absolut perfekten Klang lassen das auch zu. Laut und zugleich in perfekter Klangqualität. Nur er und die Musik.

Seine Gedanken lassen gerade die beiden vergangenen Tage und die letzten Stunden Revue passieren. Es war Sonntag in der Nacht, über dreißig Stunden war er in der Wohnung. Er war gerade fertig geworden im Badezimmer. Das Schlafzimmer hatte er gereinigt. Die Rollos hatte er wieder zur Hälfte hochgezogen. Seine Utensilien waren ordentlich verstaut. Er war hier fertig.

Es war still im Flur der Wohnung. Nur das leise plätschern des Wassers. Er wartete geduldig. Eine gute Stunde wartete er. Bis nach Mitternacht harrte er bewegungslos aus. Bis es draußen rabenschwarze Nacht war. Vorsichtig hat er immer wieder durch den Türspion geblickt und mit dem Ohr an der Tür gelauscht. Bis es mucksmäuschenstill war im Stiegenhaus. Totenstill. Er lächelt. Ein nettes Wortspiel. Wie treffend. Es war trotzdem ein spannender Moment. Nur nicht gesehen werden.

Er reinigte mit seinen Putztüchern die Stellen, an der sein Ohr die Tür berührte und natürlich jene Bereiche, die er mit seinen Latexhandschuhen berührte. Sicher ist sicher. Vorsichtig und leise öffnete er die Wohnungstür und wartete wieder einen Moment. Er warf einen letzten Blick zurück in die Wohnung. Leise drang noch die Musik vom Radio an sein Ohr. Er inhalierte tief. Er speicherte im Geiste den Duft der Wohnung, dann zog er die Tür lautlos hinter sich zu. Den Schlüssel ließ er innen stecken. Gemächlich ging er aus dem Haus. Die schwarze Haube hatte er tief in die Stirn gezogen. Am Rücken trug er seinen schwarzen Rucksack. Sein graues Fahrrad stand noch im Fahrradständer nur ein paar Häuser weiter, genau dort, wo er es vor zwei Tagen wohlweislich abgestellt hatte.

Kein Mensch war auf der Straße. Er war allein und fühlte sich frei. Sonntagnacht in Graz. Die Stadt präsentierte sich wie ausgestorben. „Perfekt", dachte er. Er war entzückt.

Für die Strecke durch die Innenstadt entlang des Murradwegs nach Andritz, wo sich sein Wohnhaus befindet, hatte er gerade einmal 15 Minuten gebraucht.

Dank der schönen Radwege an der Mur, an denen man von der Innenstadt bis nach Radkersburg oder Slowenien radeln kann, kommt man mit dem Fahrrad sehr zügig voran. Ein Hoch auf die Grazer Stadtpolitik.

Der Inhalt seines schwarzen Fahrradkurierrucksacks, der aus alten Lkw-Planen besteht, liegt jetzt sorgsam ausgebreitet auf der Tischplatte. Auf der Tischplatte seines Küchentisches. Den er zur Sicherheit sehr sorgfältig mit einigen schwarzen Müllsäcken bedeckt hat.

Zum einen, um das glänzende Resopal zu schützen und es ja nicht zu verschmutzen, zum anderen, um keine unnötigen Spuren zu hinterlassen.

Immer wieder schließt der Mann seine Augen und genießt die Stimme des Kings. In aller Ruhe überlegt er, welches der beiden Andenken er behalten soll und was für eines später auf der Feuerstelle hinter dem Haus verbrannt wird. Noch vor Arbeitsbeginn.

Langsam und sinnlich streichen seine behandschuhten Finger über die einzelnen Stücke. Sie liegen einfach so vor ihm auf dem Tisch. Direkt vor seinen Händen. Seine Trophäen sozusagen. Ein wohliger, erregender Schauer läuft durch seinen Körper. Schwierig. Er muss sich vielleicht doch noch mehr Zeit nehmen, für diese wichtige Entscheidung. Er lächelt. Abwechselnd nimmt er die kleinen durchsichtigen Dosen in seine Hände und betrachtet den Inhalt von allen Seiten. Das leise Klappern des kleinen Gegenstandes in einer der Dosen verzückt ihn noch mehr. Vorsichtig öffnet er beide Behälter und breitet den Inhalt vor sich auf der Tischplatte aus.

Er nimmt den Tupfer mit dem Wundbenzin und beginnt beide Gegenstände vorsichtig und liebevoll zu säubern. Er hält sie behutsam mit der Pinzette fest. Sehr achtsam geht er damit um. Nur nichts überstürzen. Als er fertig ist, nimmt er die verschlossene, schwarz lackierte Dose, die er vorbereitet hat und öffnet sie vorsichtig. Er legt ein kleines aus Watte geformtes Polster auf den Boden der Box. Der Gegenstand soll ja weich liegen. Er hat jetzt einen Favoriten. Ein Blick auf die alte Küchenuhr zeigt ihm, dass es 05:38 Uhr ist.

Er geht ins Wohnzimmer, um die CD nochmals zu hören. In der Küche nimmt er sich ein Glas Orangensaft und trinkt es langsam mit kleinen Schlucken aus. Er schaltet den Wasserkocher ein. Aus der Ablage nimmt er einen Trinkbecher und füllt zwei Löffel des löslichen Kaffees hinein. Er wartet geduldig. Die kochende Flüssigkeit füllt er in den Becher. Langsam rührt er um und legt den Löffel in die Spüle. Er geht mit dem Kaffee zum Tisch und stellt ihn behutsam ab. Er setzt sich und legt beide Hände um den Becher. Er spürt die Wärme des Kaffees.

Im Geiste wägt er ab, welche Wahl er treffen soll. Vorsichtig nimmt er einen Schluck vom heißen Kaffee. Alles muss behutsam ausgesucht werden. Nur keine Eile. Nichts überstürzen. Keine Hektik. Er ist entspannt und glücklich.

Er ist ein Genießer. Ein Mörder. Aber vor allem ist er ein Sammler. *„Ich bin der Sammler".*

4.

Montag, Paulustor Graz, kurz nach 09:00 Uhr.

„Liebe Kolleginnen, liebe Kollegen. Schön, dass Sie alle Zeit gefunden haben, um mit mir gemeinsam unseren neuen Kollegen und Ihren neuen Chef der SOKO, Major Kommissar Michael Theresia Löchtenberger bei uns am Paulustor zu begrüßen."

Polizeipräsident Hermann Brecht ist wieder einmal in seinem Element. Brecht liebt Ansprachen, wie auch Pressetermine. Er liebt es, sich mit fremden Federn zu schmücken. Es fällt ihm meistens gar nicht auf. Zumindest stört es ihn auch nicht. Wie ein aufgeblasener Pfau steht er hier, direkt vor mir. Mit seinen fast zwei Metern Körpergröße überragt er noch dazu alles und jeden. Er genießt das Scheinwerferlicht und präsentiert stolz sich und sein Federkleid.

Ich liebe das nicht. Ich habe schon bei „Liebe Kolleginnen" ein wenig auf Durchzug geschalten. Auch ich stehe ab jetzt im Scheinwerferlicht. Im Licht der Öffentlichkeit. Und im Fokus der Kollegen. Immense Erwartungen werden an mich gestellt. Wer hochfliegt, der fällt auch tief. Wahrscheinlich stehe auch ich bald im Fadenkreuz meiner Kritiker und missgünstigen Kollegen. Die vielen Neider sind gut verteilt in der Stadt, wenn nicht sogar über die Grazer Stadtgrenzen hinaus.

Im Rahmen eines kleinen Austauschprogramms mit belgischen und deutschen Kollegen haben wir im vergangenen Jahr in einer Projektarbeit unter anderem diese eine Idee geboren. Bestimmte öffentlich wirksame Mordfälle sollen mithilfe einer kleinen schlagkräftigen Gruppe sowie neuen moderneren Ansätzen und Mitteln gelöst werden. Das ist der Plan. Das ist ein guter Plan. Um Korruption und Missgunst zu unterbinden wurde also diese, meine unabhängige Sondereinheit gegründet.

Obwohl wie sagt meine Mutter immer:

„Wenn du möchtest das Gott lacht, dann mache einen Plan!"

„Eine hervorragende Aufklärungsquote bei Mordfällen in Wien von Michael T. Löchtenberger und die gleichzeitig akuten Personalprobleme in Graz, welche vor allem in den letzten Monaten sehr schlagend wurden, zwangen uns zu einer Veränderung der vorhandenen alten Strukturen und zu dieser neuen und modernen europäischen Lösung", höre ich Hermann Brecht weiter ausführen.

Bei den Worten „akute Personalprobleme" trifft sein vernichtender Blick, meinen armen Kollegen Horst Zeransky.

„So hat sich das Ministerium in Wien, aber vor allem meine Person in Funktion des Polizeipräsidenten, dazu veranlasst gesehen, diese neue und einzigartige – nennen wir sie nicht nur Sondereinheit, sondern besser noch „Task Force" – unter der Leitung von Major Löchtenberger, mit zentralem Sitz im neu renovierten Gebäude in der Paulustorgasse in Graz zu gründen."

Soweit nichts Neues, mein Blick schweift langsam über die Köpfe der anwesenden Kollegen. Es waren ja nicht gerade besonders viele zu meinem Antritt gekommen.

„Lieber Herr Major Löchtenberger, darf ich Sie nun an meine Seite bitten, um ein paar einführende Worte an Ihre, bestimmt schon sehr neugierigen Kollegen, zu richten?"

Leiser aber bedächtiger Applaus der Anwesenden hallt einsam durch den Raum. Wie ein Rockstar fühle ich mich jetzt gerade nicht. Komm, jetzt zeig ihnen dein bestes Lächeln, sei du selbst und rocke die Bühne! *Tada.*

Ich gehe die paar Schritte zu ihm, schüttle seine Hand und habe trotz der Ernsthaftigkeit der Situation, nur das Bild eines Pfaus – wie sie vor dem Schloss Eggenberg herumlaufen – vor Augen. Natürlich in vollem Federkleid.

„Danke, Herr Polizeidirektor Brecht für Ihre einführenden Worte. Fast zu viel der Vorschusslorbeeren und des

Lobes für mich. Liebes Team, liebe Kolleginnen! Wir werden uns in den nächsten Tagen noch besser kennenlernen. Sei es nun in Einzelgesprächen oder natürlich bei der gemeinsamen Arbeit. Veränderung birgt immer ein wenig die Gefahr, Angst und Ablehnung gegen das Neue zu beherbergen. Auch der Erwartungsdruck und die Neugier der Öffentlichkeit, der Medien, vielleicht sogar der Bevölkerung können und werden entsprechend groß sein.

Ich bin aber bester Dinge, dass wir alle die an uns gestellten Erwartungen erfüllen werden. Ich denke wir werden sie sogar übertreffen. Rasche und schnelle Ermittlungserfolge sind unser Ziel. Ich habe mir mein Team nicht zufällig ausgesucht. Jeder von Ihnen soll und wird ein wichtiges Rädchen in unserem soliden Uhrwerk sein. Nur wenn wir uns alle gemeinsam in die richtige Richtung bewegen, werden wir die Uhr am Laufen halten. Ich werde Ihnen mein Konzept und meine Ideen, die Sie in der Vorbereitung auf den heutigen Tag, in den letzten Wochen vorab präsentiert bekommen haben, gerne noch persönlich erläutern. Ich bin überzeugt mit Ihrer Hilfe, die von mir geplanten Neuerungen bestens umsetzen zu können. Nicht umsonst habe ich darauf bestanden und es zu meiner Bedingung gemacht, gerade mit Ihnen Dreien in dieser SOKO zusammenzuarbeiten. Sie hatten ja ihrerseits bereits das Vergnügen, sich in den letzten sechs Wochen besser kennenzulernen."

Während meiner Ansprache blicke ich den Dreien abwechselnd in die Augen, um sie mit meinen Worten noch eindringlicher zu überzeugen. Ich versuche etwas angestrengt meinem neuen Team, trotz möglicher Vorurteile oder Konkurrenzdenken, das Gefühl von Vertrauen, Nähe und Respekt zu geben.

Ganz vorne rechts steht Oberleutnant Horst Zeransky, ein fünfundvierzigjähriger Vollblutpolizist mit exakt einhundertzweiundachtzig Zentimetern Körpergröße und einer der besten Kommissare, den Graz in den vergangenen Jahren gesehen hat. Er ist eher der konservative Typ, trägt stets schlichte einfarbige Anzüge, ist meist glattrasiert – sowohl im Gesicht als auch am Kopf. Wir sind zwar gleich alt und doch wirkt er neben mir um einiges älter. Auch er hat eine Top-Quote bei seinen bisherigen Fällen. Bis zum Einbruch der selbigen. Aus Top wurde leider Flop.

Er war über sechs Monate im Krankenstand. Man spekulierte, dass es sich um ein Burn-out gehandelt haben muss. In der letzten Zeit hat er offensichtlich wieder zu sich gefunden. Man munkelt aber auch, dass er Alkoholprobleme hat. Welcher verheiratete Beamter mit unserem Alter und vier Kindern hat keine Probleme? Seine Kinder (der fünfzehnjährige Paul, der dreizehnjährige

Julius und die fünfjährigen Zwillinge Max und Moritz) und seine Ehefrau Erika haben in den vergangenen beiden Jahren scheinbar nichts unversucht gelassen, das Leben für ihn unerträglich zu machen. Eine zu hohe finanzielle Erwartungshaltung auf der einen Seite und zu wenig Zeit für zu Hause und seine Familie auf der anderen Seite. Diese Umstände haben ihn scheinbar zu sehr unter Druck gesetzt und ihn schlussendlich aus der beruflichen Bahn geworfen. Einige der Umstände warfen auch Fragen auf, die ich versucht habe im Vorfeld zu klären. Sehr komisch das Ganze.

Das ist auch der Grund, warum ich heute im neuen Besprechungsraum vorne am Podest stehe und nicht er. Jetzt bin ich es, der ihm als Vortragender tief in seine Augen blickt. Und nicht Horst Zeransky in die seiner Kollegen, so wie es ursprünglich geplant war. Er wirkt ein wenig ausgemergelt. Horst war – zumindest bestätigen das die alten Fotos von ihm – eher der bullige Typ mit leichtem Bauchansatz und sehr kurz geschnittenen, leicht rötlichen Haaren. Jetzt hat er keine Haare mehr. Er wirkt ein wenig wie eine Mischung aus Jason Statham und Simon Schwarz. Zumindest mit ein wenig Fantasie.

Ich kenne seine Akte und auch seine Vorzüge. Ein Polizist, der nicht klein beigibt, der nachfragt und unbequem sein kann. Wenn Horst geistig und körperlich topfit ist, dann brauche ich ihn hier unbedingt. Ich glaube an ihn, aber trotzdem ist es ein Experiment mit ungewissem Ausgang. Seine Zweite und wahrscheinlich letzte Chance. Ein paar offene Punkte gibt es noch zu klären, aber alles zu seiner Zeit.

In der Mitte, den Blick immer wieder kurz auf den Boden gerichtet, Fachinspektorin Karin Gruber. Die Jüngste im Team. Sie ist vierundzwanzig Jahre alt. Eine hübsche Frau, sportlich, schlank, einhundertdreiundsiebzig Zentimeter groß mit eher burschikosen, kurz geschnittenen und heute ziemlich struppigen dunklen Haaren. Die Akademie in Wiener Neustadt absolvierte sie als Jahrgangsbeste. Danach verbrachte sie zwei erfolgreiche Jahre beim Streifendienst im herausfordernden Revier des Wiener Praters und ist jetzt unsere frisch gebackene Kollegin in der „Task Force" Graz. Unser Küken sozusagen.

Sie ist ein Rohdiamant – ungeschliffen. Das Einzige, das ihrer Karriere im Weg stehen könnte, ist sie selbst. Eine schwierige Kindheit, mit einer alleinerziehenden Mutter und einem früh verstorbenen Vater, der dem Alkohol mehr zugetan war als seiner Familie, machten aus ihr den Menschen, der sie heute ist. Ein „Lonesome Rider" sozusagen. Man kann es in ihrer Akte zwischen den Zeilen ein wenig herauslesen, dass sie auf der Flucht zu sein scheint. Ich freue mich auf die Zusammenarbeit mit ihr.

Links von ihr steht, ein wenig nach hinten versetzt, der Dritte im Bunde, Christian Puller: ein dreißigjähriger studierter Informatiker. Seine Computerkenntnisse sind vermutlich in der Oberliga des EDV-Universums einzuordnen. Nein, besser noch. Sie gehören in die Champions-League, würde es eine solche bei Computerspezialisten geben. In seinem Privatleben (das nicht wirklich existent ist) gilt er als sogenannter Computer-Nerd der Sonderklasse. Arbeitet er nicht an seinen Computern, schraubt er stundenlang an diesen herum und versucht die Hardware seiner Geräte zu verbessern.

In der Nacht spielt er seltsam anmutende Onlinespiele in den unendlichen Weiten und Tiefen des Internets. Manchmal entwickelt er so nebenbei eine eigene Software und versucht sich seit Kurzem auch an kleineren Apps. Zudem ist er ein blitzgescheiter Schnellsortierer, genau so einer wie ich ihn brauche und bevorzuge. Noch dazu ein perfekter Teamplayer.

So stelle ich mir eine optimale Ergänzung meines Teams vor. Einer, der in der Lage ist, mögliche Wissenslücken im Bereich der Computertechnik zu füllen und zu ergänzen.

Ich lasse meinen Blick nochmals durch den Raum schweifen: unser neuer Arbeitsraum. Mehrere Zimmer im zweiten Stock des alten Gebäudes wurden für uns entrümpelt und renoviert. Ein offenes Großraumbüro mit einem riesigen Besprechungstisch in der Mitte. Alles luftig und hell. Unsere Arbeitsbereiche mit den Schreibtischen sind an allen vier Ecken des rund 100 m² großen Raumes positioniert und erlauben einen Blick in das Zentrum des Saals.

Ich sitze mit dem Rücken zur Wand und überblicke souverän den ganzen Raum. Keine Mauern, keine Türen zum Schließen. Wir haben nur gläserne Trennwände mit Schiebetüren, die ebenso aus Glas sind. Die Glaswände sind drei Meter hoch und nach oben offen. Ich wollte das so. Keine Geheimnisse. Dennoch vermitteln die Glaskuben uns das Gefühl von etwas Privatsphäre. Mehr braucht man als Polizist nicht, schon gar nicht beim Ermitteln. Ein riesiges Fenster erlaubt mir zur Erholung einen Blick auf den begrünten Innenhof und Teile des Stadtparks zu nehmen.

Horst Zeransky, Christian Puller und Karin Gruber.

Wenn wir auch unterschiedlicher nicht sein könnten, haben wir doch einiges gemeinsam. Wir gehörten immer zu den besten unserer Teams. Der dunkle Schatten unserer Vergangenheit begleitet uns auf unseren Wegen. Wir sind alle top motiviert und modetechnisch mit Abstand die auffälligste Truppe, die Graz je gesehen hat. Uns verbindet eine große Affinität zu stilsicherer und teils auch kostspieliger Mode.

Ein weiterer Grund für die restlichen Kollegen uns beiläufig aber doch ins Abseits zu stellen. Grazer Topmodels bei der Polizei. Wer braucht denn das? Sollen sie sich doch auf ihre Fälle konzentrieren, höre ich die Frösche schon quaken. Quak, quak.

Ich höre euch eh.

So in meinen Gedanken verloren schweifen meine Augen von Christians schmal geschnittenen dunkelblauen Anzug und seinem hellblauen Hemd, dessen oberster Knopf offensteht, zu Karin und ihrem Wuschelkopf und ihren dunkelbraunen fast schwarzen Augen, als mir auffällt, dass sie um ein Vielfaches attraktiver ist, als ich sie bisher wahrgenommen habe.

Sie noch mehr als das. Sie ist richtig hübsch. So wie sie mir mit einem strahlenden Lächeln gegenübersteht, wird mir fast ein wenig warm ums Herz. Apropos Herz.

Ein intensiverer oder näherer Umgang mit dem weiblichen Geschlecht wurde in den letzten Monaten von mir stark vernachlässigt, wenn ich ganz ehrlich bin, zu viel für meinen Geschmack. Das wird mir zurzeit schmerzlich bewusst.

Mein Blick bleibt, vielleicht eine Sekunde zu lange, auf sie gerichtet, als ich zum Ende meiner Rede ansetzte.

Plötzlich fliegt die neu lackierte graue Doppel-Flügeltür, die Eingangstür unseres Arbeits- und Besprechungsraums, mit einem lauten Knall auf.

5.

Montagmorgen um 08:00 Uhr, Polizei Schmiedgasse.

„Wenn jetzt nicht sofort jemand von Ihnen mitkommt und mir das Gefühl vermittelt hier in guten Händen zu sein, dann schrei ich so lange und laut, bis der Herr Bürgermeister vom Rathaus gelaufen kommt und Sie alle zur Schnecke macht. Eine Frechheit, dass Sie einer so alten und ehrlichen Frau wie mir nicht glauben wollen, wenn ich ein Verbrechen melden möchte."

Gruppenoberfachinspektor Müller ist mit seinem Latein am Ende. Während die rüstige, alte Dame mit ihrer Rotzkläffe mit sich überlagernden schiefen Zähnen an seiner frisch gebügelten Uniform Hose zerrt, steigert in ihm das Gefühl, dass er sie erwürgen und zum Schweigen bringen muss. Solch ein Szenario würde ihn jedoch vermutlich seine redlich verdiente Beamtenpension kosten.

„Liebe Frau Senekowitsch, mir sind in dieser Sache wirklich die Hände gebunden. Bitte haben Sie doch Verständnis mit uns. Nur weil Ihr Hund im ..."

„Dieser Hund, wie Sie ihn nennen, ist eine französische Bulldogge, eine Seele von einem Tier, mit einer hochsensiblen Nase, mein lieber Herr Inspektor."

„Weil Ihre Bulldogge …"

„Herr Alfooons ist sein Name, Herr Inspektor!"

„Fachoberinspektor Müller, bitte. Das ist mein Name, Frau Senekowitsch."

In seiner Vorstellung löst sich Herr Alfooons gerade nach einem von ihm gezielt gerichteten Tritt vom Boden und fliegt in direkter Linie über den Schlossberg zum Mond.

„Liebe Frau Senekowitsch, fangen Sie einfach noch einmal von vorne an und erzählen Sie mir doch bitte die ganze Geschichte."

Bei dieser Gelegenheit blickt er kurz nach rechts zu Inspektor Reininghaus, macht eine unauffällige Kopfbewegung und gibt ihm damit zu verstehen, dass er verschwinden soll. Gleichzeitig zeigt er mit der rechten Hand auf den freien Stuhl, der ihm noch einsam und unbesetzt gegenübersteht.

„Nehmen Sie doch bitte Platz, Frau Senekowitsch."

„Danke, Herr Inspektor. Also, wie ich diesem jungen unreifen Kollegen zu erzählen versucht habe, wollte ich heute, so wie jeden Morgen, mit Herrn Alfooons spazieren gehen. Einmal morgens, einmal mittags und einmal abends. Wissen Sie so ein kleiner Spaziergang …"

„Bitte Frau Senekowitsch, erzählen sie mir nur das Wesentliche. Ich brauche Fakten gute Dame, denn möglicherweise ist ja Gefahr im Verzug."

„Ja genau, das sage ich ja die ganze Zeit. Also wir, der Herr Alfooons und ich, haben unsere Wohnung ja im zweiten Stock und müssen immer bei den Wohnungen im ersten Stock und im Erdgeschoss vorbeigehen. Wir haben ja keinen Lift bei uns im Haus. Bewegung hält ja gesund, nicht wahr? Da sind wir an der Wohnungstür von meiner lieben Nachbarin, dem Fräulein mit den schönen glänzenden langen dunklen Haaren, dem Fräulein Eliza Kadic, vorbei. Auf ihrer Fußmatte liegt noch die gratis Sonntagszeitung von gestern und die wollte ich gerade aufheben, um sie ins Altpapier zu werfen. Es schaut ja sonst furchtbar unordentlich aus bei uns. Mein Herr Alfooons hat daraufhin wie verrückt zu bellen begonnen und Sie werden es nicht glauben, das macht er sonst nie. Meistens schnauft er ja nur, als würde er gleich ersticken, das arme Hunderl."

Sie unterbricht kurz, um nachzusehen, ob mit der Bulldogge noch alles in Ordnung ist. Das Schnaufen bestätigt ihr jedoch, dass alles so wie immer ist. Alfooons lebt noch. Zufrieden mit der Situation blickt Frau Senekowitsch zu Fachoberinspektor Müller und erzählt im aufgeregten Ton und mit zittrigen Händen weiter:

„Ich hörte durch die Tür so eine furchtbare Musik, was mich doch ein wenig verwundert hat, weil das liebe Fräulein sonst nie laut Musik hört. Diesmal war es aber viel zu laut."

Sie verdreht ein wenig die Augen und nickt mit dem Kopf, wie so ein kleiner Wackeldackel, der im Fond eines Autos sitzt, auf und ab.

„Als ich dann vor unserem Haus auch noch sah, dass die Rollläden ihrer Wohnung noch immer geschlossen waren und ihr weißes Fahrrad im Fahrradständer stand, da habe ich mir doch ein bisschen Sorgen gemacht. Also nahm ich meinen Schlüssel zu ihrer Wohnung und wollte nachsehen."

„Sie haben einen Schlüssel von der Wohnung, Frau Senekowitsch?", fragt Herr Müller überrascht.

„Ja sicher, das ist ja meine Wohnung. Vermietet an das liebe Fräulein. Man muss ja immer auf Nummer sichergehen oder Herr Inspektor?"

Ein tiefer Seufzer und so etwas wie ein Kopfnicken ist die einzigen Reaktion, zu der Fachinspektor Müller fähig ist.

„Und stellen Sie sich vor, der Schlüssel steckte innen, Herr Inspektor. Daraufhin habe ich geläutet und gerufen und das alles mehrmals, während Herr Alfooons die ganze Zeit wie verrückt gebellt hat."

Da Frau Senekowitsch auch in der Lage war, dem Polizisten zu sagen, in welchem Kaufhaus Eliza Kadic beschäftigt ist und ein schneller Telefonanruf die Auskunft brachte, dass sie heute nicht zur Arbeit erschienen ist, sich aber mit einer SMS für Samstag bei einer Kollegin krankgemeldet hatte, traf Fachoberinspektor Müller die Entscheidung den armen Inspektor Reininghaus mit Frau Senekowitsch zum Wohnhaus der beiden zu schicken, um der Sache sicherheitshalber auf den Grund zu gehen.

Vor allem aber wollte er die verrückte alte Frau Senekowitsch mit dem französischen Köter Alfooons so schnell wie möglich loswerden, um endlich sein wohlverdientes Frühstück zu genießen und die Montagszeitung zu lesen, um dann einen hoffentlich ruhigen Arbeitstag zu erleben.

Der Wunsch würde allerdings Vater des Gedankens bleiben, denn zu all dem würde es nicht kommen.

Er bleibt noch ein wenig am Fenster des Wachzimmers stehen, blickt den beiden kurz nach und unterdrückt indes ein Lächeln, als er beobachtet, dass Herr Alfooons, anscheinend von seinen schwachen Nerven gebeutelt, bei jeder Auslage und Haustür in der Schmiedgasse stehen bleibt, um dort sein Geschäft zu verrichten.

Dann löst er sich langsam vom Fenster und rückt seinen Stuhl nach hinten. Er legt sein Frühstücksbrot auf den

Schreibtisch, neben dem leider schon kalt gewordenen Kaffee und schlägt endlich die Zeitung auf.

6.

Inspektor Rudi Reininghaus, ein junger und hoch motivierter Streifenpolizist, sehr groß, mit blondem lockigen Haar und mehr Sommersprossen als er sich wünscht, führt einen ewigen Kampf gegen seinen kleinen Bauchansatz. Er ist noch in den ersten Monaten seines Revierdienstes im Wachzimmer Schmiedgasse. Dieser Inspektor Reininghaus begleitet Frau Senekowitsch zum besagten Wohnhaus in der Keesgasse, um den Sachverhalt rasch und ohne großen Aufhebens zu klären. Natürlich mit weiteren kurzen Unterbrechungen auf dem Weg, damit Herr Alfooons immer wieder deutlich Eck um Eck markieren kann. Immerhin muss er allen Hunden zeigen, wer der wahre Rudelführer im Revier ist.

Bei der Wohnung von Frau Kadic im Hochparterre des Wohnhauses angekommen, beginnt Herr Alfooons wie von Frau Senekowitsch ausführlich beschrieben, wie verrückt zu bellen und der leidende Inspektor Reininghaus sich daraufhin zu fragen, warum immer nur ihm solche wunderbar seltsamen Dinge passieren. Was ihn dann doch irritiert, ist die soulige aber doch sehr laute Stimme von Marvin Gaye – nicht gerade seine Musik – die er durch die Tür der Wohnung hört.

*„Whoa mercy, mercy me, oh things ain't what they used to be ...
"*

Vor allem, weil das Lied gerade das zweite Mal von vorne beginnt zu spielen. Da die Versuche lauten Klopfens und Läutens zu keiner Reaktion führen, wird er zunehmend misstrauisch. Bevor er aber zur Tat schreiten kann, ist es seine Pflicht zunächst Frau Senekowitsch samt Anhang zu beruhigen.

Ihr zu erklären, dass man seitens der Exekutive faktisch nichts unternehmen kann, stellt sich aber als äußerst schwierig heraus. Er begleitet Herrn Alfooons und Frau Senekowitsch zu ihrer Wohnung im zweiten Stock. Dort versucht er erfolglos den ihm von Frau Senekowitsch angebotenen Kaffee und den gut duftenden Kuchen abzulehnen.

Keine fünf Minuten später vertilgt er genussvoll, aber dennoch zügig und mit einem Anflug von schlechtem Gewissen beides. *Kuchen und Kaffee tun niemandem weh.* Nur seinem Bauchansatz.

„Schnell und schmerzlos", denkt er sich. Als er dann wenig später die beiden mit einem wohligen Gefühl der Befriedigung zurücklässt, entschließt er sich schnellen Fußes den Weg zurück in die Schmiedgasse einzuschlagen.

Als er jedoch bei der Tür von Frau Kadic vorbeikommt, erspäht er zu seiner Überraschung ein kleines Rinnsal unter der Tür und bleibt stehen. *Ding Dong!* Sofort schrillen sämtliche Alarmglocken in ihm. Spontan weicht er vorsichtig ein paar Schritte zurück und überlegt kurz, was er nun tun sollte. Wie sich herausstellen wird, leider viel zu kurz.

Er streicht mit beiden Handflächen mehrmals über seine Oberschenkel und geht in die Hocke. Er atmet einmal tief ein und startet los. Mit kurzem aber energischem Anlauf rumpelt er mit der Masse seines gesamten Körpergewichts, begleitet vom Mut eines Verzweifelten, gegen die geschlossene Tür und bricht diese mit einem so lauten Krachen aus dem Rahmen, dass der arme Herr Alfooons zwei Stockwerke über ihm vor Schreck in Ohnmacht fällt.

Da die Wohnung zu diesem Zeitpunkt bereits knöcheltief unter Wasser steht, rutscht der junge Polizist auf dem Boden im kleinen Vorraum aus und schlägt mit voller Wucht der Länge nach und zu allem Überfluss mit dem Hinterkopf, begleitet von einem überraschend leisen Platschen, auf.

Das Letzte, was ihm noch in den Sinn kommt, ist die Frage, wer so viele Schuhe in einem Bücherregal aufbewahrt. Dann wird es schwarz um ihn herum. Tiefschwarz.

Er träumt einen wunderbaren aber leider viel zu kurzen Traum, von schwimmenden Turnschuhen und einer nackten Ballett-Tänzerin, die ihn versucht leidenschaftlich zu küssen, als ihn die nasse Zunge und das hektische Schnaufen von Herrn Alfooons weckt. Vor allem aber der schrille markdurchdringende und schier unerbittliche Schrei von Frau Senekowitsch holt ihn in blitzschnell aus seiner wohligen Ohnmacht, immer noch begleitet vom unermüdlichen Marvin Gaye.

Mit pochenden Kopfschmerzen öffnet er seine Augen und kommt langsam wieder zu sich. Er liegt noch immer mit seiner pitschnassen Uniform auf dem Boden. Er blickt auf das Schuhregal, sieht den Spiegel und kombiniert, dass er sich nach wie vor im Vorraum der Wohnung von Frau Kadic befindet. Noch etwas ungelenk und benebelt von der kurzen Ohnmacht versucht er, vorsichtig aufzustehen. Er schafft es, wankt jedoch leicht von rechts nach links. Er stützt sich mit seiner rechten Hand an der Wand ab und atmet einmal tief durch.

Rudi Reininghaus blickt zur wie angewurzelt stehenden und immer noch schreienden Frau Senekowitsch. Seine Kopfschmerzen werden dadurch nicht besser. *Was soll's?* Vorsichtig geht er an ihr vorbei und wirft einen raschen Blick durch die offene Tür des Badezimmers. In der Wanne erspäht er die nackte und von der Feuchtigkeit aufgedunsene Leiche der Eliza Kadic. Da der

Wasserhahn nach wie vor aufgedreht ist, läuft das rot gefärbte Nass unaufhörlich über den Rand der Wanne. Elizas vermutlich einmal wunderschönes Gesicht ist unter einer mit Kabelbindern abgebundenen, transparenten Plastiktüte nur schemenhaft zu erkennen. Ihr offener Mund und die weit geöffneten Augen scheinen ihn stumm und wie um Hilfe schreiend anzuflehen. *Hilf mir, bitte.*

Den zweiten Aufschlag seines Hinterkopfes, diesmal allerdings begleitet von einem lauteren Platschen auf dem nassen Badezimmerboden bemerkt er nicht mehr, da ihn eine sehr tiefe Ohnmacht wie eine rabenschwarze Nacht ummantelt.

„*Mercy, mercy me…*"

7.

Es geht los!

Damit hat niemand gerechnet. Ein neuer Mordfall. Mein erster Tag in der SOKO, alles sehr gut mit meiner Ansprache und dann das. Wir werden schlagartig unterbrochen. Als die Tür mit einem lauten Krachen auffliegt, steht plötzlich Inspektor Karl-Heinz Rauter im Raum.

Er ist einer der Kollegen, der die Tage bis zu seiner Pensionierung bereits zählt, wie andere die Schafe vor dem Einschlafen. Ich kenne ihn noch sehr gut aus meinen Anfängen, den ersten Jahren hier in Graz. Der Schweiß steht ihm auf der Stirn, sein kariertes Hemd ist verschwitzt von der Anstrengung, seine mehr als hundert Kilo hier nach oben zu uns zu schaffen und trotzdem schreit er, immer noch stark schnaufend mit lauter Stimme:

„Zuhören, Leute. Wir haben ein weibliches Mordopfer in einer Wohnung in der Keesgasse, welche noch dazu zum Teil unter Wasser steht. Die Feuerwehr ist schon bei der Arbeit. Der Notarzt behandelt einen Polizisten wegen einer Hundeattacke und die Kollegen von der

Spurensicherung sind bereits vor Ort und möchten so schnell es geht anfangen. Gemma, Burschen."

Na dann. Ohne weitere Worte lösen wir unsere kleine Versammlung auf und fahren gemeinsam zu unserem ersten Einsatz. Die Situation erinnert mich an die Worte einer meiner ersten Ausbilder in Wiener Neustadt, der nur zu oft Bertolt Brecht zitierte:

„Ja, mach nur einen großen Plan! Sei nur ein großes Licht! Und mach dann noch einen zweiten Plan, gehen tun sie beide nicht."

Den Start in Graz hatte ich mir ein wenig anders vorgestellt. Aber wir sind ja erfahrene Leute, Profis. *Also los.*

Durch die Nähe der Keesgasse zum Paulustor befinde ich mich sozusagen ein Augenzwinkern später am Fundort der weiblichen Leiche. Ich begrüße die anwesenden Kollegen und verteile noch schnell präzise Aufgaben an mein Team. Dann begebe ich mich in die Wohnung. Das Team der Spurensicherung um Max Schmidt wartet schon ungeduldig auf mein Eintreffen, denn ohne mich geht in diesem Fall gar nichts. Ohne leitenden Beamten des Ermittlungsteams steht alles still. Nach einem freundlichen „Hallo" meinerseits zur Begrüßung und ein paar netten und klärenden Worten mit Max Schmidt der sehr kurz angebunden ist, wird trotzdem schnell klar, dass ab jetzt neue Regeln gelten. Es ist ein neuer Sheriff in der Stadt.

Howdy, Freunde.

Wer zuerst kommt, mahlt zuerst. Zeit ist Geld. In Zukunft muss niemand mehr unnötig warten, denn allen ist der Ernst der Situation bewusst. Alles muss fotografiert und gefilmt werden. So schnell es geht. Alle verfügbaren Spuren müssen gesichert werden. Nur die Leiche und der unmittelbare Fundort unseres Opfers bleiben aufs erste Tabu, auch ich werde warten, so schwer es mir auch fällt.

Der Notarzt steht vor dem Haus und unterhält sich mit einigen Kollegen der Polizei und der Feuerwehr. So ein Mordfall ist für Graz nichts Alltägliches. Er hat seinen Job erledigt und das Opfer offiziell für tot erklärt. Nun müssen sie auf meine Freigabe der Leiche an die Gerichtsmedizin warten. Da mich hier noch niemand kennt, organisiere ich zunächst das für mich Wichtigste und rufe dann Karin zu mir.

„Karin, hören Sie bitte zu. Ich gehe kurz zu den wartenden Kollegen vor das Haus und Sie passen auf, dass außer dem Fotografen und der Spurensicherung niemand in die Wohnung und das Bad geht!", ich marschiere, ohne ihre Antwort abzuwarten durch das Stiegenhaus zum Eingangsbereich in die Keesgasse. Die Keesgasse ist eine Sackgasse nahe dem Jakominiplatz. Wenige Lokale und am Ende einige Wohnhäuser. Viel grau, wenig grün. Auf der rechten Seite befindet sich das Referat für

Parkraumüberwachung und andere Behörden. Allein deshalb ist dieser Ort den meisten Grazern ein Gräuel. Sämtliche Parkplätze sind belegt. Durch die zahlreichen Einsatzfahrzeuge, die teilweise quer auf der Straße stehen, regiert hier gerade das pure Chaos.

Ich gehe zuerst zum Notarzt und stelle mich kurz vor. Er ist etwa gleich groß wie ich es bin, jedoch mit ziemlich hohem Haaransatz und einem recht prallen Bauch. Er blickt mich abschätzend an und antwortet mir grußlos, mit folgenden Worten:

„Schön, dass Sie endlich da sind, ich muss dann wieder. Die Frau ist, wie Sie wissen, tot. Wie sie gestorben ist, kann ich ihnen nicht sagen. Das ist auch nicht meine Aufgabe."

Beim vorletzten Satz dreht er sich um, winkt seinen beiden Sanitätern zu und geht Richtung Notarztwagen davon. *Na Bravo!* Das Problem leider ist, wo er recht hat, hat er recht. Dass er ein wenig empathisches Arschloch ist, ist nicht strafbar und geht mich außerdem nichts an. Sein Mitgefühl hat sich anscheinend schon vor Jahren verabschiedet. Zu dieser Erkenntnis wird er vielleicht noch kommen.

Dann also Versuch Nummer zwei. Ich gehe zu den Feuerwehrautos und erkundige mich bei einem der davorstehenden Feuerwehrleute, wer heute der Einsatzleiter ist. Kaugummi kauend und mit einem breiten Grinsen im Gesicht deutet der bärtige Riese mit seiner rechten Hand auf einen der Männer, der sich in einer kleinen Gruppe etwas abseits befindet:

„Oberbrandmeister Neumeister. Der in der Mitte von den drei Kollegen. Der aussieht wie ein Schrank!" Tatsächlich ist Oberbrandmeister Neumeister das, was man bei uns einen Schrank nennt. Er ist sicher gute zwei Meter groß und wirkt beinahe gleich breit. Seine schwarzen lockigen Haare und sein mächtiger Oberlippenbart erinnern mich ein wenig an einen Wrestling Champion aus den siebziger Jahren. Ich gehe von einem Schrank zum anderen und stelle mich ebenfalls kurz vor.

„Freut mich, Sie kennenzulernen, Herr Löchtenberger. Seit wann sind Sie hier verantwortlich?", fragt er und drückt meine Hand wie einen Schraubstock zusammen. Ich reibe meine rechte Hand ein wenig, worauf sein Grinsen noch breiter wird.

„Seit heute. Ich dachte, ich fange gleich mit dem ganzen Programm an." Ich überlege kurz, fahre aber gleich fort:

„Mir wäre es auch lieber gewesen, wir hätten einen ruhigen ersten Tag. Danke für Ihre Bemühungen, Wasser ist der Spurenkiller schlechthin für uns. An einem von Flüssigkeit so stark kontaminierten Tatort brauchbare Spuren zu finden oder zu sichern, ist kein einfaches Unterfangen. Obwohl Sie sehr schnell vor Ort waren und so professionell wie möglich alles abgepumpt haben, ist hier in puncto Spuren nicht mehr viel zu holen. Ist Ihnen sonst etwas auffällig vorgekommen, als Sie eingetroffen sind?"

Ich lege meinen Kopf leicht in den Nacken, um ihm eindringlich in die Augen schauen zu können.

„Tut mir leid, aber wir haben wirklich so vorsichtig wie möglich mit den Wasserpumpen die Überschwemmung abgesaugt. Das Wasser ist bis in den Keller gekommen. Ein schöner Schaden. Ich denke mir, aber nageln Sie mich bitte nicht fest, dass hier seit vielen Stunden der Wasserhahn auf war. Das Einzige, was mir sonst aufgefallen ist, war der kotzende und vollkommen nasse Polizist neben dem Hauseingang."

Er schüttelt sich vor Lachen. Er brummt wie ein Bär. Ich lache mit leicht verzogenem Gesicht mit. Der arme Kollege vom Streifendienst wird das noch lange zu hören bekommen.

Jetzt heißt es abwarten und hoffen. Die Tatortfotos und Videos werden schon erledigt sein, also kann ich endlich rein. Das Opfer Eliza Kadic ist seit Stunden tot. Eine genaue Zeitangabe ist einstweilen nicht möglich, da ihre Körpertemperatur durch das warme Nass leider beeinflusst wurde.

Hat das der Täter mit Absicht gemacht? Sicher!

Ich verabschiede mich von den Feuerwehrleuten und mache mich zurück Richtung Wohnung. Jetzt gilt es zu klären, wie und warum sie sterben musste. Eine meiner Stärken ist es, die Stimmung am Tatort einzufangen, die Gedanken der Täter, die Gefühle der Opfer. Für mich ist es nicht nur ein mit Blut und Wasser verschmutzter Tatort, für mich ist es viel mehr. Ich lasse die visuellen und olfaktorischen Eindrücke in Elizas Wohnung auf mich einwirken und bin noch losgelöst von dem Wunsch nach möglichen Spuren, die wir hier sicher finden werden, zu suchen. Durch meine Fähigkeit, mich in Menschen hineinzuversetzen gelang es mir auch in der Vergangenheit des Öfteren, sehr präzise Anhaltspunkte für meine Ermittlungen zu gewinnen.

Viele der von mir überführten Täter waren überrascht, wie schnell wir sie fassen konnten. Meist war es allerdings so, dass es sogar dem schlauesten und vorsichtigsten Täter nicht gelang, keine Spuren zu hinterlassen. Die Tatorte, denen ich bis dato begegnet bin, konfrontierten mich stets mit der Widersprüchlichkeit meiner einerseits sachlichen anderseits emotionalen Ebenen meiner Persönlichkeit. Apropos emotional. Ich sehe viele Tatorte möglicherweise noch emotionaler als einiger meiner Kollegen. Das ist immer wieder spannend für mich und wird für mein Team noch spannender. Diese Fähigkeit war früher immer hilfreich für das Auffinden der Täter, in diesem Fall hoffentlich für das Ergreifen des Mörders von Eliza Kadic.

Es wird Zeit meine Sicht der Dinge zu verlassen und mich in die Gedankenwelt dieses Wahnsinnigen zu begeben.

8.

Die blauen Plastikschützer über meinen Schuhen machen seltsam schmatzende Geräusche, als ich mich auf dem in der Zwischenzeit bereits aufgeweichten Parkettboden durch die Wohnung bewege, um alle Räume gründlich zu inspizieren.

Wer warst du Eliza? Wie hast du gelebt? Es riecht muffig.

Auf den ersten Blick scheint Eliza ein Einfaches, eher auf materielle Dinge reduziertes Leben geführt zu haben. Nicht spartanisch, aber doch sehr nüchtern, wirkt ihre Wohnung auf mich. Es ist zwar alles hier, was man braucht, aber auch nicht mehr.

Sie war ein „Turnschuhfreak", ich bin ein wenig beeindruckt von ihrer gut durchmischten Kollektion, die in Reih und Glied geschlichtet im Schuhregal steht. Das ist etwas, das ich besonders gut verstehe. *Voll sogar!* Denn gerade hier und jetzt bestaunt der „Turnschuhfreak" Michael Löchtenberger, selbst ein Schuh-Sammler, die Sammlung der Eliza Kadic. Ich sehe sehr geschmackvolle und ausgewählte Exemplare, ganz anders ausgewählt als ihre Möbel, sehr kreativ und mit Bedacht ausgesuchte Modelle.

Keine bevorzugte Farbe und seltsamerweise auch keine Lieblingsmarke. Ich bevorzuge adidas, vorzugsweise in den Farben Grau und Schwarz.

Meine Mutter pflegt immer zu sagen:

„Ein Krebs, wie du es bist, ist ein eher kreativer Mensch, Michi Schatz. Er lebt sein Leben, um sich zu verwirklichen, er ist ein Sammler. Du solltest auch etwas machen, das zu deinem guten Wesen passt. Schade, dass du kein Friseur oder Architekt geworden bist. Sei doch kreativ und lass dich nicht in die destruktiven Schattenseiten unserer Welt ziehen. Nur diese grausigen Morde die ganze Zeit, die dein Leben langsam aber sicher vergiften." Meine Mutter erinnerte mich immer an eine wandelnde Sterndeuterin und Wahrsagerin.

„Ja sicher, Mama."

Zurück zu Eliza Kadic. In ihrer Wohnung ist alles außer ihrem Schuhaltar kühl und ein wenig unpersönlich. Noch werde ich nicht ganz schlau aus ihr. Hat sie möglicherweise doch versucht ihre Wohnung modisch einzurichten? Alles in Weiß. Da kann man nicht viel falsch machen. Unserer Zeit angepasst. Wie den Bildern eines Katalogs nachgestellt. Wie von einem x-beliebigen Möbelhaus.

Sie lebte ein Leben ohne eigene Ideen und Kreativität. Ihre Wohnung verkörpert pure Schlichtheit, fast schon Durchschnittlichkeit pur. *Form follows function.*

Ihre Küche, in der ich mich gerade befinde, verstärkt meinen Verdacht. Auch hier sind alle Möbel Weiß, sind schlicht und funktionell. Ich öffne den Kühlschrank und entdecke ein paar Joghurts, abgepackten Käse, Putenbrust-Schinken, einige Tomaten und eine Gurke. Magerkost. Essen war eher Nebensache für sie.

Auch die restliche Wohnung ergänzt das Bild, das ich langsam von Eliza Kadic zu malen beginne. In der gesamten Wohnung keine persönlichen Bilder an den Wänden, kein einziges Foto von ihr. Hatte sie keine Familie, keine Freunde? Nur ähnliche Wandbilder aus dem Schwedenmöbelhaus mit den austauschbaren Blumenmotiven in Rosa und Weiß. Auch keine Erinnerungsstücke und keine Bücher. Wer hat keine Bücher? Gelebte Ordnung im emotionalen Nichts.

Ich betrete den vermeintlichen Tatort, wie sollte es auch anders sein: das Schlafzimmer. Alles mehr oder weniger kontaminiert vom unerbittlichen Drang des Wassers in jede Ritze und jede Fuge zu fliesen. Wasser findet immer seinen Weg. Das Bett mit der blumigen Bettwäsche wirkt zwar wie frisch gemacht, doch alles ist ein wenig zerknittert und verschoben. Ein mir unbekannter Kriminaltechniker fotografiert sich die Seele aus dem Leib und erinnert mich ein wenig an die Fotografen bei Germanys Next Topmodel. Wie finde ich auf schnellstem Weg das beste Bild? Hoffentlich heißt es zum Schluss nicht: „Ich habe heute leider kein Foto für dich, Michael!"

Da der oder die Täterin über die Bettwäsche noch eine durchsichtige Abdeckfolie, eine wie sie Maler verwenden, um den Boden vor Farbspritzern zu schützen und wie es sie in jedem beliebigen Baumarkt zu kaufen gibt, gespannt hat, werden wir hier nicht viele Spuren finden. Das wird mir sofort klar. Verdammt. Der oder die Mörderin hatten penibel versucht keine Spuren zu hinterlassen und haben ihre Sache gut gemacht. *Zu gut.*

Mit freiem Auge sind keine Blutspuren zu sehen. Deshalb gehe ich davon aus, dass noch weitere Folie zum Schutz vor möglichen Spuren verwendet wurde. Sie waren aber nicht so nett sie hierzulassen, sondern haben sie wieder mitgenommen. Nichts mit Spuren.

Was die arme Eliza hier in ihren letzten Stunden erleben musste, kann ich zu diesem Zeitpunkt nur erahnen. Wurde sie überfallen? Kannte sie den Mörder? Da die Eingangstür aufgebrochen wurde und der Schlüsse innen steckte, kann ich dazu nichts sagen.

Jetzt versuche ich mir erstmals die kleinsten Details einzuprägen, allerdings werden erst die abschließenden Ergebnisse der Spurenermittler und der Gerichtsmedizin etwas Licht in das jetzt noch rabenschwarze Dunkel bringen. Ich habe das Gefühlt, durch eine frisch geputzte Wohnung zu gehen.

Es wird langsam Zeit, sich die Leiche anzusehen. Ich bewege mich behutsam in Richtung Badezimmer und bleib erst mal in der Tür stehen. Ich sehe einen aufgequollenen nackten Körper einer sicherlich einmal sehr fröhlichen und hübschen Frau. Hier ist gar nichts fröhlich. Über den Kopf hat die Arme noch den Rest vom Plastiksack gestülpt. Ihre Augen sind verschlossen, das Gesicht hat schon an Spannkraft verloren. Die Haut ist verschrumpelt und wirkt bläulich und durchsichtig. Die dunklen Haare kleben ihr am Kopf. Eliza Kadic hatte alles andere als einen würdigen Tod. So wie es ausschaut wurde sie erstickt. Vor der Wanne gehe ich in die Knie und betrachte ihren nackten Körper. Ich sehe keine merkbaren Verletzungen und keine ersichtlichen Wunden.

Eines wird mir sofort klar, hier ist für mich nichts zu holen.

Ich bleibe noch ein paar Minuten und lasse die ganze Szene auf mich wirken, dann gebe ich den Befehl die Leiche abzutransportieren und in die Gerichtsmedizin zu bringen. Mit der Bitte die Obduktion vorrangig zu behandeln. Obwohl das sicher nicht notwendig ist, denn Mordopfer gehen immer vor. Ich warte geduldig im Bad bis die beiden Leichenträger kommen und gehe in die Küche um nicht im Weg zu stehen. Ich beobachte die beiden beim Verfrachten und beim Abtransport von Elizas Körper. Ich werfe einen Blick aus dem Fenster und sehe den Aufruhr vor dem Haus. Ich höre die Stimme von Horst und gehe kurz zu ihm ins Stiegenhaus hinaus.

9.

Horst Zeransky ist noch immer damit beschäftigt, im Stiegenhaus mit dem verletzten und sichtlich erschrockenen Inspektor Rudi Reininghaus zu sprechen. Es ist allerdings mehr ein Trösten als ein Befragen. Der am Boden kauernde Horst Zeransky hat zur Beruhigung seine linke Hand auf die rechte Schulter, des auf den untersten Stufen des Stiegenhauses sitzenden Reininghaus, gelegt. Ein schmaler weißer Schnellverband um seinen Kopf und eine kleine Wasserpfütze am Boden zeugen vom Missgeschick des tollpatschigen Kollegen. Ein Erlebnis, das der junge Polizist nicht so schnell aus seinem schwer brummenden Kopf bekommen würde. Hier kann ich nicht helfen, also gehe ich kurz vor das Haus, um schnell eine zu rauchen.

Karin Gruber ist mit zwei Streifenpolizisten der Schmiedgasse in der Nachbarschaft unterwegs. Zum einen, um die Routinebefragung der hier wohnenden Personen durchzuführen und zum anderen um die Mülltonnen sowie Nischen und Ecken der Umgebung auf mögliche Beweismittel zu durchforsten.

Christian Puller ist von mir per Textnachricht informiert worden. Eine neue App, die er auf unsere Handys gespielt hat, soll in Zukunft in Situationen wie dieser unterstützen. Sie soll es ermöglichen uns ohne persönlichen Kontakt digital auszutauschen und zu koordinieren. Das heißt, wir müssen nicht die ganze Zeit miteinander telefonieren, um am neuesten Stand zu sein. Eine Mischung zwischen Datenbank und Messenger.

Ich war anfangs von den technologischen Neuerungen, die uns die Zusammenarbeit mit der Europol geboten hat, sehr begeistert. Ob wir diese innovativen und technischen Hilfsmittel wirklich brauchen, damit unsere Arbeit effektiver wird, werden wir sehen. Ich habe mich bei den von mir geführten Verhandlungen mit den zuständigen Stellen, vor allem aber bei der Kostenstelle EDV so weit durchgesetzt, dass mein gesamtes Team mit einer komplett neuen Ausrüstung ausgestattet wurde. Neue Handys, neue Laptops. Apfel gesteuert.

„Apple makes the world go arround."

Die komplette Batterie an Geräten wurde von Christian Puller per Netzwerk und Cloud so verbunden, dass es keine Lücken im Informationsfluss geben wird. Sein selbst entwickeltes Virusprogramm schützt uns noch dazu perfekt vor Angriffen von außen.

Wir sind sogar in der Lage auf Informationen nationaler und internationaler Datenbanken zuzugreifen. Sie werden schnellstmöglich in unser System eingespielt. Christian verzichtet auf das gut funktionierende System der

Exekutive, denn er entwickelt Informationssysteme lieber selbst. Wir kochen unsere eigene Suppe.

Ziel ist es, so effizient und unabhängig wie möglich zu sein. Wir arbeiten lieber autark. Christians Arbeitsplatz erinnert mich daher ein wenig an jene aus amerikanischen Fernsehserien. Ein Notizbuch – wie eines von der Firma Leuchtturm – und die Intuition eines guten Ermittlers wird all das aber so schnell nicht ersetzen.

Während ich die Züge meiner Zigarette inhaliere, beobachte ich die vielen Menschen, die sich versammelt haben, um zu gaffen. Unser Fotograf macht selbstverständlich immer Bilder der vielen Zuschauer. Man weiß ja nie. Täter kommen wirklich gerne zum Tatort zurück, nicht nur im Fernsehkrimi. Die frische Luft und das Nikotin tun mir gut. Der furchtbare Anblick der Leiche von Eliza Kadic hat mir auf den Magen geschlagen. Es ist wahrlich nicht schön, als erstes Bild eines Menschen seinen toten Körper zu sehen.

Was ist nur mit ihr passiert, Eliza?

Ich gehe zurück ins Haus, vorbei an Horst Zeransky und Rudi Reininghaus und mache meinen letzten Rundgang durch die jetzt menschenleere Wohnung.

Ein komisches Gefühl. Es liegt ein seltsamer Geruch in der Luft. Der nasse Boden und die dunklen Räume wirken sehr drückend auf mich. Raum für Raum sehe ich mich um und komme etwas enttäuscht zu dem Schluss, dass meine Erstaufnahme hier wenig erfolgreich abgeschlossen ist. Der Mörder war wirklich sehr genau. Alles wirkt sehr clean. Was mich am meisten irritiert, dass ich kein Foto von Eliza zu entdecke. Ich hätte gerne ein Gesicht zu der Toten. Keines mit geschlossenen Augen und nassen Haaren.

Am Handy kommt die Nachricht von Christian, dass die Gerichtsmedizin die Leiche von Eliza Kadic schon am Tisch hat und in Kürze loslegen wird. *Sehr gut.*

Ich verabschiede mich von Horst und den paar Streifenpolizisten, die hier noch absichern und gehe zu meinem Wagen.

Mein nächster Weg führt mich zurück zur Zentrale, wo ich mein Auto parken werde, um von dort einen kleinen Spaziergang durch den Stadtpark Richtung Gerichtsmedizin zu machen.

10.

Nachdem ich in der Tiefgarage Pfauengarten, Einfahrt Paulustorgasse, auf den für mich reservierten Parkplatz meinen Porsche geparkt habe, ist es an der Zeit, kurz in mich zu gehen. Mir lässt der Tatort keine Ruhe. Da war gar nichts. Ich hoffe wirklich das bei der Obduktion etwas gefunden wird. Ich rauche besser eine. Natürlich der Selbstbetrug schlechthin zu glauben, wenn man raucht kommt man zur Ruhe. Habe ich jemals behauptet, dass ich perfekt bin? Nein. Ab und zu hilft es dann doch.

Ich bestaune den blauen Himmel und freue mich, dass die Sonne den Kampf gegen die Winterkälte gewonnen hat. Ein paar Tage nach Frühlingsbeginn ist es in Graz oft so mild, dass manche Grazer behaupten direkte Nachbarn von Italien zu sein. Nicht umsonst bezeichnen wir die Südsteiermark oft als die steirische Toskana.

Ich schüttle eine Zigarette aus der Schachtel und stecke sie mir in den Mund. Genüsslich rauchend schlendere ich langsam durch den Stadtpark. Ich passiere den großen Brunnen mit den dort herumlungernden Gestalten und gehe Richtung Universitätsviertel zum Gerichtsmedizinischen Institut das am Universitätsplatz 4 – zwischen der alten Vorklinik und dem Gelände der Karl-Franzens-Universität – unauffällig positioniert ist. Graz darf sich zu Recht eine Universitätsstadt nennen. Darauf sind wir stolz. Gleichzeitig sind wir auch eine Pensionisten-Stadt. Erinnert mich daran, dass ich selbst bald als alt gelten werde.

Beim Spazieren durch den Stadtpark bin ich immer wieder überrascht, wie viele Menschen sich hier aufhalten. Insbesondere um diese Jahreszeit. Es ist doch noch ein wenig frisch.

Bevor ich zum Stadtpark-Pavillon und dem dahinterliegenden Brunnen gehe, komme ich an der Passamtswiese vorbei. Viele Grazer tummeln sich dort mit ihren Hunden, einige nutzen die große Grünfläche als Spielwiese. Es ist immer wieder aufs Neue ein Spaß für mich zuzusehen, wie die Frisbee spielenden Studenten verzweifelt versuchen zum einen die großen Hunde (wie jetzt etwa den wunderschönen grauen Weimaraner) zu ignorieren, zum anderen den tierischen Jägern zu entgehen. Meine langjährigen Beobachtungen haben gezeigt, dass Hunde meist im Duell um die sicher nicht billigen Plastikscheiben Sieger bleiben.

Wenn ich Bürgermeister wäre, würde ich hier eine warnende Tafel „Achtung – Hunde fressen Frisbees!" anbringen.

Einer der vielen Vorteile der Stadt ist sicherlich, dass Graz zugleich Dorf und auch Stadt sein kann. Wenn man so wie ich den Luxus genießt, in der Grillparzerstrasse in einer 150 m² Wohnung zu wohnen, kann man zu Fuß in lockeren zehn Minuten den Arbeitsplatz erreichen. Trotz der räumlichen Nähe gönne ich mir auf eigene Kosten für mein Privatauto einen Tiefgaragenplatz, den ich auch dienstlich nutze.

Ich hätte Anspruch auf einen 3er-BMW als Dienstwagen. Doch das will ich nicht. Mein Dienstwagen parkt brav am Gelände des Paulus Tors. Unbenutzt, jedoch jederzeit verfügbar. Ich bin gerne zu Fuß unterwegs und wenn es doch mal etwas schneller gehen muss, habe ich noch mein altes schwarzes Puch-Rennrad. *Fahrradstreife!*

Ich rauche noch eine weitere Zigarette, als ich am Universitätsplatz ankomme. Unauffällig geselle ich mich zu den drei Studenten, die vor dem Gebäude rauchen und qualme entspannt fertig. Der Spaziergang hat mir gutgetan. Ich ließ meine Gedanken schweifen und fühle mich jetzt eine Spur besser. Es ist ruhig hier. Wenig Studenten vor der alten Vorklinik um diese Uhrzeit. Ich nehme genussvoll die letzten beiden Züge von meiner Zigarette und dämpfe sie in dem versifften Standaschenbecher vor der Eingangstür aus.

Mit den Spaziergängen kompensiere ich mein schlechtes Gewissen, das mich wegen des Nikotinkonsums quält. So oft es geht, versuche ich auch morgens Laufen zu gehen. Das ist eine Marotte von mir, zum einen die permanente Beruhigung des schlechten Gewissens eines Rauchers, zum anderen der nie endende Kampf gegen den beginnenden Bauchansatz. Wer so viel läuft wie ich kann ja dann auch locker ein paar Zigaretten rauchen und einen üppigen Teller Pasta ver*tilgen*.

Kommt ihr lieben Süchte und seid mein. Selbstbetrüger!

Ich liege sehr gut in der Zeit. Ich weiß noch von früher, wo die Räume sind. Trotz der widrigen Umstände bin ich schon voller Vorfreude auf ein Wiedersehen mit Doktor Maximilian Gerringer. Eine Art Mentor, den ich schon zehn Jahre oder länger nicht mehr gesehen habe. Einer der besten Gerichtsmediziner seines Faches. Ich erinnere mich an unzählige Wochenenden meiner Jugendzeit, die mein Vater und Doktor Gerringer mit uns Kindern gemeinsam verbrachten. Es hinterlässt bei mir immer noch einen nachhaltigen Eindruck. Die beiden haben mir vorgelebt, was beste Freundschaft heißt. Zudem war er ein fantastischer Geschichtenerzähler. Doktor Gerringer versorgte uns stets mit Gruselgeschichten, die er teils frei erfunden, teils mit Fakten aus seiner Arbeit ausgeschmückt hatte. Beim Zuhören ist mir immer wieder ein kalter Schauer über den Rücken gelaufen. Vor allem wenn er nach dem Genuss von ein paar Gläsern Wein beim gemeinsamen Grillen unserer Familien vergaß, wie klein und unschuldig wir Kinder doch waren. Aus langen Abenden wurden des Öfteren schlaflose Nächte. Schlussendlich hat er maßgeblich zu meiner Entscheidung Polizist zu werden, beigetragen.

Ich freue mich wirklich sehr darauf ihn zu sehen. Wie es seiner Tochter heute geht? Sie war bei seinen Besuchen bei uns oft mit. Obwohl sie einige Jahre jünger ist als ich, haben wir uns immer blendend verstanden.

Wenn auch der heutige Anlass besser sein könnte, ist es dennoch schön sich nach so langer Zeit wiederzutreffen. Voller Vorfreude gehe ich mit einem breiten Grinsen im Gesicht zur Tür der Gerichtsmedizin, um sie zu öffnen. Ich bin dann doch ein wenig überrascht Doktor Gerringer nicht anzutreffen. Ich betrete einen Raum, der auf mich wie eine Kulisse aus einem Horrorfilm wirkt: Flackerndes, leicht bläuliches Licht der Neonröhren an der Rückwand des Raumes und die beiden grellen Lichtleisten an der Decke, in der Mitte des Raumes, verursachen diese eiskalte Stimmung. Zentral im Raum liegt auf einem metallenen Arbeitstisch die nackte und zum Teil schon geöffnete Leiche der Eliza Kadic.

11.

Der Mann wühlte noch einmal kurz mit der alten Grillzange durch die kalte Asche, um sicherzugehen, dass keine Glut mehr im Feuer war.

Der Sammler hatte das Feuer in seiner selbst errichteten Feuerstelle, mit den im Kreis angelegten und mit Zementmörtel verbundenen Pflastersteinen hinter dem Haus entfacht. Sein Garten ist durch eine hohe Buchsbaumhecke vor fremden Blicken perfekt geschützt. Für sein Lagerfeuer verwendet er stets das alte getrocknete Schnittholz, das sein Vater vor Jahren wie mit dem Lineal vermessen in Reih und Glied im rechten Teil seines Gartens aufgeschichtet hatte. Die pedantische Ordnungsliebe seines Vaters setzte sich auch im Garten fort.

Er hat eine kurze Eingebung und nimmt sein Handy aus der Hosentasche. Er sucht die richtige Nummer und drückt auf Play:

„Ashes to Ashes" von David Bowie. Der perfekte Song!

Mit der Schaufel füllt er die verbliebene kalte Asche in den Eisenkübel, der bereits gefühlte hundert Jahre befüllt wurde. Den alten Stahldrahtbesen nutzt er, um penibel die letzten Aschereste am Boden der Feuerstelle zusammenzukehren. Mit dem Eisenkübel geht er zu der Kompost Tonne aus altem Holz, welche gut versteckt im letzten Winkel des Gartens positioniert ist und leert ihn aus. Noch eine Schicht „Kompostbeschleuniger" darüber und eine Schicht Algenkalk, um sein Werk zu vollenden. Wie ein Ildefonso. Schicht für Schicht. Sorgsam darauf bedacht, dass etwaige verbliebene mikroskopisch kleine Spuren definitiv kontaminiert werden. Seine schwarzen Plastikhandschuhe, die Abdeckplanen voll mit dem Blut der Unwissenden, ihr in seine Einzelteile zerlegtes und mit dem Hammer zerstörtes Handy, ihre verschmutzte Unterwäsche, die Peitsche, seine Kondome und die nicht benötigten Sammelstücke. Er geht ein paar Schritte zurück und betrachtet sein Werk. Er ist sehr zufrieden.

Da er mithilfe eines Brandbeschleunigers und ausreichender Sauerstoffzufuhr lodernde Flammen erzeugt hatte, verbrannte seine Aufschichtung rasant. Zufrieden stellt er fest, dass alles bis zur Unkenntlichkeit verkohlt ist.

Nach einer raschen jedoch sehr effizienten Reinigung des verwendeten Werkzeugs mit einer ordentlichen Menge Putzbenzin verstaut er alles wieder in seinem Gartenhäuschen. Vor gut zwei Jahren renovierte er das alte rote Häuschen mit dem hübschen schwarzen Pultdach. Er hat es sogar mit einem elektronischen Türschloss ausgestattet. Die perfekte Lösung, wo er doch Schlüssel verabscheut. Jetzt ist dies sein perfekter Ort, um alles zu verstauen. Die Fenster sind sogar elektronisch gesichert, um es neugierigen Mitmenschen nicht zu einfach machen.

Darum kommen Schlüssel als seine persönlichen Andenken auch nie infrage. Alltägliche Gegenstände kommen ohnehin nicht infrage. Es müssen Körperteile sein, es muss etwas Menschliches haben. Er ist ja schließlich kein Unmensch. Er erlöst die armen kranken Seelen doch nur. Wir leben heute. Sind immer in Bewegung. Gestern ist Geschichte, schon vergessen und vorbei. Vergangenes in Form von negativen Erinnerungen belastet nur. Fast immer. Mit seinen mit Bedacht gewählten Trophäen kann er seine positiven Erinnerungen an den Akt des Mordens und das Leiden der Opfer immer wieder auffrischen.

Sammler, was willst du mehr?

Beim Betrachten des in zart pink schimmernden Zehennagels und den kleinen Fältchen des Zehs, der in einer behutsam mit schwarzem Satin ausgelegten Holzschachtel liegt, läuft ein angenehmer Schauer durch seinen Körper. Er betrachtet sein Andenken ganz genau. Er erinnert sich an den Moment, an das kurze Knacken, als er mit seiner Zange der noch lebenden Frau den Zeh abtrennte. Es ging leichter, als er dachte. Er saß am Bett mit dem Rücken zu ihr und spürt jetzt förmlich ihr Zucken und ihre Versuche zu schreien. Pech für sie. Nicht nur, dass er sehr bedacht darauf war, keine Spuren zu hinterlassen. Nein, er beherrscht auch die Kunst des Fesselns und Knebelns. Einmal von ihm fixiert, kommt keiner mehr los. Blut schießt in sein Becken und beschert ihm eine harte Erektion. Er genießt die Erinnerung. Als wäre es gestern gewesen.

Es war ja erst gestern. Wie dumm von ihm.

Ein Lächeln zaubert sich in sein Gesicht. Verzückt und stolz geht er zurück zum Haus. Er hat Hunger. Mit der rechten Hand hält er die Schachtel fest umschlossen, während er mit der linken die Terrassentür öffnet. Wohl wissend, das ihn niemand hören und antworten wird, einfach aus Tradition, ruft er laut ins Haus:

„Mutter, was gibt es denn Gutes zum Frühstück? Ich habe heute Hunger wie ein Löwe!"

12.

Mir fehlen die Worte. Mir hat es die Sprache verschlagen. Stumm stehe ich Frau Dr. Laura de Bianchi gegenüber und blicke sie bestürzt an. Sie hält ein Glas kaltes Wasser in ihren zarten Händen. Mir fällt auf, dass ihre Handrücken mit leichten Sommersprossen bedeckt sind. Dumpf klingt ihre weiche Stimme zu mir durch: „Möchten Sie sich wirklich nicht lieber hinsetzen, Herr Kommissar?"

Ich muss den Schock erst verdauen, dass Frau de Bianchi die neue interimistische Leitung der Gerichtsmedizin ist, weil Dr. Geringer sehr überraschend für alle vor Kurzem an einem Herzinfarkt verstorben ist.

Genau gesagt erst vor sechs Wochen. Hier in seiner Heimatstadt Graz. Gerade zu der Zeit, als ich mich für vier Wochen in Myanmar, Vietnam und Thailand aufgehalten habe. Um mir vor meinem bevorstehenden Amtsantritt eine kurze und intensive Auszeit zu gönnen. Kraft tanken. Das Leben inhalieren. Ich war analog, ohne Handy und ohne meinen Laptop auf Reise gegangen.

Ich wollte ohne Kontakt zur Heimat sein. Schlechte Nachrichten erfährt man trotzdem immer, sagt man.

Die Nachricht über den Tod von Doktor Gerringer leider nicht. Ich überfliege beim Lesen der Tageszeitung immer die Todesanzeigen, da entgeht mir solch eine Nachricht normalerweise nicht. Gab es eben keine in Asien. Ich spüre, wie mich die Todesnachricht traurig und melancholisch werden lässt.

„Ist wirklich alles in Ordnung mit Ihnen? Ich bin jetzt doch etwas erschrocken darüber, dass Sie diese Nachricht so überrascht", sagt sie, während sie mich noch immer mit ihren großen und leuchtend grünen Augen fixiert. „Es tut mir sehr leid. Ich dachte Sie wissen es bereits", versucht sie sich zu entschuldigen.

„Um Gottes willen, dafür können Sie ja nichts, Frau Dr. de Bianchi. Außerdem verzeihen Sie mir bitte, ich habe mich noch gar nicht vorgestellt, mein Name ist Michael Löchtenberger. Ich bin der Leiter der neuen Sondereinheit. Ich war einige Wochen nicht in Österreich und bin erst seit heute im Dienst." Mit einem verzagten Lächeln auf meinen Lippen versuche ich mich zu entschuldigen: „Und danke fürs Wasser."

Ich nehme das Glas aus ihrer sehr gepflegten rechten Hand und trinke einen großen Schluck, um meine trockene Kehle mit der kalten Flüssigkeit zu befeuchten.

„Darf ich Sie kurz allein lassen, Frau Doktor? Auf den Schock brauche ich erst mal eine Zigarette."

„Na, dann komme ich am besten einfach mit. Es stört dich doch nicht, oder?"

Da ich mich sehr schnell umgedreht habe und auf halbem Weg zur Stiege bin, dringen ihre Worte nur sehr undeutlich zu meinen Ohren. Mein Tinnitus, den ich seit Jahren erfolgreich zu ignorieren versuche und der sich gerade wieder in meinem rechten Ohr bemerkbar macht, ist mir da keine Hilfe. Ach, wie habe ich euch vermisst, diese typischen Fernseh-Testbild-Geräusche, die wieder regelmäßig unregelmäßig in kleinen Wellen über mich herfallen.

Hat sie gerade „Lieber Michael" zu mir gesagt?

„Entschuldigung?", frage ich sie ein wenig verdattert, „Was haben Sie gerade zu mir gesagt?", mein etwas plumper Versuch das von mir Verpasste noch mal zu hören.

„Mein Gott Michi, du hast ja wirklich keine Ahnung, wer ich bin, oder?" Das Grinsen in ihrem Gesicht wird derart breit, dass sie beim „Look a like"-Wettbewerb: „Wer grinst wie die Grinse Katze?", locker den ersten Preis gewinnen könnte und sicherlich auch würde.

Zu meiner Schande muss ich mir jedoch eingestehen, dass der *„liebe Michi"* gerade wirklich keine Ahnung hat, wer da vor ihm steht. Darum würde ich meinerseits beim „Wer schaut wie ein Bus"- Wettbewerb souverän die Führung übernehmen. Ein tiefer Seufzer und ein Zug an meiner Zigarette, die nun doch einen Weg in meinen offenen Mund gefunden hat, verschaffen mir ein paar Sekunden Bedenkzeit. *Wer bitte bist DU?*

Die Gerichtsmedizinerin ist jedoch schneller als ich und nützt meine Gedächtnisschwäche gnadenlos aus.

„Michi, ich bin die Tochter von Dr. Geringer, de Bianchi war schon immer mein Nachname, weil Papa und Mama ja nie geheiratet haben, was dir anscheinend nicht bekannt war. Wir zwei kennen uns doch schon ewig!", sagt sie und bläst mir den Rauch ihrer Zigarette provokant ins Gesicht. Ein Lächeln umspielt ihre vollen Lippen. Es macht den Anschein, dass sie mich in diesem Moment anlächelt und trotzdem ein wenig spöttisch auslacht. *Bravo Michi.*

Jetzt ist es an der Zeit mich doch auf die Stufen des Eingangs vom Institut zu setzen, den Gesichtsausdruck „Bus trifft frontal auf Mauer" aus meinem Gesicht zu bekommen und was jedoch viel wichtiger ist, Inspektor Rudi Reininghaus nicht als Tölpel des Tages abzulösen.

Da sitze ich nun auf den warmen Stufen vor dem Gebäude und blicke in ihr wahrlich strahlendes und hübsches Gesicht. Ich schaue notgedrungen zu ihr auf. Ich muss meinen Kopf leicht in den Nacken legen. Aus dieser Position wirkt sie ziemlich groß auf mich. Allerdings ist sie das tatsächlich auch. Locker über einen Meter fünfundsiebzig. Sie trägt eine Spur zu elegante aber dennoch modische schwarze Sneakers. Die vom Design gerade noch so als Turnschuhe durchgehen. Typische Y3. Diese Marke hat seine beste Zeit hinter sich. *Für mich jedenfalls.* Teuer sind sie immer noch!

Sie hat recht schlanke Beine, die von ihren schwarzen Leggings umhüllt werden. Darüber den typisch grünen, etwas transparentem Arbeitsmantel der Gerichtsmediziner, durch den sich die Rundungen ihrer durchaus sportlichen aber auch sehr weiblichen Figur abzeichnen. Ihre grünen Augen, die zarte Nase geschmückt von unzähligen Sommersprossen und ihre wilden, kupferfarbigen Locken runden den nahezu perfekten ersten Eindruck ab, den ich gerade von ihr gewinne. *Schwärme ich gerade?*

Wie sollte ich sie denn wiedererkennen? Dieses kleine pummelige Mädchen von früher. Okay, vielleicht hätten mich diese Sommersprossen auf die richtige Spur bringen können. Haben sie mich aber nicht.

Sie, die mit ihren damals – in meiner Erinnerung doch eher blonden als roten Haaren und einer alles dominierenden Zahnspange – nicht gerade mein Typ war. Unabhängig davon, dass ich damals bereits ein Teenager und sie für mich eher noch ein kleines Mädchen war. Für mein Gehirn gab es anscheinend keinen Grund mir das zu merken. Einfach abgelegt im letzten Gang meines persönlichen Ablagesystems. Aber jetzt schleichen sich langsam wieder ein paar Erinnerungen in meinen Kopf. Der zarte Klang ihrer Stimme weckt Emotionen in mir. Sie kommt mir plötzlich wieder sehr vertraut vor. Ein wunderbarer erster Eindruck, den sie bei mir gerade hinterlässt. Ich bin etwas paff. Trübt mich meine Wahrnehmung oder ist diese Frau wirklich ein Hammer.

Bombe! Ruhig Brauner!

„Ja, die Laura! Verzeih mir bitte, ich habe dich nicht erkannt. Es tut mir sehr leid um deinen Papa. Mir fehlen wirklich die Worte. Das ist sicher gerade eine extrem schwierige Zeit für dich", stottere ich ihr förmlich entgegen.

„Danke Michi, ich darf dich doch immer noch Michi nennen, oder?", erwidert sie und lächelt mich beinahe eine Spur neckisch an, darum ist es jetzt an mir mein breitestes Lächeln zu präsentieren und so entspannt wie möglich zu antworten: „Ja sicher, klar. Null Stress."

Sehr entspannt, Michi. Bleib bitte locker.

So stehen wir nun vor dem Gebäude der Gerichtsmedizin, in den letzten wärmenden Strahlen der untergehenden Sonne und rauchen gemeinsam eine weitere Zigarette. Ich versuche meine rotierenden Gedanken zu ordnen und komme glatt zu der Entscheidung, dass es in diesem Moment besser ist zu schweigen, als zu reden.

Ohne ein weiteres Wort gehen wir in das Gebäude zurück, um einige wesentliche Dinge zu klären. Vor allem aber die Hauptfrage:

Was ist der armen Eliza Kadic tatsächlich widerfahren?

Welche Erkenntnisse Laura schon gewonnen hat?

13.

Meine erste Teambesprechung!

Es ist 17:00 Uhr und das Team hat sich pünktlich und vollzählig am Besprechungstisch bei uns am Paulustor eingefunden, um ihn mit einem neuen Fall einzuweihen.

„Gut, dass wir es alle geschafft haben, pünktlich zu erscheinen. Danke Leute, der heutige erste gemeinsame Tag ist jetzt erst ein paar Stunden alt und ich denke keiner hat damit gerechnet, dass unser erster Arbeitstag mit einem Mordfall beginnt. Geschweige denn, es sich so gewünscht. Insbesondere, wenn ich an das Opfer Eliza Kadic denke. Welche Pläne, welche Wünsche sie in ihrem Leben noch hatte? Wer weiß", ich schaue allen dreien eindringlich in die Augen, um meinen Worten noch mehr Bedeutung zu geben.

Ich deute mit dem Zeigefinger meiner linken Hand auf das Foto rechts oben auf der Pinnwand. Das Bild der toten Eliza, das Christian vorher schon auf die Wand gepinnt hat. *Wie hübsch sie doch war.* Trotz aller technischen Möglichkeiten war die Pinnwand im Besprechungsraum immer noch ein wichtiger Bestandteil unserer Arbeit.

„Bevor wir uns gegenseitig auf den neuesten Stand bringen, möchte ich meine morgendliche doch sehr abrupt abgebrochene Rede mit ein paar Worten an Sie ergänzen und abschließen. Ich bin stolz, dass Sie mit mir unseren gemeinsamen neuen Weg gehen wollen. Dies trotz aller Geschichten und Gerüchte die im Vorfeld der Gründung unserer Sondereinheit in Graz aufgetaucht sind. Ich danke Ihnen, dass Sie mir Ihr Vertrauen entgegenbringen."

Ich stehe auf und gehe zu einem der drei Fenster im neuen Besprechungsraum. Der Raum ist wunderbar hell und lichtdurchflutet.

„Sollten Sie sich wundern, dass hier in unserem Besprechungsraum lila Wände sind, so ist das ein Versuch von mir mit Farbe für ein inspirierendes, möglichst entspanntes Arbeitsklima zu sorgen. So wie die Ausrichtung unserer Möbel habe ich mich auch bei der Farbe stark von Feng-Shui beeinflussen lassen."

„Schauen wir mal, oder?", kommt es trocken von Horst Zeransky, der mit verschränkten Händen und ausgestreckten Beinen ein wenig trotzig direkt gegenübersaß.

„Perfekt! Hat jemand von Ihnen noch Lust auf eine gute Tasse Kaffee?", frage ich in die Runde, ohne auf den trotzigen Kommentar von Horst einzugehen und seine Skepsis vorerst einmal zu ignorieren.

„Ich würde Ihnen gerne die Vorzüge unserer neuen italienischen Kaffeemaschine präsentieren, bevor wir zur Sache kommen. Bei ihr kann sich jeder von uns sein eigenes Profil programmieren, um dann in Zukunft immer den gewünschten Kaffee zu bekommen", werfe ich locker in die Runde, während ich mit meiner linken Hand die Vollautomatikmaschine streichle, so als wäre sie eine schnurrende Hauskatze.

Ich nehme die leicht vorgewärmte Espressotasse mit ihren typischen dicken Rändern von der heißen Maschine, stelle sie unter den Auslass und drücke beim Display auf M1. M1 für „Espresso kurz, so wie ich ihn mag.

Als der dampfende Kaffee meine Tasse füllt, kommen meine Kollegen zu meiner Überraschung zu mir und machen sich nach und nach einen Kaffee. Da war das Eis gebrochen. War eine gute Idee von mir, dem Team diese neue Kaffeemaschine zu spendieren. *Eisbrecher-Kaffee sozusagen.*

„Drei Dinge noch bevor wir loslegen. Respekt und Wertschätzung untereinander aber auch im Umgang mit anderen Kollegen im Haus sind mir besonders wichtig. Zeit für einen Handschlag und eine freundliche Begrüßung oder eine Verabschiedung sollten immer sein", sage ich mit einem Lächeln auf meinem Gesicht. Drei staunende Augenpaare schauen mich abwartend und ein wenig verwundert an.

„Zweitens, werde ich mit Ihnen bis auf Weiteres per Sie bleiben. Von einer Verbrüderung halte ich gar nichts. Ich hätte auch gerne, dass wir bei allen Befragungen per Sie bleiben. Es sind Achtung und Respekt verloren gegangen in den letzten Jahren. Wobei ich aber vorschlage, dass wir uns gegenseitig mit den Vornamen ansprechen."

Drei immer noch staunende und nun regelrecht an meiner Person zweifelnde Riesenaugenpaare starren mich verwundert an.

„Drittens, würde ich gerne unsere für heute geplante kleine Feier absagen, genauer gesagt verschieben. Nach Abschluss dieses Falls sollte Zeit genug sein, um alles nachzuholen. Im Gegenteil. Wenn alles gut verläuft, wovon ich ausgehe, möchte ich mich mit einem Essen bei mir zu Hause revanchieren. Aber jetzt ersuche ich Sie, sich auf eine einzige Sache zu konzentrieren: Wer ist der Mörder von Eliza Kadic?"

14.

„Die Befragung der Nachbarschaft mit den beiden Revierinspektoren Maier und Wohlfahrt hat leider keine wirklich brauchbaren Ergebnisse geliefert. Sogar eine so kleine Stadt wie Graz scheint in unseren Zeiten so anonym geworden zu sein, dass die Leute mit Scheuklappen herumlaufen. Das Opfer Frau Kadic war keinem der Befragten persönlich bekannt. Ich schlage vor, dass wir einen Flugzettel mit einem Foto von Eliza produzieren und ihn an den Häusern in der Nachbarschaft anbringen."

Man merkt Karin Gruber an, wie unzufrieden sie mit den Ergebnissen ist. Durch das schnelle Wippen mit ihrem linken Fuß und ihrer leicht nach vorne gebückten Körperhaltung, zeigt sie das durch ihre Körpersprache mehr als deutlich.

„Gute Idee, Karin. Lassen Sie die Flugzettel drucken. Das wird uns möglicherweise neue Hinweise bringen. Bringen Sie diese morgen raus und verteilen sie auch in der Umgebung. Versuchen Sie heute im Anschluss an unsere Besprechung bei den Nachbarn in der Keesgasse mehr in Erfahrung zu bringen. Es ist zwar mühsam, aber dringend notwendig. Viele werden Ihnen am Abend sowieso nicht öffnen. Die haben viel zu viel

Angst von den Kontrolleuren der GIS. Versuchen sollten wir es aber bitte trotzdem, Karin."

Ein flüchtiges fast nicht wahrnehmbares Lächeln streift über ihr hübsches Gesicht. Wir sind uns einig über die weitere Vorgehensweise.

„Fragen wir zusätzlich gleich morgen auch in allen angrenzenden Geschäften und Lokalen nach. Die beiden Kollegen sollen Sie unterstützen."

Ich drehe mich mit einem leichten Lächeln im Gesicht zu Horst und frage ihn:

„Horst, was haben Sie zu berichten?"

Horst räuspert sich kurz und wirft einen schnellen Kontrollblick in seine Unterlagen:

'Also meine erste Aufgabe war es, den unglücklich agierenden Inspektor Rudi Reininghaus zu befragen. Wie Sie vielleicht ja wissen, hat es den Armen ja besonders hart getroffen. Und das gleich zweimal."

Ein breites Grinsen wandert für einen Moment über sein Gesicht, seine plötzlich ernste Miene lässt nun doch erkennen, wie leid ihm der Kollege in Wahrheit tut.

„Leider nichts wirklich Neues an der Front. Auch die Befragung der Frau Senekowitsch ergab nichts, was uns nicht schon bekannt wäre. Außer vielleicht die Tatsache, dass sie eine wirklich nette alte Dame ist, die sich Sorgen um ihre Nachbarin und Mieterin Frau Kadic gemacht hat. Ich war dann mit dem Alfooons noch kurz draußen, denn die arme Frau Senekowitsch hatte ja von den Sanitätern Tabletten zur Beruhigung bekommen, kurz nachdem sie Eliza Kadic vor Ort für uns identifiziert hat. Das war doch alles ein bisschen zu viel für die alte Lady."

Während Horst das sagt, wischt er sich unbewusst über sein rechtes Hosenbein, als müsste er die verbliebenen Hundehaare von Herrn Alfooons wegwischen.

„Ich bin dann gleich nach Wildon gefahren, um den Eltern von Eliza die traurige Nachricht zu überbringen. Einer muss es ja tun. Das Team der Krisenintervention habe ich auch gleich verständigt und sie haben in der Zwischenzeit auch schon Kontakt mit der Familie aufgenommen."

Er steht kurz auf und geht zum Wasserkrug, der neben der Kaffeemaschine auf dem Sideboard steht. Er gießt sich ein Glas von der Flüssigkeit ein und trinkt es in einem Zug aus. Mit einem frischen Glas kommt er wieder zum Tisch, schlägt das rechte Bein über das linke und setzt sich mit einer betont lässigen Körperhaltung auf seinen Stuhl, um mit seiner Erzählung fortzufahren.

Mir ist bewusst, wie schwierig es ist, einer Familie und den Angehörigen eine Todesnachricht überbringen zu müssen. Ein wahrer Alptraum für jeden Polizisten, darum frage ich ihn kurz:

„Alles in Ordnung Horst, brauchen Sie eine kleine Pause?"

„Danke nein, Michael! Alles bestens. Da beide Eltern zu Hause waren, konnte ich auch gleich mit der Befragung beginnen", er wirft einen kurzen Blick in seine Notizen, um nach den Namen der Eltern zu sehen.

„Sladan Kadic, der Vater von Eliza, ist zweiundsechzig und gebürtiger Serbe. Er lebt seit den Achtzigern in der Steiermark und ist seit 1999 österreichischer Staatsbürger. Er ist gelernter Fleischhauer und hat als Lohnschlächter in Österreich zu arbeiten begonnen. Sladan Kadic ist zwischenzeitlich schon in Pension. Seine Frau Sura Kadic, achtundfünfzig Jahre alt, ist Hausfrau und putzt ab und zu bei Bekannten. Das Ehepaar lebt mit ihren beiden verbliebenen Kindern im gemeinsamen Haushalt im vom Vater erbauten Haus in Wildon. Alles sehr sauber, ziemlich einfach eingerichtet, aber alles in allem ein sehr gepflegtes Haus. Im Haus leben Darko, der Bruder von Eliza, der zweiundzwanzig ist und Maschinenbau studiert sowie die jüngere Schwester Diana, die erst siebzehn ist, noch zur Schule geht und ebenfalls im Haus lebt."

Er räuspert sich noch einmal kurz und wechselt vom rechten zum linken Bein.

„Ich habe auch gleich versucht, die Alibis zu erfragen. Da der Vater wie gesagt Pensionist ist und die Mutter am Wochenende nicht arbeitet und sie das ganze Wochenende zu Hause waren, haben alle für Samstag und auch für Sonntag ein Alibi. Die Familie schließe ich als Verdächtige vorerst einmal aus. Die Reaktionen auf den Tod von Eliza fielen recht typisch aus: Der Vater und der Bruder blieben recht gefasst, die Schwester und die Mutter waren einem Nervenzusammenbruch nahe. Gleichzeitig wechselten ihre Regungen zwischen einem Nicht-Wahr-Haben-Wollen und totaler Verzweiflung in unterschiedlicher Ausprägung."

Er nimmt das Wasserglas in die Hand und trinkt auch dieses wieder auf einen Zug aus. Ich beobachte ihn sehr genau und überlege, ob er einen Brand hat. *Möglich!*

„Sie konnten mir leider keine nützlichen Hinweise geben. Nur so viel: Eliza hatte keinen Freund. Sie war laut Angaben der Eltern schon lange allein. Es könnte aber auch sein, dass sie mit den Eltern und den Geschwistern nicht über ihr Privatleben gesprochen hat. Laut Angaben der Familie war sie mit ihrer Arbeit zufrieden. Sie war eine eher bescheidene junge Frau. Sie hatte stets das Wohl der Familie im Auge. Jeden Monat hat sie einen kleinen Geldbetrag zu Hause abgeliefert, um ihren Eltern das Leben zu erleichtern. Ein Engel war sie, sagt ihre Mutter.

Zum letzten Wochenende ist Folgendes zu sagen: Es haben sich alle etwas gewundert, da Eliza ihnen nur eine SMS geschickt hatte, denn anscheinend ruft sie sonst immer an. Sie schrieb, dass sie sich nicht gut fühle und am Sonntag nicht zum traditionellen Familienessen komme. Wie gesagt, das fanden alle seltsam und sehr untypisch. Auf die darauffolgenden Anrufe von der Mutter und von der Schwester hatte sie dann auch nicht reagiert."

Mich freut es zu sehen, dass Horst voll bei der Sache ist. Diesen Canossagang für das Team zu übernehmen, ist ein feiner Zug von ihm gewesen. Damit hat er seine alten Gewohnheiten ein wenig über Bord geworfen: kein Sudern und kein Hadern. Anscheinend hat die vierwöchige Einschulung mit Karin und Christian, während meiner Auszeit, gutgetan.

„Eine Frage habe ich noch, Horst. Sie haben ja heute schon das neue Kommunikationssystem genutzt. Das war sehr gut. So hat Christian gleich die Möglichkeit bekommen, allen Informationen und den sich daraus ergebenden Fragen nachzugehen. Ich glaube, dass wir von diesem neuen System profitieren, was meinen Sie?"

„Folgend dem Motto *Stillstand ist der Tod*, habe ich mich, zu meiner eigenen Überraschung, bis jetzt wirklich gut mit dem Programm angefreundet, Michael. Es wird mir mein Notizbuch jedoch nicht ersetzen."

Der Nachsatz musste sein. Aber ich bin ja durchaus seiner Meinung. Im Großen und Ganzen bin ich für das Erste sehr zufrieden, wie sich die Sache mit Horst entwickelt.

Ich spüre schon jetzt positive Arbeitsenergie. Das ist mir sehr willkommen.

Ich drehe mich während ich noch in Gedanken vertieft bin nach rechts, blicke zu Christian und frage ihn:

„Christian, bitte erzählen Sie uns doch von Ihren bisherigen Erkenntnissen im aktuellen Fall."

15.

Laura de Bianchi kontrolliert noch einmal, ob sie den Bericht von Eliza Kadic erfolgreich an seine E-Mail-Adresse gesendet hat. Ihr erbärmlicher PC hier in der Gerichtsmedizin und vor allem die permanent überlastete Leitung und die regelmäßigen Internetausfälle machen ihr diese Aufgabe nicht gerade leichter.

Sie denkt kurz an die Begegnung mit Michi zurück und kann ihn förmlich vor sich stehen sehen. Es war für sie eine Überraschung, als er so plötzlich in ihrem Arbeitsraum stand. Sie hat ihn sofort erkannt, auch weil sie „vorgewarnt" wurde, dass er der neue Chef der SOKO in Graz Michael Löchtenberger ist.

Ihr Michi. Sein hervorragender Ruf als Ermittler, mit einer annähernd hundertprozentigen Erfolgsquote eile, und sein guter Ruf als Teamplayer eilte ihm voraus. Seine Gabe Zusammenhänge schnell zu erkennen und zu analysieren waren auch bekannt.

Dass wo Licht ist, auch viel Schatten sein kann, das wusste sie aus eigener Erfahrung nur zu gut. Er hat auch seine Geheimnisse. Man munkelt, dass er ein „Partylöwe" und ein *„Womenizer" sein soll*. Tratsch hat im Dorf Graz immer schon gut funktioniert. Sie erinnert sich auch noch sehr gut an die Zeiten, als Michi der Teenager

Michi war. Vor allem Papa hat immer viel von ihm erzählt. Papa mochte ihn sehr. Er war sehr bemüht die abgeschlagenen Brücken zwischen den beiden wiederaufzubauen. Keine Chance. Die Fronten waren zu verhärtet.

Sie war fast ein wenig aufgeregt vor dem Wiedersehen mit Michi. Dass es heute so weit war, damit hat sie nicht gerechnet. Dann hätte sie sich etwas Anderes angezogen.

Sie schwelgt ein wenig in ihren Erinnerungen an ihn. Michis erste und einzige Frau Anna wurde nur vierundzwanzig Jahre alt. Es war vor zwanzig Jahren geschehen. Kurz nach ihrer Rückkehr aus der zweijährigen Karenzzeit war sie bei einem Streifeneinsatz in Wien, bei einem Schusswechsel mit zwei jugendlichen Straftätern angeschossen und sehr schwer verletzt worden. Nach einem ganzen Jahr im Koma, hatte Michi schweren Herzens, dann doch die Maschinen abschalten lassen und die lebenserhaltenden Maßnahmen einstellen lassen.

Es war damals keine Verbesserung in Sicht. Er musste es tun. Um ihr und seiner Familie wieder Frieden zu schenken. Eine unglaublich schwere Zeit für Michi und allen voran seiner Tochter Magdalena. Das arme Kind. Bei den Gedanken an diese Zeit füllen sich ihre Augen langsam mit Tränen und sie greift zur Taschentuchbox, die auf ihrem Schreibtisch liegt, um sich mit einem Taschentuch ihre Augen zu trocknen.

Was ist los mit dir Laura, warum bist du so emotional?

In den ersten Jahren nach der Katastrophe, als seine Wunden noch sehr frisch waren, versuchte er seinen Gefühlen zu entfliehen. Im Rahmen seiner Wega-Ausbildung bei der österreichischen Exekutive ergab sich die Möglichkeit für ihn mit einem Job als Sky-Marschall für mehrere verschiedene Fluglinien zu arbeiten.

Der Spagat zwischen Karriere und Familie war nicht leicht. Ungünstige Abflugzeiten und häufige Auslandsaufenthalte waren die Regel. Papa erzählte immer, dass Michis Mutter sofort alles liegen und stehen gelassen hätte, um nach Wien zu gehen. Eine Oma, die allzeit bereit ist, an seiner Seite zu sein. Als Oma für ihre Enkelin. Ob ihre Mutter das auch machen würde? *Eher nicht! Diese Kuh!*

Laura hat auf ihrem Schreibtisch, eine Box von JBL stehen. *Ich brauche Musik.* Sie entscheidet sich für:

„*In diesem Moment*" vom viel zu früh verstorbenen *Roger Cicero*.

Laura liebt dieses schöne Lied. Ihre Augen werden ein wenig feucht und ihre Gedanken ziehen wie traurige Wolken zu ihrem Papa. *Ich vermisse dich, Papa!*

„In diesem Moment geht irgendwo die Sonne auf, nimmt ein Schicksal seinen Lauf", singt Roger gerade. Sie denkt wieder an Michael. Laura muss leicht schmunzeln, als sie die kleine Narbe auf seiner Oberlippe wiedererkannte. Diese hatte er sich als Kind bei einem seiner beinahe unzähligen Unfälle, beim gemeinsamen Spielen im Freibad zugezogen.

Es ist alles so, als wäre es erst gestern gewesen. Sehr real alles. Seine Geschichte hatte sie immer verfolgt. Sie ist gut vorbereitet auf Michi. Vielleicht auch, weil sie sich dank Dr. Google schon ein wenig im Internet über Michi vorinformiert hat.

Papas Tod war ja noch so frisch. Ein beißender Schmerz steigt in ihr auf. Sie lässt ihren Tränen freien Lauf und hört einfach dem Lied zu.

„Und als einer von Millionen, steh ich hier und schau nach oben, frage mich wo du gerade bist!"

Vielleicht kann Michi wieder ein bisschen Sonne in ihr schattiges Leben bringen. Gerade jetzt taucht er plötzlich wieder in Graz auf. Seit der Scheidung von Luca und dem Umzug nach Graz war ja nicht wirklich viel passiert in puncto Liebe.

Langsam sehnte sie sich wieder nach Nähe und Zärtlichkeit. Sie ist zwar zum einen gerne alleine, jedoch fangen die Mauern, die sie aufgebaut hat, langsam an zu bröckeln. Es wird wieder Zeit für gemeinsame Stunden mit einem Mann, den man schätzt oder vielleicht auch lieben kann. Sich an eine starke Schulter lehne zu können. Wie sie das vermisst. Gemeinsam viel zu lachen. Zärtlichkeiten sind durchaus auch nicht zu unterschätzen und guter Sex schon gar nicht. Wäre ja wieder mehr als notwendig. Denn die Affären, die sie bisher in Graz hatte und der dazugehörende Sex, waren mehr als entbehrlich gewesen. Vielleicht wäre es jetzt an der Zeit für einen Mann, mit dem sie eine Familie gründen könnte.

Ticktack, hört sie mahnend ihre biologische Uhr ticken.

„Aber Achtung Laura!", sagt sie schnell zu sich selbst, deine Gedanken übernehmen schon wieder einmal das Kommando über die Realität.

Wie auch immer, Michi ist ein sehr interessanter Mann. Sie hat sogar noch den leichten Geruch von seinem Parfum in der Nase.

Genug jetzt!

Laura schnappt sich ihre Sachen und macht sich auf dem Weg zu ihrem Auto. Sie läuft zu ihrem schwarzen Fiat 500 Cabrio. Den hat sie wie immer neben der Arbeit abgestellt. Nicht nur, dass sie unerlaubterweise mit dem Schild „Arzt im Dienst" an der Windschutzscheibe parkt. Nein. Sie hat sich außerdem auch am Rande des Behindertenparkplatzes hingestellt. Denn sie hat es wie immer eilig und will heute Abend, noch schnell ins Union-Hallenbad gehen, um eine Runde zu schwimmen.

16.

Wir liegen gut in der Zeit.

Wir haben für das Erste alle unsere Ermittlungsaufgaben erledigt, jedoch ist alles was wir haben, die traurige Erkenntnis vorerst Nichts zu haben.

„Ich fasse für uns kurz alle Informationen von der neuen Leiterin der Grazer Gerichtsmedizin, Frau Dr. de Bianchi zusammen", ich werfe einen kurzen Blick auf meine Notizen und einen etwas Längeren in die Runde meiner drei, mit mir im Raum anwesenden Kollegen.

Trotz der ernsten Situation ertappe ich mich, dass meine Gedanken ganz kurz zu Laura abschweifen. An ihr entzückendes Gesicht mit den zarten Sommersprossen. An ihre weiche Stimme. Ich kann beinahe ihren Geruch in meiner Nase spüren. Mir ist klar, dass mich der ganze erste Eindruck von ihr ziemlich beeindruckt hat.

BUMM. A1, A2, A3! Getroffen, Schifferl versenkt!

Es schleicht sich ein wohlbekanntes, jedoch schon fast vergessenes warmes und kribbelndes Gefühl in meinen Bauch.

Reiß dich zusammen Michi!

„Der Todeszeitpunkt, den Frau Dr. de Bianchi für uns anhand der Leberbiopsie ermitteln konnte, liegt bei Sonntag 18:00 Uhr. Es hat sich außerdem bestätigt, dass der Tod durch Ersticken eingetreten ist. Eliza wurde durch die transparente Plastiktüte, welche mit Kabelbindern um ihren Hals verschlossen wurde, erstickt. Leichenstarre und Leichenflecke sind nicht aussagekräftig, das sehr heiße Wasser in der Badewanne unseres Opfers hat die Ergebnisse verfälscht. Ich habe euch in den Ordner „Eliza Bilder" die Fotos von Dr. de Bianchi, die sie von allen Stichverletzungen oder Schnittverletzungen gemacht hat, schon eingefügt. Sie hat mir auch die digitalen Aufnahmen per Mail zukommen lassen."

Ich stand auf, um die Bilder, die ich mir vor der Besprechung schnell mit unserem neuen Wlan-Drucker – der anscheinend alles konnte, außer Opern zu singen – ausgedruckt hatte, um sie jetzt auf unserer Pinnwand zu befestigen.

„Erst nach Drehen der Leichen konnte man erkennen, dass sich am Rücken, frische Blutergüsse befanden, die vermutlich durch mehrere Schläge entstanden sind. Welchen Gegenstand der oder die Täter dazu benutzt haben, kann uns die Pathologie erst nach Abgleichen der Bilder mit der Datenbank mit den Bildern von Schlagverletzungen sagen. Da werden wir ein wenig Geduld brauchen. Das dauert noch."

Horst räuspert sich kurz und bewegt seinen Körper vom Stuhl in Richtung Tisch, um sich aufrechter hinsetzen zu können. Er spricht aus, was uns alle innerlich bewegt:

„Was hat das arme Ding nur verbrochen, um so grausam misshandelt zu werden?"

Nach kurzer Überlegung sagt er: „Das arme Ding nennen wir ab sofort nur mehr Eliza. Das stärkt unsere emotionale Bindung an das Opfer und an die Umstände des Mordfalls."

Horst weicht meinem Blick verlegen aus und murmelt etwas vor sich hin, was ich Gott sei Dank nicht verstehen kann. Ich ignoriere es geflissentlich und fahre mit meiner Erklärung fort.

„Dann warten Sie einmal ab, Horst, was ich noch alles über Eliza erzählen kann. Laut Zahnstatus hatte sie perfekte gesunde und auch sehr weiße Zähne. Sie hatte nur eine einzige Plombe in einem Backenzahn. Es waren keine ersichtlichen Eingriffe oder Schädigungen beim Zahnstatus zu erkennen. Allerdings fehlt ihr der obere rechte Eckzahn. Dies kommt unserer Gerichtsmedizinerin etwas seltsam vor: Ein Mädchen mit so perfekten Zähnen und dann eine Zahnlücke, die für jeden sichtbar ist? Eigenartig."

Ich halte das Foto vom Gebiss und der eben beschriebenen Zahnlücke hoch und befestige es anschließend an der Pinnwand.

„Unsere Eliza hatte auch längere, allerdings künstliche, aufgeklebte Fingernägel. Sehr schrill in Pink lackiert mit einigen Schmucksteinen verziert. "

Ich habe Probleme damit manche Entwicklungen in unserer Gesellschaft zu verstehen. Mittlerweile habe ich auch den Anspruch aufgegeben alles, was auf der Welt rund um mich geschieht, zu verstehen. Ich bleibe entspannt und akzeptiere einfach, welche modischen Entwicklungen auf uns zukommen. Viele neuartige Trends fand ich anfangs ein wenig befremdlich und suspekt, manche, sich anhaltende Trends, werden mir immer ein wenig seltsam vorkommen. Wie zum Beispiel künstliche Fingernägel oder verlängerte Wimpern, ob mit oder ohne Dauerwelle. Mir ist es nicht wichtig, ob eine Frau kurze oder lange Nägel hat. Ob sie lackiert oder in tausend Farben lackiert sind, ist mir nicht wichtig, besser noch, es ist belanglos für mich. Wenn ich ehrlich bin, sind mir nicht lackierte Nägel am liebsten. Hauptsache sie sind gepflegt.

„Elizas Füße und Zehennägel waren sehr gepflegt, möglicherweise wurden sie von einer Kosmetikerin pediküret. Was das Gesamtbild etwas trübte war, dass ihr am rechten Fuß annähernd die gesamte mittlere Zehe fehlte. Er wurde ihr offensichtlich mit einem scharfen Gegenstand abgetrennt. Das Schnittbild lässt darauf schließen, dass es eine Zange war, aber auch hier werden wir noch Genaueres erfahren."

Auch dieses Beweisfoto hefte ich an die Pinnwand. Bei einem fehlenden Zahn und einem fehlenden Zeh kann man darauf schließen, dass wir es nicht nur mit einem Mörder, sondern auch mit einem oder mehreren Wahnsinnigen zu tun haben.

Körperteile als kleines Andenken oder Trophäen? Wer um Gottes willen nimmt Körperteile mit?

„Liebe Karin, bitte fahren Sie mit den Bildern zu einem Nagelstudio in der Nähe vom Tatort und am besten auch zum Arbeitsplatz von Eliza, um herauszufinden, wer ihr denn die Nägel gemacht haben könnte. Es muss ja nicht zwangsläufig eine Firma gewesen sein, es kann ja durchaus auch privat von einer Kollegin oder Freundin gemacht worden sein. Möglicherweise erfahren wir so mehr über Eliza. Bei einem so intimen Akt wie einer Pediküre oder Maniküre werden oftmals persönliche Geheimnisse preisgegeben."

Karin macht sich Notizen und zupft mit der linken Hand ein wenig an ihrer Unterlippe. Mir fällt auf, dass sie schöne rosige Lippen hat. Als ich meinen Satz beende, blickt sie von ihren Notizen auf und schaut mich mit ihren dunklen Augen an. *Wow.*

Hallo Michi! Konzentration!

„Der Christian soll uns bitte die Daten von Eliza bei der Gebietskrankenkasse und alle Adressen der infrage kommenden Zahnärzte besorgen. Schicken Sie uns zur Sicherheit alle Kontaktdaten in die Cloud. Dann könnten Sie morgen früh gegebenenfalls auch gleich den Zahnarzt von Eliza ausfindig machen und ihn kontaktieren, um abzuklären, ob die Zahnlücke schon vorher existiert hat."

„Also, ich glaube, dass die Lücke vom Täter verursacht wurde. Ein Mädchen mit so schönen Zähnen läuft doch nicht freiwillig mit einer Zahnlücke durch die Gegend. Dieser Sache gehe ich auf jeden Fall gleich nach. Ich melde mich, sobald ich mehr weiß", sagt Karin und macht sich ein paar Notizen. Sie legt den Stift vor sich auf den Tisch, lehnt sich ein wenig zurück und überkreuzt ihre langen, schlanken Beine. Sie klopft mit den Fingern der rechten Hand auf den Tisch und fährt fort:

„Je mehr ich darüber nachdenke, wird es mir erst richtig bewusst. So ein gepflegtes und hübsches Mädchen wie Eliza, ist am Wochenende zu Hause und dann verliert plötzlich einen Zahn. Genau. Und dann auch noch eine Zehe. Sicher. Wird sicher nicht die Zahnfee gewesen sein."

Wir lachen alle. Wenn es sich für Außenstehende auch seltsam anhören und anfühlen mag, so ist der lockere, aber trotzdem nie respektlose Umgang mit den Opfern Usus bei uns. Es ist wichtig trotz aller Empathie mit unseren Opfern, ein wenig die Distanz zu bewahren. Es sind nicht alle in unserer Branche dafür geschaffen, nach einer Mordermittlung nach Hause zu gehen und so zu tun als wäre es ein normaler, entspannter Arbeitstag gewesen. Das ist notwendig, um die an die Grenzen der Erträglichkeit gehenden Situationen zu überstehen oder besser noch zu überleben. Den Kopf über Wasser zu halten.

„Ich lege mich fast fest. Wir haben es ziemlich sicher mit einem oder mehreren eindeutig gestörten, möglicherweise Trophäen sammelnden Tätern zu tun. Aber wie schon gesagt, um das abzuklären, ist ja morgen Karin mit der Unterstützung von Christian für uns im Einsatz".

Ich mache eine kleine Pause, um nachzudenken und wende mich an Christian:

„Christian, ist es Ihnen gelungen das virtuelle Leben von Eliza zu durchleuchten?"

Christian, genauso Brillenträger wie ich selbst, rückt seine schwarze Brille kurz auf der Nase zurecht und wirft noch einen letzten schnellen Blick in seine Unterlagen.

„Da wir kein Handy am Tatort gefunden haben, muss ich davon ausgehen, dass es der oder die Täter mitgenommen haben. Ob sie es behalten oder einfach nur entsorgt haben, das weiß ich zu diesem Zeitpunkt leider noch nicht. Ich habe natürlich auch schon beim Provider angerufen, war ja recht einfach, da Horst mir von den Eltern die Nummer besorgt hat. Ich bin noch beschäftigt mir dazu die notwendigen Vollmachten von der Staatsanwaltschaft zu besorgen. Es wird sicher erst Mittwochmittag bis Nachmittag dazu kommen, dass wir die Telefonaufzeichnungen wie Anruflisten, SMS und mögliche Social-Media-Einträge von Eliza durchforsten können."

Er reibt kurz an seiner Schläfe, fast so, als hätte er Kopfschmerzen. Er rückt abermals seine Brille auf der Nase zurecht und fährt vorsichtig mit seinen Fingern durchs Haar, ohne seine Frisur zu zerstören. Seine kurzen und recht streng gescheitelten Haare lassen ihn etwas älter wirken, als er ist. Sein Scheitel ist in etwa so breit, als ob ihn sein Friseur mit einem Hackbeil gezogen hat. Jetzt zupft er noch ein wenig an seinem schwarzen Vollbart. An diesem – seinem dichten norwegischen Holzfäller-Bart – zupft er meist herum, wenn er in Gedanken vertieft ist. Christian pflegt eher einen kontaktarmen Lebensstil, legt jedoch auf sein Äußeres großen Wert. Genau wie ich! Ein „Hipster" ist er. Ein bestens angezogener junger Mann, den auf den ersten Blick niemand als

Polizisten oder Computer-Nerd einordnen würde. Er wirkt eher wie ein cooler Typ aus einer Werbeagentur oder von einem Berliner Start-up. Er räuspert sich kurz und sagt dann zu uns: „Ich möchte gerne noch etwas anmerken, was mir bei der ganzen Sache aufgefallen ist, obwohl es mir ein wenig spanisch vorkommt. Es ist sogar fast unheimlich."

Ein verschmitztes Grinsen huscht für einen Moment durch sein Gesicht, verschwindet jedoch blitzartig wieder, um ernst weiterzusprechen:

„Eliza war gerade mal einundzwanzig Jahre jung. Obwohl ich die Wohnung wie immer zusätzlich zur Spurensicherung nochmals auf den Kopf gestellt habe, um ja nichts zu übersehen, ist es tatsächlich gelungen, keine zur Auflösung des Falls, nützlichen Hinweise zu finden. Kein zweites oder altes Handy, kein iPad oder Ähnliches, kein Computer, keine Notizbücher. Nichts. Nur ein Fotoalbum, mit einigen fast typischen Bildern wie wir sie alle haben, mit Fotos aus ihrer Jugend und Kindheit. Keine Bilderrahmen mit Fotos auf den Regalen, keine Andenken, nichts Persönliches."

Er blickt in unsere Runde und schüttelt seinen Kopf, um dann nochmals für einen Moment an seinem Bart zu ziehen.

„Möglicherweise ist Eliza, ob bewusst oder unbewusst, noch nicht im digital durchsetztem einundzwanzigsten

Jahrhundert angekommen. Möglichkeit zwei, die ich aber für absolut unwahrscheinlich halte, wäre, dass ihr einfach alles gestohlen wurde. Dagegen spricht jedoch, dass ich keinerlei Akkus oder Ladegeräte gefunden habe, keine Beschreibungen von technischen Geräten, nur eine persönliche Mappe mit Zeugnissen und Dokumenten. Durch diese Situation ist es mir vorerst nicht möglich, das Liebesleben von Eliza sozusagen digital zu durchleuchten."

Er zieht seine Schultern bei seinen letzten Worten ein wenig nach oben und schüttelt seinen Kopf. Er klappt seinen Laptop zu und während er uns betroffen ansieht, sagt er:

„Mehr gibt es dazu im Moment heute nicht mehr zu sagen. Tut mir leid, Michael!"

Wir haben also immer noch nichts.

„So, liebe Kollegen, danke erstmals für die Arbeit heute. Machen Sie bitte ihre Berichte fertig und machen dann Schluss für heute. Es wird Zeit, dass wir nach Hause kommen. Morgen erledigt bitte jeder seine Aufgaben und um 11:00 Uhr treffen wir uns alle zur Lagebesprechung. Dann wissen wir wahrscheinlich mehr und haben erste Resultate, auf die wir aufbauen können."

„Wissen alle was zu tun ist oder gibt es noch Fragen?"

Alle drei schütteln ihre Köpfe und beginnen ihre Sachen zusammenzuräumen. Ich gehe schnell zu Horst und Karin, um mich per Handschlag bei ihnen zu verabschieden.

Jeder Anfang ist schwer, dachte ich mir. Ich räume selbst meine Unterlagen in mein Büro und schreibe meinen Bericht. Ein kurzer Blick auf meine Uhr zeigt mir, dass es Zeit ist zu gehen. Ich gehe zum Tisch von Christian, der immer noch vertieft in seinen Computer ist.

„Christian ich gehe jetzt, kommen sie mit?", frage ich ihn.

„Klar, gute Idee", sagt er und fragt gleichzeitig: "Warten Sie auf mich?" „Natürlich warte ich", sage ich mit gutem Grund. Mit Christian bleib ich nämlich vor dem Ausgang zur Passamtswiese noch stehen, um mit ihm ein bis zwei Zigaretten zu rauchen. Wir verabschieden uns und ich begebe mich auf den Heimweg. Zu Fuß beträgt dieser ungefähr einen knappen Kilometer. Wahrscheinlich sogar noch kürzer. Zum einen zu kurz, um zu reflektieren, zum anderen lange genug, um meinen Kopf etwas Sauerstoff zu gönnen und ihn ausrauchen zu lassen.

Ich mache noch einen kleinen Halt beim Zigarettenautomaten bei der Bus-Station am Geidorfplatz. Es herrscht um diese Zeit immer noch stark fliesender Verkehr, der mir heute besonders laut vorkommt.

Doch ich höre noch andere Klänge, die durch den Verkehr an meine Ohren klingen. Anscheinend ist etwas noch lauter als der Abendverkehr. Ich muss ein wenig in mich hineinlachen. Die Samba-Musik der Tanzschule in der schönen alten gelben Villa am Geidorfplatz übertönt heute anscheinend alles, auch den Verkehr.

Da ich die Tanzmusik prinzipiell und vor allem das dazugehörende Tanzen dazu furchtbar finde, beschleunige ich kurzfristig meine Schritte, bis ich fast auf Lauftempo komme. Ich werde immer schneller. *Nur weg von der Musik.* Ich trabe bei den parkenden Autos vorbei und schlängle mich durch die kreuz und quer stehenden Fahrräder, die vor dem Kino abgestellt sind. So komme ich fast ein wenig außer Atem. Auf meinem Weg, kurz davor einen neuen Rekord über dreißig Meter aufzustellen, entscheide ich mich laut schnaufend, doch besser die Musik zu ertragen, als hier vor Ort einen Herzinfarkt zu bekommen. Ich verlangsame meine Schritte wieder. Mir fällt auf, dass meine Hüften sich leicht im Samba Takt zu schwingen beginnen.

Na Bravo Michael, das fehlt gerade noch!

Die Botschaft hör ich wohl,

allein mir fehlt der Glaube.

Johann Wolfgang von Goethe

(1749 – 1832)

Faust

Der Tragödie erster Teil

17.

Es ist Dienstag früh.

Karin Gruber wirft mit Schweißperlen auf der Stirn einen kurzen Blick auf die leuchtenden, sich ständig ändernden Zahlen auf der digitalen Anzeige vor ihr. Zurzeit leuchtet die Zahl einhundertsiebzig auf. Die erbarmungslose Puls-Anzeige des Laufbandes.

Komm schon! Eine Minute geht noch, versucht sie sich selbst zu motivieren. Einmal schnell eine Einheit Bauch, Beine und Po. Zwanzig Minuten lockeres Laufen zum Abschluss. Neben ihr traben auf den beiden Laufbändern links und rechts zwei Männer, die von ihr genauso wenig Notiz nehmen wie umgekehrt. So wie meist um diese Uhrzeit ist auch heute wieder recht viel los. Das sehr kostspielige Studio, in dem sie Mitglied ist, ist bestimmt das Beste in Graz. Edel und gut. Ausgestattet mit einem Schwimmbecken und einer modernen Sauna. Außerdem befindet es sich in direkter Nähe zur Grazer Oper. Einen Steinwurf entfernt sozusagen. *Praktisch.*

Fitness und Sport sind kontinuierlich zu ihrer auserwählten Droge geworden. Fitness in ihrem bevorzugten

Studio, denn das Polizeifitnessstudio ist ihr einfach zuwider. Zu viele männliche Kollegen, zu viel Testosteron geschwängerte Luft. Schweißgeruch, Lärm und niveaulose Witze der trainierenden Kollegen, das braucht kein Mensch. Schon gar keine Frau. Schon gar keine Frau wie sie.

Als sie ihr Training beendet hat, geht sie locker schlendernd zur Getränkebar, die sich sehr zentral mitten im Studio befindet und dadurch zwangsläufig auch Treffpunkt von den hier trainierenden Menschen ist. Heute steht niemand an der Bar. Sie trinkt gierig zwei Gläser. Sie zieht Wasser Elektrolyt-Getränken vor. Bloß kein versteckter Zucker. Karin achtet sehr auf ihre Figur. Sie geht in die Umkleidekabine, steigt dort für einen Moment auf eine der Waagen, um zu kontrollieren, ob ihr Wunschgewicht von sechsundfünfzig Kilo immer noch besteht.

Fünfundfünfzig Kilo, perfekt.

Ein leichtes Lächeln umspielt ihre Lippen, während sie in die Dusche huscht. Ein kurzer Blick auf die Uhr an der Wand in der Umkleidekabine zeigt ihr, dass sie sich beeilen muss.

Keine zehn Minuten später ist sie schon auf dem Weg zu ihrem BMW, den sie vorhin in der unteren Etage, in der Tiefgarage, unter dem Studio geparkt hat. Sie legt ihren gelben Rucksack mit den verschwitzten Turnsachen auf die Rückbank im Auto und steigt ein. Im Auto wirft sie noch einen kurzen Blick in den Kosmetikspiegel. Wie praktisch, dass dieser in der Rückblende angebracht ist. Karin rubbelt mit der rechten Hand durch ihre immer noch feuchten schwarzen Haare. Ein Versuch ihre widerspenstigen Locken ein wenig zu zähmen.

Mein Gott! Ich muss zum Friseur! Zum Ginger!

Ruckartig öffnet sie ihre Handtasche, die sich auf dem Beifahrersitz befindet. Eine riesige graue Tasche, appliziert mit einem riesigen rosa Stoffstern, die sie sich erst kürzlich gekauft hat. Online gekauft, so wie fast alles was sie an ihren Körper trägt. Im Alltagsstress hat sie einfach keine Lust und vor allem gar keine Zeit, um in der Stadt einkaufen zu gehen. Und das, obwohl sie Einkaufscenter und das große Kaufhaus mitten in der Stadt doch so liebt. Alles an einem Ort. *Komprimiert. Praktisch.*

Der Alltagsstress zwingt sie jedoch dazu, Klamotten und andere Dinge des täglichen Gebrauchs durchwegs online zu bestellen.

Im Netz nach interessanten Produkten zu suchen ist zu einer ihrer liebsten Freizeitbeschäftigungen geworden. Vielleicht grenzt es schon ein wenig an eine Kaufsucht? Online einkaufen hat für sie beinahe einen gefährlichen Touch. Das Gefühl, dass sie alles sehr bequem wieder zurückschicken kann, sollte sie einmal zu viel bestellt haben, beruhigt sie jedoch. Zurückschicken passiert auch des Öfteren, wenn ihr das Bestellte nicht gefällt oder sie im Kaufrausch zu viele unnötige Dinge bestellt hat.

Sie kramt ein wenig hektisch in ihrer Tasche und sucht wieder einmal ihr Lipgloss. *Wo ist dieses verdammte Teil nur?* Das Radio geht beim Einsteigen automatisch an. Musik hört sie, wann immer und wo immer es geht. Ohne Musik geht bei Karin fast gar nichts mehr und dank Spotify kann sie sich an jedem Ort, in jedem Land und zu jeder Zeit beschallen.

Ich kann, wo ich will, wie ich will, wann ich will.

Dieser nervige aber gute alte Werbeslogan einer Abendschule kommt ihr in den Sinn. Sie muss schmunzeln. Sie liebt schräge Sprüche und die Gedanken, die manchmal in ihrem Kopf herumspuken. Ab und zu auch ein wenig verrückte Dinge zu denken, muss doch erlaubt sein. Sie ist, wenn es in der Arbeit nicht gerade zu stressig ist, ein fröhlicher Mensch. Sie mag sich selbst, sie ist zufrieden. Es läuft gerade gut in ihrem Leben, sie liebt ihre Familie und ihre Freunde. So wie sie auch Musik liebt. Jetzt hört sie gerade „Levitating" von Dua Lipa.

Mit ihren glänzenden Lippen fühlt sie sich gleich viel besser und sicherer. Laut mitsingend zu Dua Lipa fährt sie langsam aus der Garage. Sie reiht sich in der rechten Abbiegespur ein und wundert sich noch, über die vielen mit Koffern bewaffneten Menschen, die vor ihr über die Straße gehen. Wahrscheinlich alle auf dem Weg zur „Flixbus"-Station, die sich hier gleich in der Nähe befindet.

Verreisen die alle heute? Apropos Reisen! Wann war ich denn das letzte Mal auf Urlaub?

Sie fährt zügig los, als die Ampel auf Grün springt. Vorbei am Opern Café zu ihrer Rechten, auf dem Joanneumring Richtung Tatort. Auf der mittleren der drei Spuren staut sie mit dem sich stehenden Frühverkehr in Richtung Neutorgasse. Auch wenn es nur fünfhundert Meter bis zum Ziel sind, kommt ihr vor sie bräuchte heute ewig dafür. Sie reiht sich hinter einem schleichenden Golf links ein und biegt direkt links ab, um in die Radetzkystraße zu kommen. Vor dem Bankgebäude rechts findet sie glücklicherweise gleich einen freien Parkplatz. Bei den wenigen Parkplätzen hier in der Radetzkystraße ein wahres Glück. Auch als Polizistin im Dienst freut man sich über eine freie Parklücke. Vorbei sind die Zeiten, wo man noch in zweiter Spur oder sogar verboten parken konnte. Heute, wo jeder Passant mit dem Handy gleich Fotos machen kann, um dann von den etwaigen Verfehlungen auf Facebook und Co ein Foto zu posten, sind alle bei der Polizei angewiesen worden die Verkehrsregeln einzuhalten. Das gilt vor allem für das korrekte Parken. *Idiotisch.*

Aber in diesem Fall hat sie Glück. Sie hat bisher in ihrem ganzen Leben Glück gehabt. Immer noch in Gedanken schaltet sie die Zündung aus. Ihr größter Wunsch, zur SOKO Mord zu kommen, ist viel schneller in Erfüllung gegangen, als sie es erwarten konnte. Wieder einmal so eine glückliche Fügung. Sie hat das Soziologie-Studium in sechs Semestern ziemlich schnell abgeschlossen. Zwei Semester weniger als die meisten anderen dafür brauchen. Dann kam ihre Entscheidung auf die Polizeiakademie zu gehen, um dort als Jahrgangsbeste zu brillieren. Dass sie von Michael aus dem Stand heraus rekrutiert wurde, war wieder eine glückliche Fügung. Es war wirklich eine Überraschung für sie und extrem aufregend. Sie würde alles dafür geben, um sich diese Chance zu bewahren. Vor allem Michael wollte sie es danken und ihm zeigen, dass er die richtige Entscheidung getroffen hat.

Aber, Glück haben nur die Tüchtigen!

Ein rascher Blick auf die Uhr über dem Tacho zeigt ihr, dass sie gerade noch rechtzeitig dran ist, um sich mit den beiden Kollegen Wohlfahrt und Maier von der Schmiedgasse hier zu treffen. Die beiden haben ihr gestern auch schon geholfen. Sie sind zwar ein wenig unbeholfen im Umgang mit ihr, aber dafür sehr bemüht und sehr nett. Höfliche und zuvorkommende Kollegen.

Sehr selten das ist. Ja, Yoda!

Sie sind auch schon da die beiden und warten unter dem Vordach, direkt vor dem alten Kaffeehaus, das sich an der Ecke zur Keesgasse befindet. Sie winkt den beiden mit ihrer linken Hand zu. *Nicht Winken, Karin!*

Das macht sie immer, wenn sie sich unsicher fühlt. Sie muss sich konzentrieren, sie haben ja nicht viel Zeit. Ausgerüstet mit frisch gedruckten Flugblättern und einem Foto von Eliza Kadic, machen sie sich auf den Weg, um die Blätter in den Postkästen der angrenzenden Häuser zu verteilen. Vielleicht haben sie ja Erfolg. *Hoffentlich.*

Schon wieder geht es um Glück, dankt sie sich. Jede Arbeit ist wichtig, auch diese. Karin weist die beiden Kollegen mit wenigen klaren Sätzen ein und macht sich selbst auf den Weg, um selbst in allen Geschäften die sich hier in unmittelbarer Nähe befinden, zu erfragen, ob nicht jemand vielleicht die Eliza gekannt hatte. Bevor sie losgeht, schreibt sie noch schnell ein paar Zeilen am Handy für Christian:

„Guten Morgen. Ich bin am Weg, die Flugzettel zu verteilen. Bitte schicke mir die Daten vom Zahnarzt und vielleicht auch gleich von den Kosmetikstudios hier in der Nähe. Dann überprüfe ich die auch gleich. LG Karin."

18.

Ich habe eine überraschend gute Nacht hinter mir. Ich konnte besser schlafen als erwartet. Nachdem ich doch noch ein paar Bissen gegessen habe, bin ich erschöpft ins Bett gefallen. Bier macht hungrig. Nicht Bier macht dick, sondern der Hunger den man davon bekommt. In meinem Kopf drehte sich, wie auch nicht anders zu erwarten, alles um Eliza. Auch ein Nichts kann einen brummenden Kopf machen. Um mich abzulenken und einschlafen zu können, nahm ich mir eines meiner Bücher zur Hand, um noch ein wenig darin zu schmökern. Ich lese gerade ein Buch von „*John Cleave*", über einen wahnsinnigen Serienmörder, der bei der Polizei arbeitet, sich dort aber als behinderte Putzkraft ausgibt. *Faszinierend.*

Es funktioniert einfach immer wieder. Ich bin beim Lesen eingeschlafen. Schlaf ist wichtig. Ich versuche möglichst viel zu schlafen, nach dem Motto:

„Ein Mann braucht sechs Stunden, eine Frau sieben Stunden und ein Narr braucht acht Stunden". Ein Spruch von Napoleon Bonaparte. Darum schlafe ich meistens auch eher acht Stunden.

Ich habe die Wohnung extra so gewählt, das mein Schlafzimmer in den Innenhof hinausgeht. Bei der Altbauwohnung, die ich mir ja erst vor Kurzem gekauft habe, war mir als eine der Kaufentscheidungen besonders wichtig, dass sie einen begrünten und ruhigen Innenhof besitzt. In Graz findet man so etwas leichter, da viele der alten Wohnblöcke in einer Raute angelegt sind. Darum sind eben einige der Komplexe noch mit begrünten Innenhöfen gesegnet. Trotzdem muss man lange und geduldig suchen, viel Glück und sehr viel Geld haben. Ich hatte Gott sei Dank beides. Glück und Geld. Jetzt genieße ich mein Leben in diesem, privaten Refugium besonders. Dass es mich wieder in die Grillparzerstrasse verschlagen hat, ist vielleicht gar kein Zufall, denn mein Herr Papa hatte hier ja seine erste Wohnung. Vielleicht schließt sich hier ein Kreis für mich.

Wer weiß? Who knows?

Ich bin auch ein Gewohnheitsmensch. Meine Morgenrituale wiederholen sich Tag für Tag. Nur keine Experimente, schon gar nicht am Morgen. Nur heute bleib ich noch kurz im Bett liegen, ich habe das seltsame Gefühl mein Körper ist schwerer als sonst. Zuerst muss ich beim Handy den Wecker abschalten, das mich mit einer meiner Lieblingsmelodie „Sky und Sand" von Paul Kalkbrenner weckt. Tag für Tag.

Was soll's. Raus aus den Federn!

Ich springe gut gelaunt und munter aus dem Bett, sehr bedacht, ja nicht mit dem linken Fuß zuerst auf dem Boden aufzutreten. „Links bringt es ja möglicherweise Unglück!", sagt der Aberglaube. Mein erster Weg führt mich zur Anlage und an mit der Musik. Die Anlage streamt die Musik von meinem Mac.

Aus den Boxen kommt: „*Storie di tutto Giorni*" von *Riccardo Fogli*

Mit einem Lächeln im Gesicht und leise mitsingend starte ich mit der morgendlichen Sporteinheit. Auch wenn das Lied davon handelt das der Tag zu Ende geht, ist es für mich der perfekte Song, um mich anzufeuern. *Meine Morgenhymne*. 1982 hat er damit in San Remo das Festival gewonnen. Ich habe mir mit fünfzehn bei meinem ersten Urlaub in Italien diese Musikkassette gekauft. Es gibt Musik die kommt in dein Leben, um einfach zu bleiben.

Ich mache einige kleine mobilisierende Übungen. Meine Gliedmaßen und mein Körper werden es mir heute noch danken. Yoga in der Früh hat noch nie geschadet. Hund, Katze und Baum lassen schön grüßen. *Ich bin echt verspannt, heute.*

Der nächste Weg führt mich tänzelnd in mein Bad. Das Zähneputzen mit der elektrischen Zahnbürste dauert bei mir nie besonders lang. Die Natur hat mir gesunde und kräftige Zähne geschenkt. Trotzdem ist es das Erste, was ich machen muss. Unerlässlich.

Auf Wiedersehen Pelzgoscherl.

Ein Blick in Spiegel zeigt mir, meinen Bart sollte ich heute ein wenig trimmen. Das mache ich schnell vor dem Duschen. In meiner Regenwalddusche stehe ich unter dem feinen Wasserstrahl und lasse mich vom wunderbar warmen Wasser berieseln. *Herrlich.* Das Prickeln der Wassertropfen auf meiner Haut zu spüren liebe ich. Es bringt die Energie in meinen Körper.

Guten Morgen Welt, guten Morgen Graz. Here I am.

Beim Abtrocknen der Haut und betrachten meines Körpers im Spiegel, erinnert es mich täglich daran, dass die Zeit auch bei mir nicht spurlos vorübergeht. *Geht aber noch!*

Eine kühlende Augencreme und die erfrischende Gesichtscreme runden mein Morgenprogramm für heute ab. Diese Angewohnheit habe ich meiner Mutter zu verdanken, denn seit ich denken kann, schon als ich noch ein Jugendlicher war, hat sie immer folgendes gepredigt:

„Michi, wichtig bei einem Mann sind die Augen und die Falten darum. Also musst du diese Partien sorgsam behandeln und immer schön eincremen."

Wie ein Mantra ist das für mich geworden. Eben ein Ritual. Darum mache ich das auch konsequent seit gut zwanzig Jahren. Das Deo und die Anwendung verschiedener Haarprodukte beenden meine tägliche Badesession.

Der nächste Weg führt mich in meinen begehbaren Schrankraum. Schränke und Kommoden, wo man nur hinsehen kann. Alles vom Tischler natürlich maßgeschneidert und das Holz in grauer Farbe Hochglanz lackiert. In der ersten Schublade rechts befinden sich meine frischen Shorts, die meisten davon schwarz. Dann nehme ich heute Schwarz. Das Leben gibt dir einfach zu wenig Zeit, um über solche Nebensächlichkeiten nachdenken zu müssen. Das gilt auch für meine Socken. Alle verschieden gemustert und bunt. Nachdem ich mich blitzschnell für mein heutiges Outfit entschieden habe, gehe ich in meine aschgraue Bulthaupt „b3" Küche und werfe das Porridge, aus seiner Verpackung in die kleine schwarz-weiße, im japanischen Design gehaltene Schüssel. Mix und Match. Mein Motto für die Einrichtung und das Wohnen.

Und das Porridge!

Ich ergänze das Ganze noch mit einem Schuss Lupinen Milch. Diese Mischung wandert dann für 90 Sekunden in die Mikrowelle. Vorher trinke ich ein Glas warmes und kaltes Wasser. Auch das gehört zum sich täglich wiederholenden morgendlichen Ritual. Mein Kreislauf ist mir dankbar dafür und mein Stoffwechsel auch.

Mit einem Espresso in der Hand, gehe ich auf meinen Balkon, um dort meine erste Zigarette zu rauchen. Die ersten zaghaften Sonnenstrahlen auf meinem Gesicht, das Geräusch der erwachenden Stadt, einfach ein wunderbares Gefühl.

Es lässt mich fast vergessen, dass ich einen Mörder suchen muss. Aber nur fast. Zurück in der Küche süße ich das Porridge mit einem Löffel Honig und vermische es noch mit einem Becher Kokos Joghurt. Während ich es genüsslich verzehre, blättere ich ein wenig in der Grazer Morgenpost, die so wie jeden Morgen schon pünktlich vor meiner Haustür liegt. Meine Gedanken wandern dadurch zwangsläufig zu Florian. Meinen besten Freund.

Ich muss ihn anrufen.

Bevor ich die Wohnung verlasse, mache ich das Bett und räume in Blitztempo auf. Viel gibt es ja nicht zum Wegräumen. Die Fenster habe ich schon vorher geöffnet. Das schmutzige Geschirr kommt in die Maschine. Das Licht ist aus und das Radio läuft noch.

Heute singt Ricardo in der Dauerschleife:

„Un giorno in piu che passa ormai, con questo amore che non e forte come vorrei."

Ich gebe es ja zu, ich bin ein hoffnungsloser Romantiker.

Außerdem bin ich ein kleiner „Monk", was das Verlassen meiner Wohnung betrifft. Ich möchte das es immer ordentlich aussieht. Man weiß ja nie, wen man so trifft am Tage oder in der Nacht und wer vielleicht heute oder morgen mit mir nach Hause kommen könnte.

Träum weiter Michi.

Heute gehe ich zu Fuß in mein Büro. Um 08:00 Uhr sollte ich dort sein. Mir fällt auf das ein schöner Frühlingstag auf mich wartet, Vogelgezwitscher, wollige Sonnenstrahlen und gute Luft heißen mich heute willkommen. Ich bin gespannt welche Überraschungen dieser Tag sonst noch für mich, bereithalten wird.

19.

Kevin Muur ist eine Nummer für sich. Ein einfach gestrickter Kerl, mit einem größeren Herz als er es je zugeben würde, ein wirklich eitler Kerl, fast schon ein richtig stolzer Pfau. Keine wirklich treue Seele zum einen, zum anderen ist er seiner Arbeit treu. Loyalität wird bei ihm großgeschrieben. Es ist tief in seinem Herzen verankert. Mit seiner Firma ist er praktisch wie verheiratet.

Im privaten Leben ist er stolzer Single. Mehr stolz als Single. Er hat so seine Prinzipien. Er ist ein Mann mit gleichbleibenden Tagesabläufen. Rituale würde er es nennen, wenn er wissen würde, dass man so dazu sagt. Es soll nur alles schön so bleiben, wie es ist. Kein Mann der für Überraschungen gut ist und sie auch bei Gott nicht mag. Ein typischer Gewohnheitsmensch.

Er kann mit seinen sechsunddreißig Jahren auf mehr als zwanzig Jahre Firmentreue zurückblicken, als junger Spross begann er die Lehre zum Bürokaufmann und machte dann seinen langsamen, aber stetigen Aufstieg im Unternehmen. Er wurde nach und nach immer wieder befördert. Jetzt ist er im Außendienst gelandet. So ist er nun seit gut zehn Jahren als Vertreter für Packerlsuppen, Suppenwürfel und sonstiges Gewürzzeug unterwegs. Der Vertrieb ist seine Stärke. Das kann er wirklich gut. Sich und seine Suppen in das rechte Licht zu stellen und sie dann erfolgreich an den Mann oder die Frau zu bringen. Letzteres wesentlich erfolgreicher.

Mit seinen 186 cm Körpergröße, seinen kurz geschnitten, vollen blonden Haaren und seinem sehr sportlichen Körper, macht er auf alle Fälle eine gute Figur. *Ohne Training geht nichts.*

Durch seinen fast täglich im Fitnessstudio trainierten und gestählten Körper fühlt er sich stark und selbstsicher.

Immer besser. Immer weiter. *Nur nicht weich werden.*

Vor allem mit seiner Attitüde nicht nur einen Raum zu betreten, sondern dort zu erscheinen, ist er, für die von ihm selbst sehr sorgsam ausgewählte weibliche Zielgruppe, die sich mit seinem weiblichen Beuteschema deckt, ja eine – natürlich nur für ihn – gefühlte Lichtgestalt.

Immer die neueste Dieseljeans am gestählten Körper zu tragen, ist damit wahrlich seine Pflicht. Dazu taillierte Hemden, diese meist in Schwarz und ein perfekt abgestimmter, aber immer auffälliger Gürtel, sollen den ersten Eindruck von ihm abrunden. Montag bis Donnerstag trägt er meist Sakko, ab Freitag dann die lässige schmale Lederjacke. *So soll es sein.*

Heute macht er eine Ausnahme. Denn ab und zu, wie eben zum Beispiel heute, trägt er ein um eine Spur zu enges T-Shirt. Er hat heute noch einen Besprechungstermin in seiner Firma und dort arbeitet ja seit ein paar Wochen, die fesche kleine blonde Maus dessen Namen er sich noch nicht gemerkt hat.

Wie heißt sie doch schnell? Miriam? Manu? Unwichtig!

Wie immer, wenn er die Lederjacke trägt, hat er sie natürlich extrem lässig über die rechte Schulter geworfen. Zur Feier des Tages trägt er heute nicht nur irgendeine Jacke, nein, seine in Grau gehaltene Ziegenlederjacke von G-Star muss es sein. Die Puppe soll ruhig sehen, wie gut es ihm geht. Superstar sozusagen! Er verdient ziemlich ansprechend. Da kann sie es später schwer übersehen, sollte sie einen zufälligen Blick auf sein linkes Handgelenk werfen. Wo mehr als auffällig seine mit Stolz getragene Rolex Daytona thront. An der kommt keine Frau vorbei. Er schon gar nicht.

Er selbst bewundert sie mehrmals am Tag. Aber erst, wenn er seine verspiegelte Ray-Ban-Brille abnimmt, denn nur dann sieht er mit leicht zusammengekniffenen Augen die Zeiger seiner Uhr. Eine Lesebrille kommt einstweilen nur heimlich zum Einsatz.

Brillen machen älter.

Er macht sich dafür lieber um ein paar Jahre jünger. Funktioniert einwandfrei bei der Damenwelt. Unterwegs ist er immer mit seinem, selbstverständlich lässig, fast schon frech abgestellten Wagen. Außer er parkt in der Tiefgarage. Meist hat er ihn aber in der Ladetätigkeit abgestellt, seinen schwarzen Audi A4. Die Verhandlungen um den neuen A5 ziehen sich jetzt schon viel zulange hin, das muss er ändern. Es ist alles nur eine Frage der Zeit, denn sein Mentor, sein um einiges älterer und langjähriger Arbeitskollege Wolfgang, der ihm alle wirklich wichtigen Dinge im Leben beigebracht hat, der ist seit Jahren in der A5 Klasse beheimatet. *Der böse Wolf!*

Kommt Zeit, kommt Rat. Komm zu mir A5 Automat.

Heute ist einmal der typische Tagesablauf eines x-beliebigen Tages oder einfacher gesagt: „ein typischer Dienstag eben".

Aufstehen und ohne sich zu Duschen ins weltbeste Fitnessstudio in der Innenstadt fahren. Von der Tiefgarage in das Studio. Dann vierzig Minuten lang das übliche Programm runterspulen und wenn es sich ausgeht, unbedingt auch noch ein wenig flirten. Das ist dann der optimale Start in einen perfekten Tag.

Er duscht sich schnell im Studio und zieht sich dort um. Sein A4 parkt dienstags immer in der Tiefgarage beim

Rosarium. Bevor er zum Auto geht, spaziert oder besser gesagt schlendert er noch zu seinem Stammkaffee in der Kaiserfeldgasse. Dort im Café angekommen, stellt er sich hinter der um diese Tageszeit noch kurzen Reihe von Menschen an und bestellt lächelnd einen großen Lungo mit einem Tupfen laktosefreien Milchschaum.

„Für hier oder zum Mitnehmen?", fragt ihn das fesche Mädchen hinter der Theke.

„Für hier bitte!"

Die Sonnenbrille hat er sich lässig ins blonde Haar gesteckt, man weiß ja nie wie das Wetter noch so werden kann. Der Nachteil mit den Brillen ist, dass man mit den gespiegelten Gläsern praktisch wie blind im Kaffeehaus steht. Zu wenig Licht für zu schlechte Augen. Um zu sehen, wer heute sonst noch alles hier ist, kneift er lieber die Augen ein wenig zusammen.

Er schlendert also so locker wie möglich und gut sichtbar für alle Anwesenden, zu dem großen Tisch rechts neben der Kasse. Mit dem Rücken zur Wand gelehnt, kann er dort ein bisschen abhängen und sich einen Überblick verschaffen, wer heute noch alles kommt und geht.

Immer alles im Blick haben.

„Wenn es geht, immer so Platz nehmen, dass dich ja jeder wahrnehmen kann", coacht Wolfgang ihn immer.

„Trotzdem immer so desinteressiert wie möglich wirken oder noch besser: So lässig wie möglich in einer der coolen Zeitungen blättern." Die *Tagespost geht auch.*

Wie er so auf seinem Platz sitzt – tatsächlich ist es schon sein Stammplatz – fühlt er sich richtig wohl. Es ist gerade mal 08:00 Uhr. Er nimmt die Schlagzeile auf der Tagespost gar nicht wahr, denn gerade kommt die hübsche Schwarzhaarige, *sie ist sicher Verkäuferin*, bei der Tür herein und bestellt sich ihren Kaffee Latte mit fettarmer Milch. Wie auch sonst immer.

Eine Latte hätte ich auch für dich, Baby.

Hätte er die Tagespost gelesen und ein wenig über das gelesene nachgedacht, dann wäre ihm vielleicht aufgefallen, dass es sich beim Mordopfer Eliza Kadic um die hübsche, schüchterne, dunkelhaarige so „scharfe Maus" gehandelt hat, die sich auch jeden Tag, hier im Lokal, ihren normalen Cappuccino mit Sojamilch zum Mitnehmen abgeholt hat. Ist es aber nicht.

Auf dem Tisch vor ihm liegen seine beiden Handys. Kevins Blick, fällt zuerst auf sein schwarzes iPhone 10X, um zu kontrollieren ob, schon jemand von seinen Kunden angerufen hat. Der Vorteil an seinem Job ist es, mit der nach vielen Jahren eingespielten Routine, es inzwischen auch als arbeiten gilt, wenn er im Kaffee sitzt. Kundentermine sind immer und überall.

Auf dem Display des grauen iPhone10X, das wie ein Spiegelbild des schwarzen still und rechts daneben am Tisch liegt, ist es dunkel. Er überlegt kurz, ob er einen seiner Kumpels anrufen soll, vielleicht haben sie auch Lust und Zeit auf einen gemeinsamen Kaffee.

Ein Plauscherl unter Freunden.

Als er beginnt die Schlagzeile der Tagespost zu lesen und sich fragt, ob er die getötete Verkäuferin denn nicht gekannt hat, kommt die hübsche blonde Verkäuferin vom schwedischen Modeladen in der Herrengasse zur Tür hereinspaziert und reiht sich an die inzwischen lang gewordene Schlange. *Ein Wahnsinn die Frau!*

Er blättert die ersten Seiten schnell um und überspringt den Regionalteil um zum Sport zu kommen. Sein Lieblingsverein, dieser über die Grenzen von Graz hinaus durchaus bekannte, aber zurzeit eher belächelte Fußballverein, hat letztes Wochenende wieder einmal eine schöne Heimniederlage auf den Rasen gelegt.

Verdammt.

Er wird bei diesen Ergebnissen sicher bald Probleme bekommen, seinem Chef weiter davon zu überzeugen, dass die vier VIP-Karten für denselben Lieblingsverein, eine perfekte Möglichkeit sind in guter Atmosphäre, mit immer wieder verschiedenen Kunden, positive Geschäftsabschlüsse im Stadion zu erzielen. *Amen.*

Sein Blick schweift wieder einmal belanglos durch das um diese Uhrzeit immer mehr gefüllte Café, um zu scannen, ob denn neue bekannte Gesichter oder noch besser, noch nicht bekannte Schönheiten gekommen sind.

Nichts wirklich Neues an der Frauenfront!

Im Gegenteil. Nur der langweilige Banker, der gleich links beim Eingang sitzt und hier anscheinend immer wieder mit verschiedenen hübschen Frauen seinen Kaffee trinkt. Außer samstags. Am Wochenende ist er immer mit seiner Frau und den beiden Kindern hier und macht auf heile Welt.

Armes Schwein!

Hinten im kleinen Nebenraum steht die Gruppe jugendlicher Schulschwänzer mit ihrer Affenmilch zum Mitnehmen, um sich schnell noch ein weiteres gratis Glas Wasser zu holen und dann vor dem Café, mit einer Zigarette bewaffnet, die sie lässig im Mundwinkel hängen haben, nur darauf zu warten, ob die Welt heute oder doch morgen untergeht. Gott sei Dank haben sie alle Instagram, Snapchat, Tik Tok und was es sonst noch alles gibt an sozialen Netzwerken, um diese harte Wirklichkeit einfach zu verdrängen.

Ein letzter Blick auf sein Handy-Duo zeigt ihm, dass es schon fast 09:00 Uhr ist. *Hilft alles nichts, ich muss los.*

Er steckt beide Handys ein, schlüpft in seine Jacke und wirft sich seine graugelbe Umhängetasche von Freitag, die sein jugendliches Erscheinungsbild noch mehr unterstreichen soll, um. Er macht sich gemütlich schlendernd, vorbei beim Kriegerdenkmal, die Herrengasse elegant querend, auf den Weg Richtung Tiefgarage.

Kevin Muur geht direkt bei der Rampe hinunter. Wie immer geht er verbotenerweise auf diesen Weg ins Parkhaus, denn er hasst die Stufen und das Stiegenhaus. Er macht sich zielstrebig und natürlich wieder unerlaubt über die Rampe auf den Weg in die untere Etage, wo sein parkender schwarz-matt-schimmernder Audi auf ihn wartet.

Beim Öffnen der Fahrertür läutet plötzlich eines seiner Handys. Es veranlasst ihn, schnell einzusteigen, damit sich das Handy rasch mit der Freisprecheinrichtung koppeln kann. *Wer kann das sein?* Sicher einer seiner beiden Kumpels der zurückruft.

Er drückt den Knopf der Zündung und der Audi springt an. Es läutet jetzt laut im Auto. Er versucht noch mit der rechten Hand, auf dem Lenkrad den grünen Annahmekopf zu drücken, um das Telefonat entgegenzunehmen. Dazu kommt es aber nicht mehr.

Das Läuten des Handys lenkt ihn gerade etwas ab und deswegen achtet er auch nicht auf die Person im Rückraum seines Wagens. Als ihm diese plötzlich ein stark nach Desinfektionsmittel riechendes Stoffstück gegen seine Nase drückt, schießen im außer ein paar Tränen, noch ein paar seltsame Gedanken in seinen Kopf:

„*Riecht wie Äther! Ich kenne das!* Habe ich eine OP? Nicht Atmen."

Der nächste Gedanke, der ihm noch in den Kopf kommen wollte, der wäre auch nicht viel besser gewesen, doch diesen Gedanken kann er nicht mehr zu Ende führen. Sein Geist und sein Bewusstsein sind gerade in ein tiefes schwarzes Loch gefallen und gleichzeitig schlägt sein Kopf mit einem dumpfen Knall, auf dem glänzenden schwarzen Lederlenkrad auf.

BUMM!

20.

Christian und Horst sind schon da. Wir trinken gemeinsam eine Tasse Kaffee und wechseln ein paar belanglose Worte über die aktuellen Schlagzeilen in der heutigen Zeitung. Ein trauriger Beweis dafür das wir wirklich keine Spuren haben. Wir können es auch nicht lassen, über den Trainer unseres Heimatvereins zu lästern, der am Sonntag wieder einmal gegen einen der Wiener Vereine verloren hat. So wie immer am Beginn der Frühjahrsmeisterschaft. Manche Dinge wiederholen sich dann doch und beim Fußball leider immer wieder.

Fußball die wahrscheinlich wichtigste Nebensache der Welt.

Ich sitze am Schreibtisch und öffne meine E-Mails, um zu kontrollieren, ob ich schon neue wichtige Informationen bekommen habe. *Bingo.* Laura hat geschrieben. Ich lehne mich ein wenig nach vor, rücke mit meinem Hintern an die Kante vom Sessel und beginne zu lesen:

„Lieber Michael,

hier die restlichen Ergebnisse der aktuellen Untersuchungen und die mir bisherigen vorliegenden Ergebnisse vom Labor. Ich werde mir erlauben, ein paar persönliche Anmerkungen von mir in meinen Bericht für dich einfließen zu lassen. Ich werde versuchen das Fachchinesisch auf ein Minimum zu reduzieren. Das ist so mein Stil. Dann fange ich mal an.

Wir haben bei den von uns genommenen Abstrichen von Mund, Vagina und Anus Spuren von dem Stoff „Polyurethane" gefunden. Polyurethane ist ein Stoff, der zum Beispiel bei der Herstellung von Latex freien Kondomen verwendet wird. Mir ist es leider noch nicht gelungen die genaue Marke zu bestimmen.

Es konnten jedoch keine nachweisbaren Spuren von sexueller Aktivität festgestellt werden, da der Körper vom langen Liegen im Wasser und durch das Blut in der Wanne zu sehr aufgequollen und kontaminiert war.

In einer der aufgeplatzten Schwielen am Rücken fanden wir Spuren von Paracord. Kommt in Schnüren, Seilen und auch in Armbändern vor. Zudem konnte ich Spuren von Carboxymethylcellulosen finden. Carboxymethylcellulosen wird vorzugsweise in Gleitmitteln verwendet. Also entweder wurde sie gefesselt oder ausgepeitscht.

Ich habe bei meinen Tests und der Suche nach Fremd-DNA-Spuren leider keinen Erfolg gehabt. Ich habe nur eine, jedoch höchst wahrscheinlich kontaminierte, Spur gefunden. Die gefundene DNA ist von einem Tier, und zwar einem Vogel. Ich habe die Probe zur Suche in eine

Datenbank gegeben. Bald wissen wir mehr. Hatte sie ein Haustier? Die Täter vielleicht? Sehr seltsam.

Durch die kleinen Petechien in Hals und am Kehlkopf, welche mir aufgefallen sind, kann ich bestätigen, dass die offizielle Todesursache letztlich Ersticken ist.

Ich konnte auch zarte Druckstellen auf ihren beiden Handgelenken ausmachen. Allerdings waren sie nur durch von mir verwendetes, spezielles Schwarzlicht zu erkennen. Durch das lange liegen im Wasser, die eingetretene Totenstarre und den dadurch vorhandenen Totenflecken, waren die vorhandenen Druckstellen für die Spurensicherung sehr leicht zu übersehen.

Ihre mittlere Zehe am rechten Fuß wurde erst kürzlich abgetrennt. Die Schnittwunde lässt eine große Schere vermuten. Möglicherweise eine Gartenschere. Die Spuren werden noch abgeglichen.

Der fehlende Zahn, wurde erst neulich entfernt, ich konnte hier keine Spuren von Einblutungen finden. Der Mund war, durch die verwendete Tüte, vom Wasser besser geschützt. Auf der Tüte sind keine Spuren zu finden. Die Kabelbinder sind auch sauber.

Mir ist noch etwas aufgefallen. Am rechten Ohr, gibt es eine auffällige Piercing-Öffnung, jedoch fehlt jeglicher Schmuck. Ich habe einen kleinen Blutstropfen gefunden, gleich hinter dem Ohr. Beim Abgleich der Blutgruppe, kam es zum Ergebnis, dass sie zu Eliza Kadic passt. Beim sogenannten Tragus Piercing wird durch den Knorpelfortsatz am Eingang des Gehörganges gestochen. Wie zuvor erwähnt, es fehlt das dazugehörende Schmuckstück.

Ich fasse kurz zusammen. Todesursache ersticken durch Fremdeinwirkung mittels einer Plastiktüte die mit Kabelbinder am Hals befestigt war. Suizid schließe ich aus.

Abdrücke an ihren Händen und Knöcheln, Striemen am Rücken. Durch die wenigen brauchbaren Spuren, die ich gefunden habe, deuten die Indizien auf ein Kidnapping mit Folter und Sexualverkehr hin.

Ich habe dir alle Ergebnisse und Fotos an dieses Mail angehängt, möchte aber noch mit folgenden Informationen dienen:

Ich bin der Meinung, dass wir die Leiche der Eliza Kadic freigeben könnten und würde nach deinem OK, diese Information gleich an die Eltern des Mädchens weitergeben.

Endgültige Freigabe wäre morgen 09:00 Uhr. Solltest du irgendwelche Einwände haben, so wäre noch ein kleines Zeitfenster für Untersuchungen möglich. Allerdings muss ich festhalten, dass nach ordnungsgemäßer

Durchführung der Obduktion festzuhalten ist, dass es bei der Leiche nichts mehr zu finden geben wird.

Tut mir leid Michi.

Solltest du noch Fragen haben, melde dich einfach bei mir!"

Herzliche Grüße Laura"

Das hat Laura gut gemacht. Anders, aber gut! Mir kommen kurz ihre roten Locken in den Kopf. Hm, sehr schöne Augen. Ich schüttle mich kurz. Ich lese das Mail ein weiteres Mal durch und sende dann die beiliegenden, technischen Ergebnisse gleich in unsere Cloud. Die Fotos vom Ohr und der Piercing Öffnung drucke ich aus und hefte die beiden Bilder ans Board im Besprechungsraum. Mit dampfendem Kaffee in der Hand setze ich mich an den Tisch. Ich denke in aller Ruhe über das Mail von Laura nach und lehne mich ein wenig im Sessel zurück. Ich zupfe an beiden Ärmeln von meinem Sakko und es fällt mir auf, dass ich das anscheinend immer mache, wenn ich unter Anspannung bin.

Es rasen viele Dinge durch meinen Kopf:

Vogel-DNA? Rückstände von einem Kondom. Wo ist der Schmuck von Laura? Trugen die Täter Schmuck? Finden wir doch noch Spuren? Ist unser Täter doch ein Sammler? Es fehlen ein Finger und ein Zahn. Wer macht so einen Scheiß?

Keine DNA! Wie blöd! Aber warum soll es einfach sein. Ich denke an diese schöne, junge Frau und die Bilder von ihrer aufgeschwemmten Leiche fressen sich tiefer in meinen Kopf!

Wer immer du bist, ich werde dich finden.

Ich lasse meinen Blick durch den Raum schweifen, alle sitzen an ihren Schreibtischen und sind beschäftigt. Die Zeit. Das ist sicher der größte Druck! Immer wieder aufs Neue ein Kampf gegen die Uhr.

Ein Blick auf meine „Luminor Marina Carbotech", die ich heute trage, beweist endgültig, es ist nun wirklich an der Zeit.

Ich stehe auf und gehe zum Besprechungstisch. Mir rauschen immer noch alle möglichen Dinge durch den Kopf.

Verdammt! Ich bin enttäuscht. Ich wünschte, wir hätten mehr.

21.

Gerade einmal vierundzwanzig Stunden nach Auffinden der Leiche, von unserem Opfer Eliza Kadic, haben wir unsere zweite Einsatzbesprechung, es ist Dienstag 11:00 Uhr.

Ich bringe mein Team mit einer kurzen Zusammenfassung des Mail von Laura rasch auf den neuesten Stand. Die Ergebnisse der Gerichtsmedizin sind ernüchternd. Ich ergänze meine Ausführung mit den dazugehörenden Fotos, die ich an der Pinnwand befestigt habe.

„Zusammenfassend möchte ich einige Thesen von unseren aktuellen Erkenntnissen in den Raum werfen, um sie mit Ihnen zu besprechen. Eliza wurde offensichtlich vom Täter in ihrer Wohnung festgehalten. Laut der Zeugenaussagen von Arbeitskollegen und der Familie, höchstwahrscheinlich schon ab Samstag, sicher aber von Sonntagnacht bis spätestens Montag früh. Ob sie den Täter freiwillig in die Wohnung gelassen hat, wissen wir nicht! War er ihr bekannt? Möglich. Hatte er einen Vorwand um sich Zutritt zu ihrer Wohnung zu beschaffen? Wenn ja, welchen. Ist es ein Freund oder versuchte er oder sie es mit Gewalt? Hat er Eliza im Vorfeld beobachtet? Hat er sie vielleicht sogar beschattet? Woher kommt die Vogel-DNA. Fesseln, Kondom, Kabelbinder und die Tüte? Hat er diese Dinge mitgebracht oder waren sie in der Wohnung. Diese Fragen bleiben vorerst offen."

Mein Blick fällt auf das Gesicht von Horst. Ich mache eine kleine Pause, um ihn etwas sagen zu lassen. Er wirkt etwas unruhig. *Ob er wieder trinkt?*

„Dazu möchte ich ergänzen Michael, das die Spurensicherung, auf der von Inspektor Reininghaus, aus der Angel gerissenen Tür keinerlei Einbruchspuren oder Kratzer gefunden hat. Ich muss zu meinem Bedauern sogar anmerken, dass es nicht einen einzigen Fingerabdruck gibt, geschweige denn ein Haar oder sonst die kleinste Spur. Nichts. Wir haben nichts."

„Schon wieder dieses Nichts!", denke ich mir.

„Wir sollten also von einer Person ausgehen. Das zwei Personen keine Spur hinterlassen kann ich mir beim besten Willen nicht vorstellen. Wie soll so was gehen? Sicher können wir da trotzdem nicht sein."

Mir fällt auf, er wirkt sehr konzentriert und so vermute ich, dass es ihm ähnlich geht wie mir. Uns Ermittlern beunruhigen solche nicht greifbare Situationen wie in diesem Fall. Keine Spuren gibt es nicht. OK. Es sind wenig Spuren, aber die sind bisher alle unbrauchbar. Ich zermartere mir den Kopf.

Haben wir etwas übersehen? Sind wir schlampig gewesen?

„Karin was gibt es bei Ihnen Neues?", da ich zu Horst nichts sagen kann, wende ich mich direkt an Karin. Ich hoffe, dass sie ein wenig Licht in das Dunkel bringen kann. Karin sitzt aufrecht da, mit fast durchgestreckten Oberkörper, wie eine Muster-Schülerin. Sie streicht mit ihren zarten Fingern kurz über die vor ihr liegenden Unterlagen, richtet rasch ihre Brille und blickt mich mit festem Blick an.

„Also Michael, wie vereinbart haben wir auf der Straße und bei den Anwohnern die Flugzettel verteilt. Einer unserer Kollegen sitzt fast durchgehend an der Hotline. Ohne Ergebnis bisher. Da wir leider noch nicht wissen wer der Zahnarzt von Eliza war, bin ich zuerst ins Kaufhaus gefahren. Ich habe dort mit ihren Kolleginnen und anderen Verkäuferinnen in und um die Kosmetikabteilung versucht, mehr über sie herauszufinden. Ich hatte auch ein längeres Gespräch mit ihrer direkten Vorgesetzten."

Sie räuspert sich kurz und fährt fort:

„Zusammengefasst lässt sich sagen, dass Eliza recht beliebt und auch eher zuverlässig war. Sie war aber auch nicht immer die fleißigste, nicht immer sehr präsent bei der Arbeit, jedoch alles in allem eine gute Mitarbeiterin. Ihre Kolleginnen beschrieben sie als freundliche, verlässliche, mit ein wenig Oberflächlichkeit behaftete junge Frau. Es gab keine tiefgehenden Gespräche mit ihr. Sie hatte in der Firma auch keine festen Freundschaften. „Mode, Kosmetik, Turnschuhe", das waren ihre Themen. Eliza beteiligte sich auch nicht beim Tratsch der Kolleginnen. Sie erzählte kaum von persönlichen Dingen. Kein Freund, kein Verhältnis. Folgende SMS hat sie ihrer Kollegin Judith Müller am letzten Samstag geschickt."

Karin wirft einen Blick in die Unterlagen vor ihr am Tisch und liest vor:

„Hallo Lisa, habe so starke Regelschmerzen. Ich werde heute nicht kommen. Ich gehe Montag früh gleich zum Arzt. Bitte gib das so weiter. LG Eliza"

Karin blättert ein wenig in ihren Unterlagen, wirft wie zur Bestätigung ihrer Worte einen Blick zu Christian, der ihr auch zunickt und fährt dann fort:

„Weil mir die Art, wie die Nachricht von Eliza geschrieben war, etwas seltsam vorgekommen ist, habe ich direkt vor Ort die Kolleginnen gebeten auf ihren Handys zu kontrollieren, ob es alte Textnachrichten von Eliza gibt. Für mich sind SMS schon ein wenig wie Fingerabdrücke. Fingerabdrücke der digitalen Zukunft."

Sie lächelt mich an und fährt sich mit der rechten Hand kurz durch ihre Haare.

„Ich wurde fündig. Elizas Stil beim Schreiben ihrer SMS war eher kurz und mit den so typischen Kürzeln ihrer

Generation durchmischt. Ich stelle sofort eine These auf. Ich behaupte und vermute, dass der Täter diese Nachricht geschrieben hat. Klingt für mich logisch. Es wäre eine einfache Art Elizas Abwesenheit zu erklären. Die Nachricht ist eben sehr unpersönlich, aber es hat durchaus funktioniert. Niemand hat sich Gedanken gemacht. Das erklärt vielleicht auch warum wir kein Handy gefunden haben, denn er hat das Handy einfach mitgenommen. Hast du dazu etwas Neues, Christian?"

Mit leicht geröteten Wangen blickt sie zu Christian Puller und wartet auf seine Antwort.

„Also, aus den bisherigen Handydaten, die ich vom Provider doch schon gestern in der Nacht bekommen habe, konnte ich einiges herauslesen. Zum einen, das Eliza am Freitagabend das letzte Mal online war. Bis 23:13 Uhr. Was sie getan hat, wissen wir nicht. Um genau festzustellen, was sie online gemacht hat, brauche ich leider ihr Handy. Sie hat mit ihrer kleinen Schwester ein paar WhatsApp geschrieben, ungefähr um die gleiche Zeit. Ich habe versucht, die erhaltenen Informationen von den Handys der Geschwister und von den Eltern in einen chronologischen Zeitplan zu bringen. Samstagmorgen war sie noch einmal kurz online, von 07:00 bis 07:30 Uhr. Wenn ich von der verbrauchten Datenmenge ausgehe, vermute ich, dass sie vermutlich im Internet gesurft hat.

Sie könnte auch Musik gehört haben. Radiostreaming oder Online-Dienste. Aber dies sind nur Vermutungen. Es passt aber schon zur Uhrzeit, aufzustehen und vor oder beim Frühstück Musik zu hören oder auch schnell zu surfen".

Ich denke so für mich: „Ja aber nur für euch Freunde."

Langsam werde ich alt. Ich denke kurz darüber nach. Wie verhalte ich mich? Nein. Ich mache das nicht. Noch nicht. Musik höre ich meistens noch analog. Ich habe zwar das Handy neben dem Bett liegen, aber nur aus beruflicher Notwendigkeit. Immer bereit. *Armer Bulle!*

Christian hat in der Zwischenzeit seinen Bericht beendet.

„Arbeitsbeginn wäre Samstag um 09:30 Uhr gewesen", wirft Karin kurz ein.

„Warum ist sie schon so früh auf? So weit ist es von der Keesgasse doch gar nicht zum Kaufhaus", ergänzt sie und nimmt einen Schluck aus ihrer Teetasse, die heute mit einem wunderbar duftenden Jasmin Tee gefüllt ist.

Karin ist gerade in ihren Gedanken vertieft. Sie trinkt viel lieber Tee als Kaffee. Ihr war es gestern nur zu peinlich gewesen – bei Michael – darauf hinzuweisen. Darum trank sie gestern mit großer Abscheu, diesen widerlich und bitteren Kaffee.

„*Wie grausig*", dachte sie. Jetzt nimmt sie genussvoll einen großen Schluck aus ihrem rosaroten Trinkbecher. Auf welchem mit großen goldenen Buchstaben geschrieben steht:

„Prinzessin schläft noch, nicht stören"

Sollen doch alle glauben, dass sie Kaffee trinkt, ihr Glück ist, das ja Gott sei Dank niemand sehen kann, welche Flüssigkeit sie aus ihrer Tasse trinkt.

„Also sie steht wie immer auf, um zur Arbeit zu gehen. Warum sie so früh aufsteht, wissen wir nicht. Einfach eine Frühaufsteherin. Ein Morgenmensch. Anders als ich. Vielleicht geht sie vor der Arbeit noch einen Kaffee trinken. Hat sie ein Stammlokal? Doch dazu kommt es alles nicht. Der oder die Täter kommen, wie wir ja wissen, zu ihr!"

Karin blickt zur Decke unseres Besprechungsraums und bleibt mit ihren Augen an der Freskomalerei hängen.

Fällt ihr erst jetzt auf, wie schön unsere Decken sind?

Ich werde wieder aus meinen Gedanken gerissen.

„Wieso wurde gerade Eliza von den Tätern ausgesucht?", wirft Horst kurz ein.

Ich hebe meine linke Hand und zeige ein Stopp:

„Später, bitte Horst!"

Er nickt stumm mit seinem Kopf und ich fahre fort:

„OK, vielen Dank Karin. Leider sind wir nicht wirklich viel weitergekommen."

Ich stehe auf und gehe im Uhrzeigersinn um unseren ovalen Tisch. Ich nehme einen schwarzen Stift und zeichne zwei Comicaugen.

Darunter schreibe ich zwei Wörter mit einem Fragezeichen auf ein Blatt Papier.

„Der Täter?" Ich hefte das Blatt an die Pinnwand.

„Wir sollten uns entscheiden. Der Täter? Die Täter? Wieso die Täter? Ist es nicht so, dass wir kein Anzeichen auf mehrere Personen gefunden haben? Einigen wir uns doch auf ‚den Täter'."

Horst sitzt mir gegenüber am Tisch und blickt mir tief in meine Augen. Er hält meinen Blick fast ein wenig trotzig stand und meint darauf etwas lustlos:

„Mir soll es recht sein, also der Täter."

Er zeichnet irgendetwas in sein vor ihm am Tisch liegendes offenes Notizbuch. Ich kann es nicht erkennen. Karin, die rechts von mir sitzt, räuspert sich und wir beide blicken zu ihr. Sie steht ebenfalls auf und geht zum Stadtplan, der hinter unseren Pinnwänden direkt an der Wand befestigt ist. Sie klopft mit dem Kugelschreiber, den sie in ihrer rechten Hand hält, auf den dort eingezeichneten Tatort. Die Wohnung von Eliza ist am Plan mit einem roten Fähnchen markiert.

„Also wenn wir es kurz gemeinsam betrachten könnten, wo sich die Wohnung befindet und ihr Arbeitsplatz. Dann können wir erkennen, dass der Weg zur Arbeit relativ kurz für sie war."

Sie fährt mit dem Kugelschreiber von der Keesgasse über die Neutorgasse zum Kaufhaus. Fünf Minuten zu Fuß.

„Vorausgesetzt sie geht direkt diesen, kürzesten Weg. Allerdings gibt es natürlich auch die Möglichkeit, über die Herrengasse oder eine der vielen Seitengassen zu gehen.

Den schnellsten Weg, denn gibt es nicht. Es gibt zu viele Varianten. Wir haben eben einige Möglichkeiten, ohne großen Zeitverlust, an fast jeden denkbaren Ort hier in der Grazer Innenstadt zu kommen."

Sie seufzt kurz auf und kratzt sich mit dem Kuli am Kinn.

„Dann wird mir wohl nichts übrigbleiben, als alle möglichen Varianten ihres möglichen Arbeitswegs aufzuzeichnen. Christian kann mir helfen. Wir machen einen Plan. Wenn wir mehr wissen, können wir auch dort die Geschäfte und Lokale abklappern. Vielleicht finde ich ja die Nadel im Heuhaufen."

Sie lächelt und blickt uns fast ein wenig fragend an. Man merkt, dass sie im Kopf schon die unzähligen Variablen durchdenkt. Immer noch lächelnd setzt sich wieder auf ihren Platz.

Ich klatsche in meine Hände und ernte ziemlich komische Blicke.

„Gute Idee. Momentan sollten wir nichts unversucht lassen."

Mein Blick befindet sich, während ich das sage, immer noch auf dem Stadtplan und auch ich erkenne die unzähligen Möglichkeiten die sich hier ergeben.

„OK. Weiter im Text. Wir gehen also erstmals davon aus, dass sie von einem Täter in ihrer Wohnung festgehalten wurde. Im Schlafzimmer haben wir ja dafür auch dementsprechende Hinweise gefunden. Leider muss ich wiederholen, dass wir wirklich im Trüben fischen."

Ich stehe auf, um ebenfalls zur Tafel zu gehen und sage:

„Ich fasse noch einmal kurz zusammen: Die verdammten Plastikplanen machen es uns nicht gerade leichter. Alles dicht. Alles sauber. Nichts gefunden. Wir haben nur die Druckspuren auf den Händen von Eliza, aber wie sollte es auch sein, keine passenden Fesseln dazu. Die Kabelbinder von der Plastiktüte und die aus ihrem Gesicht hätten andere, weit tiefere Spuren auf ihren Handgelenken hinterlassen. Also war sie mit etwas Weicherem gefesselt. Wir haben zusätzlich Spuren von

Gleitmittel und latexfreien Kondomen gefunden. Es gab wahrscheinlich sexuelle Aktivitäten.

Da sie aber keine sichtbaren Verletzungen hat, welche auf eine Vergewaltigung hinweisen würden, ist auch das nicht zu beweisen. Sex, ob freiwillig oder auch nicht, das wird uns erst der Täter erzählen können. Kein stichhaltiger Beweis also bisher. Ich gehe auch hier davon aus, dass unsere Eliza das nicht freiwillig mitgemacht hat. Hat jemand eine andere Meinung dazu?"

Ich schaue der Reihe nach alle drei kurz an und mache eine kleine Pause. Wir diskutieren noch den einen oder anderen Punkt durch. Allerdings bewegen wir uns damit nur im Bereich der Vermutungen und verhalten uns ein wenig wie beim Ratespiel einer alten Fernsehserie, aus den letzten Zügen der Fernsehunterhaltung Ende der achtziger Jahre: „*Wer bin ich?*" Kurz schweifen meine Gedanken ab und ich überlege.

War es Guido oder Robert Lemke? Natürlich war es Robert!

Ich schweife mit meinen Gedanken auch ein bisschen zu den unzähligen Erinnerungen, der von mir abgeschlossenen alten Fälle ab. Irgendetwas findet man. Eine Spur findest du immer. Wir müssen nur Geduld haben. Allerdings sollten wir wirklich aufpassen. Mit unseren schnell gemachten Vermutungen. Obwohl, man glaubt gar nicht, was es alles so gibt.

Wir brauchen den Diskurs. Wir müssen uns reiben. Es gibt eben nicht nur die klassische Herangehensweise bei einer Mordermittlung. Wer hat ein Motiv? Wer ist verdächtig? Wohin führen uns die Spuren? Wer kommt denn in Betracht? Wenn ich die Statistiken heranziehe und meine bisherige persönliche Erfahrung damit vergleicht, komme ich zu folgendem vorläufigen und wahrscheinlich wohlbekannten Schluss.

„Also, wir können ein familiäres Motiv ziemlich sicher ausschließen. Eifersucht mangels einer uns bekannten Beziehung auch. Da wir bis jetzt keine Zeugen der Tat haben und die Spurenlage erbärmlich ist, komme ich zu folgendem Schluss: Wir suchen vorerst einen unbekannten Täter. Alter, Größe und Geschlecht unbekannt. War es Zufall oder gab es einen Plan? Machen wir uns an die Arbeit. Unser Job ist es dies herauszufinden."

Ich mache eine kleine Pause und überlege kurz. Ich lehne mich wieder in meinem Sessel zurück und atme einmal tief ein und aus:

„Kein Motiv, kein Täter, wir brauchen Kommissar Zufall, Leute!"

Plötzlich verspüre ich eine große Lust auf einen weiteren Kaffee. Ich gehe zur Maschine und drücke mir einen schwarzen Espresso herunter.

Was liebe ich den Geruch. Eine Zigarette wäre auch fein.

„Das zweite und bekannteste Motiv und damit einer meiner Lieblingssprüche auf der Polizeischule war: Folge der Spur vom Geld! Hier ergibt es wohl nicht viel Sinn ", sagt plötzlich Christian, um noch zu ergänzen:

„Ich werde heute auch noch alle Bankdaten und Kontoinformationen von Eliza bekommen, um meinen Verdacht, dass es kein finanzielles Motiv gibt und diese Spur nichts hergeben wird, zu bestätigen."

Ich ergänze: „Wir können und sollten davon ausgehen, dass es sich um ein Gewaltverbrechen, das mit Bedacht und einem besonders grausigen Motiv geplant war, handelt. Das von einem uns unbekannten Täter verübt worden ist. War es eine Entführung, die aus dem Ruder gelaufen ist? War es spontan? Möglicherweise auch von langer Hand geplant?"

Der zweite Espresso läuft gerade in seine Tasse, während ich fortfahre:

„Jeder macht das, was er zu tun hat. Karin klärt, wie von ihr vorgeschlagen, den Arbeitsweg von Eliza, um die möglichen Routinen von Eliza zu entdecken. Das kann und wird uns sicher weiterhelfen. Bis jetzt wissen wir einfach zu wenig über sie. Sie Christian, bleiben beim Durchforsten des digitalen Dschungels von Eliza. Facebook, Instagram und Ähnliches. Stimmen Sie sich weiterhin mit Karin und Horst ab. Horst durchforstet Sie einen möglichen Freundeskreis. Vielleicht können Sie auch versuchen die Vogelspuren von der Rechtsmedizin besser zuzuordnen. Warum ein Vogel? Versuchen Sie trotzdem, auch wenn ich befürchte, dass es wenig bringen wird. Vergleichen Sie auch vorhandene Mordfälle in Österreich, bitte. Vielleicht hatten wir das oder Ähnliches schon einmal."

Ich nehme den letzten Schluck von meinem Kaffee und muss leider feststellen, dass der Rest kalt und bitter geworden ist.

„Horst fahren Sie am besten als Erstes noch mal zu den Eltern. Graben Sie ein wenig tiefer. Irgendwas muss ja sein. Vielleicht finden wir ja in der Vergangenheit der Eliza Spuren oder mögliche Hinweise, die uns etwas bringen könnten."

Ich habe mich bei meinen letzten Worten hingesetzt, um gleich wieder aufzustehen und gehe, während ich spreche, hinter meinem am Tisch sitzenden Team im Kreis. Ich muss fast ein wenig schmunzeln, wie die drei versuchen mir mit ihrem Köpfen zu folgen. Auf den ersten Blick, scheinen alle mit der weiteren Vorgehensweise einverstanden zu sein und nicken mir zu.

Sie nicken sogar so stark, dass ich mit meinen Gedanken noch einmal kurz abschweife. Ich muss nochmals Lächeln. Ich gehe mit meinen Gedanken in der Zeit zurück. Mir fällt der bekannte Wackeldackel ein, der in den

Siebzigerjahren im Fond des Autos meiner Eltern saß und mir immer freundlich zugenickt hat.

„Und noch etwas. Wir brauchen dringend Hilfe von außen. Einen Profiler oder einen Psychologen. Überprüfen Sie im Internet, ob wir in Graz nicht passende Psychologen greifbar haben, welche auf sexuellen Missbrauch, Fetische oder ähnliche Arten der Abartigkeit, die aber zu unserem Fall passen könnten, spezialisiert sind. Wenn ja, versuchen Sie bitte mit ihm oder ihr einen schnellen Termin zu vereinbaren. OK. Bis später."

Die zwei Stunden sind vergangen wie im Flug. Ich muss weg. Ich sollte mich um 12:00 Uhr, mit dem ebenfalls neuen Pressesprecher der Polizei, hier bei uns im Haus treffen. Später treffe ich meinem Freund Florian zum Mittagessen. Da der Florian bei einer Grazer Zeitung arbeitet und praktisch für alle Bereiche zuständig ist, auch für die blutigen Schlagzeilen, kann es sicher nicht schaden sich mit ihm zu treffen. Wer weiß, was er mir alles zu erzählen hat. Wenn schon nicht über den Fall, dann nützen wir die Zeit, um uns einfach nur zu unterhalten.

22.

Sie fühlt sich wie eine Feder auf Wolke sieben. Sie will noch nicht aufstehen. Einfach für einen Augenblick mit geschlossenen Augen im warmen Bett liegen bleiben. Wie sie diese wohlige Wärme hier im Bett liebt. Sie wägt ab, wie viele gute Gründe ihr einfallen, um nicht aufstehen zu müssen. Hier in ihrem weißen Boxspringbett mit der harten Matratze und der so weichen und kuscheligen Bettwäsche, die ihr das Gefühl gibt, sie schwebe auf einer Wolke. Sie zieht sich mit der rechten Hand die Augenbinde vom Gesicht und lässt sie einfach auf den Boden fallen. Langsam öffnet sie ihre Augen. Sie blinzelt ein wenig, ist noch ein wenig geblendet vom Licht. Sie ist wirklich alles, nur kein Morgenmensch und sie wird es auch nie werden. Vorsichtig tastet ihre rechte Hand aus dem Bett in Richtung Nachttischkästchen.

Da ist es ja.

Sie nimmt das Handy in ihre zarte Hand, um sich nun der Realität des Tages zu stellen. *Hat er geschrieben?* Sie muss nachschauen, ob sie eine Nachricht von ihm erhalten hat. Es war ein aufregendes Wochenende für sie beide gewesen. Sie haben sich so lange darauf vorbereitet und wie immer, wenn man sich auf etwas sehr freut, gibt es keine Garantie, ob die hohen Erwartungen auch erfüllt werden. Nach dem Motto: Vorfreude ist die schönste Freude. Diesmal nicht. Es war ein sehr guter Anfang. Fast perfekt.

Nein. Es war perfekt.

Der erste Blick aufs Handy zeigt ihr, dass sie wirklich lange geschlafen hat. Morgenmensch ist gut, es ist schon fast Mittag. Sie seufzt kurz, es hilft alles nichts. Sie wirft mit der linken Hand, ihre mit zarten Pastellstreifen verzierte und in grünen Farbtönen gehaltene Decke ab, um unbedingt mit dem rechten Fuß zuerst aus dem Bett, auf ihren warmen weichen Teppich zu steigen. Es soll ihr heute nichts Böses geschehen. Ihr Handy ist auf lautlos gestellt, als es plötzlich vibriert.

„Hallo, Papa", sagt sie mit säuselnder und weicher Stimme ins Handy. Also besser zuerst mit Papa tratschen und später die Nachrichten lesen. Die laufen nicht weg. Besser werden sie auch nicht. Sie setzt sich während telefoniert wieder aufs Bett.

„Hallo Papa, ja es ist alles in Ordnung, du musst dir keine Sorgen machen", sagt sie mit sanfter Stimme, nur um ihn wie immer zu beruhigen. Wie sie es meistens macht. Ihn zu beruhigen, ist gefühlt eine ihrer Hauptaufgaben. Er hat heute natürlich schon die Zeitung gelesen und ist geschockt über den Mord an einer jungen Verkäuferin aus Graz.

„Ich war am Wochenende bei Silke und wir haben ein entspanntes Mädels Wochenende verbracht. Es war sehr lustig", lügt sie ihn an. Es ist eine Notlüge. *Notlügen sind erlaubt.* Während er unterdessen die Möglichkeiten aufzählt, welche Schicksalsschläge sie treffen können, wird er nicht müde, sie vor all dem Bösen auf der Welt zu warnen. „Sicher ist sicher" ist seine Devise. Für jemanden, der sein Leben lang bei einer Versicherung arbeitet, ist das wahrscheinlich ziemlich normal.

Währenddessen schlüpft sie in ihren blauen und mit großen Paradiesvögeln verzierten Yakoto, ihren traditionellen Badekimono aus feinster Seide, den ihr Paps von einer seiner letzten Geschäftsreisen aus Asien mitgebracht hatte. Mit der freien Hand steckt sie sich die Kopfhörer in die Ohren, um beide Hände freizuhaben, denn aus alter Gewohnheit heraus wusste sie, dass ein Telefonat mit ihrem Papa ziemlich lange dauern kann.

Gott sei Dank sind wir Frauen ja multitaskingfähig.

Mit den Knöpfen im Ohr und der freien Hand kann sie die Kaffeemaschine unbeschwerter bedienen. Natürlich ist auch die Maschine ein weiteres Geschenk von Papa. Sie drückt mit der anderen Hand auf den Knopf des Radios, neben der Kaffeemaschine und schaltet es ein, um ein bisschen Morgenradio zu hören.

„Ach Papa, tut mir voll leid, dass du heute schon einen so schwierigen Kunden gehabt hast. Wie früh kommen die überhaupt zu dir? Ach ja, stimmt, du hast recht, es ist ja fast Mittag. Das habe ich ganz vergessen. Es gibt eben wirklich zu viele Idioten auf der Welt. Bitte? Nein, nein. Alles gut. Also nichts wirklich Neues Papa. Nächstes Wochenende sehen wir uns sicher", versucht sie ihn zu trösten. Er braucht das. Papa braucht immer ein wenig Trost und viel Zuspruch von ihr. Mama hört ihm bei solchen Themen schon lange nicht mehr zu, sie ist zu sehr mit ihrem eigenen kleinen Universum beschäftigt. Haushalt, kochen, der Garten und die Nachbarn. Aus die Maus. Kleine heile Welt.

Aber Mama ist für die ganze Familie und jetzt vor allem für Papa, immer da, zwar nie mit so viel Herz und Wärme wie Papa es hat, aber immer bestens funktionierend.

Darum nimmt sie sich gerne die Zeit, um so oft es geht, in aller Ruhe mit ihrem Papa zu telefonieren. Mit dem in der Zwischenzeit fertig gewordenen dampfenden Kaffee geht sie, immer noch mit telefonierend, auf ihren kleinen, von ihr so geliebten Balkon.

Guten Morgen Graz. Hallo Welt.

Sie lehnt sich lässig mit der Schulter an die Balkontür. Ihre nackten Zehen lassen sie spüren, dass es draußen, der Jahreszeit entsprechend, für diese Uhrzeit ein wenig frisch ist. Man spürt noch den Winter. Die wärmenden Sonnenstrahlen zeugen aber davon, dass der Frühling im Anmarsch ist und den jährlichen Kampf auch heuer wieder Gewinnen wird. Ihr Blick streift über die kleinen Innenhöfe, die sich sehr gepflegt präsentierten.

Die meisten halt.

Viele davon sind liebevoll gepflegt und ein paar sind noch im Winterschlaf. Ein Yin Yang. Sie scheinen sich, fast wie geplant, systematisch abzuwechseln. Ein grünes Bild mit braunen Einschlüssen. Komisch. Nicht so komisch um zu lachen, sondern komisch eher im Sinne von seltsam. Sie fängt mit ihren Augen den Flug der ersten Vögel ein. Sie versucht zu erkennen, welchem der vielen Vögel das zarte Pfeifen zuzuordnen ist, dass sie ja heute seit Stunden zu hören vermochte.

Was für ein schöner Tag!

„OK Papa, ja ich freue mich auch, wenn wir uns wiedersehen. Vielleicht passt es ja einmal zum Mittagsessen diese Woche. Ja, Papa, das kommende Wochenende ist fix. Bussi, ja ich habe dich auch lieb Papa. Kuss auch an Mama." *Pfeif auf Mama.*

Ein Blick auf die schimmernde, goldene Rolex auf ihrem rechten Handgelenk zeigt, dass sie noch ein paar Minuten Luft hat. Noch genug Zeit um sich hübsch zu machen, um dann in ihr Büro zu gehen. *Ich habe ja nicht weit.*

Die Uhr hat sie von ihrem Papa zum Abschluss des Studiums geschenkt bekommen. *Ich liebe Geschenke.* Ein Lächeln zaubert sich in ihr Gesicht.

Ihre Wohnung im dritten Stock, eines der alten Häuser hier am Parkring in Graz, direkt angrenzend neben dem Stadtpark und damit fast mitten im Zentrum der Stadt, bringen ihr diesen Luxus ein. Alles zentral. Kurze Wege. Dass ihr Büro noch dazu im Erdgeschoss desselben Hauses liegt, ist natürlich der größte Luxus. Auch hier hatte ihr Papa bei der Finanzierung wirklich sehr geholfen.

In der Küche dreht sie das Radio lauter, es spielt gerade Paul Kalkbrenner „Sky and Sand", eines ihrer Lieblingslieder. *Lauter.* Sie will die Musik, in der ganzen Wohnung hören, natürlich auch im Badezimmer.

Sie betrachtet sich in dem modernen Riesenspiegel, der im Badezimmer – mit dreißig strahlenden Lampen umrahmt – wie ein großer Theaterspiegel über dem Waschbecken befestigt ist. Das perfekte Licht ist extrem wichtig für sie. Sie nimmt langsam das schwarze Bandana vom Kopf und streicht sich, fast ein wenig sinnlich, mit der flachen Handfläche über ihren Kopf. Sie mag in der Zwischenzeit das leicht schabende Geräusch, das entsteht, wenn ihre Hand die vier Millimeter langen, kurz geschnittenen Haare streift. Ihre knallroten Nägel glänzen, im reflektierenden Licht der Deckenlampe und funkeln wie Rubine an ihren Händen.

Den Kimono streift sie von den Schultern ab und steigt behutsam in die Badewanne. Sich duschen, bedeutet leider in die Hocke zu gehen. Denn wie viele Altbauwohnungen in Graz, hat auch ihr Bad nur eine Badewanne mit Dusche. Sie will aus optischen und hygienischen Gründen keinen Duschvorhang. Denn das der Vorhang im schlimmsten Fall an ihr kleben bleibt, das braucht sie wirklich nicht. *Nein, danke.* Also bleibt ihr nur zu knien, um zu duschen, denn beim Stehen, würde all das Spritzwasser vom Duschen am Boden im Badezimmer landen. Eine pragmatische Entscheidung. Sie seift sich langsam mit dem Duschbad, natürlich passend zu ihrem Parfum von Chanel Nr.5 ein. Sie greift anschließend zum Rasiergel und dem Nassrasierer, um ihren Körper langsam und penibel von allen noch verbliebenen oder auch schon wieder nachgewachsenen Haaren, zu befreien. *Sind ja nicht viele.*

Nachdem sie vorsichtig aus der Wanne steigt, trocknet sie sich ab. Sie drückt mit dem Handtuch vorsichtig auf ihren Körper, um sich zu nicht zu verletzen. Rubbeln oder Reiben würde ihr wehtun. Ihre Haut fühlt sich immer noch dünn wie Papier an. Sie ist ein großes Schmetterlings-Kind, nur mit schwarzen Flügeln.

Mit ein paar Tropfen von *„Huile Prodigieuse"* von *„Nuxe"* ölt sie dann ihren Körper langsam ein und betrachtet sich wohlwollend im zwei Meter hohen Standspiegel, der an der Wand im Schlafzimmer steht. *Ich bin perfekt.* Sie fühlt sich wie eine Elfe. Im Frühjahr hat ihre Haut, meist einen wunderbaren hellen Teint.

Sie ist groß. Schlanke 177 cm Körpergröße. Aus ihrer Zeit als aktive Volleyballspielerin, aber vor allem durch ihre kontrollierte Ernährung hat sie sich mit ihren 34 Jahren einen immer noch jugendlichen Körper behalten. Sie liebt ihren Körper und ihre Konsequenz in all den Dingen, die sie macht, um diesen Körper wie einen Schatz zu bewahren.

Im Radio spielen sie: *You should be sad* von *Halsey*.

Wie passend. Sie tänzelt ein wenig zur Musik und singt ein paar Takte mit. Beim zur Gänze verspiegelten Kleiderkasten angekommen, bewundert sie ihren glänzenden Körper noch einmal. *Jetzt aber los.*

Die schwarzen, blickdichten Strümpfe sind heute ihre erste Wahl. Dazu wählt sie einen schwarzen Rock, mit in sich gemusterten Streifen, von der fantastischen Grazer Designerin Lena Hoschek. Die ja zwischenzeitlich nicht nur in Graz für ihre Mode bekannt ist. Lena Hoschek hat sich schon auf der ganzen Welt einen Namen gemacht. Diesen Rock hat sie sich letztes Jahr bei Lena im Wiener Laden gekauft. Dazu wählt sie eine schlichte weiße Bluse und einen passenden und leicht taillierten, aber doch kurz geschnittenen schwarzen Blazer.

Diese beiden Kleiderstücke sind von Toni Gard. Gekauft im besten und einzigen Kaufhaus mitten im Herzen von Graz.

Ein kurzer Style-Check im Spiegel. *Perfekt!*

Für ihr Make-up lässt sie sich wie immer viel Zeit. Denn es muss so wie jeden Tag, absolut makellos sein. Das einzige, was ihr heute wieder einmal lästig ist, ist ihre rinnende Nase.

Waren wir zu wild am Wochenende? Sicher das Kokain.

Sie reinigt sich vorsichtig und sanft die Nase. Schnell ein wenig von den Nasentropfen in die Nase sprühen. *Geht schon wieder.* Ein Lächeln zaubert sich in ihr fertig geschminktes Gesicht. Mit ihren braunen Augen fixieren sie sich im Spiegel.

Hallo Schönheit. Wie ich heute strahle. Wahnsinn.

Heute spielen sie im Radio die perfekte Musik. Gerade läuft „Wolke 7" von Max Herre und Clueso, passend zum Text schließt sie ihre Augen und lauscht der Melodie:

„Und ich schließe die Augen, vor all diesen Fragen, weil es schwer ist die Zweifel auf den Schultern zu tragen. Also schließe ich die Augen, um an etwas zu glauben."

Heute kann nur ein guter Tag werden. Zu guter Letzt geht sie zur roten Lackvitrine, die im Schlafzimmer in der Ecke steht. Sie öffnet eher vorsichtig und fast andachtsvoll beide Türen der Vitrine. Es ist wie jeden Tag, die gleiche Handlung, ihr Abschluss und die Krönung der sich täglich wiederholenden, morgendlichen Zeremonie. *Täglich grüßt das Murmeltier.*

Das Licht im Schrank springt sofort an. Ihr Blick streift über die vielen Köpfe im Kasten. Sie überlegt kurz, für welche der unterschiedlichen Perücken, sie sich jetzt entscheiden soll. *Aber klar.* Heute kommt nur der Bob, mit den schwarzen Haaren infrage. Ihr persönlicher Favorit, die optimale Alltagsfrisur. Wie langweilig für viele der Alltag doch sein kann. Nicht für sie. Mit geübtem Griff und einigen wenigen Handgriffen zieht sie sich die Perücke über. Sie ist sehr zufrieden mit ihrem Werk.

Sehr gut Mädchen. Sehr gut. Ich bin einfach zu gut.

Sie schließt schnell alle Fenster in der Wohnung und macht alle Lichter aus. Gerade als sie, schon ausgestattet mit ihrer schwarzen Louis Vuitton Handtasche in der Hand, noch im Vorraum steht, um ihre ebenfalls schwarzen Christian Loubotain anzuziehen, hört sie ein schabendes Geräusch an der Eingangstür. Als es plötzlich läutet und gleich darauf jemand ganz leicht und sachte an die Haustüre klopft, erschrickt sie doch ein wenig.

Hallo, was ist denn jetzt wieder. Wer mag das wohl sein?

Immer noch ein wenig in ihre Gedanken vertieft, ob sie denn Alles, was sie heute braucht, eingesteckt hat, öffnet sie, ohne vorher einen Blick durch den Türspion zu werfen, etwas gedankenverloren, die Eingangstür.

23.

Ich bin bei Phillip Müller, der seit Beginn des Jahres Pressesprecher der Grazer Polizei ist. Wir waren kurz in seinem Büro. Dankenswerterweise nahm er meinen Vorschlag an, mit mir im Hof gemeinsam zu rauchen. Müller hat mehr graue Haare als schwarze, trägt diese seitlich und hinten sehr kurz und hat längeres locker zurückgelegtes Deckhaar. Ein Beckham für Arme sozusagen, sagt jedenfalls mein Friseur, wenn ich ihm mit diesem Frisuren-Wunsch komme. Er trägt eine klassische schwarze Hornbrille auf seiner Nase, Phillip Müller, nicht mein Friseur.

Er hat einen grauen, recht schmal geschnittenen Anzug von „Wolfgang Joop" an, kombiniert mit einem schlichten, hellblauen Hemd und lässt den obersten Knopf offen. Wenn man schnell hinschaut, möchte man meinen, er ist ein Bruder von Eros Ramazzotti. Ein fescher Mann mit ruhiger und souveräner Ausstrahlung. Ich trage heute eine sehr enge schwarze Hose und dazu passend ein leicht in sich strukturiertes tailliertes Sakko in taubengrau, beides von Tiger of Sweden. Darunter ein T-Shirt, mit einem größeren U-Boot-Ausschnitt, natürlich wie sollte es auch anders sein in Schwarz.

Auch ich habe eine schwarze Brille, jedoch ein ausgefalleneres Exemplar. Sie ist von Andy Wolf, einer steirischen Brillenmanufaktur. Ich habe die beiden Gründer des Unternehmens, Andy und Wolfgang bei einer Party meines Friseurs kennengelernt. Ziemlich sympathisch die zwei Jungs. Sie sind in etwa gleich alt wie ich und definitiv auf dem richtigen Weg. Für mich die coolsten Brillen-Hersteller zurzeit. Wenn wir ein paar Dinge hier in Graz und in seinem Umfeld haben, dann sind es auf jeden Fall Brillenmanufakturen.

Und Anwälte. Und Friseure. Und Besserwisser.

Meine grauen Sneakers machen heute den Unterschied aus, da Phillip Müller schwarze Dessert Boots aus Glattleder trägt und seine seriöse Note damit ein wenig unterstreicht. So wie wir beide hier gemeinsam vor dem Eingang zu den restlichen neuen Büros im Haus stehen, ist es für die Kollegen im Haus ein befremdlicher Anblick.

Für den Rest der Beamten hier vor Ort sind wir modisch gesehen doch eher wie ein Fremdkörper. Schnöseln. Wir wissen es beide, ohne es aussprechen zu müssen, dass unser modisches Auftreten, allein reicht, um zu einiger Verwirrung bei den Kollegen zu sorgen. Von unser beider neuer Positionen erst gar nicht zu sprechen. Dadurch kommt es zwangsläufig zu einiger Skepsis und Ablehnung bei einem Teil unserer Grazer Kollegen.

Allerdings hat es auch etwas Gutes. Wir beide kommen ziemlich gut miteinander aus und sind uns auf Anhieb sympathisch.

„Füttern Sie mich. Geben Sie mir ein paar Informationen bitte Michael. Für die Damen und Herren von der Presse! Sie lechzen. Sie dürsten. Sie drangsalieren mich. Also was haben Sie interessantes für mich?", singt und lacht er mich zwischen zwei genussvollen Zügen, die er von seiner Zigarette nimmt, an.

Dass wir in einer Welt die von Gesundheitsaposteln und Nichtrauchern bevölkert ist, beide ein gemeinsames Laster teilen, macht es einfacher für uns zwei.

„Ich sage Ihnen wie es ist Phillip, wir haben jetzt knapp vierundzwanzig Stunden nach Beginn unserer Ermittlungen, nur ein grob skizziertes Bild von der Tat. Aber eher eine Skizze wie sie kleine Kinder machen, wenn sie den Umgang mit Farbstiften lernen. Es fehlen uns zur Gänze jegliche verwertbaren Spuren. Geschweige denn aussagekräftigen Beweise. Wir haben leider fast nichts. Sorry, mein Lieber."

Ich weiß, dass ihm die Presse im Nacken sitzt und wir beide haben natürlich, zu allem Überfluss, auch unseren Chef im Nacken sitzen. Nicht wie der Schalk, sondern wie der Teufel. Ein Gewaltverbrechen in Graz und dieses noch dazu unaufgeklärt. So etwas darf es nicht geben. Punkt. Aus.

„Phillip, ich muss kurz anmerken, dass ich wirklich nichts zurückhalte. Es ist einfach ein Graus. Nada und um damit an unser gutes Gespräch von letzter Woche anknüpfen, bitte vertrauen Sie mir. Sie bekommen alle Neuigkeiten so schnell es möglich ist. Ohne Verzögerung. Vorausgesetzt der Stand der Ermittlungen lässt es zu. Sie verstehen das, oder? Ich werde mir jetzt für das Erste vorbehalten, nur jene Fakten an sie weiterzugeben, die Sie veröffentlichen können. Kommt alles direkt per Mail. Das muss für das Erste reichen."

Ich dämpfe die Zigarette aus und beobachte ihn ganz genau, um zu sehen, ob wir wohl am gleichen Strang ziehen. Ich habe mich letzte Woche schon einmal mit ihm getroffen und wir haben sozusagen unsere Claims abgesteckt. Mein erster Eindruck war wie schon gesagt ein guter. Nein, sogar ein sehr guter.

Ich möchte mit ihm so oft es geht austauschen, damit er sieht, wie ich ticke. Es ist wichtig in logischerweise auf meiner Seite zu wissen. Wir sitzen im selben Boot. Ich denke, es wird super funktionieren. Denn erstens stimmt die Chemie und zweitens ist eine optimale Öffentlichkeitsarbeit von ihm enorm wichtig für meine Arbeit. Er hält mir damit den Rücken frei, um mich besser auf meine Fälle konzentrieren und fokussieren zu können.

„Eliza Kadic wurde von einem höchst wahrscheinlich männlichen Mörder von Samstagfrüh, bis längstens Sonntagnacht, in ihrer Wohnung in der Keesgasse festgehalten. Wir müssen annehmen, dass dies nicht freiwillig geschah. Sie wurde gequält, verstümmelt und ziemlich sicher missbraucht. Am Sonntag um ca. 18:00 Uhr trat dann der Tod von Eliza, Ersticken durch eine Plastiktüte ein. Wie der genaue Tathergang war, was die arme Seele bei Bewusstsein erlebt hat und was nicht, können wir nicht sagen. Die Details dazu erspare ich Ihnen sowieso. Die sollten wir auch nicht an die Presse geben. Ich hoffe, wir sind da derselben Meinung, Phillip?"

Phillip nickt mir zu, sagt aber kein Wort. Er betrachtet mich aufmerksam und lauscht meinen Worten.

„Wir haben keine verwertbaren Spuren, die uns zu einem Verdächtigen führen könnten. Kein einziger brauchbarer Hinweis oder Spur. In Wirklichkeit haben wir nicht mal eine unbrauchbare Spur."

Er schüttelt kurz den Kopf und zündet sich noch eine Zigarette an. Er bietet mir wortlos eine aus seiner Schachtel an. Ich lehne dankend ab.

„Viel ist das nicht Michael", sagt er und steckt seine Schachtel wieder ein. Nachdem er sich Feuer gegeben hat, fahre ich fort: „Wir ermitteln natürlich intensiv weiter im Umfeld der Eliza Kadic. Sie war eine Einzelgängerin. Vielleicht hat der Mörder sich Eliza ja gerade deswegen ausgesucht. Aber das sind nur Vermutungen und mein Bauchgefühl. Beweise und Fakten Null. Vielleicht kann ich Ihnen morgen mehr dazu sagen, Phillip."

Er klopft mir auf die rechte Schulter und sagt:

„Es ist ein Anfang und ich gebe es natürlich mit Bedacht weiter. Ich möchte auch kein Fass aufmachen. Schauen wir wohin uns die Ermittlungen führen. Wir hören uns auf jeden Fall morgen. So, ich muss mich dann sputen. Um 13:00 Uhr ist die erste Pressekonferenz hier im Haus bei uns."

Kaum hat er diese Worte ausgesprochen, dreht er sich wortlos um und hebt gerade noch so die rechte Hand zum Gruß. Mit der linken Hand greift er in sein Sakko und holt eine dunkelblaue Krawatte aus der Tasche, die er sich noch im Gehen um den Hals legt und bindet. Ich schaue ihm nach, bis er im Haus verschwindet und mache mich auf den Weg zu meiner Verabredung.

24.

Da es von mir zu meiner Verabredung nur ein Katzensprung ist, ziehe ich einen gemütlichen Spaziergang durch den Grazer Stadtpark vor. Der Stadtpark ist mit seinen gut 22 Hektar, eine herrliche grüne Oase mitten im Herzen von Graz. So gehe ich vorbei an den Menschen die auf ihren Reisepass oder Führerschein warten. Sie stehen in Gruppen vor dem Passamt und langweilen sich sichtlich in der Sonne. Ich mustere sie kurz und frage mich, wer von ihnen bald eine große Reise antreten wird und wohin es sie wohl ziehen mag. Sie versuchen die ersten wärmenden Sonnenstrahlen zu erhaschen. Die Frühlingssonne lockt die Bären aus ihrem Bau.

Ich gehe wieder über die Wiese, diesmal aber Richtung ehemaligen Verkehrsgarten. Eine gefühlte Ewigkeit ist es her, als ich das erste Mal hier gespielt habe. Der Verkehrsgarten ist eine Einrichtung der Polizei, der hier am Rande des Stadtparks seit einer Ewigkeit besteht. Dort habe auch ich vor mehr als dreißig Jahren, von der Schule aus, Radfahren gelernt. Bis zuletzt konnten zehnjährigen Kinder dort ihren Fahrradführerschein machen. Optisch schaut es hier immer noch aus wie vor dreißig Jahren. Nur ein paar Graffitis auf den alten

Backsteinhäusern zeigen, dass die Welt sich weitergedreht hat, hier ist nichts mehr los. Jetzt verkommt diese Fläche gerade.

Hier steht die Zeit still.

Von mir aus gesehen oben rechts am Karmeliterplatz, durch ein paar Stufen leicht zu erreichen, hat eine Investorengruppe zwei sehr moderne Komplexe hingestellt, einige Büros, exklusive Wohnungen und auch ein Hotel.

Linker Hand, auf einer kleinen fast nicht wahrnehmbaren Anhöhe, steht das Forum Stadtpark. Ein wahres Architekturhighlight das hier ruht, seit ich denken kann. Als ich als kleiner Bub mit meiner Omi hier spazieren gegangen bin und habe ich es schon bewundert. Ich erinnere mich sogar einmal gelesen zu haben, dass es 1959 gebaut wurde. Ich bin mir aber nicht sicher.

Muss ich einmal nachschauen.

Gleich dahinter befindet sich dann der „Franz-Josef-Brunnen", der aber von meiner Position hier nicht zu sehen ist. !874 als Schmuckstück errichtet und inzwischen zum wahren Schandfleck der Stadt verkommen. Der Beweis, dass uns doch ein paar Sachen entglitten sind. Städteplanerisch ein Fail. Eine Stadt wie Graz mit vielen Studenten und vielen Pensionisten, für die der Park als grüne Lunge von Graz ein perfekter Bereich der

Erholung ist. Mit fast 2000 Bäumen umfasst der Park einen reichlichen Baumbestand, über 150 Baumgattungen ergeben gerade im Frühling ein wunderschönes Bild.

Gerade hier im Park ist gut zu erkennen, wie sich die Zeit verändert hat. Im kleinen Musik-Pavillon gibt nur mehr sehr selten Konzerte, er dient eher als Schlafstätte für Sandler oder Punks. Rund um den Brunnen lungern viele seltsame Burschen herum und versuchen unauffällig ihre Drogen an den Mann oder an die Frau zu bringen. Wir als Polizei sind da leider ziemlich machtlos. Ein Fass ohne Boden.

Ich spaziere am kleinen Ententeich rechts von mir vorbei, der den Fußweg bis zum Ende des Parks hinbegleitet. Zu dieser Jahreszeit allerdings ist noch kein Wasser eingelassen, geschweige denn sind die unzähligen schnatternden und im Wasser schwimmenden Enten in Sicht.

Links von mir ist das Parkhaus. Ein kleines rundes Gebäude, ein sogenannter Pavillon, der ebenfalls seit einer gefühlten Ewigkeit hier steht. Tagsüber werden hier die Gäste mit Getränken und einfachen Snacks beglückt. Allerdings wird es dann Abend, an einem warmen Sommertag, dann geht hier die Post ab. Dann versammelt sich im und um das Lokal herum bunt gemischtes Grazer Publikum, um sich von zumeist elektronischer

Musik, ob aus der Dose oder live, beschallen zu lassen. Mit den richtigen Freunden kann man hier einen perfekten Abend verbringen und auch mal richtig Gas geben. *Habe ich einmal gehört.*

Bei einigen der vielen Livekonzerte war ich auch zu Gast. Das Parkhaus polarisiert. Alt gegen Jung. Die Kollegen mussten leider auch immer wieder wegen Lärmbeschwerden einschreiten. Es soll hier am Rande des Parks Anrainer geben, die nichts Besseres im Sinn haben, als im Sommer fast täglich Anzeigen zu erstatten. Wie klein die Welt doch manchmal sein kann. Ich finde es jedenfalls total schade. Obsiegt hier möglicherweise das konservative Herz der Stadt? Kann eine Studentenstadt ohne Subkultur existieren? In jeder anderen Stadt in Europa ist man stolz auf solche Plätze. Wir sind eben nicht Berlin. Wir hier in Graz tragen die Subkultur lieber zu Grabe.

Sich hier mit Freunden treffen. Ein paar Radler trinken. Leute schauen. Musik hören. *Klingt doch fein, oder?*

Am Ende des Parks bei der Erzherzog-Johann-Allee steht eines der ältesten Kaffeehäuser von Graz. Es wurde neu renoviert. Vor ein paar Jahren gab es einen Betreiberwechsel. Jetzt ist alles viel besser. Vorher soll es beim Bestellen der Getränke und Speisen oft so lange gedauert haben, dass die Bauarbeiter bei den späteren Renovierungsarbeiten gerüchtweise mehrere verdurstete und verhungerte und mumifizierte Leichen gefunden haben.

Ich treffe mich hier sehr gerne mit meinen Freunden. Seit ich wieder in Graz zurück bin, ist es eines meiner Lieblingslokale geworden. Ich gehe auch gerne mal zum Mittagessen her. Am Abend, gerade im Sommer kann es hier wunderbar sein.

Wer ist denn der extrem lässige, rauchende aber seltsamerweise alleinstehende Typ, hier vor dem Eingang zum Café Promenade?

Eine Fata Morgana? Brad Pitt? Gianluca Vacchi?

Es ist natürlich, wie immer extrem lässig gestylt, mein Freund Florian. Ich sage lieber Flo zu ihm. Mit seinen 184 cm und gerade mal fünfundsiebzig Kilo steht er hier wie ein Spargel vor dem Lokal und wartet auf mich. Florian Schreiber hat Jus studiert, so wie es seine Eltern unbedingt wollten, um später einmal Anwalt zu werden und die Familientradition hochzuhalten. Bei einem seiner unzähligen Ferialjobs, welche er in seiner Jugend gemacht hat, ist er dann hängengeblieben und arbeitet seit Jahren für eine unserer beiden Stadtzeitungen.

Da gibt es die Kleine Zeitung, die seit 1904 besteht und ein recht gutes Zeitungsformat ist, vor allem ist sie die mit Abstand auflagenstärkste Zeitung aus Graz. Zweiter, aber fast verschwindend klein ist dann die Grazer Tagespost, mit einer wesentlich schwächeren Auflage, die allerdings mit einer nicht zu unterschätzenden Stammleserschaft punkten kann. Klein aber fein. Sie befindet sich seit Jahrzehnten in Privatbesitz einer sehr reichen Grazer Familie. In dieser arbeitet Flo mit seinen zweiundvierzig Jahren als Chefredakteur und verrichtet dort wirklich wunderbare journalistische Arbeit.

Flo trägt eine coole Jeans von G-Star in verwaschenem Grau. Ein einfarbiges T-Shirt, aber ja nicht weiß oder schwarzes. Flo liebt Farben, darum kommt er heute im rosaroten Shirt und trägt dazu eine blaue, recht schmale Sommerdaunen Jacke von Colmar, das zeigt jedem, mir natürlich auf den ersten Blick, wie wichtig ihm Mode ist. Seine coolen Turnschuhe, die er heute von New Balance trägt, runden den modischen Look perfekt ab. Passend dazu seine schwarzen Haare, die er am Oberkopf so lange trägt, dass er sie zu einem Dutt festgebunden hat. Sein dichter aber gestutzter Dreitagesbart lassen ihn ein paar jünger aussehen, als er in Wirklichkeit ist. *Cooler Typ!*

Wir umarmen uns beide, drücken uns kräftig und herzlich.

„Gut schaust du aus Michi, wie so ein Bankenarsch von einer Burgenländischen Insolvenzbank", versucht Florian wie üblich, mit einem breiten Grinsen im Gesicht, mich zu necken. Ich weiß auch nicht was passieren müsste, dass Florian einmal einen Anzug tragen würde im Alltag. Hochzeiten und Begräbnisse sind ausgenommen.

„Halt bloß die Klappe du Depp und gib mir lieber eine Zigarette", schnauze ich lachend zurück und nehme die mir angebotene Zigarette. Er gibt mir mit seinem grünen BIC Feuerzeug Feuer. Ich blase den Rauch von meinem ersten und tief inhalierten Zug genüsslich in die im Stadtpark doch so gute Grazer Luft.

Wir haben viel zu bereden und darum gehen wir beide auch gleich in die Vollen. Nach weiteren bösartigen Neckereien schlendern wir lachend ins Lokal, um die Zeit besser zu nutzen und um gleich etwas zum Essen zu bestellen.

Ich entscheide mich für einen Salat mit Hühnerstreifen, Florian schließt sich mir an. Wir bestellen beide zusammen eine Flasche stilles Wasser. Ich bringe ihn schnell aufs laufende, ohne ihm mehr zu sagen als er von Phillip Müller erfahren würde, mehr ins Detail gehen wir nach dem Essen. Bier ist Bier und Schnaps ist Schnaps. Während dem Essen erzähle ich ihm von meiner gestrigen

Begegnung mit Laura de Bianchi und meinen Eindrücken davon. Anschließend bestellen wir noch zwei Espressi und so tratschen wir, wie es Frauen sicher nicht besser können. Nach dem Essen kommen wir gleich zur Sache. Mehr Details zum Mord von Eliza Kadic. Ich bringe Flo rasch auf den neuesten Stand. Er schwänzt sozusagen meinetwegen die Pressekonferenz, eine Kollegin ist dort. Das habe ich ihm erspart.

Als er an der Reihe ist, mir zu erzählen, was ich vielleicht noch nicht weiß, stellen wir fest das auch die Presse, in dem Fall Florian, auch nicht mehr weiß. Wir sind uns einig, wie unbefriedigend diese Situation ist. Er erzählt mir nur, dass die Familie den Medien gegenüber total abblockt und die Arbeitskollegen genauso farblos sind, wie Eliza es war und nichts wirklich Interessantes zu erzählen haben.

So stehen wir nun mit unseren beiden Tassen in der einen und der qualmenden Zigarette in der anderen Hand vor der Eingangstür, seitlich auf den Stufen vom Promenade. Die sogenannte letzte „Abschiedszigarette" rauchen wir gemeinsam. Plötzlich vibriert mein Handy. Ein Blick auf dem Bildschirm zeigt, es ist ein Anruf von Christian Puller. Ich hebe ab und noch bevor ich etwas sagen kann, ruft dieser schon ins Handy:

„Hallo Michael. Ich hoffe, Sie sind nicht zu weit weg von der Zentrale. Sie müssen so schnell es geht zu mir kommen. Ich habe etwas für Sie. Eine Überraschung, denke ich. Sie werden Augen machen. Bis Gleich."

Ich hasse Überraschungen.

Eine letzte innige Umarmung mit Florian und ich mache mich auf den schnellsten Weg zurück in die Zentrale.

25.

Flinken Fußes bin ich zum Treffen mit Christian Puller unterwegs. Unser Besprechungsraum liegt im zweiten Stock und deswegen spritze ich heute den Lift und laufe aus sportlichen Beweggründen über die Stufen im Stiegenhaus nach oben.

Ich versuche gerade einen meiner besten Freunde Helmut anzurufen, der mir beim Zurückgehen in den Sinn gekommen ist. Ich hatte aber kein Glück, ich habe ihn nicht erreicht. *Besetzt*! Gerade als ich auf die Wahlwiederholung drücken will, treffe ich den gehetzt wirkenden Horst, der mir im Stiegenhaus in meine Arme läuft.

„Ja Horst, wohin sind Sie denn unterwegs? Sportlich, sportlich. Gibt es etwas Neues bei Ihnen? Ist alles in Ordnung?", frage ich und bleibe kurz stehen, um mich mit ihm über etwaige Neuigkeiten auszutauschen.

„Danke Michael, es geht so. Das mit den Eltern und den Geschwistern gestaltet sich schwieriger als erwartet. Der Familie ist erst heute, beim Lesen der Schlagzeilen und dem ganzen medialen Trubel um ihre Familie, so wirklich bewusstgeworden, was ihrer Tochter Eliza Furchtbares widerfahren ist. Was die Exfreunde betrifft, gibt's auch nichts Interessantes. Ich fasse mich kurz und wiederhole meine These von gestern, Michael. In der Familie ist für mich kein Motiv für so eine Tat zu finden. Ich habe alles versucht. Alles für Nichts."

„Alles klar. Das war leider zu befürchten. Nichts gewesen außer Spesen, Horst. Trotzdem. Dankeschön. Gute Arbeit."

Horst nickt und setzt sich in Bewegung um weiterzugehen, dreht sich aber noch einmal kurz um und sagt zu mir:

„Ich muss noch dringend was erledigen Michael. Ich schreibe später meinen Bericht und gebe die Informationen, die mir vorliegen in die Gruppe und unterstütze später Christian und Karin mit den weiteren Ermittlungen! Papierkram gibt es sicher genug, aber natürlich nur, wenn Ihnen das recht ist, Michael?"

Er verzieht ein wenig seine Mundwinkel. Es wirkt fast ein wenig spöttisch auf mich. Ich ignoriere es geflissentlich.

„Das klingt gut, Horst. Wir sehen uns später zur Besprechung. Die genaue Uhrzeit schicke ich noch. Bis später."

Jetzt ist es aber wirklich an der Zeit, um Christian zu treffen. Ich bin schon gespannt, um was es sich da wohl handeln könnte, denn er wirkte ziemlich kryptisch auf mich. Auf dem Weg zur Zentrale hat er mich noch ein zweites Mal angerufen.

„Michael, Sie werden staunen. Oh, Sie werden Augen machen, Boss! Ich denke, ich habe jemanden gefunden, der uns weiterhelfen kann, allerdings ist das Zeitfenster der besagten Person etwas begrenzt. Könnten wir uns darum bitte gleich um 13:30 Uhr bei uns in der neuen Cafeteria treffen?"

Das ist für mich zum einen kein Problem und natürlich möglich. Ich habe mich schon vor dem Haus befunden und meine Uhr zeigt mir „zehn Minuten vor halb zwei" an. Zum anderen bin ich jetzt richtig neugierig, um wen es sich da handeln könnte.

Wer kann das sein? Nicht wer bin ich, sondern wer sind Sie?

Ich öffne die große Glastür zur neuen Cafeteria, die mit den herrlich lichtdurchfluteten Räumen und den verzierten Wänden für ein Haus wie das unsere, wirklich sensationell gut gelungen ist. Ich stehe im Eingang, direkt vor der kleinen Theke und sehe mich um. Wo Christian und sein geheimnisvoller Überraschungsgast wohl sind?

26.

Er hört die feinen Klänge der klassischen Musik, als wären sie weit entfernt. Dumpf dringt sie an seine Ohren. Kevin Muur weiß nicht, dass es sich um „Adagio for Strings" von Leonard Barber handelt. Aber sie gefällt ihm, diese Musik. Er hat aber auch das Gefühl, sein Kopf ist eine Tonne schwer. Kevin Muur versucht trotz seines vernebelten Kopfes die Augen langsam und vorsichtig zu öffnen, doch seine Augenlider sind schwer wie Stein.

Er versucht mit seiner rechten Hand über sein Gesicht zu wischen, um seine Augen zu reiben. *Es brennt so.* Doch Kevin kann sie nicht bewegen. Er versucht es mit der linken Hand, doch auch das ist schier unmöglich für ihn.

Was ist da los? Wo bin ich? Wieso kann ich mich nicht bewegen? Warum bin ich so müde?

Langsam kommt er wieder zu sich und ein banges Gefühl schleicht sich in seinen Kopf. Kevin hat keine Ahnung, wo er ist. *Habe ich einen Unfall gehabt?* Er versucht langsam mit der zurückkommenden Kraft, seine beiden Arme zu bewegen. *Nichts. Verdammt.*

Jetzt, wo das Blut langsam wieder in seinem Körper zu zirkulieren beginnt, spürt er, dass die Arme über seinen Kopf liegen und festgebunden sind.

„Hallo, ist da jemand, hallo?"

Nichts. Keine Reaktion. Er bekommt Angst, furchtbare Angst. Sie schleicht sich ganz langsam in jede nur erdenkliche Faser seines Körpers ein. Mit jedem Moment des Seins klammert sich die Furcht erbarmungslos um seine Seele. Kevin spürt einen starken Druck auf seiner Brust. Er kann sich noch erinnern, in das Auto eingestiegen zu sein. Dieser Geruch, den er von seinen früheren Besuchen im Krankenhaus kennengelernt hat, hängt ihm immer noch in seiner Nase.

Ich habe Angst. Ich muss aufs Klo.

Er zittert jetzt am ganzen Körper und bevor er noch einmal bewusstlos wird, sammelt Kevin all seine Kräfte und schreit so laut er nur kann:

„Hilfe! Hallo, ist da jemand? Hilfe!"

Keine Reaktion. Nur die Musik.

27.

Ola. Ja, aber hallo.

Mir gegenüber steht eine unglaublich attraktive Frau. Neben ihr, mit einem frechen Grinsen, das ihm förmlich aus dem Gesicht zu springen scheint, steht Christian Puller. Er streckt mir leicht zappelig seine Hand zur Begrüßung entgegen.

Ganz ruhig, Brauner!

„Hallo Boss, darf ich Ihnen bitte die Psychologin Frau Magister Anna Mühlbacher vorstellen? Sie ist so nett, sich gleich heute für uns zur Verfügung zu stellen."

Bei dieser Gelegenheit zieht er das Wort Magister etwas in die Länge. Ich reiche ihr meine Hand und begrüße sie mit meinem schönsten Lächeln im Gesicht:

„Michael Löchtenberger, wunderbar, dass Sie gleich so schnell Zeit für uns gefunden haben. Schön, Sie kennenzulernen Frau Magister Mühlbacher."

Ihr Lächeln übertrifft meines bei Weitem, als sie mich mit ihrem strahlenden weißen Zähnen anstrahlt, um mit ihrer überraschend kräftigen und doch auch weichen Stimme zu antworten.

„Auch für mich ist es schön, Sie kennenzulernen, Herr Kommissar Löchtenberger."

Sie betont das A im Wort Kommissar vielleicht eine Spur zu lange als es notwendig wäre. Ich antworte freundlich:

„Einfach Löchtenberger bitte, Kommissar gibt es keinen."

Sie übergeht meine Antwort und sagt einfach:

„Es würde mich freuen, wenn ich Ihnen mit meinem Fachwissen weiterhelfen kann. Als Christian, Verzeihung Herr Puller", hierbei wirft sie einen verschmitzten Blick zu Christian Puller, der etwas verlegen mit geröteten Wangen auf den Boden starrt und fährt abermals mit samtweicher Stimme fort:

„Als Christian Puller heute früh bei mir an der Wohnungstür geläutet hat, war ich zuerst doch ein wenig überrascht. Da sich meine Wohnung im gleichen Haus wie meine Praxis befindet, darf man sich nicht wundern, wenn einem die Polizei auch gleich findet."

Sie lacht uns beide mit einem regelrecht strahlenden Lächeln an, wobei ich meinerseits es gerade mal schaffe ein eher leicht verlegenes, aber doch freundliches Nicken zustande zu bringen. Christian hat seinen Blick immer noch auf den Boden gerichtet. Eine *Katastrophe der Typ!*

„Nach einem kurzen Blick in mein Terminbuch ist es mir möglich, spontan einen Termin für Sie freizuschaufeln. Ich habe dann erst heute am späten Nachmittag wieder einen wichtigen Termin."

Da stehen wir zu dritt, grinsen um die Wette und mir fällt auf, dass wir zwei Männer Anna Mühlbacher eine Spur zu lange mustern. Kurzes Schweigen und die daraus resultierende Stille hängt schwer in der Luft. Christian versucht das Ganze ein wenig zu retten: „Michael, ich denke, es ist sicher in Ordnung für Sie, wenn ich wieder zu uns runter ins Büro springe, damit ich noch meine neuesten Daten abarbeiten kann! Oder?", Christian hat seinen Blick gehoben und auf mich gerichtet, mir kommt sogar vor, dass er ein leicht keckes Lächeln aufgesetzt hat und was noch viel schlimmer ist, dass der freche Kerl sogar dreist mit seinem rechten Auge blinzelt.

„Sicher, kein Stress Christian, wir sehen uns dann später."

Christian macht einen Abflug und ich warte höflich, bis sich Anna Mühlbacher elegant auf den Stuhl setzt und ihr rechtes Bein langsam über das linke schlägt. Sie glättet mit der rechten Hand, mit einer schnellen Bewegung ihren Rock und blickt mich daraufhin erwartungsvoll an. *Was für Beine!*

Ich setze mich gegenüber auf den freien Bistrostuhl, achte penibel darauf, mit dem Rücken zum Eingang des Raumes zu sitzen und versuche gleichzeitig, wie es sich für einen erwachsenen Mann gehört, nur ins Gesicht zu schauen und nicht auf diese schönen Beine. Die schwarze blickdichte Strumpfhose, die sie zum Rock von Hoschek – wie es mir natürlich sofort aufgefallen ist – trägt, erweist sich als wenig hilfreich. *Geschmack hat sie auf jeden Fall.*

Ich habe schon im Vorfeld abgeklärt, wie es in solch einer Situation mit dem finanziellen Budget seitens meiner Behörde bestellt ist. Ich hoffe nur, dass Geld reicht aus. Sie schaut doch recht exklusiv und teuer aus.

The Lady is a Tramp.

Allerdings wurde mir seitens des Präsidiums eine mehr als großzügige Summe pro Fall genehmigt. Wir klären kurz alle Formalitäten, wie die Höhe, der eventuell notwendigen Honorarnote zum einen und die durch die Zusammenarbeit anfallende Vorgehensweise mit den Medien zum anderen. Später muss sie natürlich auch eine absolute Verschwiegenheitserklärung unterschreiben. Bevor ich aber dazu komme, etwas zu sagen, übernimmt sie gleich mal das Kommando:

„Machen wir es doch einfach so Herr Löchtenberger, Sie erzählen mir jetzt erst einmal mit Ihren eigenen Worten, was Sie da für einen Fall haben und warum Sie denken ich kann ihnen helfen. Dann werde ich abwägen, wo ich am besten mit meiner Hilfe oder Beratung ansetzen könnte. Erst dann entscheide ich, ob ich der Grazer Polizei oder in dem Fall natürlich Ihnen helfen kann und will. Zu guter Letzt entscheide ich dann, ob ich Ihnen ein entsprechendes Honorar verrechne werde oder was eine Zusammenarbeit mit mir für Sie finanziell bedeuten wird. Sehen Sie die nächste Stunde als gratis Beratung. Gefällt Ihnen mein Vorschlag?"

Ich liebe ihn. Und Ihre Beine. Natürlich ist das in Ordnung.

Ich erzähle ihr also von unseren bisherigen Erkenntnissen und der mageren Ausbeute an nicht vorhandenen Spuren und beende meinen Vortrag mit den Worten:

„Ich denke ein Täterprofil zu erstellen, gelingt uns in diesem Fall nur mit Ihrer Hilfe. Ich habe ein vages Bild in meinem Kopf, allerdings sind da noch zu viele weiße Stellen auf der von uns spärlich bemalten Leinwand."

Ich lächele sie unverbindlich an und sie ihrerseits erwidert mein Lächeln auch sofort. Sie nippt vom Cappuccino, den sie sich in der Zwischenzeit bestellt und den uns die freundliche Bedienung natürlich rasch und wieselflink serviert hat.

„Schauen Sie, ich denke mit den bisherigen Spuren und spärlichen Beweisen, die Sie und Ihr Team bisher gesammelt haben, lässt sich wenig, aber doch einiges sagen."

Sie betont jedes Wort, mit dem abwechselnden Heben der Augenbrauen und weitet ihre Augen so stark, dass ich fast das Gefühl bekomme, sie blickt tief in meine Seele hinein.

„Der höchstwahrscheinlich männliche Täter, ist eher um die fünfzig. Die dahinterstehende Planung spricht für eine gewisse Reife und Erfahrung. Die Vermutung, dass es sich bei dem mitgenommenen Zahn und die Zehen um Trophäen handelt, ist natürlich nicht von der Hand zu weisen. Diese Art von Fetisch nennt man Andenken-Fetisch, der Körper oder wenn Sie möchten der Geist versteht es anhand des Erinnerungsstückes die Situation, die wahrscheinlich sehr erregend war, immer und immer wieder aufs Neue für sich abzurufen. Der Täter vertraut nicht auf seine sonstigen Erinnerungen."

Die Bilder von der fehlenden Zehe und der Zahnlücke schweben vor mir, als wären sie auf einer unsichtbaren Leinwand projiziert und ein leichtes Frösteln fährt durch meinen Körper.

So ein Freak. Ich verabscheue ihn.

„Ja, OK, das verstehe ich. Aber warum nimmt er oder sie dann solche speziellen und furchtbaren Stücke?", frage ich sie und warte gespannt, was sie mir zu erwidern weiß. Über ihre bisherigen Ausführungen bin ich bis jetzt ziemlich angetan.

„Es ist schon richtig, dass das auf unsereins seltsam wirkt, allerdings muss ich anmerken, dass ja Zahn, Haut und Haar nicht verwesen können.

So geht er auf Nummer sicher. Das Ritual, selbst das Andenken zu entnehmen, reizt ihn sicherlich auch."

Sie öffnet ihre Handtasche, als ob sie etwas sucht, besinnt sich aber und nimmt stattdessen den kleinen Löffel und rührt ihren Cappuccino um.

Bist du auch nervös, Anna?

„Anhand der Spuren oder besser gesagt der nicht vorhandenen Spuren konnte die Gerichtsmedizinerin leider nicht sagen, ob es postmortal oder doch noch bei Bewusstsein des Opfers vollbracht wurde", werfe ich kurz ein. Ich rücke mit meinem Stuhl etwas nach links, denn die Nachmittagssonne strahlt in den Raum, und zwar so stark, dass sie durch die großen Fenster direkt in mein Gesicht scheint und mich blendet.

Ich will dieser hübschen Frau beim Gespräch einfach direkt ins Gesicht sehen können, ohne permanent wie behindert blinzeln zu müssen. Mir fällt auf, dass ich eine

Spur zu zappelig und seltsamerweise auch etwas unkonzentriert bin. Einzuordnen was hier gerade mit mir geschieht, fällt mir schwer. Ist es dieses schöne Gesicht, ist es ihre Art, ist es ihr Lächeln, das mich in den Bann zieht? Ist es ihre freche Art oder ist es sie als ganze Person?

Die Beine – Wahnsinn! Das Gesicht – Wahnsinn! Alles Wahnsinn!

Ich betrachte und beobachte sie und habe das seltsame Gefühl, sie tut es mir gleich, während sie spricht. Mir fällt auf, dass ihr für diese Tageszeit etwas zu stark geschminktes Gesicht, nahezu perfekt gemacht ist. *Muss nicht sein.*

Ihre Haare glänzen durch das von hinten einfallende Sonnenlicht so sehr, dass es fast künstlich wirkt auf mich. Tiefschwarz.

Fast unheimlich dieser Glanz.

Ihr Outfit mit dem Lena-Hoschek-Rock, den ich ja wie schon angemerkt sofort erkannte, ist mir auch „too much". Sehr elegant, leicht klassisch. Sie ist vom Styling her nicht der Typ Frau, auf den ich normalerweise anspringe.

Trotzdem hat sie was. Aber vielleicht ...

Anna Mühlbacher ist – Modegeschmack hin oder her – auf jeden Fall eine Augenweide. Der kurze Blick, den sie jetzt auf ihre Uhr wirft, zeigt mir, dass sich unser Gespräch bald zu Ende neigen wird.

„Ich mache Ihnen einen Vorschlag. Was halten Sie davon, wenn ich Ihnen von Christian Puller eine gut aufbereitete Fall-Akte übermitteln lasse? Sie studieren sie und schreiben für Erste nur für mich ein vorläufiges Täterprofil. Allerdings müsste das sehr schnell passieren. Wir stehen unter ziemlichen Druck. Ist das machbar?"

„Das kann ich gerne machen, Herr Löchtenberger", sagt sie wieder mit einer leicht säuselnden Stimme, während sie mich gleichzeitig etwas mustert.

„Ich rufe Sie am besten an, wenn Sie das Dossier bei mir holen können. Nein. Viel besser, ich lasse es Ihnen heute noch per Boten zusenden", antworte ich ihr und stehe auf um meine Brieftasche zu öffnen. Ich gebe ihr meine Visitenkarte. Sie gibt mir die ihre und wir tauschen praktischerweise auch gleich unsere Telefonnummern aus, gefolgt von ein paar netten Belanglosigkeiten. Wir machen wir uns gemeinsam auf den Weg aus dem Gebäude. Beim Hinuntergehen fällt mir ein, dass ich vergessen habe zu bezahlen.

Super! Na Bravo, die werden sich was denken!

Als wir vor dem Eingang zum Gebäude stehen und ich mich gerade von ihr verabschieden möchte, bleibt sie kurz stehen, um abermals in ihrer Handtasche zu kramen, aber nur kurz. Anschließend holt eine kleine silberne Metallbox heraus. Ich beobachte sie eine genau, als sie diese mit ihren langen und zarten Fingern flink und elegant öffnet. Mir fallen die in kräftigen rot lackierten, langen Fingernägel auf.

Frauen und lackierte Nägel. Zu Lang. Zu Rot! Muss das sein?

Ich nutze die sich mir bietende Gelegenheit, um Anna Mühlbacher noch einmal genau zu betrachten. Schwarze Haare und fast schwarze Augen. Sie ist groß, schlank, hat einen hellen Teint.

Anna Mühlbacher hat eine enorme Ausstrahlung, welche sie durch das richtige Einsetzten von Stimme und Sprache und der dazu fein abgestimmten Mimik sowie Gestik noch stärker unterstreicht. Mir fällt auch auf, dass sie auf ihren Handrücken zarte Sommersprossen hat. Schade, dass man diese im Gesicht durch das Makeup nicht sehen kann.

Anna Mühlbacher nimmt eine Zigarette aus der Box. Sie hält den Kopf leicht gesenkt und steckt sich vorsichtig und wieder fast eine Spur zu sinnlich, die Zigarette in ihren Mund. Sie hebt kurz ihren Kopf, um mich anzusehen. Sie fixiert mich mit ihren Augen. *Flirtet sie mit mir?*

„Auf Wiedersehen, Herr Kommissar", sagt sie plötzlich, währenddessen sie schon wieder in der Handtasche kramt, um ihr Feuerzeug zu suchen. Sie hält es in der rechten Hand, während sie sich mit der anderen Hand den weißen Ohrstecker ihres Handys in das rechte Ohr steckt.

Multitasking die Frau.

Ich mache eine rasche und schwungvolle Bewegung nach vorne, um ihr mein mattes Zippo-Feuerzeug so schnell ich kann, wie ein wahrer Gentleman es gelernt hat, unter die Nase zu halten. Fast wie es ein Florettfechter machen würde, wenn er seinen Degen zum finalen Stoß einsetzt. Sie erschrickt kurz, lächelt mich aber milde an.

„Danke, Herr Löchtenberger."

Jetzt ist es das gezogene Ö.

Was immer ich noch sagen wollte, es hat sich gerade aus meinem Kopf verabschiedet.

Blackout! Over and out! Hallo Michael, ist da jemand Zuhause?

Streng genommen nicht wichtig, denn in der Zwischenzeit hat sie sich umgedreht und bewegt sich mit schnellen Schritten in Richtung Ausgang. Da sie anscheinend schon mit jemandem telefoniert, winkt sie mir, mit der linken Hand zum Abschied zu. Mir kommt sogar vor, dass sie versucht mit ihrem rechten Auge zu blinzeln.

„Hallo Süße, wie geht es Dir…", höre ich sie noch sagen, bevor sie mir langsam, aus der Hörweite und aus meinem Sichtfeld entschwindet.

Ich versuche mir selbst eine Zigarette in den Mund zu stecken und sie anzuzünden, während ich ihr nachstarre. Da wird leider mein Wunsch zu rauchen, gerade von meinem Gehirn sabotiert. Darum gelingt es mir auch nicht. Denn mein vom Staunen – wie ein Scheunentor – immer noch geöffneter Mund, weigert sich für ein paar Sekunden zuzugehen.

28.

Totenstille. Nicht ganz, die Stille wird alle paar Sekunden von wimmernden Geräuschen unterbrochen. Es ist Kevin Muur, der diese Geräusche macht. Er liegt auf dem Bett in seinem Schlafzimmer. Beide Arme und Beine sind gefesselt und zusätzlich noch am Bett fixiert. Mit Handfesseln, die mit weichem Samt-Stoff gefüttert sind, um den Gefesselten nicht zu verletzen.

Wie sorgsam ich doch bin!

Um auf Nummer Sicher zu gehen, hat er zusätzlich große schwarze Kabelbinder verwendet. Doppelt hält besser. Er hat Kevin einen schwarzen Seidenschal um den Kopf gelegt und ihm damit die Augen bedeckt.

Der Kerl wimmert wie ein Mädchen. Habe ich an alles gedacht? Ja, es ist perfekt.

Alles ist so gekommen, wie er es sich vorgestellt und geplant hat. Es war alles, nur kein Zufall. Er hat Kevin Muur wochenlang beobachtet. Ihre Wege haben sich in den letzten Monaten des Öfteren gekreuzt. Ausschlaggebend war schlussendlich, das Kevin Muur meist wie ein Gockel ins Café spaziert ist, um sich gut in Szene zu setzen. Da hat er damit begonnen ihn genauer ins Visier zu nehmen. Ihm wurde schnell klar, dass er mit Kevin Muur, den optimalen Probanden gefunden hat. Es war also an der Zeit den nächsten Schritt zu setzen. Jetzt ist es endlich so weit, diesen Idioten seine berühmten fünfzehn Minuten Ruhm zu schenken. Ihn erbarmungslos ins Scheinwerferlicht zu befördern.

„Schade nur, dass es vorerst niemand sehen wird, aber deine Zeit kommt schon, Kevin."

Deine Zeit kommt noch, du Kretin.

Wie ein Schatten zieht ein schiefes Lächeln, als wäre es von Batmans Erzfeind Joker, über sein Gesicht. Allein bei den Gedanken an die kommenden Stunden spürt er einen zarten Schauer der Vorfreude durch seinen Körper laufen.

Bleib konzentriert Sammler.

Die Planen hat er sorgfältig über das Bett und den Boden gelegt. Er muss sehr vorsichtig sein. Auch am Fußboden hat er von der Küche bis ins Schlafzimmer, den ganzen Boden mit Plastik ausgelegt. Er möchte die Schweinerei, die hier heute noch geschehen wird in Grenzen halten. In der Küche hat er den Esstisch ebenfalls mit Plastikbahnen bespannt und ihn dadurch bestens geschützt. Alles, was er später an Geräten und Werkzeugen noch benötigen wird, hat er fein säuberlich in Reih und Glied, am Tisch ausgebreitet.

Er hat den iPod mit seiner bevorzugten Playlist, an die Anlage von Kevin Muur angeschlossen. So kann er in vollen Zügen die Klänge der klassischen Musik genießen, die er seit er in die Wohnung gekommen ist, schon hört. Jetzt gerade läuft Peer Gynt Suite Nr.1 OP.46: Morning Mood, ein einzigartiges Stück Musikgeschichte, interpretiert von den Wiener Philharmonikern, perfekt passend für diesen wahrlich einzigartigen Moment. Möge die Zeit doch nur für einen Moment verweilen und stehen bleiben.

Augenblick verweile doch! Du bist so schön! Dann magst du mich in Fesseln schlagen, dann will ich gern zugrunde gehen.

Doch dafür ist keine Zeit. Er wirft einen kurzen Blick auf die Rolex von Kevin Muur, die er vorhin auf den Küchentisch gelegt hat. Er summt zur Musik und trommelt mit seinen behandschuhten Fingern lautlos am Tisch. Es ist Zeit. Die Spiele können beginnen. *Rien ne va plus.*

„Was mache ich nur mit dir, du erbärmlicher Wurm?"

Ruhig nimmt er die silberne Zahnzange mit dem gebogenen Griff vom Küchentisch. Sie ist so blank poliert, dass sich das Licht der modernen Deckenleuchte im Chrom spiegelt. Er streichelt die Zange mit seiner rechten Hand und spürt – trotz der schwarzen Handschuhe – die Kühle des Metalls. Nun schleicht er mit der Zange in der Hand zum Bett. Vorsichtig legt er sie, geräuschlos auf den Nachttisch von Kevin Muur. Dort wartet schon die fünfzehn Zentimeter große Mundsperre aus Edelstahl, die er nun in seine Hand nimmt und sich damit leicht zu Kevin dreht. Die Sperre legt er in die linke Hand. Dann löst er Kevin Muur das Klebeband vom Mund. Mit einem Ruck. Dieser nutzt die sich ihm bietende Gelegenheit und beginnt sein Wimmern und sein Schluchzen zu steigern:

„Wer sind Sie? Was wollen Sie von mir? Helfen Sie mir bitte!"

Er nimmt die Sperre und befestigt sie schnell am Mund von Kevin. Bei dem sich darauf, mit weit gespreizten Mund nicht anders möglich, dass Wimmern in ein eher unverständliches Röcheln verändert. Der Speichel tropft Kevin aus dem rechten Mundwinkel. Der Sammler drückt mit der linken Hand die Stirn von Kevin nach unten, um mit einem flinken und geübten Griff der Zange, fest den oberen Eckzahn zu umfassen. Mit einer leichten Drehbewegung und ordentlicher Kraft hebelt er den Zahn, begleitet von einem lauten Krachen, aus dem Mund. Den blutenden Zahn legt er behutsam auf den Nachttisch. Dann hebelt er den zweiten Eckzahn aus dem Mund von Kevin Muur. Der Sammler legt die Zange auf den Nachttisch und reinigt die beiden Zähne und verstaut sie in die von ihm mitgebrachte und mit lila Samt ausgelegte Ringschachtel. Die Zange wischt er mit Küchenpapier ab und steht wieder auf, um zur Musikanlage von Bang & Olufsen zu gehen, die am Sideboard im Schlafzimmer steht. Er dreht den Lautstärkeregler nach rechts, um die Musik noch etwas lauter zu machen. Er kann das röchelnde Wimmern von Kevin Muur nicht ertragen. Die Klänge vom „London Philharmonic Orchestra" mit „Adagio For Strings" von Samuel Barber schrauben sich in diesem Moment imposant in die Höhe.

Dir wird das Wimmern schon noch vergehen, du Mimose.

Der Sammler geht zurück in die Küche, um sein Werkzeug in der Spüle ordentlich zu säubern. Er verstaut das gereinigte Werkzeug wieder in seinem schwarzen Rucksack. Mit einem neuen grauen Gaffaband bewaffnet geht er zurück in das Schlafzimmer und entfernt mit wenigen, schnellen Handgriffen die Mundsperre. Er reißt ein paar Blätter von der Küchenrolle und wischt Kevin Muur die Tränen und Speichelspuren, die sich jetzt schon mit ein wenig Blut vermischt haben, aus dem Gesicht. Danach klebt er seinem jammernden Opfer den Mund wieder fest zu.

Armer schwarzer Kater.

In der Küche nimmt er sich ein Glas aus dem Schrank und lässt es mit kaltem Wasser volllaufen. Genüsslich trinkt er das Glas mit mehreren kleinen Schlucken leer. Der Sammler stellt das Glas in den geöffneten Geschirrspüler. Mit einer frischen Papierserviette – grau mit weißen Sternen – wischt er sich den Mund ab und legt sie zu den anderen Abfällen in den vorbereiteten Müllsack. In aller Ruhe greift er sich die gelb-schwarze Gartenschere, die auch am Küchentisch liegt und geht mit ihr wieder ins Schlafzimmer.

Der Sammler legt die Schere auf das Bett neben Kevin Muur. Kevin versucht sich zu bewegen und erfolglos sich zu befreien. Ein hilfloses Unterfangen. Er ist zu fest angebunden. Es gibt null Spielraum. Der Sammler lächelt. Als Nächstes stellt er sich seitlich zum Bett. Er löst den Seidenschal von Kevins Augen und wickelt in mit einer Schlaufe um die Mitte des Oberarms von Kevin und zieht den Schal, so fest es geht zu. Kevin blickt ihn mit großen und entsetzten Augen an. Der Augenblick der Erkenntnis blitzt in seinen Augen auf.

„Ich kenne dich. Aber, was …", denkt sich Kevin Muur.

Der Mann nimmt einfach die rechte Hand von Kevin Muur. Fest hält er mit seinen Daumen und Zeigefinger den Handballen fest und schneidet den kleinen Finger mit einem schnellen und sehr starken Druck auf *die scharfe Gartenschere ab.*

Schnippschnapp.

Den kleinen Finger hält er in seinen Händen, schützend wie in einer Schale, als würde er behutsam und vorsichtig einen verletzten Vogel tragen. Mit schnellen Schritten geht er mit dem blutverschmierten Finger zurück in die beigefarbene Küche. Er hält den Finger unter das kalte Wasser und beobachtet wie sich das Blut mit dem Wasser vermischt und langsam mit einer Spiralbewegung in den Abfluss rinnt.

Wie beruhigend. Richtig meditativ.

Er spült so lange, bis der Finger vom Blut gereinigt ist. Trocknet ihn mit der von ihm mitgebrachten Küchenrolle ab und legt ihn in die mit Eis gefüllte Plastikbox, die schon im Gefrierfach des Kühlschranks auf ihn wartet. Erst Zuhause wird er sich die Zeit nehmen, den Finger noch mal zu reinigen und ihn dann in Formaldehyd einzulegen. Er wird diesen Finger perfekt konservieren.

Für die Ewigkeit.

Im Hintergrund nimmt er zwischenzeitlich die immer noch vergeblichen Versuche von Kevin Muur wahr, der grummelnd und stöhnend weiterhin erfolglos versucht, sich in seiner Panik von seinen Fesseln zu befreien. Der Sammler reinigt ihm mit einem in Wundalkohol getränkten Wattebausch die blutende Wunde des abgeschnittenen Fingers und umwickelt diese dann mit einem Klebeband, damit aus dem Stumpf der Wunde, kein Blut mehr heraus fliesen kann. Dann umwickelt er die Hand mit einem sauberen Verband. Er wischt auch mit der Küchenrolle und Reinigungstüchern das Blut von der Plastikplane.

Ach, wie ich diese feuchten Einweg-Reinigungstücher liebe.

Alle verschmutzten Utensilien wandern in den mitgebrachten schwarzen Müllsack. Ein weiterer Blick auf die Uhr bestätigt ihm, wie gut er in der Zeit liegt.

Bald ist es so weit.

Er wechselt die schwarzen Plastikhandschuhe und geht in das Bad. Mit angezogenen Handschuhen wäscht er sich gründlich das Gesicht und trocknet sich in seine vorher dort deponierten Einweg-Handtücher. Er betrachtet sich im Spiegel. Was er hier sieht, missfällt ihm. Er sieht einen Mann mit blasser, aschfahler Haut. Den Kopf kahlgeschoren. Seine dunkelbraunen Augen sind heute fast schwarz. Er betrachtet seinen teils nackten und glattrasierten Körper. Er trägt eine schwarze und hautenge Sporthose und ein ebenfalls hauteng anliegendes ärmelloses Radfahrershirt. Beide Kleiderstücke atmungsaktiv und aus wasserabweisenden Material. Die sichtbaren und glattrasierten Körperstellen glänzen von der hauchdünn aufgetragenen Vaseline leicht im Licht der Badezimmerleuchte. Diese verwendet er zum Schutz, um ja keine Körperpartikel wie Hautschuppen als Spuren zu hinterlassen.

Er streicht sich nochmals kurz über seinen spiegelglatten Kopf und geht wieder zurück zu dem jammernden Kevin Muur.

Warte nur, du Schwachkopf, das war nur das Vorspiel.

Zur Sicherheit kontrolliert er noch einmal, ob er alles für den heutigen Höhepunkt richtig vorbereitet hat. Sein Handywecker läutet. Ein kurzer Blick auf das Handy bestätigt dem Sammler, nun ist es Zeit Kevin seine Tabletten zu verabreichen. Er hat extra Kautabletten mit Minze-Geschmack besorgt, damit der Stümper sie auch wirklich schluckt. Zusätzlich wird er ihm ein paar sehr starke Schmerztabletten verabreichen.

Er soll ja wach bleiben!

Er schmunzelt in sich hinein. Seinen Zynismus liebt er.

Er reißt, das vor Kurzem angebrachte Klebeband wieder mit einem raschen Ruck von Kevin Muurs Mund, um ihm die Tabletten verabreichen zu können.

Gerade in diesem Moment wechselt die Musik zu „Vide cor Meum", eines seiner Lieblingsstücke auf seiner Playlist, noch dazu aus einem seiner Lieblingsfilme, „Hannibal". Er setzt sich im Schneidersitz neben das Bett. Es ist nun an der Zeit die Augen zu schließen, zu genießen und zu warten.

Namaste.

Ich ehre den Platz in dir, wo wir beide nur noch eins sind.

29.

Ein Zuckerl dieser Michael. Das wird sicher noch lustig und sicher auch sehr spannend.

Leise summt sie vor sich hin. Gleich nach dem Gespräch mit ihm hat sie sich ins Büro gesetzt und begonnen sehr intensiv am Dossier zu arbeiten. Sie war überrascht, wie schnell der Bote der Polizei bei ihr war. Nachdem sie die Unterlagen von Christian Puller zügig durchgelesen und sich dazu auch schon einige Notizen gemacht hat, musste sie noch schnell eine Kleinigkeit essen und ein zehnminütiges „Powernapping" machen. Es sind dann doch zwanzig Minuten geworden.

Anna überfliegt das Schriftstück noch ein letztes Mal und ist überrascht, wie viel Informationen das Team von Michael in der kurzen Zeit zusammengetragen hat. Nicht schlecht. Trotzdem haben sie tatsächlich nichts. Keinen schlagenden Beweis. Es war genauso wie er ihr es geschildert hatte.

Die tappen völlig im Dunkeln.

Eine sehr interessante Entwicklung. Sie ist fertig mit ihrem Dossier. Anna überprüft auch diese Seiten genau und speichert es am Laptop ab. Sie drückt die linke Maustaste und schon ist es unterwegs zu Michael, in seinen digitalen Briefkasten, dem E-Mail-Eingang.

Geschafft. Wie spät ist es? Schnell noch einmal für Mädchen.

Zurück von der Toilette geht sie ins Schlafzimmer, dort breitet sie die von ihr benötigten Kleidungsstücke auf ihrem Bett aus. Ein letztes Mal geht sie im Kopf alles Stück für Stück durch. Wird sie heute alle brauchen? Eine Packung Kondome liegen auch am Bett. Daneben eine schwarze Augenbinde aus Seide.

Nur das Beste ist gut genug für mich.

Sie packt alles in die schwarze Sporttasche, die halb geöffnet neben dem Bett im Schlafzimmer steht. Anna Mühlbachers Gedanken schweifen immer wieder an das Treffen mit Michael ab. Sie sollte sich sputen. Jetzt ist es Zeit zu gehen. Ihre Verabredung erwartet pünktliches Erscheinen und wenn sie eines ganz genau weiß, dann das er nicht gerne wartet. Der gefühlt zehnte Blick auf ihre Rolex zeigt ihr, dass sie, wie meistens, auch heute perfekt mit ihrem Zeitmanagement umgeht. Also kein Grund zur Hektik. Sie muss nur noch ein kleines Problem lösen. Anna muss eine Entscheidung treffen. Sie will und kann nicht mit dem eigenen Auto zum Termin fahren. Ihr Fahrrad kommt daher auch nicht infrage. Schon gar nicht will sie mit der Straßenbahn oder dem Bus fahren. Also bleibt nur das Taxi.

Eine suboptimale Lösung. Was soll's.

Anna nimmt die Sporttasche vom Bett und wirft sie sich über ihre linke Schulter. Das Gewicht der Tasche spürt sie gar nicht. Sie ist in guter Form und hat in den letzten Monaten nicht nur auf ihre Grundfitness und Ausdauer geschaut, sondern auch etwas für ihre Muskeln getan. Zum einen durch regelmäßige Besuche im Fitnessstudio und zum anderen durch das Boxen im Box-Club.

Eine letzte Kontrolle. Sicher ist sicher!

Anna verschließt die Wohnungstür und läuft durch das Stiegenhaus hinunter zum Hauseingang. Vor dem Haus wendet sie sich nach rechts und geht direkt über die Wiese, wie sie es meistens macht, am Kunsthaus vorbei in Richtung Leonhardstraße. Dort in der Leonhardstraße, direkt vor der Musikuniversität, befindet sich der nächste Taxistand. Durch den Stadtpark sind es vom Parkring aus zu Fuß etwa fünf Minuten. Um sich die Zeit zu verkürzen, hat sie wieder ihre Kopfhörer im Ohr, um „Sugar Man" von Rodriguez zu hören. Die Musik beschwingt sie beim Gehen und sie fühlt sich richtig wohl.

Sugar man you're the answer ...

Sie liebt dieses Lied. Ihr gefällt vor allem auch die Geschichte rund um den Sänger Rodriguez, der in Amerika verarmt lebte und jahrelang nicht wusste, dass er in seiner Heimat Südamerika schon lange ein Superstar war. Um ihn rankten sich viele Mythen. Erst als zwei Fans sich auf die weite Reise machten, um ebendiese Mythen zu erforschen, machten sie in Amerika die Entdeckung ihres Lebens. Sie fanden den Sänger in New York und erzählten ihm von seinem Erfolg. Der Rest ist Geschichte. So wurde er zum viel umjubelten Star in seiner Heimat.

Sugar man ...

Sie nimmt gleich das erste Taxi am Stand und setzt sich hinter dem Fahrer auf die Rückbank. Sie hält ihren Kopf gesenkt. Mit dem Taxi braucht sie gerade einmal zehn Minuten zum Ort der Verabredung.

Wenig Verkehr. Perfekt.

Anna steigt zur Sicherheit einige Häuser vor dem vereinbarten Treffpunkt aus. In dieser Gegend wohnen recht viel Menschen, doch niemand wird sie wahrnehmen. Wie auch. Mit ihrem lockeren schwarzen Freizeitdress, der blonden Langhaar-Perücke, der schwarzen Haube und der dunklen Sonnenbrille würde sie nicht mal ihre eigene Mutter erkennen. Sie geht zum Haus, kontrolliert die Hausnummer im Kopf. Anna zieht sich Handschuhe an und drückt wie vereinbart zweimal kurz, zweimal lang, schnell hintereinander auf die Klingel vom Hauseingang.

Mit ihrer rechten Hand öffnet sie die summende Tür. Ihre Vorfreude steigert sich von Etage zu Etage, die sie sich jetzt nach oben in den obersten Stock bemüht. Es ist ein tristes Stiegenhaus. Schmucklos und kahl. Ein typischer Bau aus den Siebzigerjahren. Auch hier begegnet ihr niemand.

Wie ausgestorben hier im Haus. Mein Glück.

Vor der Tür bleibt sie stehen und legt ihr rechtes Ohr sanft an die Tür. Stille. Nicht ganz, nur leise dringt die Musik an ihr Ohr. Sie hebt ihre rechte Hand, um leise an der Tür zu klopfen. Einen Augenblick danach geht diese langsam und leise auf. Er steht in der Tür und starrt ehrfürchtig sie an. Der Mann strahlt über das ganze Gesicht. Seine Worte sprudeln ihm vor Aufregung nur so aus dem Mund:

„Schön, dass du pünktlich hier bist Anna. Bist du auch aufgeregt? Ich bin ehrlicherweise etwas aufgeregt. Ich habe mir erlaubt, schon einmal mit den ersten Vorbereitungen anzufangen, um alles für dich so angenehm wie möglich zu machen. Was rede ich so viel? Komm doch bitte herein, Anna."

Mit einer einladenden Handbewegung und einer leichten Verbeugung mit seinem Oberkörper, bittet er sie einzutreten.

„Hallo! Ehrlich, du bist wirklich schon fertig? Du bist der Beste! Wohin soll ich gehen?", fragt sie ihn und auch ihr zaubert diese Nachricht ein zartes Lächeln ins Gesicht. Die Vorfreude auf die kommenden Stunden lässt sie sogar ganz leicht frösteln.

Anna stellt den Rucksack einfach im Vorhaus ab, um ihre schwarze Sommerdaunenjacke auf den leeren Garderobenhaken zu hängen. Natürlich ist ihre Jacke von Moncler. Sie zieht sich vorsichtig die Haube vom Kopf und richtet zur Sicherheit die immer noch perfekt sitzende Perücke. Sie nimmt den Rucksack wieder in die Hand und lächelt den geduldig wartenden Mann milde und freundlich an: „Ich bin fertig! Bist du bereit?"

Sie wirft noch einen Rundblick durch das kleine Vorhaus.

Typische Männerwohnung.

„Wir sind bereit, wenn du es bist, Anna!", er nimmt zärtlich ihre linke Hand und geht langsam voraus. Das Gefühl, das sie durch seine schwarzen Plastikhandschuhe verspürt, erregt sie ein wenig. Er geht durch die offene Tür und zieht Anna mit sich in das Schlafzimmer. Kurz bleibt er stehen. Er lässt ihre Hand los und dreht sich zu ihr hin. Während er mit ihr spricht, dreht er den Dimmer vom Lichtschalter langsam nach rechts, um das dunkle Schlafzimmer ein wenig mit Licht zu erhellen. Sie blinzelt kurz, ein wenig geblendet vom Licht und sieht ein sehr modern eingerichtetes Schlafzimmer.

Der hat ja einen richtig guten Geschmack.

In der Mitte des Zimmers, unter einem großen gerahmten Foto einer isländischen Eislandschaft, liegt angebunden am Bett der nackte und überraschenderweise sehr ruhige Kevin Muur. Er liegt dort allein mit seinem erigierten Penis und wartet auf seine Bestimmung.

Wer die Hand als erster zum Schlag erhebt,

gibt zu

dass ihm die Ideen ausgegangen sind.

Franklin D. Roosevelt (1882 – 1945)

Präsident von Amerika 1933 bis 1945

30.

Ich blicke ein Jahr zurück, in den siebten Bezirk in Wien, ich tu so als würde es gerade jetzt geschehen:

Mein Blick haftet auf dem kleinen, rosa ausgebleichten Zettel, der vor mir auf dem versifften Ikea-Wohnzimmertisch, in meiner Wiener Mietwohnung im dritten Stock, in der Siebensterngasse im siebten Wiener Gemeindebezirk liegt. *Alter Schwede.*

Links im Eck steht mein grünes Sideboard, bei dem mehr Farbe abgeblättert ist, als es möglich zu sein scheint. Auf dem Plattenteller meines schon in die Jahre gekommenen Plattenspielers dreht sich eine Platte. Mit viel Glück habe ich vor einigen Jahren die Platte von „Adriano Celentano – Il Ragazzo Della Via Gluck" am Flohmarkt beim Naschmarkt gefunden. Diese Platte ist eine meiner absoluten Lieblingssongs vom italienischen King.

Ich kratze mich nervös am Kinn. Vor mir auf meinem Vierzig-Zoll-Fernseher läuft gerade – ohne Ton – eine neue Tatortfolge mit Richy Müller. Der Stuttgarter Tatort war schon immer einer meiner persönlichen Favoriten. Mein Traum ist auch einmal mit meinem Porsche zu meinen Tatorten zu fahren.

Traumtänzer. Ain't no Mountain high enough.

Ehrlicherweise schaue ich des Öfteren sonntags, vor allem wenn ich allein zu Hause bin – regelmäßig – den wöchentlichen Abendkrimi im zweiten österreichischen Fernsehen an. *Also immer.*

In der linken Hand liegt meine schon halb abgebrannte Zigarette, die seit gut dreißig Sekunden so vor sich hin glimmt. In meiner zittrigen rechten Hand halte ich mein Handy und starre so abwechselnd auf den Bildschirm vom Telefon und auf den verfluchten Zettel.

Wie beim Zuschauen von einem Tennismatch. Links und rechts. Rechts und links. *Ping, Pong.*

Ist das wahr? Ich drehe durch.

In meinem Bauch rumort es in der Zwischenzeit so laut und heftig, dass meine nächste und einzige Option nur mehr der schnelle Weg zur Toilette sein kann. Seit der operativen Entfernung meiner Galle, samt der sich darin enthaltenen Steine bin ich etwas sensibler im Magen. Kein steirischer Saumagen mehr. Aufregung schlägt sich sofort nieder. Ich lasse also den Zettel und mein Handy am Tisch liegen und laufe blitzschnell aufs Klo. *Sorry.*

Da sitze ich nun, meine Hose zu den Knöcheln geschoben und sinniere über die letzten Ereignisse. Die letzten Stunden, Tage, die letzte Woche. *Was für eine Woche.*

Das kann ja alles nicht wahr sein, Michael!

Meine Gedanken drehten sich im Kreis. Ich schaffe es nicht einen dieser einzelnen Gedanken zu greifen, wie ein Tornado drehen sie sich in meinen Kopf. Es ist wie eine Endlosschleife, der ich nicht entkommen kann. *Atmen Michi, Atmen. Gibt es Karma wirklich,* kommt es mir in den Sinn.

„*I want you*", sagt, „*Uncle Sam*" stumm von Plakat, dass ich mit Tixo auf der Innenseite der Klotür befestigt habe.

Was immer du willst, Sam.

Nun ist es an der Zeit für ein besonderes Getränk. Ich wasche mir erleichtert die Hände und tänzle zurück ins Wohnzimmer meiner sechzig Quadratmeter kleinen Wohnung. Sie besteht aus Schlaf- und Wohnzimmer, einer kleinen Küche, Bad und „*Onkel Sams*" WC. Abstellkammer statt Balkon. Ich rauche meistens auf der Fensterbank sitzend, aus dem offenen Fenster in den tristen und grauen Innenhof hinaus. Nur heute tu ich das nicht. Plötzlich ist alles anders. Seit dieser Woche ist alles anders. Kein Stein bleibt auf dem anderen.

Ich gehe zur Anlage und wechsle die Platte: „Surrender" aus dem Jahre 1971 von Diana Ross. Mit? Ja, genau.

„Ain't No Mountain High Enough ", besser geht es gerade nicht.

Ich schenke mir einen Bombay Gin, ein Mitbringsel von Flo bei seinem letzten Wien Besuch, mit einem Schuss Schweppes-Tonic in ein leider schon ziemlich blindes Glas ein.

„Komm, gehe noch mal alles im Kopf ganz langsam und chronologisch durch", sage ich laut zu mir selbst.

Montag in der Früh, ich war noch leicht verkatert vom dienstfreien Wochenende und der daraus resultierenden viel zu langen Samstagnacht in der Pratersauna, bekam ich einen Anruf, der mein bisheriges Leben total verändern sollte.

Ich sollte mich um 10:00 Uhr am Schottenring einfinden, um mich dort mit dem Wiener Polizeipräsidenten zu treffen.

Warum nicht gleich mit dem Innenminister?

Ich war etwas überrascht. Ich schlüpfte also in einen meiner grauen Anzüge von Zara, trug dazu ein etwas zerknittertes weißes Hemd und zur Ehre des Tages, nahm ich noch meine graue Krawatte und rundete das Ganze mit meinen schwarzen Adidas-Sneakers ab. Lederschuhe habe ich keine. Heute mache ich mal ganz auf feiner Herr, dachte ich noch schmunzelnd, während ich mich im Riesenspiegel im Foyer des Präsidiums betrachtete.

Im Vorraum des Herrn Präsidenten wurde ich von seiner Assistentin, die mich ein wenig an Bree Van de Kamp (die rothaarige von American Housewifes) erinnert, mit Kaffee verköstigt und durfte dort wie ein kleiner böser Knabe mit zittrigen Händen auf mein ungewisses Schicksal warten.

„Kopf Kino" kann ich nur sagen! Was kommt da auf mich zu?

Drei Stunden später war klar, dass ich meine bisherige Tätigkeit in Wien mit sofortiger Wirkung beenden würde, um für neun Monate nach Brüssel zur Zentrale von Europol zu gehen. Dort würde ich einer internationalen Arbeitsgruppe von zwölf Polizisten aus ganz Europa vorstehen. Ab Beginn des nächsten Jahres kehre ich dann zurück nach Graz, um dort der neue Leiter der ebenfalls neuen SOKO für Gewaltverbrechen zu werden.

Mein erster Gedanke war „*Weltklasse Michi*", mein zweiter:

„Verdammt, wie sage ich es am besten Magdalena?"

Magdalena ist meine einmalige, bildhübsche und geliebte zwanzigjährige Tochter, die seit dem Tod meiner Frau Anna vor ebenfalls zwanzig Jahren bis vor sechs Monaten mit mir gemeinsam hier in meiner Wiener Wohnung gelebt hat. Jetzt wohnt sie mit zwei anderen

Mädels in einer Dreier-Wohngemeinschaft, nicht weit entfernt von mir, in der Zeilergasse.

„Sie ist das beste und schönste Kind der Welt!", sagte ich das schon? *Sind sie das nicht alle? Unabhängig wie alt sie sind!*

Sie hat wie ihre Mutter lockige, kupferfarbige Haare, die sie meist halblang trägt. Gerade zurzeit sind die Haare eher zartrosa als Kupfer. Sie mag ihr naturrotes Haar nicht. Sie ist recht groß, nur ein bisschen kleiner als ich es bin, ziemlich schlank und für meinen Geschmack mehr als perfekt. Für ihren Geschmack ist sie es natürlich nicht.

Hat immer die besten Noten, ohne Hilfe von mir. Sie ist perfekt selbst organisiert. Sie ist gerade im vierten Semester ihres Designstudiums an der Universität für angewandte Kunst in Wien – kurz „Die Angewandte". Seit dem dritten Semester mit der Spezialisierung auf Grafik und Design.

Finde ich ziemlich cool, denn Werbeagenturen wird es immer geben. In Wahrheit fehlt mir aber der Überblick über die vielen Möglichkeiten, die sich für sie überhaupt ergeben könnten. Ich habe bisher leider nie richtig die Zeit gefunden, um mich mehr mit ihrem Studium auseinander zusetzten.

Zurzeit ist es nicht so einfach mit uns zwei.

Das war einer der Gedanken von Montag. Der Mittwoch würde auch hier alles ändern. Magdalena nahm mir meine Sorgen in gewohnter Manier ab. Als ich ihr zu erzählen versuchte, dass ihr Papa jetzt auf Weiterbildung macht und bis Weihnachten kurz weg ist, da fiel sie mir ins Wort, um mir zu erzählen, dass sie ab Herbst für mindestens zwölf Monate, sprich „zwei Semester" nach Barcelona gehen wird.

Mindestens. Aha. Auch nicht schlecht. Ola!

Meine berufliche Veränderung rückte damit deutlich aus dem zentralen familiären Fokus. Ich freute mich für sie, sie freute sich für mich. Das machte alles ein bisschen entspannter zwischen uns. Bis zu dem Moment, als sie kurz nach dem Abschiedskuss, ihre zartrosa gefärbten Locken in den Nacken warf und mir von der Tür aus zurief:

„Viel Spaß mit der Oma, wenn du ihr das von uns erzählst."

Sie lachte noch und war auf und davon.

UNS? Verdammt. Na bitte, nicht das auch noch!

Es war klar, dass ich das ausbaden musste! Also ging ich im Anschluss an unser Gespräch freiwillig zum Schafott.

„Na Bravo, gratuliere ihr zwei Spezialisten. Geht's nur weg und lasst mich allein hier. Zum Sterben in dieser furchtbaren Stadt. Super, Michael. Dankeschön ihr Experten. Du bist überhaupt der größte Egoist, den ich kenne!"

Wenn meine Mutter mal in Fahrt war, dann aber richtig und anscheinend war wieder einmal „richtig" an der Reihe.

„Ohne mich hättet ihr zwei das nie geschafft, du schon gar nicht Michael.", sie sagt immer dann Michael zu mir, wenn sie böse oder beleidigt ist meine Mutter. Sie war gerade beides.

„Schau Mama, ich weiß, dass das jetzt wirklich sehr viel auf einmal für dich ist, aber diese Chance musst du Magdalena gönnen. *Und mir.* Barcelona ist doch eine tolle Stadt und sie lernt eine neue Sprache, eine neue Kultur und neue Freunde kennen. Ist doch perfekt, oder? Und es ist ja erst ab Herbst und außerdem auch nur für ein Jahr."

Ich versuchte, einen Dackelblick aufzusetzen. Natürlich erfolglos, aber das hat mir mein Freund Helmut schon immer empfohlen, der ja mit seinen angeborenen Tränensäcken und mit seinem perfekt dazu passenden soften Blick, praktisch der Spezialist für Dackelblicke ist.

„Ja, sicher. Nur ein Polizist wie du es bist, ist naiv genug, um so einen Blödsinn verzapfen. Diese haltosen Casanovas werden ihr den Kopf verdrehen, diese verflixten

Spanier. Die haben sowieso nur eines im Kopf. Das arme Mädchen. Alles nur Verbrecher dort im Süden. Das überlebe ich nicht."

In diesem Stakkato würde es erst mal gefühlte zehn Stunden weitergehen, nur zum Glück rettete mich die Sperrstunde in unserem Lieblingslokal dem „Motto am Fluss" um 03:00 Uhr in der Früh. Ich drückte meine Mutter ganz fest, bevor ich die schon leicht schwankende Dame, ins Taxi verfrachtete, um mich mit den folgenden Worten zu verabschieden:

„Erstens kommt es anders, zweitens als man denkt. Du wirst schon sehen Mutter. Alles wird gut. Ich habe dich lieb."

Und wie alles gut wird. Halleluja.

Das war eine echt wilde Woche mit dem heutigen Finale Grande. Ich schenke mir auf diesen Schock noch ein ordentliches Glas Gin Tonic ein. Zur Feier des Tages gehe ich sogar in die Küche und schneide ein paar Scheiben von der Salatgurke ab, die sich mit dem Frischkäse und den letzten Tomaten, um den leeren Platz im tristen Kühlschrank streitet. Dann trinke ich einen ordentlichen Schluck vom Gin, zünde mir die zigste Zigarette an und nehme für ein weiteres Mal das Handy in meine Hand. Ich löse die Tastensperre des Handys und kontrolliere ein allerletztes Mal, was ich auf dem Bildschirm lesen kann. Meine Augen springen zwischen dem rosa Zettel und den Zahlen am Bildschirm hin und her.

Es ist wahr. Verdammt, es stimmt.

5 6 14 19 26 30, ich habe alle sechs Zahlen. Wahnsinn.

Michael Theresia Löchtenberger, du Eierbär! Du Glücksschwein! Du hast einen Lottosechser! Alter Schwede! Und das beim fünffachen Megajackpot!

Es hilft alles nichts, die Aufregung ist definitiv zu viel für mich. Ich schreie alles, was sich in letzter Zeit so in mir aufgestaut hat, laut heraus. *Verdammt.* Vor lauter Aufregung möchte mehr aus mir raus, darum beginne ich mit der rechten Hand den Gürtel meiner Hose zu lockern und verziehe mich für ein weiteres Mal, zu meinem Freund „Uncle Sam" aufs Klo.

31.

Das war knapp.

Als der Sammler mit den Müllsäcken gerade die Eingangstür zum Haus öffnen will, hört er einen Wagen vor das Haus fahren und anhalten. Als die Autotür geöffnet wird, hört er laute türkische Musik. *Der Zeitungsbote.* Der ist heute viel zu früh dran. Er springt die paar Stufen durch das Stiegenhaus hinunter in den Keller und wartet im dunklen Vorraum des Kellerabteils. Sein Herz schlägt schneller, als er es gewohnt ist.

Zuerst hört er Schritte im Stiegenhaus, dann einen Moment später das Klicken der Eingangstür, als sie wieder ins Schloss fällt. Er wartet zur Sicherheit noch ein paar Sekunden. Erst als er hört, wie sich der Wagen des Zeitungszustellers wieder entfernt, schleicht er auf leisen Sohlen zur Eingangstür, um sie vorsichtig zu öffnen.

Alles gut. Kein Grund zur Aufregung. Bleib locker.

Die Einfahrt vor dem Haus ist leer. Es ist wieder still, so wie es um diese Uhrzeit auch sein soll. Er macht sich mit den schwarzen Müllsäcken in seiner Hand auf dem Weg zum VW-Bus. Es ist keine dreißig Minuten her, dass er ihn geholt hat, um ihn neben der Einfahrt zum Haus zu parken. Er hat ihn vor zwei Tagen ein paar Seitenstraßen entfernt abgestellt. Hier gleich in der Nähe des ORF Zentrums parken rund um die Uhr unzählige Autos. Da fällt ein Fahrzeug mehr oder weniger, nicht einmal sein schwarz lackierter Bus mit den verdunkelten Scheiben, kaum auf.

Um diese Uhrzeit – es ist 03:50 Uhr – ist in dieser Gegend normalerweise niemand mehr unterwegs. Er schmunzelt. Hier am Stadtrand schläft das arbeitende Volk. Er öffnet die Heckklappe und legt die Säcke mit den blutigen Handtüchern, den Folien und den sonstigen Utensilien in den Wagen. Ordentlich schließt er ihn wieder ab.

Ein letztes Mal muss er zurück zum Haus. Der Sammler ist gut verkleidet. Er trägt eine schwarze Hornbrille, eine blonde Perücke und darüber eine schwarze Haube. Er hat auch diesmal wieder seine Laufsachen angezogen. Genau so wirkt jemand, der viel zu früh zum Morgensport unterwegs ist.

In der Wohnung des toten Idioten zieht er sich noch einmal Einweggamaschen über seine Turnschuhe. Er geht langsam durch die Wohnung, Raum für Raum und kontrolliert sorgsam alle Räume.

Sicher ist sicher. Doppelt hält besser.

Anna ist um 01:00 Uhr gegangen. Sie war zufrieden. Er natürlich auch. Er war sehr stolz, alles so perfekt hinbekommen zu haben.

Keine Fehler. Ok, fast keine.

Anna wirkte aufgewühlt. Ekstase und Ekel gaben sich bei ihr die Hand. Er spürte das. Das war auch klar. Der Schock. Sie hatte sicher einen Schock. Es muss auch sein. Selbst der Sammler hat sich erschrocken. Damit hat niemand rechnen können. Dass der Kerl beim Sex eine Herzattacke bekommt, damit hat keiner rechnen können.

Anscheinend war die Dosis Viagra doch zu stark. Pech.

Erst als Anna gegangen ist, begann er mit den Aufräumarbeiten. Er hat schnell und klug improvisiert. Kevin Muur hat er einfach in eine der neuen Plastikplanen gewickelt, aber nicht ohne ihn zuvor gründlich mit Bleiche abzuwischen.

Keine Spuren. Strengt euch nur an, ihr Bullenschweine.

Der Sammler hat Kevin Muur ins Klo getragen, die Brille nach oben geklappt und den regungslosen Mann einfach auf die Kloschüssel gesetzt. Er hat auch die Reste der Klebebänder von der Hand entfernt. Aus der Küche holte er den zweiten Behälter mit Eis und schnitt mit seinem japanischen Fleischmesser den Penis und die Hoden ab. Zur Sicherheit befestigte er vorher eine Tüte um die Genitalien, er wusste ja nicht ob und wie viel Blut diese Schweinerei machen würde. Es war halb so schlimm.

Kein Herzschlag, kein Spritzen von Blut. Logisch.

Das Blut versickerte langsam aber stetig im Klo.

Wird nicht mehr viel übrig bleiben für die Gerichtsmedizin.

Wieder einmal spielt sich ein schmales Lächeln um seine Lippen. Der Sammler betrachtet den Penis mit einem angewiderten Ausdruck im Gesicht. Er legt ihn zu den Hoden in die Kühlbox. Anschließend holt er die andere Box mit dem abgeschnittenen Finger aus dem Kühlschrank. *Schon viel besser.*

Er verstaut alles im Rucksack, wirft ihn sich über seine linke Schulter und öffnet vorsichtig die Eingangstür. Er ist zufrieden. Fast der ganze Müll ist im Wagen.

Der andere Müll sitzt am Klo.

Der Sammler lächelt. DA fällt ihm auf das die Musik noch läuft. Er zieht den Stick aus der Anlage und schaltet sie aus.

Dieser Kretin braucht keine Musik mehr.

Er überlegt kurz. Nein, *doch besser Musik.*

Er schaltet das Radio ein und sucht einen Klassik-Sender. Zufrieden mit sich und der Welt zieht er die Tür hinter sich zu. Er schleicht auf leisen Sohlen aus dem Haus.

Der Sammler geht zum Bus. Er wartet. Er sondiert noch einmal die Lage. Nur kurz. Sein Blick schweift durch die

Gegend, er springt mit den Augen von Haus zu Haus. Er kontrolliert alle parkenden Autos.

Nichts. Alles ruhig.

Er steigt in seinen Wagen und startet in an. Er lässt ihn langsam anrollen und erst in der St. Peter Hauptstraße wird ihm bewusst, dass er allein auf weiter Flur ist. Niemand unterwegs.

Perfekt.

Er fährt direkt zu sich nach Hause. Zügig jedoch nicht zu schnell. Alle Ampelanlagen blinken orange nur ein paar Taxis sind unterwegs.

Die Stadt ist wirklich wie ausgestorben.

Er schaltet im Fahrzeug sein Radio an. Nichts passiert. Ein Blick auf das Display zeigt, dort steht: „CD".

Besser Radio.

Er versucht mittels der Sendertasten auf Ö1 zu schalten, doch berührt er für einen Moment die falsche Taste und das Radio springt auf den falschen Sender, und zwar Ö3. Dort spielen sie gerade Falco:

„Sie kommen dich zu holen, sie werden dich nicht finden. Niemand wird dich finden, du bist bei mir."

32.

Ein paar Stunden später …

Inspektor Huber betrachtet seine zittrigen Hände und blickt weiterhin auf seine noch vor einer halben Stunde bei Dienstbeginn so blitzblanken Schuhe. *Schade darum.* Jetzt sieht er das glänzende schwarze Leder nicht mehr. Nur die halb verdauten Reste seines Morgenmüslis. Was ist nur los mit ihm? Er hat es gerade noch aus der Wohnung im letzten Stock zurück vor das Haus geschafft.

Wo bitte ist denn die Verstärkung? Wo sind denn die Typen von der Kripo?

Er hält seinen Kopf gesenkt und sein starrer Blick fixiert das kleine Rinnsal Flüssigkeit aus seinem Magen, das sich gemächlich durch den Kies seinen Weg bis zum Erdmittelpunkt sucht.

Die können mich mal alle am Arsch lecken. Ich gehe da sicher nicht mehr rein.

Es ist noch keine Stunde her und gerade noch war er mit seinem neuen glänzenden Polizeifahrrad auf Streife in unmittelbarer Nähe des ORF-Zentrums. Ein Funkspruch auf seinem Funkgerät ließ ihn aufhorchen. Es gab eine Meldung über eine offene Autotür bei einem

Pkw, der auf einem privaten Abstellplatz gleich hier, nur ein paar Seitenstraßen weiter abgestellt sein soll. Das wäre genau richtig für ihn. Kontrollieren und helfen!

Dass aus der offenen Tür des schwarzen Audi A4 und der daraufhin folgenden Nachfrage beim vermeidlichen Besitzer im Haus so eine Katastrophe werden würde, ja damit konnte keiner rechnen. Diese Szene wird er wohl nie mehr vergessen. Die Bilder des gerade gesehenen wollen schon jetzt gar nicht mehr aus seinem Kopf verschwinden. Eingebrannt für immer.

Er war durch das Läuten an der Hausanlage ins Haus gekommen. Ein kurzer Funkspruch an die Zentrale und er wusste, dass die Autonummer zu einer Firma mit Sitz in Graz gehört. Ein rascher Anruf dort ergab, es ist der Firmenwagen von Kevin Muur, der sich heute auch noch nicht in der Firma gemeldet hatte. Bei jemandem, der im Außendienst tätig ist, auch nicht unbedingt ein Muss. Nachschauen schadet aber nie. Zuerst versuchte er sein Glück durch Läuten und dann durch immer stärker werdendes Klopfen an der Tür. Vorerst allerdings ohne Erfolg. Inspektor Huber war verunsichert, denn man konnte die Klänge der klassischen Musik durch die Tür deutlich hören.

„Hallo? Jemand zu Hause? Herr Muur?", niemand antwortete.

Beim zaghaftes Drücken an der Türschnalle kam es zu einer großen Überraschung. Die Tür ging einfach auf. Damit hatte er nicht gerechnet.

Was soll ich tun? Ich gehe rein. Oder?

Sein ordnungsgemäßer Ruf in die Wohnung:

„Herr Muur, Grüß Gott hier ist die Polizei. Alles in Ordnung bei ihnen?", brachte jedoch keine Reaktion. Nichts. Er ging vorsichtig in den Vorraum und rief noch einmal. Keine Antwort, nur die Musik. Er zog seine Taschenlampe und schaltete sie ein. Zögernd ging er durch das dunkle Vorhaus in die extrem saubere, aber leere Küche. Daneben war das ebenfalls aufgeräumte Wohnzimmer. *Nichts. Komischer Geruch.* Metallisch? Und was Noch? *Ist das Chlor?*

„Hallo Herr Muur, hier ist Inspektor Huber vom Wachzimmer Plüddemanngasse."

Als er auch noch das Schlafzimmer kontrollierte und außer einem ebenfalls verdunkelten Zimmer und dem leeren Bett nichts Auffälliges gefunden hatte, informierte er über sein Funkgerät die Zentrale. Auch im Schlafzimmer lag dieser komische Geruch in der Luft.

„Hallo Zentrale, hier spricht Inspektor Huber vom Wachzimmer Plüddemanngasse. Ich bin hier in der …", seine Worte blieben ihm im Hals stecken. Denn als er eher nebenbei, fast aus einem Instinkt heraus die Klotür öffnete und dort den am Klo sitzenden Leichnam des toten Kevin Muur fand, verschlug es ihm die Sprache. Er hatte schon einige Leichen in seinem Leben gesehen, aber noch nie eine Leiche, der die Augen fehlten. Er starrte in die beiden dunklen blutigen Augenhöhlen. Und zu allem Überfluss, hatte jemand, dem armen Mann auch seine Genitalien abgeschnitten und ihn in seinem Klo, wie einen leeren Sack Kartoffeln einfach abgelegt.

33.

Ich bin gerade auf dem Weg zum Auto, um ins Büro zu fahren, als mich der Anruf von Karin erreicht.

„Morgen, Michael! Sie müssen sofort kommen, wir haben wieder eine Leiche gefunden. Diesmal aber eine männliche. Horst und ich sind schon auf dem Weg, ich habe Ihnen die Adresse gerade geschickt."

Ich laufe zum Porsche mit dem ich glücklicherweise gestern Abend nach Hause gefahren bin. Ich springe hinein und mache mich mit quietschenden Reifen auf den Weg zum Tatort. Ein Blick auf den Bildschirm meines Handys zeigt mir, dass der Tatort im Bezirk St. Peter in der Otto-Loewi-Gasse gleich in der Nähe des ORF-Zentrums liegt.

Apropos Bezirke. Hier in St. Peter haben sich die Verantwortlichen nicht entscheiden können, welche Namen von berühmten Persönlichkeiten sie für die Straßennamen nehmen sollen. Vielleicht jene die in den dafür bestimmten Bezirken keine Gassen mehr gefunden haben. Hier gibt es die Gluckgasse nach William Gluck, einen deutschen Komponisten der gewissermaßen im Geidorfviertel sein Unwesen treiben sollte. Am besten neben der Beethovenstrasse vielleicht. Denn in Wirklichkeit ist es sehr einfach in Graz. Man hört den Namen einer Straße und weiß in welchem Bezirk man suchen sollte. Vorausgesetzt du weißt, welche Geschichte zur passenden Persönlichkeit gehört. Taxifahrer in Graz wissen das dann eher nicht. Vorbei an der Grazer Oper, über den Kaiser-Josef-Platz und den vielen fleißigen Menschen am Markt ´– *mein Lieblingsmarkt* – die dort schon emsig ihre Stände aufbauen. Zügig noch die Petersgasse stadtauswärts fahren. Schon bin ich am Ziel. Beim Einbiegen in die Gasse sehe ich die blau und orange blinkenden Lichter der unterschiedlichsten Fahrzeuge von Polizei, Rettung und Feuerwehr. Ein wild leuchtendes Farbenmeer, das versucht, diesem diesigen Tag einem Touch Farbe zu geben.

Meinen Wagen lasse ich rechts an der Straße stehen, vergesse aber nicht, mein mobiles Blaulicht aus dem Handschuhfach zu holen und auf dem Dach zu fixieren. Ich schalte es aber nicht ein. Ich möchte nur Stress mit übereifrigen Polizisten vorbeugen. Im Zentrum des Menschenauflaufs, bei den rot-weiß färbigen Absperrbändern, sehe ich ein bekanntes Gesicht. Ich gehe direkt zu Horst, der mich ebenfalls entdeckt hat. Mit heftigem fuchteln seines rechten Arms winkt er mich zu ihm.

„Guten Morgen Horst, was gibt es?"

Er kratzt sich an seiner Glatze und deutet auf den neben ihm stehenden Polizisten und sagt zu mir:

„Morgen Michael, neben mir steht Inspektor Huber, der die Leiche des männlichen Opfers vorhin entdeckte und auch den Alarm ausgelöst hat. Der Herr Kollege hat mich schon informiert, allerdings mussten wir leider kurz unterbrechen. Herr Huber musste nämlich kurz kotzen, da ihm beim Anblick der Leiche sein Frühstück wieder hochgekommen ist."

Er verzieht kurz seine Mundwinkel und blickt leicht abschätzend zu Inspektor Huber. Ich habe keine Lust mich dem jetzt in der Früh anzuschließen und antworte kurz angebunden:

„Guten Morgen. Wenn Sie so nett sind Kollege Huber, wiederholen Sie doch bitte für mich noch einmal kurz, was heute passiert ist und bringen mich bitte auch auf den aktuellen Stand der Dinge."

Zügig und sehr gefasst erzählt er mir die Geschichte, beginnend vom Anruf der Leitstelle und seiner weiteren Vorgangsweise am späteren Tatort, bis zum Fund der verstümmelten Leiche. Sein blasses Gesicht erinnert mich ein wenig an die Gesichtsfarbe eines x-beliebigen schlecht geschminkten Vampires aus der TV-Serie True Blood. Eine meiner Verflossenen hat diese Fernsehserie sehr gern gesehen und ich damit auch.

Was „Mann" nicht alles macht für das weibliche Geschlecht.

Ich bedanke mich, kläre mit Horst die weitere Vorgehensweise ab und begebe mich zum Auto der Spurensicherung um mir meine Ausrüstung zu holen. Es ist an der Zeit, mir einen ersten Eindruck zu verschaffen. Bestens ausgerüstet gehe ich zum Haus und steige die Stufen hinauf in den obersten Stock.

Da bin ich einmal gespannt, was mich jetzt erwartet.

„Hallo Michael. Guten Morgen. Leider nicht für den armen Kevin Muur. Ich warne Sie gleich mal vor. Das ist ein voller Alptraum, wie das Opfer ausschaut. Da hat wirklich jemand einen schlechten Tag gehabt", begrüßt mich Karin und schiebt sich den blauen Mundschutz vom Mund. Beim Versuch ein Lächeln in ihr Gesicht zu zaubern, scheitert sie aber kläglich. Sie ist ziemlich blass.

„Allerdings hat der Arme einiges an Gewicht verloren", versucht sie es scherzhaft während sie mich eher verzweifelnd anschaut. So hat jeder von uns seine Art, mit dem Anblick von Leichen umzugehen. *Es gibt bessere Witze.*

„Guten Morgen, Karin. Anscheinend ja. Klären sie mich kurz auf."

Ich befinde mich mit Karin im Vorraum der Wohnung, in der die Kabel der Scheinwerfer wirr am Boden liegen. Sie stehen bei der Klotür, um den kleinen Raum mehr

Licht zu geben. Als ich durch das Stiegenhaus zur Wohnung gekommen bin, habe ich die ausgehängte Tür des Klos an der Wand lehnen gesehen. Mir war klar, wo der Fundort des Opfers sein wird, hätte es mir Inspektor Huber nicht vorher schon erzählt. Noch muss ich ein wenig warten bis der Tatort-Fotograf, dessen Rücken und Blitzlichtgewitter ich im Klo sehen kann, mit seiner Arbeit fertig ist.

„Das männliche Opfer ist der 36-jährige Kevin Muur, der hier in seiner Wohnung gefoltert und getötet wurde. Allerdings ...", sie macht eine kurze Pause und wirft einen Blick zum Klo, um mit leerem Blick in die andere Richtung zu schauen.

„Allerdings ist es schon wieder so, dass alles viel zu sauber ist hier. Schon wieder keine ersichtlichen Spuren. Bei Lichte besehen ein Wahnsinn. Wieder alles penibel abgedeckt. Riechen Sie das Chlor. Die oder der oder es haben wieder alles geputzt. Werden die Täter jetzt zu Reinigungsprofis oder was ist da los? Das ist sehr ähnlich wie bei der Eliza am Montag. Es fehlt nur die Überschwemmung", sie schüttelt leicht den Kopf und wirft mir einen fragenden Blick zu.

„Wie es gibt keine Spuren? Das ist wohl noch ein bisschen zu früh, um sich festzulegen Karin, oder?" Ich nicke kurz dem ebenfalls sehr blassen weißhaarigen und Vollbart tragenden Fotografen zu, der mit den Worten:

"Ich bin dann mal fertig, Bilder kommen wie üblich so schnell wie möglich zu euch. Grüß euch, Servus", bei Karin und mir vorbeigeht und aus der Wohnung verschwindet. Er erinnert mich an einen der Zombies aus Zombieland. Ein lustiger Zombiefilm mit Woody Harrison und Jesse Eisenberg. Den zweiten Teil kann man sich leider ersparen. Ich schweife ab. Ich bin angespannt.

Na Servus. Was kommt da jetzt auf mich zu?

Ich gehe zaghaft und mit einer Portion ordentlichen Respekts zur Klotür und schiebe mir langsam meinen Mundschutz über den Mund. Ich realisiere den am Klo sitzenden Kevin Muur und nehme das Bild des entstellten Toten in meinem Speicher auf. In diesen ersten Sekunden wird mir auch sofort klar, dass jeder der das Vergnügen hat diesen Anblick heute zu sehen, es wohl nie mehr vergessen wird. *Danke.*

Seine dunklen Augenhöhlen mit den fehlenden Augenäpfeln und den blutigen Verkrustungen rund um die beiden Löcher, machen diesen Anblick sehr speziell. Der ganze Leichnam ist zusätzlich mit einer durchsichtigen Plastikfolie, wie man sie beim Siedeln verwendet, ordentlich umwickelt.

Schon wieder Folie!

Nur dort, wo seine Genitalien sein sollten, hat die Folie ein Loch. Und er leider auch. Seinen Penis und die beiden Hoden wurden abgeschnitten und er so auf das Klo gesetzt, dass sein Blut in die Muschel rinnen konnte. Ich bemerke, dass ich versuche die Luft anzuhalten, denn der Geruch von Bleiche und der Leiche vermischen sich in diesem kleinen Raum gerade erbarmungslos für meine Nase. *Was für ein Alptraum.*

„Sei doch bitte so lieb und hole die Bestatter, um die Leiche hier zu entfernen und sie gleich in die Gerichtsmedizin zu transportieren. Danke, Karin", rufe ich in ihre Richtung ohne mich zu ihr umzudrehen. Ich gehe in die Hocke und versuche das Bild hier aus allen Blickwinkeln, in meinem Kopf abzuspeichern.

Man muss kein „Sherlock" sein. Es ist ähnlich wie Montag beim Tatort von Eliza Kadic. Fundort ist Tatort. Tatort vom Tötungsdelikt. Allerdings gibt auch hier sicher eine Vorgeschichte. Nur welche? Hier bei der Leiche komme ich nicht weiter.

Also drehe ich mich vorsichtig um und beginne die restliche Wohnung zu inspizieren, um mir meinen Eindruck vom Tatort zu machen. Ich höre Karins Stimme aus dem Stiegenhaus rufen:

„Mache ich Michael und ich gehe dann wieder auf eine Runde zu den Nachbarn und schaue mich gleich die Gegend hier an, OK. Vielleicht hat ja diesmal jemand etwas gesehen."

Ich höre wie sie Stufen im Stiegenhaus hinunterläuft und gleichzeitig wie ihre Stimme immer leiser wird. Im Schlafzimmer sind die Kollegen schon fertig. Ich höre im Wohnzimmer Geräusche beim Öffnen der Kastentüren. Also ist hier noch jemand bei der Arbeit. Ich werfe einen Blick in das Wohnzimmer und rufe schon vorweg in den Raum: „Guten Morgen meine Herren, haben Sie etwas für mich?"

Da die Spurenermittler heute weiße Overalls tragen und mit festen Schutzbrillen als Gesichtsschutz ausgerüstet sind, ist es für mich schwierig, die Namen zu den Personen in den weißen Uniformen zuzuordnen. Besonders blöd ist es jedoch, dass ich die meisten ja noch nicht kennengelernt habe. Sie mich aber anscheinend schon, wie ich an der Antwort bemerke.

„Schauen Sie, Herr Löchtenberger, wenn wir vier Hände hätten um schneller arbeiten zu können, würden wir eher im Zirkus arbeiten und nicht bei der Polizei", ruft einer der Unbekannten Yetis zu mir heraus und löst damit ein lautes und kollektives Lachen bei seinen Kollegen aus. Ich lache mit und antworte:

„Eins zu null für Sie. Alles klar, ich hoffte, Sie hätten schon etwas für mich. Schicken Sie mir ihre Ergebnisse trotzdem so schnell es möglich ist. Danke, meine Herrschaften! Eine letzte Frage habe ich noch: Ist das Schlafzimmer fertig?"

Ich drehe mich um und mache einen schnellen Abgang. Mir ist nicht nach Streit. Jeder macht hier seinen Job.

„Yes, Herr Kommissar. Machen wir und der Rest der Wohnung ist fertig", ruft einer der Ermittler aus dem Wohnzimmer.

Natürlich ist mir klar, dass gerade die Spurenermittler ein schweres Los zu tragen haben. Vor allem dann, wenn es so wie hier oder auch am letzten Tatort, so gut wie keine brauchbaren Spuren gibt. Da sind die Nerven genauso dünn wie die Spuren.

Ich setze mich im Schlafzimmer auf den blitzblauen Hocker vor dem gleichfarbigen gemütlichen Sessel, der sich deutlich abhebt von der restlichen Farbgestaltung im Raum. Alle anderen Möbel hier sind Schwarz. Der Sessel mit dem Fußhocker ist so ins Eck gestellt, dass man das ganze Zimmer im Auge haben kann.

Hmmm, ein Zufall? Stand der immer so? Wahrscheinlich.

Also Kevin, was war hier los? Ein Eifersuchtsdrama? Hattest du eine Freundin? Warst du monogam oder ein Frauenheld? Eher letzteres, denn da hat wohl wer eine richtige Wut auf dich gehabt. Die Frage ist nur warum? Gegen das klassische Motiv Eifersucht oder sonstige Dramen spricht der cleane Zustand des Tatorts? Ist hier überhaupt der Tatort? Wie so etwas sein kann, noch ein Opfer und anscheinend wieder keine Spuren. Alles blitzblank hier. *Das gibt es ja nicht!*

Das zweite verstümmelte Opfer und wieder nichts was uns weiterhelfen kann. Auch hier waren Plastikabdeckungen im Spiel, in beiden Schlafzimmer. Das ist vielleicht doch der gleiche Täter! Es scheint, als ob der Täter mit uns spielt. Blöd ist der nicht. Es schleicht sich die nächste und logische Frage in mein Gehirn.

Haben wir hier einen Serienmörder?

Nein, es ist zu früh das zu sagen. Es könnte auch Zufall sein.

Es gibt keine Zufälle. Verdammt. Er ist zu schnell.

Ich muss nachdenken. Mir fehlt die Lockerheit. So souverän wie sonst bin ich gerade nicht. Ich fühle mich verarscht. Ich bin hier in die Wohnung galoppiert wie ein aufgescheuchtes Rennpferd. Lasse mich zu sehr mitreißen. Ein aufwendiger, auffälliger Mordschauplatz wie dieser, der erzeugt augenscheinlich auffälliges und unprofessionelles Verhalten vom Chefermittler. Ich brauche jetzt meine Ruhe hier.

„In zehn Minuten sind alle hier raus! Ist das klar Leute!", schreie ich in die Wohnung, während ich aus dem Schlafzimmer zurück in den Flur gehe und in die Eingangstür stelle. Ein schneller Blick ins Stiegenhaus. Dort sehe ich ein Fenster zum Hof, das ich auch gleich öffne.

Die habe ich mir jetzt wirklich verdient.

Ich zünde mir eine Zigarette an und lehne mich aus dem Fenster um die beiden Leichenträger, mit ihren schwarzen Anzügen, beim Abtransport der Leiche zu beobachten. Sie erinnern mich – rein optisch – unheimlich an die „Blues Brothers". Sie heben den Sarg mit Kevin Muur in den schwarzen Mercedes vor dem Haus, bestaunt von vielen Augenpaaren der unzähligen Schaulustigen, die sich in der Zwischenzeit hinter den Absperrungen versammelt haben.

Bad News, are good news!

Ich blase den Rauch meiner Zigarette mit kleinen Kringeln in den Himmel und sehe ihnen langsam beim Aufsteigen in die Luft nach, bevor sie sich komplett in Luft auflösen. Ich schick ein Stoßgebet zum Himmel und hoffe das Laura de Bianchi diesmal etwas finden kann. Meine Augen und meine Nase haben mich bis jetzt im Stich gelassen. Hoffentlich sind es die für das Auge unsichtbaren Spuren, die uns diesmal weiterbringen.

Ich baue auf dich Laura. Süße Laura.

Das Rascheln der Anzüge der Spurenermittler bringt mich wieder zurück in die Gegenwart. Ich schnippe die Zigarette mit dem Finger aus dem Fenster und beobachte wie sie im weiten Bogen in die Wiese vor dem Haus fällt. *Bravo Michael.*

Als der letzte der drei Ermittler, grußlos bei mir vorbeischleicht und das Stiegenhaus heruntergeht, kann ich es mir nicht nehmen lassen und singe ihnen nach:

„Heigh-ho, heigh - ho, its home from work we go …".

Wir werden wohl so schnell keine Freunde werden, die Herren von der Spurensicherung und ich. Fällt in die Kategorie *sehr schlechter Start*. Ich gehe zurück in die Wohnung und sage zu dem dort am Eingang stehenden, mir jedoch unbekannten Inspektor:

„Wenn Sie so nett sind Herr Kollege und hier vor der Tür bitte weiter Wache halten. Bis ich wieder rauskomme. Solange kommt natürlich auch keiner rein, verstanden? Großartig, vielen Dank, Kollege." Er nickt nur stumm und überlegt was er antworten soll.

Ohne aber seine Antwort abzuwarten, schließe ich die Tür hinter mir und befinde mich jetzt allein in der Wohnung. Ich schreibe dem Team eine Nachricht:

„Bin noch am Tatort. Muss mir unbedingt ein eigenes Bild machen. Warte hier auf Christian. 14:00 Uhr Lagebesprechung."

So, jetzt noch einmal alle ganz langsam von Anfang an. Ein kleines Vorhaus, Parkettboden in Eiche. Die Möbel wie auch im Schlafzimmer schwarz, die Wände weiß gestrichen. Ein „Django Unchained" Poster hängt gerahmt an der Wand. Ikea-Leuchten.

Eine kleine weiße Küche mit einem schmalen schwarzen Tisch und vier weißen Stühlen. Weiße Fliesen am Boden. Keine Bilder. Schwarze Nespresso Kaffeemaschine. *What else.*

Mit meinen schwarzen Handschuhen öffne ich den Kühlschrank und sehe viele abgepackte Lebensmittel. Wie Käse und Wurst. Einige Milchprodukte. Ein paar Dosen Ottakringer Bier. Auf der Fensterbank stehen vier Dosen Nahrungsergänzungsmittel in Pulverform. Alle sind mit dicken und leuchtenden Blockbuchstaben beschrieben: „Powerpulver Pro Matrix mit Bananengeschmack." Und Ähnliches.

„Alle klar, einer der auf seine Figur geschaut hat und nicht auf seine Gesundheit. Hier hat niemand für Gäste gekocht", sage ich laut zu mir selbst.

Das Klo spare ich mir für später auf. Ich gehe zuerst in das Badezimmer. Waschbecken, Duschtasse in Beige, eine Waschmaschine und ein schwarzer Wäschekorb aus Plastik. Der Badezimmerteppich ist blitzblau und die Handtücher sind einfarbig schwarz und blau.

Eine Listerine-Mundspülung, keine elektrische Zahnbürste, Kosmetik und Haararaktikel aus dem Drogeriemarkt. AXE lässt grüßen. Viel Zeugs, eher günstige Marken, recht ordentlich für einen Mann.

Also weiter. Auf dem Weg ins Wohnzimmer bleibe ich bei einem Kasten im indischen Design stehen, geöltes dunkles Holz mit sechzehn gleich großen Laden, alle quadratisch angeordnet in der Größe vier mal vier Zentimeter. Ich öffne eine der Schubladen –alle mit glänzenden Messingbeschlägen – nach der anderen und finde was ich erwartet habe. Schlüssel, Uhren, Erlagscheine und viel Krimskrams. Eine Single-Wohnung. Männlicher Single. Keine Überraschungen für das Erste.

Im Wohnzimmer steht an der linken Wand ein LED-Fernseher mit mindestens 55-Zoll oder größer.

Ähnlich wie meiner, aber meiner ist größer.

Ein beiges Ledersofa, ich denke, dass es von de Sede sein könnte, steht gegenüber an der rechten Wand. Darüber hängen drei Bilder mit großen Fotos von Brücken: New York, San Francisco und Shanghai. Da wollte jemand zeigen, wo er bis jetzt auf Reisen war in seinem Leben. Er liebte also Brücken. Oder wollte er dorthin?

„Über sieben Brücken musst du gehen, sieben dunkle Jahre überstehen", summe ich vor mich hin.

Deine dunklen Jahre sind wohl vorbei, Kevin.

Mein Blick fällt auf das Fernsehmagazin, das auf dem Couchtisch liegt und ich lese den Namen Kevin Muur auf dem Adressfeld. Genau Muur. *KEVIN MUUR.* *Wem bist du wohl auf die Füße gestiegen, dass er dich so vernichtet hat?*

Ich öffne die Terrassentür und gehe hinaus. Korrektur, es ist eher ein Balkon als eine Terrasse. Grünes Plastikwiesen-Imitat am Boden. *Schrecklich.*

Fügt sich aber harmonisch zu den beiden grauen Plastikstühlen und dem schwarzen Blechtisch ein. Da bin ich mir ziemlich sicher, dass alles hier vom Baumarkt ist. Geschmacklos. Keine Pflanzen am Balkon. Kein Aschenbecher. *Apropos.* Ich nehme mir eine weitere Zigarette aus der Schachtel, zünde sie mit dem Zippo an. Ich lehne mich an das Geländer aus Beton und werfe einen Blick in den Garten. Anscheinend haben alle drei Reihenhäuser hier etwas gemeinsam. Die Erdgeschosswohnungen haben alle einen kleinen Garten. Im Penthouse wohnen die Singles und unten im Garten die Familien mit den schreienden Kindern. *Welche Idylle.*

Mein Blick schweift über die roten Ziegeldächer der Nachbarhäuser. Alle Häuser mit Garten. Vorstadtvillen oder so ähnlich. Was es alles so gibt in Graz, das wusste ich gar nicht. Hier lebt man zum einen im Grünen und ist doch auch schnell im Zentrum. Ich habe es fast ein wenig vergessen. Das ist doch das Beste für viele in Graz. *Green-City*.

Ich greife zu meinem Handy und versuche Christian Puller zu erreichen. Wo ist er nur? Es klingelt im Telefon und im selben Moment höre ich auf dem linken Ohr die Titelmelodie von Star-Wars, langsam lauter werdend aus dem Wohnzimmer zu mir dringen.

Im Handy und wie bei einer Rückkopplung aus dem Wohnzimmer, höre ich: „Hallo Michael, ich bin schon da."

In diesem Moment erscheint auch schon, der bis über beide Ohren grinsende Christian in der Terrassentür.

„Sorry Michael, es war echt viel los hier auf dem Weg zum Tatort. Und noch einmal sorry, dass ich den Kollegen an der Tür bedrohen musste. Bis ich ihn davon überzeugen habe, dass ich sehr wohl zu dir in Wohnung darf, obwohl du es verboten hast", sagt er grinsend zu mir. Er wird wieder ernst und schluckt beim Sprechen:

„Keine Augen und kein Penis? Ehrlich? Das ist nicht wahr, oder?"

Ich schaue ihn an und nicke nur mit dem Kopf.

„Hallo Christian! Gut, dass Sie da sind. Ja, leider stimmt es. Kurz zusammengefasst: Leiche wird von Polizist gefunden, in der Wohnung alles sauber, bis jetzt kein Hinweis und keine Spuren. Sonst alles unauffällig. Doch auch hier fehlt dem Opfer, Kevin Muur einige Körperteile. Die Augen, der Penis und die Hoden. Rest kommt dann von der Gerichtsmedizin, in dem Fall von Laura de Bianchi hoffentlich. Wir haben es diese Woche anscheinend mit einem oder mehreren sammelnden Mördern – hier unter dem Uhrturmschatten – zu tun."

Christian schüttelt sich und ich warte, ob er etwas dazu sagen wird.

„Ein Sammler", sagt er nur, dreht sich um und lässt mich und die beiden Wörter einfach so im Raum stehen.

34.

Laura de Bianchi nimmt genussvoll einen Bissen von ihrem Käsebrot und liest die vor ihr am Tisch liegende Wochenzeitung. Kim Kardashian, Viktoria von Schweden und Heidi Klum streiten sich wieder mal um die Gunst der Leserin. Sie trinkt einen Schluck kühles Wasser, natürlich von Evian, und genießt die Gunst der Stunde. Heute wollte sie mit einer ihrer besten Freundinnen frühstücken gehen, doch diese hat kurzfristig abgesagt und auf morgen verschoben. Sie macht aus der Not eine Tugend und freut sich darüber Zeit zu haben. Als der Klingelton ihres Handys am Schreibtisch zu läuten beginnt, ist ihr klar das ihre Freude darüber nur von kurzer Dauer war.

Zwei Minuten später ist sie schon auf dem Weg in das Loch, wie sie den Keller so im Geheimen nennt. Dort wird sie die Leiche des neuen Mordopfers in Empfang nehmen müssen.

Was für eine turbulente Woche. Es geht Schlag auf Schlag.

Laura tritt mit Schwung durch die Doppelflügeltür, die sie in den großen Arbeitsbereich führt. Dort warten schon die zwei– heute recht blassen – Leichenträger mit dem Übernahmeblatt in der Hand, um sich so schnell es geht wieder vom Acker zu machen. Wenn sie es nicht besser wüsste, würde sie meinen, dass die zwei heute wie lebende Tote ausschauen. Zumindest lässt ihre Gesichtsfarbe darauf schließen.

„Guten Tag, meine Herren. Wen haben Sie denn da für mich?"

„Guten Tag, Frau Doktor, wir haben hier die Leiche des sechsunddreißigjährigen Kevin Muur. Wir haben ihn wie von Herrn Löchtenberger angewiesen, direkt zu Ihnen gebracht", sagt der kleinere der beiden Leichenträger. Während er spricht, bleibt sein Blick starr zum Boden gerichtet. An wen erinnern die beiden Laura nur? Es fällt ihr nicht ein. Der Größere fährt beflissen fort:

„Wir haben den Toten im Sitzen aufgefunden und konnten ihn aber trotzdem ohne Probleme mit dem Sarg transportieren. Der Rigor Mortis ist noch nicht vollkommen eingetreten, wenn Sie bitte hier unterschreiben möchten. Danke und auf Wiedersehen, Frau Doktor Bianchi."

Als der Große die Unterschrift von Laura auf seinem Dokument hat, dreht er sich um und ist wieder auf dem Weg aus der Leichenhalle. Er möchte schnellstmöglich von dort verschwinden. Nur weil sie von Beruf aus Leichenträger sind, bedeutet es ja nicht zwangsläufig, dass sie die Gegenwart von den selbigen als angenehm empfinden. Der Kleine folgt ihm schweigend im Gänsemarsch.

„Moment meine Herren, wenn Sie noch so nett wären den Toten aus dem Behälter auf meinen Tisch zu legen. Da wäre ich Ihnen beiden wirklich sehr verbunden. Ich bedanke mich recht herzlich", zwitschert Laura ihnen nach und schenkt den zweien sogar ihr charmantestes Lächeln, jedoch begleitet von einer eindeutigen Handbewegung. *Hier ist die Leiche, dort ist der Tisch.*

Nachdem die beiden ihre Arbeit erledigt haben, flüchten sie mit dem leeren Leichenbehälter im Laufschritt aus dem Raum der Gerichtsmedizinerin.

Die Blues Brothers. Die schauen aus wie die Blues Brothers!

Sie betrachtet den immer noch in der durchsichtigen Plastikfolie eingehüllten Leichnam. Nun ist es an ihr, ordentlich durchzuatmen. Aber sofort kommt die Routine. Ab diesem Moment schaltet bei ihr alles auf Autopilot.

Als Erstes geht sie zu der alten Anlage mit dem CD-Wechsler, der an der Wand im Eisenregal steht. Laura überlegt kurz. Sie wählt die „Best-of"-CD von Chicago. Sie drückt beim Player auf Random-Wiedergabe. Der erste Song, den sie jetzt hört, ist „*If you leave me now*". *Passt ja perfekt.*

Laura zieht sich ihre Handschuhe an. Sie schiebt sich die Gesichtsmaske über den Mund und setzt die Arbeitsbrille auf. Darauf schaltet sie das Mikrofon über ihren

Kopf ein, nimmt die Schere in die Hand und beginnt damit, die Leiche des Kevin Muur vom Plastik zu befreien. Zwischendurch macht sie immer wieder von allen Seiten Fotos. Sie startet damit, den üblichen Text in das Aufnahmegerät über ihren Kopf zu sprechen. Laura dreht sich mit einem zarten Lächeln zu Kevin Muur und beginnt behutsam mit ihrer Arbeit. Da fällt es ihr plötzlich wieder ein.

Nicht die Blues Brothers! Muckenstruntz und Bamschabl. Ja, genau.

An das österreichische Komiker-Duo, die weit über dreißig Jahre die Fernseh- und Kabarett-Landschaft begleitet haben, erinnern sie die beiden Leichenträger.

35.

Mittwoch 13:30 Uhr

Phillip Müller und ich stehen wieder auf dem Raucherplatz vor unserem Büro. Wir sind jetzt doch zum „Du" gewechselt.

„Sorry Phillip, es ist wieder zu früh. Ich kann dir aber Folgendes erzählen: Es handelt sich beim aktuellen Mordopfer um einen Mann. Es ist der sechsunddreißig Jahre alte Kevin Muur aus Graz. Handelsvertreter für Nahrungsmittel. Heute gegen 08:00 Uhr wurde er in seiner eigenen Wohnung tot aufgefunden. Er wurde misshandelt und verstümmelt. Todesursache ist unbekannt. Wir haben keine Zeugen. Bis jetzt. Mehr kann ich dir nicht berichten."

Phillip tritt nervös von einem Fuß auf den anderen und ich sehe ihn direkt an, wie angespannt er ist.

„Verdammt, zwei Mordopfer in drei Tagen. Ein Alptraum. Habt ihr vielleicht eine Vermutung, bezüglich Motiv? Gibt es irgendwas das ich weitererzählen kann? War es Eifersucht? Vielleicht doch nur Einbrecher? Rache? Irgendetwas, Michael?"

Ich schüttle nur meinen Kopf.

„Ich bitte dich!", fleht er mich praktisch an und wirft gleichzeitig seine Zigarette auf den Boden, wo sie neben dem Standaschenbecher liegenbleibt, um von seinen auf Hochglanz polierten Schuhen ausgedämpft zu werden. Gedankenverloren nimmt er seine halb leere Zigarettenschachtel in die Hand und steckt sich die nächste Zigarette in den Mund. Während er sich selbst Feuer gibt, blickt er mich mit seinen Augen richtiggehend fragend an.

„Mein lieber Herr Pressesprecher. Lieber Phillip. Jetzt höre mir bitte zu. Ich kann dir, hier unter vier Augen Folgendes sagen: Es ist wie ein Déjà-vu. Es handelt sich heute sowie am Montag um zwei richtig grausige Morde. Das waren keine Einbrecher. Alles mit Vorsatz. Hundert Prozent! Perfekt geplant das Ganze. Bei Kevin Muur wurden wieder Körperteile entfernt, genau wie bei Eliza Kadic. Allerdings um einiges massiver und brutaler. Das soll aber nicht an die Presse gehen. Punkt. Wir müssen vor allem erst auf den Bericht von Laura de Bianchi warten. Unsere Kasperln von der Spurenermittlung schicken mir die ersten Ergebnisse gegen Abend, schlimmstenfalls erst morgen Früh. Sie sind ja leider nicht die Schnellsten. Bis jetzt haben wir also wieder einmal nichts."

Täglich grüßt das Murmeltier.

Wir werden abrupt aus unserem Gespräch gerissen. Denn einer unserer Kollegen fährt mit seinem Einsatzwagen, mit voller Lautstärke aufgedrehten und heulenden Sirenen, gerade vom Gelände.

„So ein Idiot", kommentiert Phillip die kurze akustische Unterbrechung und dämpft seine nächste Zigarette aus. Ich beobachte ihn und befürchte gleichzeitig, dass sich hier neben uns, bald der „Mount Tschick" auftürmen wird, wenn der Herr Pressesprecher so weiter raucht.

„Hör zu Phillip, verlasse dich einfach auf mich, wir geben Gas. Wir sind an allem dran. Ich melde mich, sobald wir mehr wissen. Die Presse musst du ein wenig hinhalten. Ich würde nicht mal andeuten, dass wir es mit einem Serientäter oder mit einem Nachahmungstäter zu tun haben könnten. Das sollte für die Presse reichen. Wir sehen uns Phillip."

Diesmal gehe ich, ohne seine Antwort abzuwarten, rasch ins Gebäude zurück, um pünktlich zu meiner Einsatzbesprechung mit dem Team um 14:00 Uhr zu kommen. Ich drehe mich kurz um und sehe, wie er mir einen ernsten Blick nachwirft und doch fällt mir auch eine gewisse Leere in seinem Blick auf. Ich möchte nicht in seiner Haut stecken, auch nicht in meiner. Wie automatisch greift er in sein Sakko und holt sich die Schachtel Zigaretten heraus, um sich eine weitere Zigarette anzuzünden. *Genau, Phillip. Mach doch was für Mount Tschick.*

36.

Ich öffne die glänzenden Doppelflügeltüren und betrete mit Elan und erhobenen Hauptes unseren Besprechungsraum. Karin und Horst warten schon am großen runden Tisch. Die beiden blicken mich erwartungsvoll an. Sie wirken ziemlich erschöpft. Vor den beiden liegen unzählige, scheinbar ungeordnete Unterlagen. Optisch regiert hier das pure Chaos. Karin hat eine zweite Pinnwand im Raum aufgestellt und von dieser lacht mich, von einem großen Foto, der sonnengebräunte Kevin Muur an. Tatort und erste Fakten sind dazu notiert. Ein neuer Anfang. Zwei Opfer, zwei Pinnwände.

„Hallo, Karin. Hallo, Horst. Haben wir etwas Neues? Fangen Sie doch bitte mit ihrem Bericht an, Karin."

Meine Worte reißen Karin augenscheinlich aus ihrer Gedankenwelt. Sie atmet laut wahrnehmbar tief ein und es wirkt so, als ob sich bei ihr ein Schalter umlegen würde. Sie ist sofort bei der Sache und fängt nach einem kurzen Blick auf ihre Schriftstücke mit ihrem Bericht an. Ich setze mich gegenüber von den beiden auf einen der leeren Stühle. Ich schenke mir von der am Tisch stehenden Karaffe ein Glas Wasser ein. Mich wundert nur, dass es beim Einschenken des Wassers klappernde Geräusche macht.

Komisch, ich höre schon seltsame Geräusche.

Karin schaut mich an, zieht ein breites Grinsen auf und sagt zu mir:

„Nicht wundern Michael, ich habe positive geladene Steine für gute Energie in unsere Wasserkaraffe gegeben. Das wirkt fix!"

„Hilft es nicht, dann schadet es nicht! Schießen Sie los, Karin. Was haben wir?"

„Also ich habe wie üblich die komplette Nachbarschaft abgeklappert. Und ja, wir haben diesmal doch einige Informationen über unser Opfer Kevin Muur zusammentragen können. Allerdings nichts Aktuelles, vor allem was die letzten Stunden und die letzte Nacht betrifft. Aber sorry, alles der Reihe nach. Kevin Muur war ein Einzelgänger, sehr nett und immer freundlich. Ein aktiver Sportler der öfter einmal laufen war. Blieb immer wieder auf ein Tratscherl stehen. Die Nachbarn erzählten, dass er meistens allein unterwegs war. Ab und an sah man die eine oder andere Frau in der Früh seine Wohnung, genauer gesagt das Haus verlassen. Er war definitiv ein Casanova. Einer der Nachbarn, ein gewisser Arno Fuchsbichler, erzählte mir, dass Kevin Muur öfter ins Schwarzenegger Stadion zum Fußball ging. Er war mit ihm öfter als einmal dort, immer im VIP-Bereich. Also ein Fußballfan, der Herr Muur."

Sie blickt zuerst mir in die Augen, schwenkt ihren Blick dann zu Horst, um dann noch einen Kontrollblick auf ihre Unterlagen zu werfen. Sie verweilt konzentriert in ihren Aufzeichnungen, um dann aber wieder stumm zu Horst zu schauen, der das seinerseits als Aufforderung versteht, gleich das Kommando zu übernehmen.

„Danke Karin. Ich habe bis jetzt Folgendes. Außendienst für Nahrungsmittel, Packerlsuppen und sonstige Gewürze. Backmischungen uns was weiß ich alles. Es handelt sich um eine recht große Betrieb, mit Sitz in Graz. Er hat dort als Lehrling begonnen und sich in der Firma hochgearbeitet. Ich war in der Zentrale in Raaba und konnte mir ein gutes Bild von Kevin Muur machen. Er war ziemlich beliebt. Ein Sonnyboy. Immer einen Witz auf Lager und auffällig bemüht um einige seine Kolleginnen. Er kam gut beim weiblichen Geschlecht an aber wenn es ernst zu werden drohte, war er eher hölzern im Umgang mit den Damen."

Horst räuspert sich kurz und nimmt einen Schluck vom Wasser:

„Dort stehen jetzt natürlich alle unter Schock. Er hat einen älteren Kollegen, seinen Mentor, mit dem werde ich mich noch heute Abend treffen. Der ist zwar gerade beruflich in Wien, ist aber schon unterwegs nach Graz. Er möchte uns unbedingt helfen. Sein Name ist Wolfgang Fleck. Er kommt heute so um 19:00Uhr zu mir ins

Büro. Der sollte ihn ja am besten kennen und ich werde versuchen, ihm ein wenig auf den Zahn zu fühlen."

Horst kratzt sich zum wiederholten Male am Nacken. Wie mir auffällt ein Tick von ihm. Möglicherweise hat er eine Allergie oder einen Ausschlag? Vielleicht ist er einfach nur nervös.

Als ich mich selbst auch gerade am Nacken kratzen will, springt die Tür auf und Christian stürmt herein, unter dem Arm seine alte und abgenützte Ledertasche, die wie immer prall gefüllt ist. Die Tasche sieht aus als würde sie gleich platzen.

Was trägt der Typ da immer mit sich rum?

„Ein Wahnsinn, Leute! Ich sage euch was. Das kann alles kein Zufall sein. Schon wieder nichts. Nada. Kein Computer. Kein Handy. Nichts. Alles wieder wie bei Eliza Kadic blitzblank und steril. Aber! Achtung! Ich hatte echt Glück. Ich habe in der Ledersitzgruppe unter einem der Sitzpolster, gewissermaßen in der letzten Ritze, ein kleines iPad gefunden. Es ist zwar gesperrt, aber gebt mir ein bisschen Zeit und ich knack es. Wenn Kevin Muur damit vielleicht auch die i-Cloud benutzt hat, dann wäre das perfekt, denn dann kann ich die Daten vom Handy auf das iPad holen."

Während er uns das Ganze sichtlich aufgeregt erzählt, erreicht er eine optische Ausstrahlung wie ein aufgeputzter Weihnachtsbaum. Er zieht seine schwarze Lederjacke von G-Star aus und wirft sie lässig auf den Sessel neben seinem Schreibtisch. Christian beginnt ohne uns weiter zu beachten oder gar eine Antwort abzuwarten, mit der Arbeit am iPad von Kevin Muur.

Echt schräg der Typ. Aber gut!

Ich stehe auf und mein Weg führt mich zum wiederholten Male zur Kaffeemaschine, um mir einen Espresso zu machen. Ich habe Christian gut im Blick und während mein Kaffee dampfend in die Espresso-Tasse rinnt, beobachte ich ihn, wie er sich jetzt wieder in seinem Metier befindet. Seelenruhig verbindet er das iPad mit irgendeinem Kabel an seinem Computer. *Ein richtiger Kabelsalat.*

Horst sitzt entspannt mit dem Rücken an den Stuhl gelehnt und beobachtet Christian ebenfalls sehr genau und kratzt sich gerade wieder im Nacken. Karin indes blättert durch ihre Unterlagen und scheint von ihrer Umwelt, also auch von uns, nichts mitzubekommen. „Mag sonst noch jemand einen Kaffee?", frage ich vorsichtig. Ein weiterer Blick in die Runde sagt mir mehr als tausend Worte. Niemand.

37.

Ein paar Stunden zuvor, gleich in der Nähe …

Anna duscht sich schon über eine halbe Stunde, und zwar so lange bis das Wasser kalt wird und die zarte Haut um ihre Finger leichte Falten wirft. Aus der Anlage klingt Simply Red mit „*You make me feel brand new*". Sie schließt die Augen und summt leise mit zur Musik.

„This song is for you, filled with gratitude and love.

God, bless you, you make me feel brand new, For God blessed me with you, you make me feel brand new."

Als hätte „*Mick Hucknall*" dieses Lied nur für sie geschrieben. Vorsichtig steigt sie mit dem linken Fuß zuerst auf den flauschigen Badezimmerteppich, nimmt das sonnengelbe Handtuch und rubbelt sich damit trocken. Sie rubbelt so fest, bis ihre Haut sich leicht rötlich färbt und ganz leicht zu brennen beginnt.

Und jetzt erst recht.

Sie hört erst auf, als die Playliste auf die nächste Nummer springt. Ihre Gedanken fliesen an die letzten Stunden zurück und Anna fühlt sich glücklich und zufrieden.

Der Sammler ist der perfekte Fang. Er hat alles so wunderbar vorbereitet. Anna war mit der Wahl von Kevin

Muur einverstanden und er hat sie bei der Entscheidung gestärkt und unterstützt. Ein perfider Plan, fein ausgedacht und fast perfekt bis ins kleinste Detail in Szene gesetzt.

Bis auf den plötzlichen Tod von Kevin Muur. Als sie sich den Penis von Kevin einführte, um auf ihm zum Höhepunkt zu kommen, da war dieses gute Gefühl plötzlich da.

Alles war so gut wie perfekt.

Kevin begann plötzlich zu zucken und machte mit seiner Kehle gurgelnde Geräusche. Seltsam. Doch ihr erster Gedanke war: „Der wird ja nicht schon kommen?" Das Zucken hatte aber eine tiefere Bedeutung, augenscheinlich war es etwas Anderes. Dann ging alles furchtbar schnell. Ein paar Zucker, ein letztes tiefes Röcheln und es war vorbei. Er wirkte plötzlich teilnahmslos, leblos. Und zu allem Übel war er es auch. Er war leblos.

Er ist einfach gestorben. Einfach so. Was für ein Alptraum.

Anna ölt gerade ihren Körper ein, als sie spürt wie die Wärme der beginnenden Lust in ihr versucht Aufzusteigen. Es flammt wieder auf. Die Leidenschaft kommt zurück.

Kein Wunder. Ich will mehr.

Anna spürt, wie sie langsam erregt wird. Sie lehnt sich an die kalten Fliesen und bewegt ihre Hand langsam zu ihrer Scham. Dann beginnt sie damit kleine kreisende Bewegungen zu machen. Sie geht leicht in die Knie und drückt das Becken stärker gegen die Wand. Anna presst die Hand fester an sich. Sie steigert das Tempo nur ein wenig. Anna spürt die Wellen der Lust durch ihren Körper laufen. Ein leichter Seufzer kommt über ihre Lippen. Ein leichter Schauer läuft durch ihren ganzen Körper, ein wunderbares Gefühl.

Das hat Gut getan. Ach. Das war überfällig.

Sie wartet etwas zu, bis die Lust langsam wie heiße Luft im Badezimmer verdampft. Es ist vorbei. Sie ist wieder hellwach und klar im Kopf. Anna geht zum Waschbecken und wäscht sich gründlich ihre Hände. Dann setzt sie sich kurz noch aufs Klo und denkt noch einmal an den toten Kevin. Ihre Gedanken fokussieren sich allerdings schon auf die kommenden Stunden.

Verdammt, meine Blase brennt ein bisschen.

Ein Blick auf die Rolex zeigt, dass sie noch ein paar Stunden schlafen könnte. Es ist erst 04:10 Uhr. Anna ist von St. Peter zu Fuß nach Hause gelaufen. Sie ist zu aufgewühlt. Die Anspannung, die ganze Aufregung, der Sex, der Tot. Das Kokain. Anna ist jetzt hellwach. Sie geht auf den Balkon, um eine Zigarette zu rauchen. Dort zündet sie eine Kerze an und beobachtet entzückt, wie die kleine flackernde Flamme gegen den auffrischenden Morgenwind einen scheinbar unmöglichen Kampf führt. Noch gewinnt sie.

Sie kuschelt sich in die Decke, welche auf der Couch liegt und geht in die warme Decke gehüllt zurück in die Küche. Anna holt sich ein leeres Glas und die offene Flasche Wein vom letzten Wochenende. Sie schenkt sich vom Rotwein „St. Laurent 2014" ein großzügiges Glas ein und genehmigt sich auf dem Weg zurück gleich einen herzhaften Schluck. *Ahh. Die Luft hat dem Wein gutgetan.*

Sie dämpft die Zigarette aus. *Es ist doch kühler als gedacht.*

Trotz der sehr frühen Morgenstunde setzt Anna sich auf die gepolsterte Couch am Balkon und öffnet die kleine smaragdgrüne Steindose, diese hatte sie schon zu Mittag dort deponiert. Sie entnimmt der Dose einen fertig gerollten Joint und zündet ihn vorsichtig an.

Ein Schluck vom Wein. Ein Zug vom Joint. Sie spürt wie sich ihr Körper langsam entspannt. Anna lehnt sich zurück und schließt die Augen. Die Kälte weicht einer wohligen Wärme, die sich vom Bauch aus, langsam über ihren ganzen Körper bis zu ihrem Hirn verteilt.

„What a wonderful world", spielt es ganz exklusiv nur in ihrem Kopf. Sie öffnet die Augen und betrachtet die wenigen Sterne am Himmel. Ein Flugzeug fliegt einsam durch die Nacht. Ein Gedanke blitzt plötzlich in ihrem Kopf auf. *Mein Handy!*

Sie steht noch einmal auf, um sich das Handy zu holen, dass sie zur Sicherheit am Vorabend im Vorhaus deponiert hatte. Sie nimmt noch einen kleinen Schluck vom Wein und liest das SMS, das sie am Dienstagabend von ihrer Freundin bekommen hat.

„Hey Anna, hast Du morgen Lust auf ein ‚Early Breakfast' im Promenade. Habe good News. Es gibt ja so viel zu erzählen, Schatz. Ich bin um 08:30 Uhr dort. Drücke Dich, L! ☺ "

Sie lächelt, denkt kurz nach und schreibt zurück:

„Hey Süße! Habe eine unglaubliche Nacht hinter mir, schaffe es unmöglich so früh heute. Frühstücken wir doch morgen, Donnerstag. Selbe Zeit, selber Ort. Hugs Anna!"

Sie drückt auf die Senden-Taste und lehnt sich wieder in den Sessel. Die Welt beginnt sich ganz langsam ein wenig um sie zu kreisen. Innen warm und außen kalt. Es fröstelt sie immer noch. Welch herrliches Gefühl alles so intensiv zu spüren. Anna Mühlbacher schließt ihre Augen.

What a wonderful world. Alles ist im Lot. Gute Nacht, Welt

38.

Donnerstag 08:05 Uhr, nähe Stadtpark

Laura wirft einen Blick auf ihre Uhr. Es ist erst knapp nach 8:00 Uhr. Sie steht im Freien und raucht genussvoll ihre erste Zigarette. Es ist ziemlich spät geworden gestern. Sie hatte Kevin Muur nach allen Regeln der Kunst in aller Ruhe seziert und war so vorsichtig vorgegangen, wie es ihr möglich ist. Um alles richtigzumachen, nur nichts übersehen. Ein wirklich sehr spezieller Fall. Sie schoss mehr Fotos, als sie es sonst macht. Der fehlende abgeschnittene Finger, die riesige Wunde bei den Genitalien. Die Zähne. Ein Wahnsinn. *So ein Gemetzel.*

Im Körper von Kevin Muur befand sich nicht einmal mehr als ein halber Liter Blut. Mehr als genug um alle Tests durchführen zu können. Die große Überraschung war, dass sein Tot nicht durch das Verbluten eingetroffen ist, sondern durch Herzversagen. Das Warum, wird den lieben Michael sehr interessieren und noch viel mehr beschäftigen als er glaubt. *Der Arme.*

Sie dämpft die Zigarette mit ihren roten Turnschuhen aus, die harmonieren sehr gut mit ihrer Peuterey-Daunenjacke, die sie diese Saison immer noch trägt. Laura dreht sich beschwingt um und geht wieder zurück hinein ins Lokal, wobei sie ihr Spiegelbild in der Glastür betrachtet und optisch mit sich zufrieden ist. War eine gute Idee sich die Replay-Jeans zu kaufen. Trotz der Jacke ist ihr noch zu frisch, um hier vor dem Lokal auf ihren Schatz zu warten.

„Hallo, Süße! Warte doch noch kurz, bitte", hört sie die fröhliche Stimme von Anna hinter ihr. Sie dreht sich rasch um und sieht ihre liebe Freundin winkend heraneilen. Sie umarmen sich kurz, aber innig und küssen sich auf beide Wangen.

„Komm, eine rauchen wir noch schnell, vor dem ersten Kaffee", sagt Anna fast ein wenig flehend zu ihr. Laura lacht:

„Eine haben wir ja immer noch geraucht. Ja, sicher."

Beide lachen und fast gleichzeitig flammen zwei Feuerzeuge auf, bedacht, sich gegenseitig die Zigaretten anzuzünden.

„Ach Anna, wie schön, dass du heute Zeit hast für mich. Ich habe es gestern einfach nur auf gut Glück versucht. Herrlich, dass es heute klappt. Es gibt doch so viel Neues zu erzählen."

Anna ist wie immer die Ruhe selbst. Sie ist wieder in Höchstform. Trotz des Schlafdefizits der letzten Tage, vor allem aber der vorletzten Nacht wirkt sie taufrisch.

Sie ist wie immer perfekt gestylt. Auch ihre Freundin Laura bemerkt es nicht, dass sie die letzten Tage nur ein paar Stunden geschlafen hat. Anna übernimmt, wie sie es meistens macht, gleich das Kommando:

„Ja bitte, erzähle doch alles. Ich habe dir auch viel zu erzählen. Ein Wahnsinn diese Woche. Ich habe gestern schon geschlafen und erst in der Früh am Handy gesehen, dass du mir geschrieben hast, Süße."

Anna versucht die Zigarette mit ihren schwarzen High Heels, elegant vom Gehsteig zu wischen und sich gleichzeitig bei Anna einzuhängen, um locker und beschwingt, gemeinsam in das Café Promenade zu schlendern.

„Da vorne rechts, bei dem Hochtisch habe ich schon einen Platz für uns reserviert. Oder möchtest du lieber in der Auslage sitzen, Anna?", fragt Laura, kann sich aber ein leichtes Schmunzeln nicht verkneifen. So gut kennt sie Anna dann doch, um zu wissen, dass die Auslage die einzige Alternative ist.

Das Café Promenade ist dafür bekannt, dass an der gesamten Glasfront Tische stehen. Man kann, wenn man möchte, am Präsentierteller in der Auslage sitzen, muss aber nicht. Sich zu präsentieren ist für viele sicher eine Option, gleichzeitig auch die willkommene Möglichkeit selbst alles zu beobachten. Sehen und gesehen werden. *Heute lieber nicht*, denkt Anna.

„Nein, es ist perfekt hier", sagt Anna und winkt auch schon den Kellner mit den grauen Haaren zu sich, um zwei Cappuccinos und zwei frischgepresste Orangensäfte zu bestellen. Natürlich mit einer großen Karaffe stillem Wasser und zwei Gläsern dazu.

Unser typisches Frauenfrühstück.

Da beide Stammgäste sind, verschwindet der Kellner auch gleich zur Bar und in Richtung großer Kaffeemaschine. Denn wenn er eines bestimmt weiß, dann dass mit den beiden Ladys nicht gut Kirschen essen ist.

„Leg bitte los", sagt Anna und berührt vorsichtig ihre Haare, um möglichst unauffällig zu kontrollieren, ob die Perücke ja nicht verrutscht ist. Wobei es Laura ja noch nie aufgefallen ist, dass Anna überhaupt eine Perücke trägt.

„Sie hat eben keinen Radar für solche Dinge", denkt sich Anna und das ist auch gut so. Aber sicher ist sicher.

Der Ober hat in der Zwischenzeit, die gewünschten Getränke am Tisch eingestellt. Laura nimmt einen Schluck vom Orangensaft und verzieht leicht ihr Gesicht.

„Mein Gott ist der sauer, Brr ...", sie greift sofort zum Wasserglas, um einen ordentlichen Schluck Wasser zu trinken.

Und dann erzählt sie ihrer Freundin, was sie denkt, erzählen zu können. Ihre Sicht der Dinge natürlich. Sie erzählt vom ersten Mordopfer, der armen Eliza Kadic. Alles, dass sie so für wichtig hält und was zu einem Treffen mit der neuen besten Freundin passt. Laura weiß aber auch, dass gerade Anna belastbar ist in solchen Dingen.

Viel mehr erzählt sie vom Wiedersehen mit Michael. Dass ihr Körper beim Erzählen in leichte Wallungen gerät, lässt sie aber für das Erste einmal aus. Sie kann aber nicht verhindern, dass sich ihre Wangen leicht röten bei der Erzählung.

„Aber du kannst dir sicher vorstellen, wie überrascht ich war, diesen Mann in meinen Räumlichkeiten zu sehen. Ich muss noch einmal betonen, dass er wirklich ziemlich gut aussieht", beendet sie ihre Erzählung. Anna blickt sie ganz ruhig an und sagt:

„Du Laura, der Meinung bin ich wirklich auch meine Süße, der sieht sogar richtig gut aus."

Sie lacht über das ganze Gesicht und blickt gleichzeitig ins verdutzte Gesicht ihrer Freundin Laura.

„Wie? Du findest das auch?", die großen Augen von Laura blicken in die leicht funkelnden Augen von Anna. Anna kostet diesen Moment noch ein wenig aus und freut sich – innerlich und still – über diese fantastische kleine Wendung der Dinge.

Er wird sich freuen, von dieser Entwicklung zu hören, denkt Anna, *Volltreffer*.

„So ein Zufall, Süße. Dein Michael", sie betont das Wort „dein" ganz besonders und zieht es jedoch ein wenig in die Länge.

„Dein Michael war auch bei mir, um mich als freie Beraterin in dieser Mordsache zu engagieren. So ein Zufall. Lustig, oder?"

Sie schüttelt leicht den Kopf, nimmt einen Schluck vom Kaffee und blickt Laura ein wenig fragend an. Laura ist total überrascht und freut sich sichtlich über diese Entwicklung.

„Das ist ja super. Vielleicht können wir ja beide mithelfen, diesen Mörder zu finden. Außerdem können wir dann wir ruhig genauer über unsere gemeinsame Arbeit sprechen."

Laura freut sich so offensichtlich, dass sie vor lauter Aufregung fast übersieht, dass sich auch ihre Blase sehr regt. Sie springt schnell auf und läuft ohne sich groß zu entschuldigen in Richtung Toilette.

„Bin gleich wieder da, Schatz!", hört Anna Laura noch rufen, bevor diese hinter der Tür zur Toilette verschwindet.

Anna blickt Laura still nach und holt ihr Handy aus der Louis Vuitton-Tasche, um die kleine Pause zu nutzen, ihm heimlich eine SMS zu senden:

„Überraschung. Die Dinge entwickeln sich jetzt schneller und viel besser als geplant. Melde mich später bei dir."

39.

Der Sammler liest die Nachricht auf dem Bildschirm des Handys und steckt es dann wieder in seine Hosentasche.

Wie auch immer. Schön einen Schritt nach dem anderen.

Er kratzt sich auf der linken Hand und betrachtet im Schein der Tischlampe den Finger von Kevin Muur. Da liegt er nun der Finger. Wie eine kleine Trophäe vor ihm auf dem Tisch.

Der Sammler wollte sehr gründlich sein und hat den Finger zusätzlich mit Wattestäbchen und feuchten Putztüchern sorgsam von den letzten kleinen Blutspuren befreit. Der Finger ist vom kristallisierten Eis befreit und behutsam abgetrocknet. Zu guter Letzt musste er das Exponat nur noch gründlich desinfizieren.

Sicher ist sicher.

Rechts am Tisch, gleich neben dem sauberen Finger, auf einem Holzwürfel, steht eine kleine transparente Acryl Box, so wie man sie auch gerne zum Sammeln von Modellautos benutzt. Mit einer Lösung aus destilliertem Wasser, Formalin, Kaliumacetat und Kaliumnitrat beginnt er nun sehr vorsichtig, die Box mit der Flüssigkeit zu füllen. Nun legt er ihn – mit leicht zitternden Händen – sehr behutsam in die vorbereitete Lösung. Er stabilisiert den Finger zentral in der Box und füllt sie mit der restlichen Lösung auf. Anschließend verschließt er sie luftdicht mit dem dazu passenden Deckel. Stolz betrachtet er sein Werk.

Perfekt. Sehr gut. Wie schön er ist.

Im Hintergrund läuft die CD von Till Brönner „*The Movie Album*". Im Moment hört er gerade „*Stand by me*" mit der Stimme vom grandiosen *Gregory Porter*. Die Trompetenklänge von Brönner verzaubern zusätzlich den ganzen Raum.

Der Sammler klopft die Klavieranschläge im Takt zum Lied wie auf einer unsichtbaren Tastatur mit. Er betrachtet seine knochigen Finger und denkt an die letzten Stunden zurück. Die Sache mit Anna war nahezu perfekt gelaufen. Sozusagen alles nach Drehbuch.

Es ist vollbracht.

Er steht vom Tisch auf und räumt die ganzen Utensilien in den schwarzen Müllsack, den er neben dem Tisch deponiert hat. Jetzt beginnt er sorgfältig mit dem Entsorgen der Dinge, die er nicht mehr braucht. Vielmehr geht es vor allem darum keine Indizien und Spuren zu hinterlassen. Aufs Feuer damit. Die anderen nicht brennbaren Gegenstände, wie die Handfesseln und die Plastikfolien, hat er zuvor in den Müllsack gegeben.

Die Augen!

Kevins Augen zu entfernen, das hatte er nicht geplant. Er war einfach emotional geworden. Seine Gedanken schweifen ab, zurück in das Zimmer mit Kevin Muur. Er hatte eine tief verwurzelte Wut gegen Kevin entwickelt. Die Augen mussten verschwinden.

Verdammt. Nur keine Gefühle.

In ihm schwoll gestern urplötzlich das Gefühl an, dass dieser Kevin, seine Anna anglotzte. Kevin hatte sie mit den Augen regelrecht verschlungen. Hatte Kevin Muur Gefühle entwickelt, in seinen letzten Momenten oder war er einfach nur geil auf Anna?

Ha. Nicht mit mir.

Der sieht niemanden mehr an. Der wird auch niemanden mehr glücklich machen. Was Anna an diesem Kretin nur so spannend gefunden hat? Er würde Frauen nie verstehen. Auch Anna nicht.

Zurück zu den Augen. Mit den Augen hat er angefangen. Er hat sie verbrannt. Er hat sie einfach ins Feuer geworfen und mit all den anderen Dingen hinterm Haus verbrannt. Es dauerte nicht lange und es war nur mehr Asche übrig. Diese hat er, wie sonst auch, einfach zum Kompost gebracht.

Es ist langsam eine gewisse Routine erkennbar. Keine Spuren zu hinterlassen, ist wohl die einzige Möglichkeit seine Taten so lange wie möglich im Schatten zu lassen.

Er lagert hinter dem Haus, auch einen Kübel mit Bauschuttresten. In den Müllsack dazu kommt dann ein wenig von der Asche und Mörtelreste mit Dreck. Den Müllsack wird er auf dem Arbeitsweg in einer Restmülltonne verschwinden lassen. Dafür nimmt er den kleinen Umweg auf dem in die Stadt gerne in Kauf. Das sollte dann für das Erste reichen.

Er ist unruhig. Seine Gedanken springen hin und her. Er hat etwas getrödelt. Er macht sich später als üblich, auf seinen Weg zur Arbeit. Es ist fast 08:50 Uhr. Vielleicht geht es sich noch aus.

Er nimmt den Sack in seine rechte Hand, klemmt sich die schwarze Aktentasche unter die linke Achsel und schließt die Haustür hinter sich ab. Er setzt sich in seinen schwarzen Jaguar F-Type SVR Sport Coupé und fährt nicht so entspannt wie er es gerne wäre, Richtung Zentrum. Der kleine Umweg über die Kalvarienberg-Brücke, um den Müllsack dort in eine Mülltonne vor den Schrebergärten abzustellen, das wird ihm maximal zehn Minuten kosten. Dann bleibt ihm noch genug Zeit, um sich auf dem Weg von der Tiefgarage ins Büro, noch seinen Kaffee zu holen. Den ersten Termin im Büro hat er heute erst um 10:00 Uhr.

Er dreht die Musik mit der Steuerung am Lenkrad lauter und klopft zum Takt der Musik, fröhlich aufs Lenkrad.

Zu diesem Auto passt einfach keine Klassik. Hier im Jaguar, hört er am liebsten Parov Stelar. „Keep on dancing" mit Marvin Gaye ist der perfekte Song, um positiv in den Tag zu starten. Er drückt das Pedal ein wenig stärker durch, er will die Kraft des Wagens kurz spüren. Durch das geöffnete Seitenfenster hört er förmlich die 575 PS des Wagens röhren. Ein herrliches Gefühl. Er kostet die Euphorie aus und wundert sich ein wenig über seine vermissten Glücksgefühle.

„Keep on dancing ..."

40.

Donnerstag 08:50 Uhr

Ich hatte definitiv bessere Tage als den heutigen. Ich habe immer noch das Gefühl, wir stehen still. Wenn wir uns wenigstens im Kreis drehen würden. Nicht mal das ist uns gegönnt. *Stillstand ist der Tod.*

Ich lese den Bericht von Laura de Bianchi über den Leichnam von Kevin Muur jetzt schon zum zweiten Mal. Es ist deprimierend. Wir haben wieder einen Mord, ohne den kleinsten Ansatz einer verwertbaren Spur in einer Woche. Was sage ich, in drei Tagen um genauer zu sein. Ich trommle – wenn ich unruhig bin – mit meinen Fingern der linken Hand, fast lautlos auf der Schreibtischplatte. Mir ist heute Früh der Rhythmus einer Melodie im Kopf hängengeblieben.

„I'm not the man I used to be ", von den Fine Young Cannibals. *Alt aber gut. Achtzigerjahre wo seid ihr.*

Verdammt. Geduld ist nicht gerade meine Stärke. Es ist nicht stimmig. Es fehlt etwas. Ich kann es aber nicht fassen. Ist das wirklich alles ein Zufall?

Hmmm. Keine Ahnung.

Ich verscheuche den Gedanken, blicke auf und sehe Karin am Besprechungstisch sitzen, wie sie sich angeregt mit Horst unterhält. Sie unterhalten sich über Kevin Muur. Er hat seinem gestrigen Gespräch am Abend mit Wolfgang, dem Kollegen von Kevin, versucht sich ein komplexes Bild von Kevin zu machen. Alles bestätigt und wenig Neues. Kevin war ein Mann mit fixen Gewohnheiten, war loyal und treu bei der Arbeit. Untreu bei Frauen. Ein war ein eingeschworener Single, sichtlich auf der Flucht vor der richtigen Beziehung. Gut, damit steht er nicht allein da. Einer von vielen. Karin und Horst versuchen gerade gemeinsam die letzten Tage und Stunden von Kevin zu rekonstruieren. Ein genauer Zeitablauf und Tagesplan der Opfer kann immer sehr hilfreich sein. Wo hat er seinen Mörder gefunden oder besser gesagt: wo dieser ihn? Bei der Arbeit? In der Freizeit? Zufall? Warum ist der Tatort auch die Wohnung der Opfer? Wie bei Eliza. Beide in ihrer eigenen Wohnung überfallen und getötet. Keine Einbruchsspuren in beiden Wohnungen. Kannten die beiden ihre Täter? Oder war es eben einfach nur Zufall? Kannten sich die beiden vielleicht? Fragen über Fragen.

Christian ist noch immer in das Tablet von Kevin Muur vertieft. Er versucht noch immer es zu knacken, um hilfreiche Daten von Kevin zu finden. Das Blöde ist nur, dass Kevin leider zwei Handys benutzte. Eines in der Arbeit und eines privat. Beide die neuesten Modelle von

Apple. Er war sichtlich ein Fan von neuester Technik, aber leider nicht sehr versiert im Umgang damit.

Wo waren die beiden Handys nur? Wo war sein Laptop? Wahrscheinlich vom Täter gestohlen. Wie bei Eliza. Sicher kein Zufall. *Oder? Komisch. Zufall? Sicher!*

Bist du sicher, dass es kein Zufall ist, Michael? Ja!

Also zurück auf Start. Wir müssen beginnen beide Mordfälle jetzt noch mal chronologisch aufzuarbeiten. Indizien, Spuren und Hinweise suchen, noch einmal und noch einmal. Was haben wir übersehen? Ich nehme mein Handy in die Hand und versuche Laura anzurufen. Sie hebt sofort ab.

„Hallo Laura, ich muss leider lästig sein. Hast du ein paar Minuten Zeit für mich, bitte?"

„Ja, hallo Michi, sicher. Wartest du bitte einen kleinen Moment? Ich bin gerade mit einer Freundin im Promenade auf einen schnellen Kaffee. Ich gehe nur vor die Tür, damit niemand lauschen kann", höre ich sie sagen während sie vor das Lokal geht. Durch das Telefon höre ich ein Geräusch von einem Feuerzeug und wie Laura, nur einen Augenblick später, leicht die Luft ausbläst, wie Raucher es tun.

„Wie kann ich dir helfen, Michi?", fragt sie mich sichtlich entspannt.

„Ich habe mir deinen vorläufigen Bericht durchgelesen, Laura. Super schnelle Arbeit von dir, danke. Aber, ich habe ein paar Fragen. Zum Beispiel, warum du die Todesursache noch nicht bestätigen kannst? Ich meine, das sieht man ja ziemlich deutlich, oder?", frage ich sie und stehe auf, um zum großen Fenster hinter mir zu gehen. Ich möchte während dem Telefonat ein wenig in den Park schauen. Die ersten grünen Blätter sind auf den Bäumen und ich beobachtete auch die Vögel, wie sie sich selbst durch die Luft jagen. *Apropos Luft.* Ich atme tief ein:

„Oder doch nicht? Was jetzt, Laura?"

„Schau mein Lieber, mir ist klar, dass du nur die offensichtlichen und schweren Verletzungen wahrnehmen kannst. Wie die beiden fehlenden Augen und die abgetrennten Genitalien. Es ist sicher nicht leicht, so etwas zu sehen. Für dich als Mann schon gar nicht. Kastration löst bei den meisten Männern im Kopf oft Panik aus, Michi."

Während ich sie das sagen höre, versuche ich mich von meinem Fensterplatz weit weg in die Sonne zu beamen. Sie hat recht. Das stresst mich. Das ist mir gerade alles zu viel *Information.*

Wie recht du doch hast, Laura.

„Ja, das ist mir schon klar und du hast natürlich recht, Laura", mehr fällt mir dazu nicht ein.

„Im Fall von Kevin Muur bedeutet das aber, dass die Kastration mit hoher Wahrscheinlichkeit – wait for it – nein, ich bin mir sogar zu hundert Prozent sicher, Post mortem, also erst nach seinem Tod stattgefunden hat. Ich erkläre dir gleich, warum sich damit ein Dilemma für mich ergibt, Michi."

In diesem Moment höre ich eine andere weibliche Stimme, welche uns unterbricht und sagt:

„Küss dich, Süße. Schön, dass wir uns heute gesehen haben, ich muss dringend weg. Ich habe einen Termin. Bussi. Ach ja. Dir auch alles liebe, Michi", und schon war die Stimme wieder weg und die dazugehörige Frau auch. Wer war sie?

Kenne ich diese Stimme nicht?

„Wer war das, Laura?", frage ich sie neugierig.

„Ach Michi, das habe ich ja zuerst ganz vergessen zu erwähnen. Anna Mühlbacher ist doch die Freundin von mir, mit der ich mich gerade im Promenade getroffen habe. Ihr kennt euch ja schon ein paar Tage, oder? Richtig?"

Mir kommt es gerade so vor, als stünde ich im UHRTURMSCHATTEN. Ich trete gerade zurück in die Sonne, dort wo einen die grellen Sonnenstrahlen so im

Gesicht blenden, dass man sofort mit den Augen blinzeln muss. Ich blinzle gerade sehr viel.

„Das ist aber ein Zufall oder Michi?", Laura war einfach ein wunderbares und fröhliches Energiebündel, vor allem wenn man ihrer Umstände der letzten Wochen betrachtet.

„Stimmt, das ist ein Zufall, Laura. Wie lange kennt ihr euch schon?", ich muss sie das fragen. Ich war jetzt doch neugierig.

„Ich würde sagen, das erzähle ich dir doch lieber einmal beim Abendessen, denke ich? Oder? Gleich morgen Abend zum Beispiel. Um 20:00 Uhr treffen wir uns bei mir. Ich koche etwas Feines und du bringst einen guten steirischen Wein mit, Michi. Weißwein wäre optimal. Sauvignon Blanc oder gelber Muskateller nahezu perfekt. Du weißt ja sicher noch, wo die Villa vom Papa ist, nehme ich an?"

Ich spüre ihr positives Lachen förmlich durch das Telefon hindurch strahlen.

Ich bin in der Zwischenzeit einen Schritt vom Fenster zurückgetreten. Wie ein Reflex. Ich muss gerade im Gedanken schon wieder einem Bus ausweichen. *BUMM*. Hat Laura mich beim Besprechen der Autopsie, zwischen Kastration und toter Mann, einfach nebenbei mal schnell zum Essen eingeladen? *Doppel BUMM*.

„Äh ..., ja sicher weiß ich das! Natürlich. Ich freue mich sehr, danke für die Einladung, Laura", stammle ich wortkarg durch das Telefon.

„Das dachte ich mir auch, mein lieber Michi. So und jetzt weiter im Text. Also, der Kevin Muur ist an einem Herzversagen gestorben. Das ist fix. Das war dann eine ziemliche Überraschung für mich und sicher war es das auch für den oder die Täter. Wie ich darauf gekommen bin, erzähle ich dir gleich. Auf den ersten Blick war es vorerst nicht zu erkennen. Es war erst dann offensichtlich, als ich das Herz geöffnet habe. Die Details dazu stehen dann exakt im Bericht. Das Problem bei der Sache ist Folgendes; der Kevin Muur hatte bei genauerer Untersuchung von seinem Herzen, keine Anzeichen von einer Herzgefäßerkrankung. Es ist eher selten, dass ein Mann, vor allem in diesem jungen Alter und mit dieser guten körperlichen Verfassung, ein schwaches Herz hat. Er hatte es aber doch. Schade für ihn. Schönes Pech.

Sein Schicksal besiegelte dann seine zu dünne rechte Herzkammer. Mit diesem angeborenen Herzfehler könnte man, theoretisch, aber auch neunzig Jahre alt werden. Tja, er nicht. Es ergeben sich dadurch einige mögliche Szenarien. Ich mutmaße mal: Es kann sein, das dir aus Angst um dein Leben das Herz bis zum Hals schlägt, wie bei Herzrassen oder bei einer Panikattacke zum Beispiel. Dann kann dein Herz versagen. Aber im

Normalfall kommt das nur bei einem sehr kranken Herzen in Betracht.

Eine offene Frage, die mich auch noch beschäftigt hat, der musste ich danach gleich nachgehen. Also habe ich den Mageninhalt sehr genau untersucht und habe festgestellt, dass Kevin Muur nichts gefrühstückt hat. Er war nüchtern. Kannst du mir bis jetzt folgen?"

„Bis jetzt, ja. Das heißt aber trotzdem was jetzt?"

„Also pass auf, Michi. Was wäre, wenn jemand, dem Opfer eine Überdosis Tabletten gegeben hätte? Zum Beispiel, um ihn zu beruhigen. Eine falsche oder zu hohe Dosierung könnten seinem Herzen den Rest gegeben haben. Die rechte Herzkammer hat diesen Kampf jedenfalls verloren, warum weiß ich immer noch nicht. Einen Drogen-Screen habe ich gemacht. Den toxischen Befund bekomme ich aber nicht vor Mittag, erst dann wissen wir beide hoffentlich mehr."

Während dem Telefongespräch mit Laura bin ich zwischenzeitlich ins Erdgeschoss gegangen, um mir eine Zigarette zu gönnen. Darum schnaufe ich mit Laura gerade synchron um die Wette.

„Ich fasse zusammen Laura. Also sein Herz hatte einen Defekt, so das bei falscher Beanspruchung, die Gefahr des Herzversagens, sagen wir zumindest im Raum gestanden ist und es in seinem Fall leider eingetroffen ist.

Aber wir wissen nicht, was sein Herzversagen ausgelöst hat, sondern nur das Warum. Richtig?"

Ich lehne mich bei der Frage an die warme Hausmauer und atme einmal so richtig tief durch.

„Punktgenau Michi. Kommen wir zu den Verletzungen. Der Finger wurde mit einer Schere oder mit einer Zange abgezwickt, der Wundrand zeigt das deutlich. Das Warum ist auch hier wieder deine Aufgabe. Die Augen wurden mit einem Löffel oder etwas Ähnlichem entfernt. Ich glaube, da ich wie bei Eliza Kadic keine Fasern, keine Hautpartikel und keine Haare gefunden habe, dass auch hier alles vorher steril gemacht und außerdem anschließend gereinigt wurde. Nicht perfekt, aber doch so gut, dass es für uns reicht. Ich gehe jetzt anschließend ins Labor und melde mich, wenn ich weiß, was ihn schlussendlich niedergestreckt hat. Ich möchte dir aber nur Eines sagen, Michi. Da waren richtige Emotionen im Spiel. Vielleicht hat Kevin Muur jemanden sehr tief verletzt. Bei einer Kastration geht man in der Regel, meistens von verletzten Frauen aus. Da war jemand wirklich sehr böse auf ihn. Wut und Zorn. Eine schlechte Kombination, aber gut, das ist ja deine Aufgabe."

Ich bedanke und verabschiede mich bei ihr, lege auf und mache mich wieder auf den Weg in den zweiten Stock.

Das war jetzt nicht von schlechten Eltern. Eine besondere Situation für uns. Wenn das stimmt, ist es rechtlich gesehen gar kein Mord mehr. Ich habe gerade selbst keine Ahnung, wie die rechtliche Situation in diesem besonderen Fall aussieht. Entführung oder Freiheitsberaubung ziemlich sicher. Totschlag möglicherweise. Die Verstümmelungen kommen noch dazu. Hat er gelebt oder war er tot. Fragen über Fragen. Kein nützlicher Hinweis und keine Spur. Keine DNA. Ich hoffe, mein Team ist auf etwas gestoßen.

Mühsam das Ganze.

„Die Hoffnung stirbt zuletzt", hat meine Oma immer zu mir gesagt.

41.

Vor gut 12 Monaten in der Schubertstraße …

Es trifft uns vollkommen unerwartet, jener Augenblick, den man nicht kommen sieht und plötzlich ist alles anders im Leben. Von einer Sekunde auf die andere, ist nichts mehr, wie es einmal war. Kleine Nachricht mit großer Wirkung. Hiobsbotschaften, sagt man dazu. Weg ist der Boden unter unseren Füßen. Wir haben es nicht kommen sehen. Da reicht es einen einzigen Satz zu hören und unser Fundament bricht in sich zusammen. Ein Wort für sich allein kann nichts verändern. Doch ist dieses Wort gut versteckt in einem Satz, dann kann es alles verändern.

Wir erstarren zur Säule, werden sprachlos. Ein furchtbares Gefühl schleicht in deinen Bauch, ist einfach da und geht auch nicht mehr weg. Uns wird bewusst, wie verletzlich wir sind. Zerbrechlicher als gedacht. Wie Porzellan. Von einer Sekunde zur anderen sind wir nicht mehr intakt. Unsere Seele hat plötzlich einen Sprung. *Angst fressen Seele auf.*

Doch wir sind viel stärker, als wir es angenommen haben. Die Angst ist und war schon immer ein schlechter Berater. Jetzt gilt es stark zu sein. Flagge zeigen.

Müssen wir wirklich? Doch wir müssen!

Wir müssen nur Vertrauen in uns selbst haben. Die meisten von uns sind zu verwöhnt vom Leben. Wir haben alles, was wir brauchen. Und meist sogar noch mehr. Ein Leben im Überfluss und so können die kleinen Dinge des Lebens nicht mehr schätzen.

Uns geht es einfach gut. Materielle Dinge sind uns wichtig. Wichtiger als die Gesundheit? Seien wir ehrlich. JA!

Viele Menschen haben Glück, dass die wirklich schlimmen Dinge im Leben, immer den anderen passieren. Wieder mal Glück gehabt. Gerade noch von der Schaufel gesprungen.

Aber? Was wenn nicht? Wenn der Blitz doch uns trifft? Der Blitzableiter defekt ist? Wir uns bei Gewitter den falschen Baum auf der Weide ausgesucht haben? Was dann?

Bitte? Ich? Wieso ich? Wieso passiert das gerade mir?

Diese und ähnliche Gedanken rasen durch ihren Kopf. So schnell, dass ihr Geist es nicht gleich erfassen kann. Die Datenautobahn ist auf Hochbetrieb. Vollkommen überlastet.

Da ist es, das Gefühl. Im Bauch wird es warm. Immer wärmer. Es wird ihr sogar ein wenig schlecht. Es zieht sich alles zusammen. Ihre Finger klammern sich um die blauen Lehnen des Stuhls, auf dem sie sitzt. Sie hält die

Augen geschlossen. Die Zeit scheint stillzustehen. Wie in Zeitlupe.

Wie lang geht das schon?

Langsam öffnet sie die Augen. Blinzelt. Es ist trist hier. In dem sonst so eintönigen Zimmer sind die blauen Armlehnen die einzigen Farbkleckse, wie die einer Oase in der Wüste. Ihre Augen suchen nach einem Punkt an der Wand, an dem sie sich festkrallen können.

Sie springen von rechts nach links. Sie bleiben auf dem Bild an der Wand gegenüber hängen. Ein großes Foto von kleinen weißen Häusern, an einer ihr unbekannten Küste. Sie liegen in strahlendem Sonnenschein. Ein Bild wie es sicherlich tausende davon gibt. Ein Bild von vielen.

Wer hängt sich so ein Bild über seinen Schreibtisch?

Du Idiot. Ich hasse dich. Mein Gott, mir ist so schlecht. Ich muss gleich kotzen.

Sie schließt noch einmal die Augen. *Nur kurz.* Vielleicht ist alles nur ein Traum. *Bitte.* Sie sieht sich, als kleines Mädchen im Sommerkleid auf der Wiese laufen. Sie liebt es barfuß zu laufen. Mit einem lachendem Gesicht läuft sie dem roten Drachen nach, der über ihr im Himmel tänzelt und mit den Wolken einen Kampf auszutragen scheint. Er spielt mit dem Wind. Sie springt in die Luft.

Immer höher springt sie. Sie versucht den roten Papierdrachen zu fangen. Ihr Papa lacht hinter ihr und ruft:

„Lauf, Anna! Lauf so schnell wie der Wind!"

Tränen kullern ihre Wangen hinunter. Sie spürt, wie warm die Tränen auf ihrer kalten Haut sind. *Bitte nicht weinen.* Sie öffnet ihre Augen und wischt sich mit dem linken Handrücken barsch die Tränen aus dem Gesicht.

Ich muss hier raus. Mir ist kalt. Ich will hier weg. Bitte.

Mit leicht glasigem Blick wird es ihr plötzlich wieder bewusst:

Ich bin ja bei ihm.

Sie nimmt erst jetzt wieder wahr, wer ihr gegenübersitzt. Sie blickt in die kalten Augen von Dr. Ankopopolos und hört leise und dumpf seine Stimme.

„Frau Mühlbacher. Alles in Ordnung? Es ist sicher nicht so einfach für Sie, nicht wahr? Brauchen Sie ein Glas Wasser? Tja, es tut mir ausgesprochen leid, Frau Mühlbacher. Wie gesagt. Es gibt zwar Hoffnung, allerdings ist Ihr Tumor, wie schon vorher kurz angesprochen an einer so unglücklichen Stelle in ihrem Kopf platziert, dass uns die Optionen fehlen. Darum rate ich von einer Operation vorerst ab. Die Gefahr bei diesem Eingriff den Tumor entfernen zu können, ohne die angrenzenden Gehirngebiete zu verletzen, ist leider doch zu groß.

Beim größten Optimismus keine 30 Prozent, dass sie die Operation überleben würden."

„Tumor ..., Krebs ..., 30 Prozent ... ", ein richtig schlechter Film in dem sie jetzt plötzlich die Hauptrolle zu spielen scheint.

Warum gerade ich? Warum? Was heißt 30 Prozent, spinnt der?

„Welche Optionen habe ich dann? Habe ich überhaupt eine? Habe ich denn eine Chance? Nur eine. Bitte, Herr Doktor."

Sie kann dem Arzt nicht in seine Augen schauen. Ihr Blick wandert doch wieder zum blauen Meer auf dem Bild über seinen Kopf.

Wahrscheinlich ist das Griechenland. Ich hasse Griechenland. Ich hasse ihn.

Dr. Ankopopolos blickt in seine wohlgeordneten Unterlagen, die vor ihm auf dem dunkelbraunen, fast künstlich glänzenden, Biedermeier-Schreibtisch, in seiner Ordination im zweiten Stock der alten Villa liegen.

Er ist der führende Neurologe in Graz. Ankopopolos ist eine selbst ernannte Lichtgestalt. Seine Gedanken schweifen ab. Ihn ermüden solche Gespräche. Darum denkt er viel lieber an schönere Dinge. Er macht sich keine Gedanken über die Hoffnungen seiner Patienten.

Der Arzt beobachtet Anna Mühlbacher. Er betrachtet ihre zarten Hände, die sich förmlich in die Stuhllehnen krallen. Ihre Brüste mit den Brustwarzen, die sich durch den zarten Stoff ihrer weißen Bluse abzeichnen. Sie friert, kein Wunder. Er denkt daran, diese Frau über den Tisch zu legen und sie so richtig zu ficken. Sie sollte doch froh sein, dass es solche Männer wie ihn gibt. Viel Zeit hat sie ja nicht mehr.

„Meine liebe Frau Mühlbacher. Natürlich haben Sie das Glück, mit dieser niederschmetternden Diagnose gerade jetzt hier bei mir zu sein. Ich bin ja einer der führenden Spezialisten im Lande. Wir werden sofort, aber natürlich nur sollten Sie mit meiner Meinung und meiner vorgeschlagenen Behandlung einverstanden sein, mit einer dreiwöchigen Entgiftung Ihres Körpers beginnen. Die Drogen müssen raus aus Ihrem Organismus."

Er fährt sich mit seinen manikürten Fingern locker durch sein weißes Haar.

„Wir müssen eine perfekte Basis in Ihrem Körper und für Ihren Organismus schaffen. Erst dann können wir mit einer mehr stufigen Chemotherapie-Behandlung beginnen. Abwechselnd mit einer Spritzen-Behandlung und dazu einer Bestrahlung der angegriffenen Stelle im Kopf. So sollten wir es schaffen, das Wachstum des Tumors genügend einzugrenzen. Möglicherweise können wir ihn auch verkleinern. Mal *sehen*. Dann können wir zum nächsten Schritt übergehen. Vorausgesetzt, dass Sie das alles gut überstehen und in einer ansprechenden körperlichen Verfassung sind. Erst dann können wir die Risiken einer Operation für sich abwiegen und überdenken. Klingt doch alles nicht so schlimm, oder?"

Ein paar Blätter fast weißes Papier und meine Welt geht unter!

Sie blickt in sein selbstgefälliges Gesicht.

Ich höre die Worte, nur glauben will ich es nicht.

Anna blickt Dr. Ankopopolos tief in seine Augen. Wischt sich eine lauwarme und salzige Träne aus dem Gesicht, die sich still und heimlich auf ihre Reise gemacht hat.

Ich muss hier raus! Luft, ich brauche frische Luft.

Die Gedanken stolpern nur so durch ihren Kopf. Sie hofft in den Augen dieses arroganten Arschlochs einen Funken von Mitgefühl zu entdecken. Aber seine Augen durchdringen sie nur wie bohrende Laserstrahlen. Er ist richtiggehend aufdringlich mit seinem abstoßenden Blick. Die innere Kälte steigert sich zu Frost. Sie bemerkt, wie ihre rechte Hand leicht zu zittern beginnt. Anna räuspert sich:

„Ich danke Ihnen, Herr Doktor. Sein Sie mir bitte nicht böse. Ich muss jetzt schnell an die frische Luft gehen. Ich möchte das alles einmal verdauen. In aller Ruhe nachdenken über alles. Ich mache dann mit Ihrer Assistentin einfach einen neuen Termin aus. Sie können in der Zwischenzeit bitte diesen Plan ausarbeiten. Ich bin bestens versichert und denke, dass es kein Problem mit ihrem Honorar geben wird. Gehen Sie trotzdem davon aus, dass ich so schnell wie möglich mit der Therapie beginnen möchte. Aber jetzt muss ich leider gehen. Entschuldigen Sie mich, bitte. Danke, Herr Doktor Ankopopolos. Auf Wiedersehen."

Sie steht auf, reicht ihm die Hand, wobei ihr seine langen Finger und der mit Altersflecken gesprenkelten Handrücken auffallen. Sie muss endlich raus aus der Praxis. Anna geht an der aufgebrezelten Blondine im Nebenzimmer vorbei. Grußlos. Sie nimmt ein weiteres geschmackloses Bild über dem Kopf der Vorzimmerdame wahr. Scheußlichkeiten wohin man blickt. Sie läuft durch den schier endlosen Gang und durch das Stiegenhaus. Ihre Schuhe hallen in ihrem Kopf wie Pistolenschüsse. Anna läuft hinaus ins Freie. Schnaufend bleibt sie stehen. Sie steht auf der Wiese vor der alten grauen Villa in der Schubertstraße. Langsam atmet sie ein und aus.

Ein und aus. Ein und aus. Oh mein Gott, ich bekomme keine Luft.

Anna greift in ihre Handtasche. Sie zündet sich mit immer noch zittrigen Fingern eine Zigarette an und inhaliert tief den ersten Zug. Ihre Tränen laufen jetzt haltlos über ihre Wangen. Jetzt sind es Tränen des Zorns.

Wieso gerade ich?

Schon wieder dieser Gedanke.

Und Papa? Mein Gott! Ich muss es ihm schonend sagen. Muss ich es ihm überhaupt sagen?

Gedanken wie Blitze in ihrem Kopf. Sie bekommt wieder Kopfschmerzen. Es sticht. Diese verdammten Kopfschmerzen.

Es begann alles vor ein paar Wochen. Nach einer der vielen Partys wurde es plötzlich immer schlimmer. Stechende Kopfschmerzen. Hohe Lichtempfindlichkeit. Ihr war oft schlecht. Sie kannte das nicht, hatte vorher nie solche Probleme.

War es der Alkohol? War es das Kokain? Zu wenig Schlaf?

Ihr Papa hat dann bei diesem Dr. Ankopopolos einen Termin vereinbart. Er kennt ihn vom Tennisspielen. Er hat ja einen „so" guten Ruf. Den besten. Dann ging alles sehr schnell. Ein kurzes Gespräch. Ein schnell durchgeführtes Kopf-CT.

Die Assistentin hat sie gestern angerufen und sie zum heutigen Gespräch eingeladen. Es ging ihr alles viel zu schnell. Spiel, Satz und Sieg.

Anna nimmt hastig einen weiteren Zug von der Zigarette und bläst den Rauch nach oben. Sie hustet, spürt ihr Herz bis zum Hals schlagen. Immer stärker. Sie kann ihren eigenen Herzschlag hören. Jetzt wird ihr auch noch schwindelig. Anna lässt die Zigarette einfach fallen. *Mein Gott. Nicht jetzt. Nicht hier.*

Anna kann es nicht mehr halten. Es bricht aus ihr heraus. Wie eine Fontäne. Sie erbricht alles in die Wiese. Anschließend wischt sie sich mit dem Handrücken über den Mund.

Das muss reichen. Anna atmet tief ein und aus. Sie geht vom Parkplatz der Villa zur Straße und ruft sich ein Taxi.

Schnell heim. Weg von hier.

Sie wirft einen letzten Blick zurück auf die Villa und sieht Dr. Ankopopolos im zweiten Stock am Fenster stehen. Er hält ein Glas Cognac in der Hand. Er beobachtet sie. Anna ist sich nicht sicher, was sie sieht. *Lächelt er etwa?*

42.

Vor gut 9 Monaten in der Onkologie ...

In der Onkologie ist es noch schlimmer als befürchtet. Anna fühlt sich einsam. Trostlos. Aber sie hat nichts Besseres erwartet, schon gar nicht, dass es ein Kindergeburtstag werden wird. Sie hat mit dem Schlimmsten gerechnet. Leider ist es noch schlimmer gekommen als befürchtet.

Ihre Armbeugen sind schon blaugrün gefärbt von den vielen Versuchen die Leitung zu legen. Es war schwer die Venen zu treffen. Hat sie doch so eine wunderbare helle Haut.

Eines Morgens hat sie nach der Kopfwäsche bemerkt, dass ihr Waschbecken voll mit ihren Haaren ist. Es war klar, dass dieser Tag kommen würde. Es ist, aber dann doch schneller passiert, als sie es sich in ihren schrecklichsten Träumen vorgestellt hat. Sie will es nur nicht wahrhaben. Ihre schwarzen Haare sind einfach zwischen ihren Fingern hängen geblieben. Wie feine Spinnweben. Sie hat sich die Haare einfach vom Kopf gezogen. Wie Zuckerwatte haben sie sich angefühlt. Ihre wunderschönen langen schwarzen Haare.

Ein Alptraum.

Die Hoffnung trug sie bis zu diesem Tag in ihrem Herzen spazieren, dass es vielleicht nicht geschehen wird. Sie klammert sich an den kleinsten Hoffnungsstrahl, liest einschlägige Bücher und recherchiert im Internet über ihre Erkrankung. Anna macht sich schlau. *Im Internet wissen sie alles!* Ein Fehler von ihr. Sie wird schier verrückt. Trotzdem. Sie saugt alles auf. Gibt es Alternativen? Wunderheiler?

Die gibt es nicht. Irrtum. Also, Tschüss Haare.

Ihr erster Weg führt sie zu einem Spezialisten in Graz, in die Grazbachgasse. Sie entscheidet sich dort für zwei schwarze Perücken aus echtem indischem Haar. Sie nutzt die Gelegenheit, ihren Typ zu verändern und wählt einen kürzeren Haarschnitt für sich aus. *Wenn nicht jetzt, wann dann.* Ab sofort ist sie Bobträgerin. „Long Bob". Die Haare vorne bis zum Schlüsselbein und hinten kürzer geschnitten. Dieser Stil steht ihr gut.

Da viele der Perücken lagernd sind, entscheidet sie sich dafür nicht zu warten. Die Kopfhaare rasiert sie sich noch am selben Tag selbst vom Kopf. Sie hat von einem ihrer Verflossenen die Vorzüge einer Haarschneidemaschine im Badezimmer kennengelernt und sich schon vor Zeiten selbst eine gekauft. Es ist einfacher als gedacht und es ist dann doch ein gutes Gefühl.

Ich sehe gut aus.

Abgesehen vom ausgemergelten Körper. Sie hat einfach keinen Appetit. Vom Essen wird ihr meistens schlecht. Apropos schlecht. Schlecht ist es ihr auch gleich nach dem Aufstehen. Sie hat das Gefühl, sie kotzt sich das Leben aus dem Körper. Im Gesicht zeichnet es sich auch langsam ab. Sie hat Augenringe bekommen. Das ist neu. Das macht es auch nicht leichter. Aber beim Make-up hat sie schon immer eine gute Hand gehabt. Sie muss es jetzt nur stärker auftragen als sonst. Gott sei Dank gibt es ganz viele Online-Tutorials. Sie kennt fast alle.

Danke YouTube.

Die Nächte sind, gelinde gesagt eine Katastrophe. Sie schläft schlecht. Früher hat sie sich ins Bett gelegt und beim Hinlegen schon die Tiefschlafphase erreicht. Jetzt kämpft sie um jede Stunde Schlaf in der Nacht. Sie sieht viel fern. Gefühlt kennt sie langsam alle folgen von „Mord ist ihr Hobby".

Für die Welt um sie herum bleibt alles unverändert. Warum soll es auch anders sein? Sie erzählt auch niemanden von der Krankheit, sie will das einfach nicht. Sie ist entschlossen es mit sich allein auszutragen. Es ist ihre Erkrankung, ihr Ding, ihre Entscheidung.

Ann ärgert sich aber trotzdem, dass es niemanden aufzufallen scheint. Der neue Haarschnitt kommt zwar gut an und fällt auf, aber überraschender Weise auch nicht jeden. Das ärgert sie. Es kränkt sie. Darum beginnt sie eine Unmenge an Wut im Bauch zu tragen. Niemand fragt nach und niemand spricht sie an. Keiner. Die Erde dreht sich einfach weiter. Also zieht sie sich immer mehr zurück. Die Beziehung mit ihrem Freund Alexander beendet sie kurz und bündig am Telefon. Kein Bock auf Mehr. Da jeder eine eigene Wohnung hat, ist die Trennung einfach und unkompliziert.

„Du, ich glaube, es ist besser, wenn wir uns nicht mehr sehen. Ich brauche einfach Zeit für mich. Es war schon komisch bei uns. Glaube mir, es liegt an mir, nicht an dir."

Du Idiot, bla, bla, bla. Und tschüss.

Das ist er nicht gewohnt, war er es doch der seine Beziehungen immer beendet hat. So wie sie. Er zieht sich beleidigt zurück, leckt seine Wunden und ist für immer verschwunden.

Typisch Alexander. So ein Arsch. Nichts mit Kämpfen. Kämpfen hätte er ruhig können. Aber gut. Soll er doch bleiben, wo der Pfeffer wächst.

Ihren Eltern sagt sie natürlich auch nichts. Vorerst. Papa würde sich nur aufregen. Das schiebt sie vor sich her. Vielleicht später, wenn es passt. Alles in Ordnung vorerst.

„Ha", sie muss laut auflachen. Die beiden anderen Patienten rechts und links neben ihr blicken sie verständnislos an.

Arme Idioten.

Wie gesagt, sie hat schon immer eine besondere Hand für ihr Make-up und ihre Haare. Das ist gut so. Sie wirkt leicht overdressed und ist streng genommen zu stark geschminkt am Tag, aber sie fühlt sich dadurch besser. Also alles gut. Das Schminken wird fast zur Sucht. Es ist wie ein Spiel.

Ihre Freundinnen sind eine Ausgeburt an Oberflächlichkeit. Es geht in den Gesprächen immer um die gleichen Dinge. Sie kann das Ganze alles nicht mehr ertragen.

Schade um die Zeit. Selber schuld. Es ist noch nicht zu spät. Sie weiß was sie will. Sie erhöht den Einsatz. Die Zeit ist reif dafür. Sie will einfach mehr. Was soll schon geschehen. Die Wut in ihrem Bauch wird immer stärker. Es brodelt. Sie kocht. Der Kessel explodiert bald. Sie ist am Weg zum Abgrund.

On the edge.

Ein Blick hinab in die endlose Finsternis und ein verstohlener Blick auf die andere Seite. Anna ist zum Absprung bereit. Aber, sie springt nicht in den Abgrund. Nein. Sie wird über den Graben springen. Ganz hoch wird sie fliegen. Sie weiß, sie wird höher fliegen, als alle anderen und sollte sie doch fallen, dann sicher nicht allein.

Anna arbeitet jeden Tag bis zur Erschöpfung. Sie hat das Glück, dass die Termine für die Therapie und ihre eigenen Termine in der Praxis perfekt zu kombinieren sind.

Ihren lieben Freundinnen erzählt sie, dass sie sich entschieden hat eine zusätzliche Ausbildung zu machen. Das erklärt zum einen ihre vermehrte Abwesenheit, zum anderen die wenige Zeit für das „social life". Sie hat keine Zeit und auch keine Lust mehr. Anna sagt ihre privaten Termine immer öfter sehr kurzfristig ab. Zu viel Stress. Zu wenig Zeit. Den Mädels ist es anscheinend nicht so wichtig. Sie befindet sich in einem erschöpften Dauerzustand. Warum soll sie lügen? Es fällt ja niemandem auf. *Da spürt sie ihn wieder.* Sie fühlt es förmlich wachsen in ihr. Den Hass. Er wächst in ihr, schnell wie Bambus. Rasend schnell. Zeit für einen Rundumschlag.

Wenn sie an den guten Tagen ins Kaffeehaus geht und all die selbstgerechten und oberflächigen Menschen beobachtet, die ihren täglichen Routinen nachgehen, da wächst in ihr die Wut noch stärker an. Was für nichtige Probleme diese Menschen doch alle haben. Für nichts, von und mit nichts. Sie verabscheut alle und jeden. Es wird Zeit für einen Tapetenwechsel.

Sie sucht sich ein neues Stammlokal. Einen neuen Rückzugsort. Sie findet ein Café neben der Herrengasse. Einen dieser hippen Selbstbedienungsläden. „Coffee to go" und vieles leckeres mehr.

Es ist ein junges Lokal. Hier ist immer viel los. Ein Kommen und Gehen. Hier bekommt man beim Bestellen immer ein Lächeln. Sie bekommt jeden Tag, den gleich guten Kaffee. Solche Routinen werden immer wichtiger für sie. Für Veränderungen und Störungen ist kein Platz mehr. Die Haut wird ihr zu dünn. Physisch und psychisch. Dünn wie Papier. *Seidenpapier*! Ihre Nerven liegen immer öfter blank. Sie erkennt sich selbst nicht wieder. Es ist schrecklich!

So will ich nicht sein!

Der Alltag ist ein Aneinanderreihen von geliebten Routinen und ein Ausblenden von gehassten Störungen. Sie wird dadurch zum einen immer ruhiger aber zum anderen auch immer verbitterter. Die Tage mit viel Verlustangst geben den Tagen mit falscher Euphorie die Hand. *Himmelhochjauchzend zu Tode betrübt*! Heute ist vielleicht ein guter Tag. Sie hofft, dass es morgen vielleicht besser wird.

Vielleicht? Vielleicht auch nicht. Nur eines bleibt konstant. Der tiefverwurzelte Hass. Und diese verfluchten Schmerzen bei der Therapie. So wie heute. Sie formt ihre Hände zu Fäusten. Sie streckt die Finger. Immer und immer wieder. Sie hält die Augen geschlossen und versucht an etwas Schönes zu denken. Es hilft nur leider nichts. Die Schmerzen sind allgegenwärtig.

Und diese furchtbaren Oberflächlichkeiten von all den Menschen um sie herum auch. Da berührt jemand ihren linken Arm und rüttelt sie ganz sanft. Anna öffnet ihre Augen. Sie blickt in ein paar stahlblaue Augen, die sie vielleicht eine Spur zu intensiv fixieren. Sie nimmt den rechten Ohrstöpsel aus dem Ohr und hört diesen Mann mit seinen stahlblauen Augen mit sanfter Stimme fragen:

„Verzeihen Sie bitte, ich denke, dieses Buch ist Ihnen aus der Hand gerutscht? Kann das sein?"

Annas Blick schweift von den Augen zum Boden, wo das Buch mit dem vielsagenden Titel „Wenn du stirbst, zieht dein ganzes Leben vorüber, sagen sie" von Lauren Oliver tatsächlich liegt.

Es ist Anna aus der Hand gerutscht. *Wie ungeschickt.*

„Danke." Mehr fällt ihr nicht ein. Das ist alles, was ihr in diesem Moment, allerdings viel zu leise, über die Lippen kommt. Er aber lächelt sie charmant an und sagt:

„Ich verstehe Sie. Mich erschöpft es auch, aber glauben Sie mir es wird besser."

Er lächelt Anna milde an. Er hat einen fast gütigen Blick. Sie verliert sich ein wenig in der Tiefe seiner Augen.

Wie der Ozean so blau.

Liebe auf den ersten Blick mag es geben. Vielleicht. Nicht aber für Anna. Aber eines gibt es. Erkennen. Sie erkennt in dieser Sekunde die einmalige Chance, die sich für sie möglicherweise ergeben wird. Sie verscheucht alle bösen Gedanken.

Bist du auch eine verlorene Seele, so wie ich?

„Danke mein lieber Hass, dass du heute mein Freund bist", sagt sie zu sich selbst. Sie lächelt den Mann mit den stahlblauen Augen an und blickt ihm sanft und tief in die schwarze Iris, versucht ihm förmlich ins Herz zu blicken und antwortet mit schwacher Stimme:

„Danke, ich bin es gar nicht mehr gewohnt, dass jemand so aufmerksam ist. Das ist sehr nett von Ihnen."

Lächeln Anna.

Sie schaut ihn mit einem so unglaublich strahlenden Lächeln an und wirft ihre unsichtbare Angel mit dem funkelnden und wild zappelnden Köter vorsichtig in seine Richtung aus.

43.

Vor sechs Monaten ...

Anna Mühlbacher ist am Ende der Bestrahlungen und der Chemotherapie angelangt. Es ist Freitagabend und sie hat eine Verabredung. Heute Nachmittag war sie bei Dr. Ankopopolos um sich, was ihre Krankheit betrifft, auf den neuesten Stand zu bringen. Es schaut nicht schlecht aus, aber auch nicht gut. Es ist, wie es ist. Weitermachen und nicht aufgeben.

Aber heute freut sie sich schon auf ihre Verabredung. Sie wartet auf ihn. Sich mit ihm zu treffen war zur Gewohnheit geworden. Es tut gut, das alles mit ihm besprechen zu können. Er hört einfach zu und er ist auch krank. Ein Leidensgenosse. Aber er ist sehr stark. Es hat sich in den letzten Wochen alles in eine völlig neue Richtung entwickelt. Eine Richtung, die nicht vorherzusagen gewesen war. Die Krankheit wurde zum Ausgangspunkt einer gemeinsamen Reise ins Ungewisse. Möglicherweise zu einer Reise ohne Wiederkehr.

The Point of no Return.

Sie haben sich zu Beginn bei den gemeinsamen Therapien immer gegenseitig gestützt und aufgefangen. Ein wenig getröstet. Trost tut gut. So entstand eine gewisse

Nähe. Fast wie bei Geschwistern. Und doch war es mehr. Sie sind kein Paar. Nicht im klassischen Sinn.

Vielleicht liebt er mich ja ein wenig?

Die Wut ist der Schlüssel. Seine Wut ist groß. Ihre Wut ist anders, vielleicht sogar größer. Sie tragen beide eine so unglaubliche Wut in sich. Auf all jene die es gar nicht zu schätzen wussten, wie schön ihr gesundes Leben ist. Sie lernen die Menschen gerade neu kennen. Fast jeder der ihren Weg kreuzt, ist von viel Einfältigkeit geprägt und oft noch mehr mit unglaublicher Ignoranz. So entwickelt sich die Wut auf alles und jeden. Auf jedes bornierte und selbst gefällige Arschloch. *Apropos Arschloch!*

So hat es sich einfach ergeben. Sie kann sich nicht mehr erinnern, ob sie oder er mit dem Thema angefangen haben. Sie schmieden einen Plan. Rache. Wie vor allem bei Dr. Ankopopolos.

Anna öffnet die Flasche Barolo. Ein wunderbarer Wein, aus der einzigartigen Gegend von Florenz. Sie dekantiert ihn und gießt den Wein in ihre größte Karaffe. Luft tut dem Wein gut. Ihr auch. Sie geht zum offenen Fenster und wirft einen kurzen Blick in den Hof. Anna wägt kurz ab, ob sie schnell eine Zigarette rauchen soll? Sicher weiß sie selbst, dass es unvernünftig ist.

Verdammt, meine Nerven liegen blank. Verdammte Chemo.

Es läutet an der Tür und sie geht hin, um sie zu öffnen. Er steht wie immer ganz in Schwarz gekleidet und viel Ruhe ausstrahlend vor ihrer Eingangstür. Wie meistens hält er seinen Kopf leicht gesenkt. Sie bittet ihn herein und geht mit ihm, ohne dass sie sich berühren ins Wohnzimmer. Er setzt sich aufrecht auf einen der Stühle am Esstisch und blickt sie mit seinen blauen Augen ruhig an.

„Wie geht es dir Anna? Was hat das Gespräch mit Dr. Ankopopolos ergeben?", fragt er sie auf seine so höfliche Art und lehnt sich kurz an, aber nur, um sich gleich darauf wieder senkrecht aufzurichten. So als hätte er vergessen, dass er sich nicht anlehnen soll.

„Ich bin bereit für die Operation. Alles läuft perfekt. Der Tumor ist nochmals geschrumpft und höchstwahrscheinlich so abgegrenzt, dass er nicht abgestrahlt hat. Vorläufig ist alles gut. Ich kann mit den notwendigen Tabletten und regelmäßigen Kontrollen so weitermachen wie bisher. Der liebe Herr Doktor, hat mir aber mehrmals erklärt, dass gerade er der Richtige wäre, diese doch so komplizierte Operation hinzubekommen. Ich habe wie immer auf Durchzug geschaltet. Arschloch blödes. Entschuldige bitte …", sie nimmt den Wein und schenkt beiden noch ein Glas vom dunkelroten Tropfen ein.

„Das sind ja sehr gute Nachrichten liebe Anna. Du kannst vielleicht doch noch hundert Jahre alt werden. Prost, auf das wir ewig leben." Er lacht laut auf, eine Spur zu schrill und stößt mit Anna an. „Ein Tost auf uns und mögen wir ewig Leben!", ergänzt er dann noch.

„Hör auf mit dem Blödsinn", sagt Anna und sieht ihn durchdringend an. Sie nimmt noch einen kleinen Schluck Wein.

„Er hat mich natürlich auch wieder gefragt, ob ich nicht ein Wochenende mit ihm in nach Slowenien auf sein Boot in Portorosz fahren möchte", sie schüttelt sich demonstrativ ein wenig und greift ein kleines Stück vom Parmesan und schnappt sich dazu eine grüne Olive. Das Essen hat sie schon vorher als kleinen Snack vorbereitet.

„Ich habe ihm gesagt ich denke drüber nach und melde mich noch, die kommenden Tage. Er würde aber gerne schon kommendes Wochenende fahren."

Anna steht auf, um die offene Balkontür wieder zu schließen. Es ist ihr doch zu kalt.

„Unser Plan steht doch, Anna. Worauf willst du denn warten? Nutzen wir die Gunst der Stunde. Sag zu. Du bist so weit und ich sowieso. Wir sind beide bereit. Ich fahre vor und warte wie abgemacht im Kempinski auf dich. Ich bin dann für dich auf Abruf bereit."

Anna beobachtet ihn genau, als er mit ihr spricht. Er ist wirklich der Inbegriff für das Wort „Eiskalt". So regungslos und stoisch er auch heute wieder auf seinem Stuhl sitzt, um einfach zu lauschen und diese zwei Sätze zu sagen:

„Töten wir das Schwein. Er bettelt ja richtig darum."

Ihr sorgsam gereifter Plan – zuerst war es nur eine Vision, ein ausgesprochener Traum – wird jetzt immer mehr real. Es geht bald los. Aus ihrem Plan wird langsam Ernst. Es ist für sie beim ersten Mal fast wie in einem Film. Es ist surreal.

Wird alles funktionieren?

Anna beobachtet ihn und kommt zu folgendem Entschluss:

„Es wird schon nichts schiefgehen!"

Sie nimmt das Glas in die Hand und leerte das es auf einen Schluck.

Doch! Es ist ein guter Plan.

44.

Der erste Mord, vor 5 Monaten!

Anna erinnert sich an Tag zurück, als wäre es heute gewesen:

Die Vorbereitungen waren vom Zeitmanagement eher knapp bemessen. Sie benötigten zwei Flaschen Anesket, ein sehr starkes Ketaminpräparat, auch geläufig als K.O-Tropfen. Er hat sie ihr ohne Probleme besorgt, von wo auch immer. Er kaufte ihr auch ein Wertkartenhandy aus Österreich und eines aus Slowenien. Der Zeitablauf wurde gefühlt mehr als hundertmal gemeinsam durchdacht und besprochen.

Die Marina in Slowenien ist schlecht gesichert, genauer gesagt sind nicht alle Bereiche Videoüberwacht. Das ist optimal für ihren Plan.

Er fuhr mit seinem Jaguar vorab ins Hotel und verhielt sich dort wie ein Urlauber unter vielen. Jeden Morgen und Abend würde er laufen gehen. Ein sportlicher Tourist. Niemand im Hotel und in der Marina würde ihn besonders beachten. Unter all den vielen Sportlern würde er praktisch unsichtbar sein. Ein Läufer mehr oder weniger fiele kaum auf. Schon gar nicht am Abend, spät in der Dämmerung. Er würde ein Schatten der Nacht sein.

Ihr Opfer Dr. Ankopopolos selbst war voller geiler Vorfreude. Vollkommen ahnungslos natürlich. Er freute sich sichtlich auf sein amouröses Abenteuer mit Anna. Da er – wie soll es auch anders sein – ein verheirateter Mann ist und für eine Scheidung von seiner Ehefrau viel zu geizig wäre, fuhr er für solche Treffen lieber ins Ausland. Er war ein übervorsichtiger Mensch bei der Planung seiner Seitensprünge. Vielleicht war er gerade deshalb ziemlich leichtgläubig und naiv.

„Die Gier ist eine Sau!", wie man so schön sagt. Diese Gier und eine gewisse Blauäugigkeit kamen Anna sehr entgegen.

Sie fuhren an einem Freitagabend von Graz los und waren ohne Schwierigkeiten in gut drei Stunden in der Marina. Sie hatte sich ein paar Kilometer vor Portorosz auf die Rückbank des Wagens gelegt, nach dem Motto:

„Mir ist etwas schlecht, Liebling!"

Anna hatte für den Ausflug eine weinrote Perücke gewählt und da er ja wusste, dass sie Krebs hat, war dieser Farbwechsel kein Grund misstrauisch zu werden für ihn. Im Gegenteil. Er fand es nur geil.

„Wie scharf du aussiehst mit den roten Haaren, Anna. Toll!"

Seine Raffaelli Maestrale 52, ein wirklich wunderschönes und unheimlich kostspieliges Motorboot, lag auf einen der ersten Piers und war so vorbereitet worden, dass sie wenige Minuten nach ihrer Ankunft auch schon bereit zum Auslaufen war. Er hatte angerufen, um das Boot von den Mitarbeitern der Marina für ihn bereit machen zu lassen. Die Angestellten der Marina wunderten sich nicht, da er bekannt dafür war, selten rauszufahren mit dem Boot. Vor allem an seinen kurzen Wochenenden, die er auf seinem Boot, mehr unter Deck als am Meer verbrachte.

Seine „Rose Queen" war also bereit. Ein Wortspielchen, denn das Wort Rose bedeutet, wenn man die Buchstaben tauscht, auch EROS. Welch geschickt gewählter Name für das schmucke Boot. Er hatte es unter dem Motto, der Name ist auch Programm, gekauft und getauft.

So ging Anna mit ihm eng umschlungen zum Boot und hielt ihren Kopf eng an seine Schultern gelehnt. Er fühlte sich wie ein Held. Sie fühlte sich vor allem vor den Kameras sicher. Alles eine Frage des Blickwinkels.

Er köpfte eine Flasche Champagner „Guy Michel" und schenkte ihre Gläser fast eine Spur zu voll ein. Der Herr Doktor war aufgeregt. Trotzdem, Geschmack hatte er ja der liebe Onkel Doktor. Er war blind vor Vorfreude und so voll Selbstüberschätzung, dass er nicht wahrnahm, dass Anna in sein Glas eine solche Menge von den

K.O.-Tropfen gab, das es auch ein Pferd umwerfen würde.

Nur wie bringt man ein Pferd dazu Champagner zu trinken?

Die Euphorie des sich nähernden Finales machte Anna übermütig. Sie lachte und turtelte mit ihm. Er schlürfte stolz und geil seinen Schampus. Wurde aber nichts mit der Geilheit. Die Tropfen wirkten sehr schnell. Schneller als gehofft. Er fiel um wie ein Pferd.

„Eher wie ein Esel", dachte Anna. Zu ihrer Überraschung nahm sie alles ziemlich regungslos zur Kenntnis und schickte ihren Partner in Sachen Mord ein SMS mit folgendem Text: „Jako dobro!"

Er las die Nachricht und dachte – wie es im Text ja auf Kroatisch stand – „sehr gut" und machte sich sofort auf den Weg zu ihr. Da er alles perfekt ausspioniert hatte, lief er zuerst gemütlich in die Marina, bog zum Steg ab und sprang fast unsichtbar für mögliche Beobachter auf das Boot.

Da er das große Küstenpatent besaß und dadurch mit einem Boot dieser Größe umzugehen vermochte, starteten sie die „Rose Queen" und fuhren unbemerkt von etwaigen Beobachtern und der Hafengemeinschaft aus dem Hafen.

Sie machten sich auf dem Seeweg in Richtung Rovinje. Sie gingen beide unter Bord und zogen den bewusstlosen Doktor an Deck, um ihn auf einen mitgebrachten schwarzen Müllsack zu legen. Als Erstes stach er mit einem schmalen und scharfen Messer, ein sogenanntes Stillet, dem schlafenden Arzt mitten ins Herz. Kein Zucken. Kein Mucks. Er versuchte die Wunde von außen so klein wie möglich zu halten. Dann nahm er den mitgebrachten Hammer und schlug ihm mit voller Wucht die Zähne aus. Das dauerte leider länger als gedacht. Er holte seinen Hammer und zertrümmerte damit auch alle Fingerkuppen beider Hände. Das ergab dann doch eine kleine Schweinerei. Sie entkleideten den Doktor und warfen ihn, fest eingewickelt in den Müllsack und zusätzlich beschwert mit fünf Kilo Fußmanschetten – die er beim Joggen auf den Beinen getragen hat – in das dunkle und vor allem unendlich tiefe Wasser des Meeres. Die vier in ihre Einzelteile zerlegten Handys flogen ein paar hundert Meter weiter ins Meer und das gereinigte Messer, mit dem Hammer und den meisten Zähnen kurz danach. Dann tuckerten sie gemütlich zurück zum Hafen. Das Boot wurde angelegt, festgemacht und auf seinem Platz zurückgelassen, als wäre nie etwas geschehen.

Er hatte noch eine weiße Perücke in seinem Rucksack. Dank sei den vielen Langstreckenläufern, die mit Rucksack ausgerüstet laufen. So war auch er in Slowenien für alle anderen, ein stinknormaler Anblick auf der Straße und nicht weiter aufgefallen. Anna reinigte ihre Tasche und versuchte gewissenhaft die letzten, möglichen Spuren zu vernichten. Sie stellte beide sorgfältig gereinigten Gläser wieder an ihren Platz. Die Champagnerflasche ruhte schon auf dem Grund der Adria.

Sie schlenderten anschließend wie ein verliebtes und möglicherweise sogar leicht angetrunkenes Paar in Richtung Ausgang der Marina. Anna hatte immer noch ein extremes Kribbeln im Bauch. Die Spannung entdeckt zu werden, machte die ganze Sache noch aufregender.

Sie gingen zurück ins Hotel, nicht aber ohne vorher beide Perücken, nämlich weiß und rot, gegen eine Schwarze bei ihm und eine Blonde bei ihr auszuwechseln. Er hatte das späte Kommen seiner „Sekretärin" (mit Mehrfach-Blinzeln des Rezeptionisten beim Empfang) vorher angekündigt. Anna war gleich zum Lift marschiert und mit ihrer Karte schnurstracks in das Hotelzimmer gefahren. Er hatte noch die Sachen zum Jaguar in der Tiefgarage gebracht und den Rucksack im Kofferraum verstaut.

Als er kurz darauf in sein Zimmer kam, in die Suite mit den zwei Schlafzimmern, wartete dort eine Flasche *Dom*

Perignon Vintage Brut 2008 mit zwei Gläsern auf ihn, um auf den geplanten und gelungen ersten Mord anzustoßen. Nur ein Augenzwinkern später kam Anna aus dem Bad und strahlte ihn glücklich und zufrieden an. Sie nahm ihr Glas in die rechte Hand und sprach einen Tost aus:

„Ruhe er in Frieden auf dem Grund der Adria, der hochmütige und vor jetzt vor allem tote Doktor Ankopopolos. Mögen die Fische ihn bis zum letzten Knochen verzehren! Prost!"

Anna drehte sich freudestrahlend zu ihm um, voll beladen mit Euphorie und stieß mit leicht zittrigen Händen und zartrosa gefärbten Wangen mit ihm, auf ihren ersten gemeinsamen Mord an.

Es war vollbracht!

45.

Donnerstag früher Nachmittag ...

Ich stehe in der Stempfergasse mit dem Rücken zum Frankowitsch und warte. Während ich warte, schreibe ich noch eine Nachricht. Ich texte:

„Besprechung um 17:00 Uhr in der Zentrale. Danke. LG, Michael."

Auf dem Weg zur Gerichtsmedizin erreichte mich ein Anruf von Florian, der mich veranlasste umzudrehen, um mich mit ihm noch einen Sprung zu treffen. Ich bin schon sehr früh ins Büro gegangen und habe mich in unsere Unterlagen vertieft. Um 10:00 Uhr hatten wir eine Lagebesprechung. Wir sind frustriert auseinandergegangen und jeder vom Team versucht seine Aufgaben abzuarbeiten. Mir kommt die Abwechslung sehr recht. Mir raucht mein Kopf.

Der Frankowitsch in der Stempfergasse, die schönste Gasse in Graz, bietet sich dafür nahezu perfekt an. In den Achtzigern noch ein kleiner Feinkostladen ist es heute ein auf mehreren Räumen verteiltes Delikatessengeschäft. In den letzten Jahrzehnten hat es sich unter den neuen Besitzern zum Hotspot in Graz gemausert. Mit der Spezialität kleine, aber feine belegte Brötchen zu verkaufen, wie es sie sonst nirgendwo gibt. Natürlich haben sie auch eine grandiose Auswahl an Weinen, Spirituosen und verschieden ausgewählte italienische und französische Spezialitäten und seit Neuestem auch japanische Bowls.

Ich kann mich noch gut erinnern, das der Frankowitsch schon immer etwas Besonderes für meine Familie war. Mit meiner Mama nach einem kleinen Stadtbummel auf ein paar belegte Brötchen und ein kleines Cola in der Glasflasche einzukehren, war ein fixer Bestandteil unseres Lebens. Für uns war es damals eher ein Luxus. Ich muss fairerweise anmerken, dass wir auch gerne im heutigen „Opern Café", früher „das Columbia" waren und ab und an in den „Gambrinus Keller" zum Essen gegangen sind. Kleine Balkanplatte mit Ajvar und Salat vom Buffet. *Mega*!

Aus dem Cola ist ein Espresso, ein Pfiff Bier oder ein gutes Glas gelber Muskateller geworden.

Auf den gefühlt zehn Quadratmetern traf sich vor Jahrzehnten schon die halbe Stadt auf ein paar belegte Brötchen und ein Gläschen Henkel Sekt. Heut ist es Bier, Wein und Champagner. Dort trifft sich Alt und Jung. Der Herr Primar trifft dort seinen Friseur und Herr Einfach trifft Frau Wichtig. Aber so wunderbar einzigartig und besonders wie hier ist es sonst nirgends in Graz.

Ich zünde mir eine Zigarette an und bestelle bei der Kellnerin zwei Glas Bier. Eines für mich und eines für Florian, der sicher gleich eintreffen wird. Seine Redaktion ist nur fünf Gehminuten von hier entfernt. Florian war wie immer kurz und knapp gehalten am Handy. Er meinte nur, es wäre echt wichtig. Pünktlich ist er auch nie.

OK, hier bin ich.

Ich inhaliere tief und bemerke, dass ich es viel hektischer tue, als ich es sollte. Ich beobachte die anderen Gäste und mache mir zu jedem einzelnen so meine Gedanken. Menschen zu beobachten liebe ich.

Eine Berufskrankheit?

Der konservative Steuerberater mit einem schlecht sitzenden taubengrauen Anzug zu meiner Rechten. Eng an seiner Seite die zu hell gefärbte Blondine, die eine Spur zu laut über seine schlechten Witze lacht. Die Flasche Champagner langweilt sich am Tisch. Eine Situation wie es sie überall gibt. Nicht nur in Graz. Die man aber nirgendwo braucht.

Am Stehtisch vor mir stehen die drei Mittvierzigerinnen, jede mit einem Glas Prosecco in der manikürten Hand. Ihre mit der neusten Frühjahrsmode gefüllten Einkaufstaschen, stehen wie zufällig drapiert neben ihren schlanken Beinen und warten darauf, nach erfolgreicher zur

Schaustellung hier, nach Hause gebracht zu werden. Es ist ein Leichtes in der Stempfergasse sein Geld für gute Mode auszugeben, da hier die Dichte der Boutiquen ziemlich hoch ist. *Ich sage nur Pilatus!*

Vor ihren Nasen stehen Brötchen mit magerem Putenschinken auf den kleinen weißen Tellern. Laut kichernd erzählen sie sich die Höhepunkte des Tages. *Gähn*!

Bis sie dann frustriert, mit einem leichten „Damenspitz", in ihrem nagelneuen und geleasten Porsche zu ihren ebenso gelangweilten und desinteressierten Ehemännern nach Hause fahren. Die warten in der Zwischenzeit zu Hause mit den quengelnden Kindern oder sind gerade Golf spielen. Natürlich wohnen sie in einer der schönen Villen in Waltendorf oder am Rosenhain. Das rundet das Bild dann perfekt ab.

Eine der drei Prinzessinnen kenne ich sogar noch von früher, als wir in Graz noch Discos für Erwachsene hatten. Bevor mich das Schicksal und mein Leben dann nach Wien verschlugen. Das „Mahe" und das „Monte Carlo" waren eben noch echte Diskotheken. Dort wurde nicht nur ich erwachsen. Ich versuchte es zumindest. Tatsächlich war ich öfter dort als zu Hause und genau dort jagte mich damals die eine oder andere Prinzessin gekonnt in die Flucht. Ich war zu klein, zu jung, zu arm, zu uninteressant. Die Reihenfolge meiner schlechten Argumente war wohl beliebig austauschbar.

Sie aber war eine richtig fesche, langhaarige Blondine, wie es die meistens Mädels früher so waren. Damals in den Achtzigern. Nicht nach dem Krieg. Ich lächle zu ihr hinüber und sie nickt eher unauffällig zu mir her.

Nichts Neues also hier in Graz.

Als mir auffällt, dass die drei Ladys ihren Blick und ihre Konzentration merklich an mir vorbeischieben, weiß ich sofort, wer da hinter meinem Rücken im Anmarsch ist.

„Hey Michi, sorry, war echt viel los. He cool, das Bier ist schon am Tisch! Jawohl. Du bist echt der Beste!", reißt mich die Stimme von Florian aus meinen Tagträumen. Wir umarmen uns kurz und fest. Eine Umarmung wie es so üblich ist unter Freunden. Nach einem tiefen Schluck von seinem kalten Bier kommt Florian auch sofort zur Sache.

„Michi, du ich sage dir, da stimmt etwas nicht. Da ist was faul in Entenhausen. Ich habe das im Urin. Ich sage dir das wegen dem Jucken in meiner Reporternase, die zwei Morde gehören zusammen. Sag bitte noch nichts. Zumindest möchte ich es nicht ausschließen, mein Freund. Wir haben über die letzten Jahre eine so niedrige Mordrate in Graz gehabt und die wenigen Morde, waren meist Familientragödien. OK, die Katastrophe vor ein paar Jahren mit dem Amokfahrer in der Herrengasse war leider eine traurige Ausnahme. Aber das mit den beiden jetzt ist seltsam, fast spooky. Ich kann dir nicht sagen warum. Als würde sich da etwas Größeres ankündigen."

Er schnauft kurz auf, zieht an seiner Zigarette und nimmt noch einen Schluck vom Bier.

„Was meinst du, Michi?"

Ich schaue ihn an und schüttle nachdenklich meinen Kopf. Auch ich nehme einen Schluck vom Bier und lass es mir genüsslich die Kehle runterlaufen. Mir fällt auf, dass ich wieder zu schnell rauche. Wenn ich mit Florian zusammen bin, steigert sich mein Nikotinkonsum sofort locker um das Doppelte.

„Ich kann dazu nichts sagen, Flo. Ich schließe es nicht aus, aber ehrlich, wir haben nichts. Alles nur ein Schuss ins Blaue von dir. Nur Vermutungen. Alle Spuren und Hinweise verlaufen im Sand."

Ich greife in meine Tasche und suche mir ein Taschentuch, um mir meine Nase zu putzen. Die Sonne täuscht uns in diesen ersten Frühlingstagen Wärme vor. Doch so ist es nicht. Es ist noch nicht wirklich warm genug. Hier in der Altstadt, wo es gerade wieder schattig wird, beginnt es mich zu frösteln. Es ist doch noch zu kalt, um draußen zu stehen. Meine Nase zeigt es mir mit Protest deutlich an, indem sie läuft.

Was macht man nicht alles für seine Sucht!

„Hör zu, Michi. Ich habe auch meine Quellen. Ich weiß Folgendes: Die beiden sind oder sagen wir waren Einzelgänger. Zufall? Nein. Die rennen beide die halbe Woche ins Fitnessstudio. Woher ich das weiß? Die Susi bei mir in der Redaktion kennt die beiden vom Sehen, meint sie. Die waren extra fesch, beide. Meint Susi. Das ist doch auch kein Zufall. Ich sehe da mehr. Ehrlich. Das ist eine Story, die mich oder besser uns, wieder nach oben bringen kann, mit unserer Zeitung."

Er winkt zur Kellnerin, um noch zwei Bier für uns zu bestellen. Ich muss aber leider ablehnen und bestelle mir stattdessen einen doppelten Espresso. Hier ist ja einer der glückseligen Orte in Graz, wo man einen sehr guten „Illy Café" bekommt. Den besten aber gibt es in der „Cafeteria" im Steirerhof beim Max.

„Komm Florian, beruhig dich. Das mit dem Fitnessstudio ist mir aber neu. Danke für den Tipp. Dem gehen wir sofort nach. Ich schicke Karin gleich eine SMS. Die soll das abklären. Vielleicht ist das ja endlich eine Spur. Und ja, OK. Ich gebe es ja zu. Mir kommt es auch komisch vor. Aber auf was sich das begründet weiß ich selbst noch nicht. Wir haben ehrlich nichts. Keine Spuren. Du schreibst das nicht und versuchst dich zurückzuhalten, aber eines kann ich dir sagen: Der Tote von gestern ist an Herzversagen gestorben. Zwar im Rahmen des Tathergangs, aber zur sicheren Überraschung von allen Beteiligten."

Ich zuckere mir meinen Espresso heute ausnahmsweise mit einem halben Zucker – sonst trinke ich ihn nur schwarz – und schlürfe ihn in einem Schluck aus.

Ich hätte doch ein paar Brötchen essen sollen.

Flo isst praktisch nie etwas. Ein totaler Asket. Dafür ist er mit dem zweiten Bier fast fertig, als er plötzlich sagt:

„Sag mal Michi, die Fluffige da drüben mit den blonden Haaren, ist das nicht die Dings von früher? Die …, mein Gott wie heißt sie noch schnell? Wolltest du nicht einmal mit ihr schmusen? Ja, sicher ist sie das. Haha." Er grinst mich von einem Ohr zum anderen richtig blöd an. *So ein Depp.*

Leicht kopfschüttelnd und lachend lasse ich ihn stehen und mache mich winkend auf den Weg zurück ins Büro. Ich hätte fast die Zeit übersehen. Wir müssen dem nachgehen, welche Überschneidungen im Leben es bei Kevin und Eliza gibt. *Gib Gas, Michael.*

46.

Donnerstag, zur selben Zeit im Bezirk Geidorf

Martin Körner fühlt sich entspannt. Er genießt heute seinen freien Tag. Körner hat blondes, kurzes Haar, er trägt keinen Bart. Er liebt es, sich jeden Tag in der Früh nass zu rasieren und sein Gesicht mit einer glänzenden Feuchtigkeitscreme einzucremen. Martin ist gerade mal siebenundzwanzig Jahre alt, 178 cm groß, mehr dünn als schlank. Er arbeitet als Volksschullehrer an der Volksschule der Ursulinen in Graz. Das ist eine sogenannte katholische Schule, die sich aus dem Orden der Schwestern der Ursulinen in den frühen Jahren des letzten Jahrhunderts hier in Graz entwickelt hat. Seit 1899 von der Sackstraße in die Leonhardstraße umgezogen, im Jahr 1930 erweitert zum Mädchengymnasium und seit 2008 auch für Buben geöffnet.

Ob sie auch so offen ist, sein Leben außerhalb der Schulmauern zu akzeptieren, da ist er sich nicht so sicher. Aber es ist ihm nicht wichtig. Er wird ja nicht der einzige schwule Lehrer an einer Volksschule in Graz sein. *Es ist ja nicht wie beim Fußball.* Hier an der Schule der Ursulinen ist er es aber sicher. Martin Körner liebt es einfach, Kindern die Welt zu erklären. Er liebt es, zu lehren. Liebt es, mit seinen Kindern Musik zu machen, sie zu kleinen musikalischen Menschen zu erziehen.

Sie zu begleiten und sie damit auch zu formen. Er liebt es aber auch, in seiner Freizeit Musik zu machen. Singen, dass sich die Balken biegen, dass es nur so kracht. Sein größter Traum ist es, bei einer der unzähligen Casting-Shows einmal ins Fernsehen zu kommen. Ob Österreich oder Deutschland ist ihm einerlei. Hauptsache Fernsehen. Die große Bühne. Das wäre es. Ein Traum. Sein Traum.

Seine karge Freizeit besteht also hauptsächlich daraus, sich quer durchs Beet bei allen möglichen Formaten zu bewerben. Schriftlich, Online oder mit Videos. Er versucht so ziemlich alles. Leider bis jetzt noch erfolglos. Die restliche Zeit, die ihm bleibt, nutzt er, um zu üben.

Seine Gesangslehrerin Frau Hütter ist ebenfalls davon überzeugt, dass er es schaffen könnte. Sein Ex-Freund Marcel war ja bis vor Kurzem noch sein allergrößter Fan. Bis er dann diese verdammte Drag-Queen Lara van Zopf kennen und lieben gelernt hat. So ein komischer Typ, der im Alltag als Jurist in der Grazer Innenstadt arbeitet, um sich dann am Wochenende in den verschiedensten Lokalen als Fräulein van Zopf unter das staunende Publikum zu mischen.

Pech. Weg war er. Drag-Queen schlägt kommenden Superstar Sänger.

„Er soll ruhig verrecken die Schwuchtel", denkt er und hört sich zum x-ten Mal seine Kummer Stunden-Playliste auf Amazon-Musik an. Viel trauriger geht's fast nicht mehr. Lauter deutsche Lieder über das Leid in der Liebe und auch dem Leid danach. Sein absoluter Favorit und deshalb immer auf „Wiederholung" ist ein Song von Silbermond.

„Das Leichteste der Welt" ein Lied, in dem es darum geht, wie glücklich dein Ex jetzt ist und du aber immer noch nicht schlafen kannst. *Bingo*. Das könnte glatt von ihm sein.

Aber heute hat er Lust auf ein anderes Lieblingslied, er nimmt sein Handy in die Hand und wechselt die Playliste. Heute ist der richtige Tag für „*Sit on top*" von Thomas David. Sein großes Vorbild und auch ein wenig sein Idol. Der hat 2013 die große Chance im ORF gewonnen und seine Leistung wird von Jahr zu Jahr besser.

Er öffnet die doppelflügelige Terrassentür, um frische Luft in seine Wohnung strömen zu lassen. Was hat er nur für ein Glück mit dieser Wohnung. Ein wahrer Glücksfall. Er hat sie im Internet ergattert. Privat, ohne Provision. Seine nette Vermieterin wohnt direkt gegenüber, ebenfalls im Erdgeschoss und hat eine mehr als doppelt so große Wohnung. So eine Wohnung zu bekommen, noch dazu um diesen Preis, in dieser tollen

Gegend: *Wahnsinn*. Fast wie ein Jackpot. Wohn und Schlafzimmer, eine kleine Küche mit einem kleinen Tisch zum Essen. Bad mit Dusche, WC und Abstellraum. Die Terrasse mit dem Blick auf den herrlichen, jetzt schon ein wenig grünen aber noch leicht verwilderten Garten, ist für ihn perfekt. Da seine Vermieterin anscheinend auf wildes Grün steht, schützt die kleine Wildnis auch vor dem Lärm des Verkehrs der Straße. Er holt tief Luft. *Herrlich.*

Da er tagsüber meist allein zu Hause ist, seine Vermieterin muss trotz der schicken Villa anscheinend doch noch mit Arbeit Geld verdienen, dreht er die Musik mit der Fernbedienung, die er in seiner rechten Hand hält, gleich einmal doppelt so laut auf. Die anderen Nachbarn sind ihm piepegal, die sind zu weit weg um die Musik zu hören. Die beiden Prinzen, die im ersten Stock des Hauses die gut zweihundert Quadratmeter große Etage für ihr Büro gemietet haben, sind meist nicht da und wenn doch, nehmen sie von ihrer Umwelt keine Notiz.

Selbstgefällige Arschlöcher.

„Arrogant ist sicher das bessere Wort für diese gelackten Gockel", denkt Martin, als er barfuß in der noch kalten, aber schon ein wenig grün gefärbten Wiese spazieren geht.

„Geldanlageberater 2.0, Müller und Schmidt." Das Schild thront wuchtig an der Einfahrt der Villa. Natürlich hat jeder der beiden einen Porsche. Beide sind Rot. Das sagt alles.

Martin traut den Herren nicht. Er hat sich einen Prospekt geholt und allein das sie ihren Anlegern fast 5 Prozent versprechen, macht ihn schon misstrauisch. Von Weiten sieht er den beiden an, dass sie definitiv Gauner sind. Allein die furchtbaren geschleckten Frisuren der beiden. Mit Haargel zurück frisiert wie Andy Garcia und Al Pacino in: „Der Pate 1 - 3".

Graz bietet anscheinend immer schon einen fruchtbaren Boden für die wie aus den Nichts auftauchenden Geldberater, die die Kohle von ebenfalls gierigen und leider zu naiven steirischen Anlegern, schneller verbrennen als sie dafür brauchen, um das Wort Verbrennen überhaupt auszusprechen.

Es ist zu kalt, um barfuß weiter in der Wiese zu spazieren. Darum geht er wieder in die Wohnung, um sich zu wärmen und um ein Glas Wasser zu holen. Beim Hineingehen dreht er die Musik mit der Fernbedienung, die er immer noch in seiner Hand hält, ein wenig leiser.

Es ist doch ein wenig zu laut.

Er nimmt einen tiefen Schluck vom frischen Leitungswasser im rosa Ikea-Glas. Er schließt kurz seine Augen, um das kalte Wasser zu genießen. Plötzlich schreckt er auf. *Was war das?*

Er glaubt ein Quietschen vom Wohnzimmerboden gehört zu haben. Das Sternparkett in der Wohnung ist, so schön er auch sein mag, doch unheimlich laut. Er geht in das Wohnzimmer und sieht sich um. *Nichts. Komisch.*

Er geht zu den beiden Terrassentüren, um sie zu schließen und schreckt noch einmal leicht auf, als der Boden bei ihm beim Gehen ebenfalls quietscht. *Seltsam.*

Er blickt durch das Glas der geschlossenen Tür in den Garten, um seine Katze zu suchen. Es war sicher die Katze.

Beethoven, du Schlingel.

Aber bevor er diesen Gedanken fertig denkt, nimmt er im Spiegelbild (einer der beiden Türen) seinen, aber auch einen weiteren Umriss wahr.

„Wer …", will er noch sagen. Er bricht seinen Satz jedoch beim Umdrehen ab und blickt einer schwarz gekleideten Gestalt ins Gesicht.

„Sie?", aber es ist schon zu spät. Sein Blick fällt auf seinen Bauch und er wundert sich, warum es denn plötzlich so warm im Körper ist. Bis die Hand mit dem schwarzen Handschuh, die das Messer hält, schnell zum zweiten und dritten Mal in seinen Bauch sticht. Nach dem dritten Mal kippt er nach vorne. Er wird vom Mann in Schwarz aufgefangen und noch im Fallen, blitzschnell auf den Rücken gedreht.

Als die Hand mit dem Handschuh seinen Hals durchschneidet und das leuchtende Blut wie frischer Rotwein aus einer Karaffe sprudelt, da ist Martin Körner schon bewusstlos. Er wird es auch nicht mehr registrieren, dass der Tod in wenigen Sekunden alle seine Pläne für die Zukunft für immer durchkreuzt hat.

47.

Es war leichter als gedacht. Grundsätzlich wollte er ganz normal an der Wohnungstür läuten und hatte sich eine wunderbare Geschichte für Martin Körner ausgedacht. Aber als ihm auffiel, dass die Terrassentür offenstand, nutzte er die Gelegenheit und schlich rasch und unbemerkt in das Wohnzimmer. Das Quietschen des Bodens hätte ihn fast verraten. Schnell war er ins Schlafzimmer links daneben geschlüpft.

Er liebt diese Momente. Den Kitzel, den er dadurch verspürt. Was für eine angenehme Überraschung. So hatte er genug Zeit, um das Messer in die rechte Hand zu nehmen und konnte dann, ohne die geringste Gegenwehr des sichtlich überraschten Martin Körner, Stufe eins vom heutigen Plan in die Tat umsetzen.

Gut gemacht.

Jetzt steht er über die Leiche gebeugt und überlegt sich seine weitere Vorgehensweise. Er hat eine gute Idee. Er zieht zuerst den dunklen Vorhang der Terrassentür zu. Dann rollt er den Kerl – mitsamt seinem Perserteppich – wie einen Wrap zusammen und zieht den Teppich mit dem toten Martin Körner in das Schlafzimmer. Er lässt ihn zwischen Bett und Wand liegen.

Ein gutes Versteck. Wie ein neuer Bettvorleger.

Er lächelt. Niemand kann etwas von außen sehen, auch nicht im Fall, dass jemand versuchen sollte, beim Fenster hereinzublicken. „Aber warum sollte man das machen?", fragt er sich.

Sicher ist sicher.

Die Wohnung ist schwer einzusehen von der Straße aus. Also geht er in das kleine Bad, wäscht sich das Blut von den Handschuhen, zieht diese aus und reinigt sich in aller Ruhe seine Hände. Er trocknet sich ab und zieht die dünnen Plastikhandschuhe wieder an. Das Handy hebt er vom Boden im Wohnzimmer auf, säubert es und steckt es auch in seine Tasche.

Anschließend reinigt er den Boden und den Rest so gründlich wie möglich. Er geht in den hellen, zitronengelben Vorraum und sucht die Schale mit dem Wohnungsschlüssel.

„Wie wunderbar, wenn die Opfer auch noch so ordentlich sind", denkt er sich. Er wirft einen Blick in den Spiegel im Vorhaus und betrachtet in aller Ruhe sein Spiegelbild.

Was hat ihn bei Martin verraten?

Er trägt heute die schwarze Perücke und einen kleinen schwarzen Schnurrbart. Die Retro-Brille von Porsche mit den gelben Gläsern macht es praktisch unmöglich ihn zu erkennen. Mit einer getönten Tagescreme hat er sich sogar das Gesicht gebräunt.

„Seltsam", denkt er. In Wahrheit hat mich Martin Körner nur zweimal gesehen. Körner hatte anscheinend ein gutes Personengedächtnis.

Gut, das hilft ihm auch nichts mehr.

Er geht in das Wohnzimmer und dreht die furchtbar dröhnende Musik, aus der Anlage ein wenig leiser, aber nicht ab. Er lässt ja selbst immer Musik laufen. Warum dann nicht auch heute? Heute kann er sogar damit leben, diese deutsche Heulerei zu ertragen.

Den Inhalt seines Rucksacks breitet er vor sich auf dem Küchentisch aus und geht im Kopf alles noch einmal Zug um Zug durch. Ein Kontrollblick auf seine Uhr zeigt, dass er noch genug Zeit hat. Ab jetzt heißt es warten. Er nimmt sich einen roten Holzsessel aus der Küche und stellt ihn jedoch so an das Fenster, dass er jedes Kommen und Gehen in die Villa gut sehen kann. Ihn aber kann man nur schwer sehen, fast gar nicht. *Perfekt.*

Er spaziert und kontrolliert noch mal in aller Ruhe durch alle Räume. *Alles sauber.*

Er hat noch viel Zeit. Darum macht er sich auf den Weg, die Wohnung doch noch einmal zu verlassen. Er horcht an der Tür und guckt durch den Türspion. Alles Ruhig und leer. So schleicht er in das Stiegenhaus und verlässt das Haus mit gemächlichen Schritten über den kleinen Vorhof und den leeren Parkplatz.

Ein Spaziergang in die Zinsendorfgasse, um in einem der vielen Studentenlokale noch eine Kleinigkeit zu essen. Wenn er Glück hat, ist sogar die *Pastaria* noch geöffnet. Er hat Hunger. Gefüllte Teigtaschen wären jetzt genau das richtige. Vorher nimmt er sein Handy aus dem Sakko und schreibt:

„Der Vogel sitzt im Käfig."

48.

Paulustor Graz, Donnerstag 17:05 Uhr

Ich stehe an meinem Lieblingsplatz im neuen Büro und blicke durch das große Fenster über den alten Holzzaun unter mir in den Stadtpark. Rechts sehe ich sogar auf den Schlossberg. Die Sonne geht gerade unter und genau diese Lichtstimmung ist es, die mir so besonders gefällt. Ich beobachte das sich reflektierende Licht in den Baumkronen. Da fällt mir eine Parabel auf.

Ich sehe den Wald vor lauter Bäumen nicht.

Ich habe gerade den Bericht von der Spurensicherung gelesen. Genaugenommen sind es ja deren drei. Nummer 1: Elizas Wohnung – nichts. Nummer 2: Kevins Wohnung – nichts. Allerdings wissen wir jetzt, dass jemand beide Tatort mit Lauge und ähnlichem Zeugs gereinigt hat.

Super! Also doch ein Täter? Vielleicht. Das ist alles zu wenig.

Der dritte Bericht ist vom Auto, die Ergebnisse der Spurensicherung aus dem Auto von Kevin Muur, wie Fingerabdrücke, Haare und gefundenen Partikel sind ausschließlich von ihm. *What else.*

Das einzige Positive an den drei Berichten von der Abteilung der Spurensicherung ist, dass ich zwischen den

Zeilen herauszulesen vermag, dass den Kollegen – *ja genau, die sieben Zwerge* – das auch nicht gefällt. Hilft mir aber leider auch nicht weiter.

Wir kommen nicht vom Fleck. Hinter mir am großen Besprechungstisch sind Karin und der eben erst eingetroffene Horst, wieder damit beschäftigt, die bestehenden Unterlagen zu durchforsten. Sie suchen und wälzen gemeinsam alles durch, um vielleicht doch einen Hinweis zu finden. Ich kann mich nicht an einen Fall erinnern, der mir so wenig in die Hände gespielt hat wie dieser. Klassische Polizeiarbeit ist die Basis für alles, aber wenn du keine Anhaltspunkte hast, dann geht so oder so nichts weiter. Christian kämpft sich durch seinen digitalen Dschungel, bisher leider auch erfolglos. Die Informationen von Florian waren ein Schuss ins Blaue, ich habe Karin sofort darauf angesetzt. Sie war allerdings total entgeistert, mit entsetztem Blick hat sie mich angesehen, als ich ihr von der Sache mit dem Fitnessstudio erzählt habe.

„Oh mein Gott! Michael, ich bin auch Mitglied dort. Mir sind die beiden aber nie aufgefallen. Ich schwöre es. Dort sind zwar echt viele Kunden, aber nein, die beiden sagen mir nichts. Ich war ja sogar Dienstagmorgen dort trainieren. Wie auch sonst immer ziemlich früh."

Da ist sie wieder, ihre Schüchternheit, ihr verlegener Versuch mit ihren Augen meinem Blick auszuweichen, ihr Blick ist auf ihre Schuhspitzen gesenkt. Heute sind es graugrüne Adidas Sneakers.

Ich mag ihre Verlegenheit und ihre Schuhe.

„Karin, hören Sie mir genau zu. Ganz locker bleiben. Wir machen hier jetzt weiter. OK? Dann schlage ich vor, dass wir beide heute noch gemeinsam ins Studio fahren. Schauen wir mal, was wir dort alles herausfinden können."

Mein Blick wandert zu Horst und an ihn gerichtet sage ich:

„Horst, können Sie bitte versuchen noch jemanden von der Staatsanwaltschaft zu erwischen? Wir bräuchten einen Durchsuchungsbeschluss für das Fitnessstudio. Nur zur Sicherheit. Sollten sich die Herrschaften vom Fitnesscenter, zwecks Datenschutz vielleicht querlegen. Vielen Dank."

Horst wetzt gerade bei der Tür hinaus, als Christian laut ruft:

„Ja, habe ich dich endlich du verflixtes Ding. Na, wer ist da der Chef? Wer ist es? Ich bin es!"

Er blickt uns beide stolz an und das Grinsen ist gar nicht mehr aus seinem Gesicht zu bekommen. *So sehen Sieger aus*, denke ich mir und frage ihn neugierig:

„Was haben Sie gefunden, Christian? Lassen Sie uns doch auch an ihrer Freude teilhaben."

Er ist allerdings wieder damit beschäftigt, auf seiner Tastatur ein Stakkato der Extraklasse zu entfachen. Ich befürchte, dass er sich gleich wieder in die geheime Welt der Zahlencodes zurückzieht. Letzte Chance für uns.

„Hallo Christian, was gibt es Neues? Erde an Raumschiff, bitte melden!", versuche ich es noch einmal.

„Tja, Boss, Entschuldigung, ich habe etwas gefunden. Sie werden Augen machen. Es ist jetzt zwar nicht die klassische Spur, aber es ist und könnte ein kleiner Durchbruch sein. Vielleicht. Mann, das war jetzt echt cool von mir, oder?", Christian kratzt sich gedankenverloren am Bart und blickt wie gebannt auf den Haufen technischer Geräte, die vor ihm auf dem Schreibtisch liegen. „Wahnsinn, oder?"

Ich werde langsam ungeduldig und fahre ihn etwas ernster und bestimmter, als ich es normalerweise mache an:

„Wenn Sie so nett wären Karin und mich an ihren Entdeckungen teilhaben zu lassen, wäre das hilfreich von Ihnen Christian."

Ich bin mir ja nicht sicher, ob er den Zynismus in meiner Stimme oder Tonlage auch richtig zu deuten vermag, denn anscheinend bleibt Nerd eben einfach Nerd.

Heute war wieder einmal der beste Beweis dafür. „Christian, was ist jetzt? Kommen Sie! Hallo?"

Er schüttelt sich kurz und stammelt:

„Ja, sicher, noch mal Entschuldigung Boss. Also passen Sie auf. Ich konnte mit einem relativ neuen Programm auf die Sicherungsdateien von Kevin Muur zugreifen, er hatte jedoch, wie von mir befürchtet sein iPad wirklich nur, um vor dem Fernseher zu surfen und zu spielen."

Meine Vorfreude beginnt sich gerade wieder einmal zu verabschieden. Christian und ich haben wohl nicht den gleichen Zugang zum Wort „Entdeckung", bemerke ich gerade.

„Moment noch Boss, nur Geduld. Ich konnte aber seinen Kalender öffnen, und zwar seinen privaten, der mit seinem privaten Handy gekoppelt ist. Das leider immer noch verschwunden ist. Schaut mal Leute, ich werfe den Screenshot von seinem Kalender mal kurz über den Beamer auf die Leinwand."

Im selben Moment kommt Horst mit dem Durchsuchungsbefehl wedelnd wieder bei der Tür herein und strahlt uns an. Aber nur um in unseren Gesichtern das große Staunen zu bemerken. Karin macht große Augen. Christian strahlt wie eine Grinse-Katze. Horst blickt zur Leinwand und schaut ebenfalls überrascht. Ich bin ziemlich paff. *Schau dir das an!*

Ich lese auf der Leinwand, auf einem Kalenderblatt von Kevin Muur:

„18. Jänner: 10:00 Uhr Termin bei Anna Mühlbacher. Wichtig!"

Da ist es wieder, das BUMM.

Es ist in diesem Fall, aber ein echt lautes BUMM. Da bin ich aber gespannt, was Anna Mühlbacher, dem *„lieben Michi"* darüber wohl zu erzählen mag. Wir haben endlich einen weiteren Ansatz, den Hauch einer Spur. Ich spüre es. Sind wir wieder im Spiel?

Und du Anna Mühlbacher, was verdammt noch einmal hast du mit der ganzen Sache zu tun?

49.

„Anna Mühlbacher, guten Tag, Sie rufen leider außerhalb meiner Ordinationszeiten an ..."

Ich lege auf. *Bitte, ich werde echt zwieder.* Ich erreiche sie nicht. Ich befinde mich mit Karin in ihrem BMW und wir fahren in Richtung Oper. Unser Weg führt uns ins Fitnessstudio. Ich bin mir gar nicht sicher, ob wir zu Fuß nicht schneller gewesen wären.

Sicher sogar.

Ich habe in der Zwischenzeit mehrmals versucht, Anna auf ihrem Handy zu erreichen. Leider ohne Erfolg. Ich bin genervt. Im Radio spielen sie gerade: Mike Rutherford und seine Mechanics mit dem Song "The Living Years".

„*Say it loud, say it clear ... it's too late when we die*", als der Kinderchor einsetzt, schließe ich kurz meine Augen und denke an meine verstorbene Anna. Wie wunderbar sie doch war. Obwohl so viel Zeit vergangen ist, vermisse ich sie. Leider verliert mein Gehirn langsam das Bild von ihr. Sosehr ich mich auch bemühe, es verschwimmt immer mehr in meinem Kopf. Sie wird immer einen besonderen Platz in meinem Herz haben.

Wie lustig und schön du doch warst, Anna!

Meine Gedanken springen wieder zu Anna Mühlbacher. Ist das wirklich alles nur ein Zufall? Bis vor zwei Tagen kannte ich sie nicht und wir waren uns auch noch nie begegnet. Ich bin verunsichert. Anna Mühlbacher ist unglaublich einnehmend zum einen und leider auch wahnsinnig attraktiv zum anderen. Ich bin beeindruckt. Eine schöne Frau. Die plötzlich in mein Leben gepoltert ist und das mit Trompeten und Fanfaren. *Genau. Wahnsinn.* Sie ist zum einen unsere Beraterin beim Fall Eliza, zum anderen die Freundin von Laura und zu guter Letzt ist sie plötzlich eine Zeugin bei Kevin Muur. Wird sie einen brauchbaren Hinweis für uns haben? Ein gordischer Knoten erscheint vor meinem geistigen Auge.

„Sie wird jedenfalls schöne Augen machen", denke ich, vielleicht wird sie uns sogar weiterhelfen können. Nur vielleicht? Nein, sicher! Ich muss zugeben, ich bin etwas verwirrt.

Ich öffne langsam wieder meine Augen und plötzlich fühle ich mich wie in Amerika. In New York. Das Gerüst der Freiheitsstatue steht vor mir auf der Wiese. Hartmut Skerbisch, ein bekannter Künstler, hat dieses im Rahmen des steirischen Herbstes in den 90ern, vor der Grazer Oper als Kunstwerk installiert. Wir Grazer sagen Lichtschwert dazu. Fünfhundert Jahre Kolumbus waren es damals. Kolumbus kam nach Amerika, um zu bleiben. Unser Lichtschwert auch. Es kam, um zu bleiben. Ging nie mehr weg. *Wer es mag.*

Wir fahren langsam bei der Statue an der Oper vorbei und Karin parkt ihr Auto auf einen der freien Parkplätze unter den Bäumen, bei den schrägen Parkplätzen am Joaneummring.

„Pass bloß auf die Krähen auf!", bitte ich Karin, denn ich hatte hier nur ein paar Meter weiter schon einmal das Vergnügen, beim parkenden Porsche einen Schock zu bekommen. Ich war damals auf einen kurzen Sprung in die Stadt um Florian zu treffen. Aus dem Sprung wurden zu viele Gläser und ich musste das Auto über Nacht stehen lassen, nur um am nächsten Morgen feststellen zu dürfen, dass die Vögel mein Auto voll gekackt haben. Und zwar richtig. Also Achtung. Ein Auto im Dalmatiner-Look, uncool und lästig.

Karin legt ihr Schild *„Polizei im Dienst"* – ja das gibt es wirklich noch – ins Auto und wir gehen zusammen zum Eingang des Fitnessstudios. Es ist knapp vor 20:00 Uhr. Ich bin gespannt, ob noch viel los ist um diese Uhrzeit.

Im Stiegenhaus hören wir schon die Musik. Der Bass bläst uns weg. „We Own it" von 2 Chainz und Wiz Khalifa. Wir gehen zielstrebig ins Studio direkt zum Empfang. Dort lümmeln zwei aufgeblasene *„Hanswurst"*, wippend zur Musik, beim Empfang und versperren uns demonstrativ den Weg. Gleich hoch wie breit sind die beiden und flirten offensichtlich mit den beiden hübschen Mädchen hinter der Theke. OK, ich gebe es zu, ich habe gewisse Vorurteile gegen die ganzen fanatischen Gewichte-Stemmer. Vielleicht bin ich auch einfach nur neidisch. Nein, nicht auf die Figur, meine ist für mein Alter immer noch sehr gut, ich bin sogar ziemlich fit. Nein, ich bin nur neidisch, dass es so viele Menschen gibt, die ihre Zeit anscheinend alle besser einteilen können, als ich es kann.

„Karin Gruber. Grüß Gott. Kann ich bitte jemanden von der Geschäftsführung sprechen, meine Damen?"

Der rechte Hanswurst, dreht sich halb zu Karin um und schnauzt sie an: „Wir kaufen hier nichts, Mäuschen und tschüss."

Er grinst die zweite Wurst neben ihm stolz an, um für den Spruch des Tages seine Anerkennung zu bekommen. Treffer. Beide lachen laut los.

Ich will gerade etwas sagen, als Karin sich vor ihm hinstellt, die gefühlten siebzig Zentimeter bis zu seinem Kopf hinaufblickt, der mir aber just in diesem Moment wesentlich kleiner vorkommt als noch gerade eben und bestimmt sagt:

„Ihr beiden Extrawürstchen macht am besten einen schnellen Abgang und das rasch und lautlos. Denn sonst sehe ich mich gezwungen, euch beide wegen Störung einer Amtshandlung und Behinderung eines Polizeieinsatzes ruckzuck in Verwahrung zu nehmen. Bei der Gelegenheit suchen wir dann gleich noch in euren Taschen und Spinden, ob wir nicht etwas Verbotenes finden könnten. Den schlechtesten Witz des Tages haben wir ja gerade schon gefunden! Noch Fragen?"

Unauffällig hat sie ihre Dienstmarke gezogen und mit der anderen Hand ihre dunkelgrüne Lederjacke so auf die Seite geschoben, dass jeder den Halfter mit ihrer Dienstpistole, einer glänzenden Glock, gut sehen kann.

Ich werde hier definitiv nicht gebraucht.

Ich gestatte mir aber, mich an dem Schauspiel zu ergötzen, genieße die kurze Abwechslung des öden Polizeialltages und lache lautlos in mich hinein.

Beide Würstchen treten ohne Widerspruch den Rückzug an, nur der kleinere der beiden sagt noch schnell zu einem der Mädchen:

„Wir sehen uns dann später beim Zumba, Jacqueline."

„*Tschau mit Au*", denke ich und wende mich meinerseits an die Rechte der beiden attraktiven Ladys zu, folglich muss es Jacqueline sein und lächle sie höflich an. Sie hat ihre dunklen Haare mit hell gebleichten Spitzen zu einem Knoten am höchsten Punkt des Kopfes zusammengebunden. Sie trägt schwarze Leggings, die leicht metallisch schimmern und ein gelbes Top mit dem Logo vom Studio. Ihre siamesische Schwester mit dem gleichen Knoten am Kopf, aber blonden Haaren, ist einen Schritt zurückgetreten und zeigt uns damit ganz klar, dass anscheinend Jacqueline hier das Sagen hat.

Erst jetzt erkenne ich auf ihrer Brust das schwarze Namensschild und dort den Namen Jacqueline und Studioleitung eingraviert.

OK, ich gebe es zu. Mich hat ihr Doppel-D-Busen kurz in den Bann gezogen und etwas abgelenkt. Ich bevorzuge zwar kleinere Brüste beim weiblichen Geschlecht, was aber nicht bedeutet, immun gegen ein optisch auffälliges Dekolleté zu sein. Uns Männern ist es von Natur aus bestimmt, beim Begutachten solcher außergewöhnlichen Exemplare, anscheinend kurz luftleeren Raum im Gehirn zu bekommen.

Karin grinst mich von links nach rechts über beide Ohren an. Zum einen, weil sie stolz auf sich ist, wie sie mit der Situation verfahren ist und zum anderen, weil sie es überzuckert hat, wie ich auf den Busen von Studioleiterin Jacqueline starre.

Ein paar Minuten später sitzen wir im hinteren Abteil des Lounge-Bereichs, auf einem modernen sowie sehr bequemen gelben Sofa und halten beide einen „Gurken-Bananen-Smoothie XL" in unseren Händen. Ein Glas Wasser steht auch noch vor uns am Tisch.

Ich lasse Karin einmal mit der Befragung beginnen. Sie rückt auf dem Sofa zum vorderen Rand und stellt den Smoothie vor sich auf den Tisch. Sie räuspert sich kurz und schaut Jacqueline für einen Augenblick stumm an.

„Mein Name ist Karin Gruber, rechts neben mir ist Michael Löchtenberger, mein Vorgesetzter. Wir sind von der SOKO Mord in Graz. Schauen Sie Jacqueline, ich darf Sie doch Jacqueline nennen, oder?", beginnt sie schließlich die Befragung. Stummes Nicken.

„Ich kenne Sie leider nicht persönlich und Sie mich anscheinend auch nicht, ich bin auch ein Mitglied bei Ihnen im Studio. Ich trainiere aber immer früh morgens und bin darum um 07:00 Uhr meistens auch schon wieder weg von hier. Wir ermitteln aktuell in einem Mordfall, in dem möglicherweise eines oder auch mehrere Ihrer Mitglieder verwickelt sein könnten. Wir brauchen also eine Auskunft von Ihnen und eventuelle auch Dateneinsicht. Ich möchte bitte so rasch es geht, mit der zuständigen Person, hier im Studio sprechen. Was gleichzeitig auch bedeutet, die betreffende Person, müsste sofort zu uns herkommen. Sehen Sie eine Möglichkeit, uns zu helfen Jacqueline?", sagt Karin und lächelt freundlich über das ganze Gesicht. Ebenfalls mit einem Lächeln im Gesicht antwortet Jacqueline:

„Ja, natürlich Frau Gruber, selbstverständlich verstehe ich Sie gut. Ich bin hier im Studio zum einen als Trainerin beschäftigt, studiere aber zum anderen im achten Semester Jus, bin also fast fertig mit meinem Studium. Also von meiner Seite aus sehe ich keine Schwierigkeiten, wir helfen Ihnen sehr gerne. Das Problem ist nur, dass beide Besitzer in Wien leben und sich meines Wissens zurzeit im Ausland auf einer Messe befinden. Der Geschäftsführer des Grazer Studios, Walter Knoblauch, ist zurzeit in Linz, denn dort wird am kommenden Freitag, ein neues Studio von uns eröffnet. Geben Sie mir bitte zehn Minuten. Ich versuche einen der drei Herren telefonisch zu erreichen und damit Ihr Problem zu lösen."

Jetzt lächle ich. Ziemlich kompetent, dass Fräulein Jacqueline und wieder einmal der Beweis, dass man keine Vorurteile haben sollte. Erstens kommt es anders, zweitens als man denkt. Keine zehn Minuten später und nach ein paar klaren und klärenden Worten von Karin per Telefon mit einem der beiden Eigentümer, ist alles erledigt.

Wir können alles einsehen, kopieren, mitnehmen. Sehr kooperativ. Pfeif auf Datenschutz, fang den Mörder. Wir sollten es nur diskret und ohne großes Aufheben machen. Das versprechen wir gerne.

Allerdings sind die 2.500 Mitglieder in der Kartei ein Schock für uns beide. OK, Memo an mich selbst: Einen Teil von meinem Geld in die Beteiligung bei einem Fitnessstudio stecken. Jacqueline beweist sich nicht nur rhetorisch als überzeugend, sie kennt sich mit auch dem Computerprogramm vom Studio gut aus. Hier läuft eben alles digital. Wer, wann, wie oft, wie lange oder auch wer nicht kommt und geht. Wer wie oft duscht, wer wie oft einen Drink nimmt. Danke Technik und verflucht seist du zugleich. Gläserner Mensch zum einen und wieder die Nadel im Heuhaufen zu suchen, zum anderen. Ich muss schnell mit Christian telefonieren und ihm sagen, dass er herkommen muss, um uns mit den Daten zu helfen, sie vielleicht zu überspielen und diese auch zu sichern.

Aber ich mache die Erfahrung, dass dies auch anders gehen kann. Keine zehn Minuten später sitzt Jacqueline am iMac in ihrem Büro und Christian lacht per „*Face Time*" aus dem kleinen Fenster rechts oben am Bildschirm vom 27-Zoll-Monitor zurück. Das läuft prima, da mache ich mir keine Sorgen. Obwohl, einzig und allein sein starrer Blick auf ihre Doppel-D-Körbchen macht mir doch ein wenig Sorgen. Schön zu wissen, dass ich nicht allein bin auf dieser Welt. Wir Jäger und Sammler. Im unbarmherzigen Dschungel. Männer mit ihren Problemen und Sorgen unter sich in ihrer ganz eigenen Welt.

50.

Wir lassen Christian sozusagen digital im Fitnessstudio zurück und spazieren wieder zum Auto. Ich versuche noch einmal Anna Mühlbacher zu erreichen und lande leider wieder nur auf der Mailbox. Karin sieht mich an und fragt:

„Wie schaut es aus? Haben wir noch was zu erledigen? Wenn nicht, hätte ich eine Idee. Ich habe richtig Hunger, Michael! Sie auch? Hätten Sie Lust, gehen wir schnell gemeinsam essen?"

Ich bin mir nicht sicher, höre aber auf meinen Magen, der mir mit leichtem Knurren mitteilt, dass er leer ist:

„Gute Idee. Haben Sie einen Vorschlag wohin wir gehen könnten? Worauf haben Sie denn Lust? Es sollte aber trotzdem etwas in der Nähe sein." Ich bleibe kurz stehen und schaue sie an. Sie blickt auf ihre rosegoldene Armbanduhr von *Cluse* und meint dann:

„Ich kenne in der Nähe eine gute Ramen-Bar. Das „Ichi-go Ichi- e". Wir könnten gleich zu Fuß hingehen, Michael. Das Auto holen wir einfach später wieder. OK?"

Das ist ein guter Plan. Ich nicke stumm und gehe ihr nach.

Anstatt zum Auto zurückzugehen, biegen wir rechts ab und gehen an dem kleinen Park am Opernring vorbei. Karin zieht mich Richtung Jakominiplatz. Wir überqueren ihn zügig ohne mit einem der zahlreichen Busse oder der einfahrenden Straßenbahnen zu kollidieren. Plötzlich bleibt Karin wie angewurzelt stehen.

„Mein Gott Michael, ich habe ganz vergessen, dass die Ramen-Bar in der Keesgasse ist. Dort ist auch die Wohnung von Eliza Kadic. Wo bin ich nur mit meinem, Kopf? Bin ich blöd", sie schüttelt ihren Kopf. Ich lache sie mit meinem besten und breitesten Lächeln an und beruhige sie:

„Graz ist doch ein Dorf und keine Stadt. Kommen Sie, ich habe Hunger, gehen wir einfach trotzdem hin."

Sie nickt sichtlich beruhigt. Wir spazieren gemächlich die paar Meter in Richtung Keesgasse und beobachten die zahlreichen Menschen, die sich um diese Zeit noch am Jakominiplatz befinden. Gut, er ist der am meisten frequentierte Platz in Graz. Fast jeder Bus und jede Straßenbahn fährt hier einmal durch.

Kulinarisch ist hier vor Jahren der Kampf, „Burger-Läden gegen asiatische Schnellimbisse und Kebab" ausgebrochen. Einige Wettbüros füllen die verbleibenden Lücken auf. Geschäfte in Nähe der Haltestellen sind Mangelware und die wenigen davon führen nur billigen

Ramsch. Einzig und allein das „Toto-Lotto-Jakomini" behauptet sich hier seit über zwanzig Jahre.

Hier ist am Abend kein schöner Platz zum Verweilen, weder für Touristen und schon gar nicht für uns Grazer. Neben der bekannten Burger-Kette McDonalds gibt es mit dem Burger King und Burgerista als Nachbarn, einige Fastfood Konkurrenz. Wobei sich in der angrenzenden Klosterwiesgasse mit dem „Freigeist" seit geraumer Zeit die Nummer eins in Sachen Burger befindet. Also Burger satt hier am Jako.

Leider versammeln sich um diese Uhrzeit, zumeist jene Gruppierungen von Menschen, die mir in den nächsten Jahren wahrscheinlich beruflich noch über den Weg laufen werden.

Ich beobachte zwei junge Burschen, die sich wie spanische Kampfhähne im Kreis bewegen und versuchen, sich statt mit ihren Schnäbeln, sich mit den Füßen zu treten. Ihre Baseballschirmkappen sind beiden um mehr als eine Nummer zu klein. Sie haben sie so seltsam am höchsten Punkt des Kopfes platziert, dass es sogar den tolerantesten Menschen nicht gelingt, den Kopf nicht zu schütteln. Ich frage mich, ob die beiden einen Spiegel zu Hause haben. Mein kurdischer Freund Hazem erzählte mir einmal, dass die Syrer zu diesem Stil auch gerne „Coban", also das kurdische Wort für Schafhirten benutzen. Der mit Abstand dämlichste Modetrend der letzten Jahre. Der mit Abstand dämlichste Modetrend der letzten Jahre.

Passt perfekt. Ich gratuliere.

Meine Gedanken hängen immer noch bei den beiden Kampfhähnen nach, während wir zwischenzeitlich schweigend vor dem Eingang des Lokals eintreffen. Wir haben Glück. Wir bekommen im gut gefüllten Lokal einen Tisch rechts an der Wand. Ich entscheide mich für Ramen mit Fleischeinlage und doppelt Nudeln. Karin entscheidet sich für die vegetarische Variante. Wir bestellen beide Lychee Saft mit Wasser, gespritzt auf einen halben Liter.

Ich überlege noch schnell eine rauchen. Ich stehe auf, um vor die Tür zu gehen. Doch gerade noch rechtzeitig fällt mir ein, dass Karin ja Nichtraucherin ist. Gentleman, der ich natürlich bin, bleibe ich sitzen und trauere still und leise meiner Sucht nach. Ich schaue Karin an und mir wird bewusst, dass sie mich anscheinend schon die ganze Zeit genau mustert.

Es ist mir aber seltsamerweise alles andere als unangenehm. Wir blicken uns also beide stumm an und sind ganz in unsere Gedanken vertieft. Mir kommt in den Sinn, wie hübsch sie ist. Es ist mir in den letzten drei Tagen gar nicht so aufgefallen, aber heute mit ein wenig Abstand zur Arbeit, sehr wohl. Beim Blick in ihre dunklen braunen Augen, spüre ich plötzlich ein wohlbekanntes, aber schon fast vergessenes Gefühl in meinem Körper vom Bauch aufwärts, langsam und konsequent nach oben wandern.

Gleichzeitig frage ich mich, ob ich noch ganz normal bin. Bei Hunden sagt man, dass sie läufig sind. Ehrlicherweise schiebe ich das ganze Tohuwabohu mit meinen Hormonen auf die extreme Situation in der wir uns gerade befinden zurück. Karin lächelt mich mit ihrer leicht unschuldigen Art so lieb an, dass es dieses fast vergessene Gefühl noch etwas verstärkt.

Aufpassen, Michi!

Wir unterhalten uns ein wenig über die beiden Pflaumen im Fitnessstudio vorhin und lachen laut und herzlich. Karin erzählt mir mit Begeisterung von ihrer Liebe zum Fitness Training und von ihren zahlreichen Trainingseinheiten.

„Wissen Sie Michael, Sie werden vielleicht lachen über mich, aber einer meiner größten Träume ist es, die kleine vertikale Linie zwischen meinen Bauchmuskeln sehen zu können. Mehr sollte bei einer Frau ja nicht sein. Oder was meinen Sie, Michael?"

Ich denke kurz darüber nach, ob es sich hier wohl um eine weibliche Fangfrage oder eine andersgeartete Falle handeln könnte und komme zum Schluss, dass es eine

Falle ist. Ich werde von der Kellnerin erlöst, die unsere beiden Schüsseln Ramen, mit den dampfenden Nudeln, auf den Tisch stellt. Es sieht fantastisch aus und schmeckt auch so. Meine Geschmackssynapsen sind schon leicht beleidigt, eine der Nachteile vom starken Rauchen, jedoch ist die Mischung von Geruch und der Geschmack von Chili und Erdnuss in diesem Moment einfach erstklassig.

Fast wie im Urlaub.

Ich beobachte Karin, während unserem Essen noch ein wenig genauer als ich es vorgehabt hätte. Ihre zarten Sommersprossen faszinieren mich. Karins Art die Nudeln, mit kleinen Mengen der Beilagen zu mischen und sie daraufhin zu beobachten wie die Nudeln langsam im der Suppe versinken, fasziniert mich.

Am meisten fasziniert mich aber ihre bedachte und langsame Art beim Essen. Ich bin ja eher der Typ „*Essen wie ein Hund*". Zuerst schlucken dann kauen. Sosehr mich Karin begeistert, lösen sich meine Gedanken jedoch wieder von ihr, um zum Fall zurückzukehren. Meine Gedanken schweifen immer wieder, wie ein Flashback, zu unserem Fall und unseren Opfern.

Loszulassen ist einfach schwierig. Um mich abzulenken, vom Mord und von den aufkommenden Frühlingsgefühlen in mir, lass ich meinen Blick beiläufig durch das

Lokal schweifen. Eine Gruppe Studenten, wahrscheinlich Studienrichtung Pädagogik, so wie sie angezogen sind, lachen zu sechst am Tisch links vor der Bar. Ein verliebtes Paar in meinem Alter ist mehr beim Schmusen als beim Essen. Sie sitzen uns direkt gegenüber.

Plötzlich öffnet sich die Eingangstür und ein Mann in meinem Alter, mit schwarzen kurzen Haaren, einer schwarzen Hornbrille ähnlich wie die meine und einem starken Oberlippenbart kommt in das Lokal. Ich muss schmunzeln.

Freddy Mercury lebt doch noch! Im „Movember" trage ich das heuer auch wieder.

Unsere Blicke kreuzen sich kurz und mir fällt auf, dass er mich eine Spur länger und fast ein wenig zu genau taxiert.

Kennen wir uns? Kenne ich ihn? Nein!

Ich wende den Blick ab. Es ist mir unangenehm. Es ist tatsächlich eine Berufskrankheit von mir, fremde Menschen zu mustern, aber umgekehrt mag ich es nicht. Doch ein komisches Gefühl bleibt trotzdem.

Ich schüttle das komische Gefühl ab, blicke Karin wieder ins Gesicht und sage zu Karin:

„Das war echt lecker. Eine wirklich gute Idee hier Essen zu gehen, Karin. Ich frage mich die ganze Zeit, wie es sein kann, das in einer Stadt wie Graz, in einer Gegend wie hier, ein Mordopfer gibt. Wo wir jetzt doch so entspannt hier sitzen und gut speisen, wie kann es da sein, dass sich ein Mörder gerade hier sein Opfer sucht? Noch dazu ein Mädchen, gewissermaßen die Unschuld und Unauffälligkeit in Person. Die jedoch gezielt, wie die Nadel aus einem Heuhaufen ausgewählt wurde, um sie dann zu töten. Mir will das einfach nicht in den Kopf, Karin. Möglicherweise war es auch nur Zufall. Welche Motivation steht da dahinter?"

Sie kaut ein wenig am Daumennagel ihrer rechten Hand, der wie mir auch jetzt zum ersten Mal auffällt, sehr gepflegt, jedoch nur farblos lackiert ist. Anscheinend ist das ihre Art zu zeigen, dass sie etwas beschäftigt.

„Wir müssen wirklich versuchen, Eliza besser zu verstehen. Wir müssen sie noch besser kennenlernen. Ich glaube nicht an Zufälle, Michael. Ich bin voll überzeugt, dass sie ihrem späteren Mörder irgendwo aufgefallen ist. Ihm vielleicht ins Auge gesprungen ist. Ich glaube auch, dass alles länger geplant war. Es ist sicher nicht so spontan geschehen, wie wir es glauben. Das sagt mir auf jeden Fall mein Bauchgefühl."

Karin hält sich mit der linken Hand unbewusst ihren Bauch. Sie fährt fort:

„Sagen wir, er hat Eliza irgendwo gesehen oder getroffen. Dann kann es nur bei der Arbeit gewesen sein oder in einem Lokal wie es vielleicht dieses hier ist. Oder es war wirklich nur bei einem zufälligen Zusammentreffen. Doch woher kannte er ihre Wohnadresse? Hat er ihr nachspioniert? Wir müssen hartnäckig bleiben. Wir finden den Strohhalm. Da Eliza ein schlichtes und einfaches Leben geführt hat, kann es für uns ja nicht so schwer sein, das herauszufinden. Ich meine, wir sind in Graz und nicht in Berlin oder New York."

Mir fällt auf, dass Karin und ich vor leeren Gläsern sitzen und inzwischen auch die letzten Gäste hier im Lokal sind. Ich deute der Kellnerin, dass ich zahlen möchte und lade Karin trotz heftigen Protests auf das Essen ein.

„Danke Michael, das wäre aber nicht notwendig gewesen. Ich werde morgen Früh mit Christian gemeinsam versuchen, die Tagesabläufe beider Opfer zu erstellen. Es kann ja nicht schaden, das für Kevin gleich mitzumachen. Wer weiß!"

Sie steht auf und blickt mich fragend an. Ich versuche gerade noch zu ergründen, warum der Unbekannte an der Theke, der nur ein Essen zum Mitnehmen geholt hat, in mir so ein seltsames Gefühl ausgelöst hat. Es war wahrscheinlich ohnehin nichts.

Sehe ich schon Gespenster?

„Ich begleite Sie noch zum Auto, wir haben ja den gleichen Weg. Wenn das in Ordnung ist, Karin?", frage ich vorsichtig, während ich ihr in die Lederjacke helfe. Sie nickt und wir machen uns beide schweigend auf den Weg zurück zum Auto.

„Soll ich Sie nach Hause bringen, Michael?", fragt mich die noch ein wenig in Gedanken verlorene Karin.

„Voll lieb aber nein, danke. Ich spaziere kurz durch den Park in Richtung Büro und möchte noch schnell jemanden einen Besuch abstatten", sage ich zu ihr. Ich warte noch den Moment ab, bis sie mit ihrem Auto rückwärts ausparkt und zügig davonfährt.

Mir kommt vor, ich höre durch das offene Fenster der Autotür, Ina Regen ihr Lied „Leuchten" singen. Der BMW ist aber schon weg. Ich kann nicht ergründen, ob ich richtigliege. *Verdammt.*

Ich zünde mir im Gehen eine Zigarette an und mache mich zügigen Schrittes auf den Weg zum Haus von Anna Mühlbacher. Wieder mal sind es nur ein paar hundert Meter. *Links, rechts, links.* Ich bin schon ziemlich neugierig, was sie mir wohl alles zu sagen hat.

51.

Fast zur selben Zeit ...

Zur Kontrolle blickt er noch einmal auf seine „Omega Speedmaster 57", die er an seiner rechten Hand trägt und stellt fest, dass die weißen Zeiger schon auf 21:20 Uhr gewandert sind. Er dreht das Handgelenk ein wenig in beide Richtungen und lässt sich von der Lichtreflexion des blauen Ziffernblattes fesseln. Er liebt seine Vintage-Uhren, besonders seine Omega-Uhr.

Die Leiche liegt immer noch gut verpackt in der Wohnung, er hat sie zusätzlich in Frischhaltefolie eingewickelt und in der Badewanne, die er mit kaltem Wasser gefüllt hat, abgelegt. Eine bessere Lösung als sie im Teppich einzurollen und im Schlafzimmer zu deponieren.

So kann die nächsten Stunden nichts passieren und alles, was danach geschehen wird, lässt ihn ziemlich kalt.

Hinter mir die Sintflut.

Denn bald ist das alles längst vorbei. Sein Herz schlägt ein wenig schneller bei diesen Gedanken. Ihr Plan scheint einwandfrei zu funktionieren.

Die Vorhänge hat er vorhin zugezogen und die Türen der Wohnung im Erdgeschoss der Villa gut versperrt.

Er ist wie ein unsichtbarer Geist, praktisch ein Schatten, von dort wieder verschwunden.

Jetzt ist es an der Zeit, alle Utensilien hier in seinem Haus einzupacken, um dann später wieder in die Wohnung zurückzukehren und dort alles zu Ende bringen.

Die Musik läuft leise im Hintergrund, er kann sich heute nicht wirklich gut konzentrieren, so singt „Leonard Cohen" heute allein „Live in Dublin" von „Darkness" und von „Suzanne".

Seine stechenden Kopfschmerzen belasten ihn zurzeit, sie sind viel stärker als üblich. Er geht zum kleinen braunen Holzschrank im Vorhaus und nimmt die doppelte Dosis Schmerztabletten als normal. *Was ist schon normal?*

Heute muss er gut funktionieren. Er nimmt ein leeres Glas aus dem Küchenregal, füllt es in der Spüle an und trinkt auf einen Zug, ein großes Glas kaltes Wasser. *Besser.*

Es wird Zeit, ins Bad zu gehen, um sich für die kommende Nacht fertigzumachen.

Während er sein Gesicht im Spiegel betrachtet, reibt er sich ein wenig seine Augen. Ohne seine Brille geht auch nichts mehr. Zurzeit sieht er alles leicht verschwommen. Er stützt sich mit seinen beiden Händen am beigen Waschbecken ab, wobei dieses leicht zu quietschen und knarren beginnt.

Du bist auch schon alt und fertig!

Er lacht ein wenig in sich hinein, weil das nicht nur für das Waschbecken, sondern auch für ihn selbst gilt. Die schwarze Perücke zieht er sich vorsichtig vom Kopf und legt sie neben seiner Brille, auf die gläserne Ablage unter dem Spiegel im Bad ab. Er holt sich die braunen Kontaktlinsen aus den Augen. Darauf legt er sie in die Schale mit der Kontaktlinsenflüssigkeit und kratzt sich mit der rechten Hand fest am kahl geschorenen Kopf.

Diese verdammten Perücken jucken unheimlich. Fluch und Segen zugleich.

Langsam schiebt er den gelben Duschvorhang, der sonst diese so typischen quietschenden Geräusche macht, auf die Seite und steigt in die beige Badewanne. Er stellt sich unter die Dusche und dreht das Wasser auf. Energisch dreht er so lange am roten Knopf, bis das heiße Wasser, im kalten Bad richtig zu dampfen beginnt. Er steht so lange unter dem heißen Wasser, bis seine Haut zu schmerzen beginnt.

Ein Gedanke kommt in seinen Kopf und ein breites Grinsen legt sich in sein Gesicht:

„So nah war ich dir noch nie, Michael Löchtenberger."

Seine Stimme verliert sich ein wenig im Rauschen des Wassers.

Es war ein ungewolltes Zusammentreffen, nur ein Zufall, aber ein sehr spezieller Moment für ihn. Während er auf das Essen wartete, konnte er Michael kurz aus aller Nähe beobachten. Wie er dort saß, mit vorsichtigem Blick alle im Lokal beobachtete, aber trotz aller Achtsamkeit keine Ahnung hatte, dass er ihm nur ein paar Handlängen entfernt gegenüber stand. Plötzlich scheint alles noch leichter zu sein. „Ich werde dich zerstören!"

Er ist so in seinen Gedanken gefangen, dass ihm gar nicht bewusst ist, diesen letzten Gedanken laut ausgesprochen zu haben. Ein letztes Mal dreht er das Wasser noch mehr auf und genießt den stechenden Schmerz des immer heißer werden Wassers auf seiner Haut.

„Herrlich. Ich freue mich schon."

52.

Ich spaziere gemächlich an der Grazer Oper vorbei und entscheide kurzfristig, den Weg zu Anna Mühlbacher durch den Stadtpark zu nehmen. Es ist ein kleiner Umweg von maximal dreihundert Metern. Aber wie ich auch gehe, ist es nur ein Katzensprung zum Haus von Anna.

Da mein Hirnmixer gerade wieder auf der höchsten Stufe läuft, schwirren alle möglichen Gedanken durch meinen Kopf. Was Eliza Kadic betrifft, gibt es nichts Neues, außer dem Hinweis mit dem Fitnessstudio. Das Gleiche gilt leider auch für Kevin Muur. Die einzige Sensation, wenn es auch nur ein Strohhalm ist, betrifft die Verabredung mit Anna Mühlbacher. Was für einen Termin hatte sie mit Kevin Muur.

Warum? Wieso? Bringt mich das weiter? Vielleicht.

Wir sind dem Zerschlagen des „gordischen Knotens" etwas nähergekommen. Ich merke einen Funken Hoffnung in mir aufkeimen. Heute ist auch einer jener Tage, an denen ich um diese, schon weit vorgerückte Stunde bemerke, dass mir die Zigaretten nicht wirklich schmecken. Es sind zu viele Zigaretten, die ich wegen vermeintlichen Stressabbaus heute geraucht habe und nur wenige bis gar keine, aus Genuss.

Es ist wieder einmal an der Zeit sich ernsthafte Gedanken zu machen, ob ich dem Laster Rauchen nicht eine Abfuhr erteilen sollte.

„Bleiben ja noch genug andere Laster über", denke ich, während durch den schwach beleuchteten Park schlendere. Ich freue mich schon auf ein Wiedersehen mit Anna. *Überraschung!*

An ihrer Haustür angekommen, siegt dann doch meine Neugier oder vielleicht auch mein Instinkt und ich sondiere einmal die Situation. Ich bewege mich mit dem Blick weiterhin nach oben gerichtet, einige Meter vom Haus weg, um mich für einen Augenblick hinter eines der parkenden Autos hinzustellen. So kann ich aus sicherer Entfernung auf das Haus schauen. Mein Blick ist auf die Fassade gerichtet und ich muss kurz überlegen, wo die Fenster von Anna sind? *Verdammt. Ich weiß es nicht.* Ich rufe besser Christian an und frage ihn.

Brennt in ihrer Wohnung Licht? Ist sie zu Hause? Das wäre wichtig.

Während ich das Telefon klingeln lasse und der letzte Gedanke sich aus meinem Kopf verflüchtigt, fällt mir auf, dass die Lichter in einer der Wohnungen ausgehen. Ich überlege kurz. Bin unsicher. Was ist los mit Christian? Ich lege auf. Zurück zu Anna. *Geht sie schlafen oder geht sie weg?*

Bevor ich mir weiter darüber Gedanken machen kann, ob Anna badet oder sogar schon Schlafen geht, springt das Licht im Stiegenhaus an, wie ich es durch das Oberlicht der doppelflügeligen Eingangstür erkennen kann. Ich gehe Richtung Tür, um den Bewohner dort abzufangen. So komme ich leicht ins Haus. Sollte sie es sein, dann ….

Plötzlich, warum auch immer, kommt mir ein seltsamer Gedanke.

Versteck dich, Michi.

Ich gehe hinter dem ersten Wagen, ein dunkler SUV, welche Marke auch immer, in die Knie und verstecke mich, so gut es geht. Ich behalte den Eingang gut im Auge. Mich vom Haus aus zu sehen ist allerdings schwierig. Gott sei Dank, gibt es hier bei den seitlich parkenden Autos keine Straßenlaternen. Ich blicke also in gebückter Haltung durch die Scheiben des Wagens hindurch und behalte die Eingangstür im Auge.

Ich habe es geahnt.

In diesem Moment kommt tatsächlich Anna, ganz in schwarzem Laufoutfit bekleidet, mit schwarzer Beanie-Mütze und Kopfhörer in den Ohren, bei der Tür herausgelaufen und setzt ihren Lauf in meine Richtung fort.

Verdammt. Hau ab.

Ich bewege mich rasch mit meinem Körper Richtung linke Autoseite und drücke mich fest ans Auto. Anna läuft nur ein paar Meter neben mir vorbei. Sie trabt zwischen zwei parkenden Autos durch und gleich über die Wiese Richtung Kunsthaus. Ich wandere wie eine watschelnde Ente um das Auto herum. Ich versuche kein Aufsehen zu erregen und richte mich neben dem rechten Vorderrad, wieder vorsichtig auf. So muss ich leider zuschauen, wie Anna sich langsam aber stetig immer weiter von mir entfernt.

Pfeif drauf.

Ich beginne auch zu traben. Ich laufe ihr zügig nach und bin ziemlich neugierig, was sie vorhat. Der Vorteil liegt jetzt auf meiner Seite, denn in der Nacht sind bekanntlich alle Katzen schwarz. Ich frage mich, warum ich das überhaupt mache. Sie scheint wirklich eine Runde zu laufen. Abendsport. Anna überquert gerade die zweispurige Straße zwischen dem Park und nützt flink eine Lücke im Verkehr. Sie pfeift gerade auf alle Verkehrsregeln. Ich verfalle in einen zügigen Trab und verzichte meinerseits auf alle Regeln der Vorsicht. Anna ist ungefähr 30 Meter vor mir Richtung Glacistraße unterwegs und ich wundere mich, warum sie eine so ungewöhnliche Laufroute verfolgt. Ich kenne den Grazer Stadtpark ja wie meine Westentasche und somit auch alle Möglichkeiten hier zu laufen. Jede mögliche Route. Diese gewählte Variante von Anna mutet seltsam an.

Während meiner Verfolgung versuche ich etwas ungelenk in unsere WhatsApp Gruppe zu schreiben. Keine Chance. Ich hasse es. Mir wird bewusst, dass gleichzeitiges Laufen und Schreiben bei mir nicht funktioniert. *Nichts mit Multitasking!*

Ich klopfe hektisch meine Taschen ab, um meine Kopfhörer zu finden, aber vergebens. Ich sehe sie vor meinem geistigen Auge im Büro auf dem Schreibtisch liegen und entscheide mich einfach für die klassische Variante und rufe Karin an. Die Schweißperlen auf meiner Stirn zeigen mir, dass ich langsam zu schwitzen beginne.

Bravo. Mein Puls steigt an. Ich schnaufe. Mein Atem beginnt auch schon ein bisschen zu rasseln. *Die Zigaretten.* Doch wieder zu viel geraucht heute. Plötzlich biegt Anna nach rechts ab und läuft auf einen der Schotterwege zurück in den Park und bewegt sich nun in Richtung der Grazer Oper.

Also doch eine Laufrunde? Sogar im Uhrzeigersinn.

Laufen, denken, sprechen, hören und unbedingt unsichtbar bleiben. Mir fällt auf, dass eine Verfolgungsjagd per Pedes im Fernsehen leichter aussieht. Es gelingt mir in der Zwischenzeit, Karin zu erreichen.

„Hallo, Michael. Was kann ich für Sie tun? Haben Sie etwas vergessen?"

Laufen, schnaufen, rasseln, Luft holen, sprechen.

„Hallo Karin, hören Sie mir bitte genau zu. Ich verfolge gerade Anna Mühlbacher! Bitte fragen Sie mich jetzt nicht warum, es hat sich einfach so ergeben. Ich brauche Sie. Ich möchte, dass Sie ins Auto springen und wieder Richtung Oper ins Zentrum fahren. Vielleicht brauche ich später Ihre Hilfe bei der Observierung. Danke. Muss aufhören. Luft."

Ich stolpere beim Beenden des Gesprächs über die Kante zwischen Wiese und Schotterweg. Ich purzle nach vorne und kann meinen Sturz in die Wiese nicht mehr verhindern. Das Handy rutscht mir natürlich aus der Hand. Aufschlag. *Shit. Fuck. Du Trottel.*

Es gibt sie diese Momente. In meinem Leben. Ich bin zu Tollpatschig, einfach saublöd. Wie zur Bestätigung: Männer sind nicht multitaskingfähig. Nur die Straßenlaterne am Parkweg ist stummer Zeuge meines Missgeschickes. Die Mücken fliegen weiter konsequent um die Leuchte der Straßenlaterne im Kreis, denen bin ich auch wurscht. In der Millisekunde des Aufpralls bin ich praktisch schon wieder auf den Beinen und schnappe mir mein Handy, dass ich wegen des leuchteten Bildschirmes vor mir auf der Wiese gut sehen kann.

„Alles klar, ich bin unterwegs!", höre ich Karin noch sagen.

Ich behalte das Handy in der rechten Hand und kann mich gerade noch rechtzeitig hinter einem der vielen

Bäume hier im Stadtpark verstecken. Denn Anna macht eine unerwartete Bewegung und biegt abrupt nach links ab, um auf den Fahrradweg doch wieder Richtung Glacis zu laufen. *Ja, was jetzt? Wohin läufst du denn?*

Das Personenaufkommen heute im Stadtpark ist schwach. Zwei Personen. Anna und ich. Sehr ungewöhnlich.

Ich drücke mich an die raue Rinde des alten Baums und bewege mich gegen den Uhrzeigersinn um ihn herum und versuche mich, so gut wie möglich wieder unsichtbar zu machen. Ich beobachte Anna an der Kreuzung zur Leonhardstraße. Die Ampel ist rot. Sie steht und wartet. Sie springt von einem Bein auf das andere. Ich nutze die Gelegenheit und laufe schnell im Schutz der vielen Büsche näher zu ihr und verkürze unseren Abstand auf gut zwanzig Meter.

Die Ampel springt auf Grün und Anna läuft los. Ich auch. Ich wechsle daher gleichzeitig die Straßenseite, um die Glacistraße links zu überqueren. Ich will mich ja nicht auf derselben Seite bewegen, wie Anna es macht. Sie entscheidet sich anscheinend gerade dazu, die Laufeinheit auf die Straße zu verlegen.

Als auch Anna die Straßenseite wechselt und zwangsläufig in meine Richtung blickt, bleibt mir nur über, meinen Kopf schnell nach unten zu senken, mich leicht nach links zu drehen und so zu tun, als würde ich ein intensives Telefongespräch führen.

Ich habe Glück. Sie registriert mich nicht. In der Zwischenzeit wäre ich allerdings fast in ein Straßenschild gelaufen und bin bemüht, nicht laut zu fluchen, ob meiner Tollpatschigkeit.

Anna biegt in die nächste Gasse links ein und ich höre nur noch, wie eine Autotür zugeschlagen wird. Als das Auto auch noch sofort losfährt, weiß ich in der Sekunde zwei Dinge.

Eins: Verdammt, sie nimmt ein Taxi. Zwei: Wenn sie jetzt in meine Richtung fährt, kann ich ihr nur mehr freundlich lächelnd zuwinken und mir zu meiner grandiosen Unfähigkeit gratulieren. Wieder mal habe ich Glück. Das Taxi biegt Richtung Leonhardstraße stadtauswärts ab. Ich kann mich aus der Auslage, in der ich gewissermaßen versunken war, herausbewegen und sprinte ebenfalls zu einem der dort wartenden Wägen, um die Verfolgung von Anna aufzunehmen. Da Anna ein Taxi der größten Grazer Funkgruppe genommen hat, laufe ich direkt zum dritten Wagen am Taxi-Standplatz, denn dieser gehört zur gleichen Funkgruppe. Ich reiße die Tür auf und rufe dem Fahrer zu:

„Guten Abend mein Freund, fahren Sie bitte ganz schnell dem Kollegen nach. Der hier erst vor ein paar

Sekunden weggefahren ist. Links, Richtung Stadtauswärts. Danke!"

Ein paar große elfenbeinfarben leuchtende Augäpfel in der Mitte eines dunklen Kopfes, blicken mich überrascht an. Seine weißen Zähne blitzen richtiggehend grell. Der freundliche, sichtlich tiefenentspannte fast tiefschwarze Taxifahrer sagt zu mir:

„Du musst erste Taxi in Reihe nehmen, Chef. Wir in Graz hier gute Kollegen. Kein Streit!"

„Bitte fahren Sie einfach nur dem Taxi nach, schnell bitte, ich bin von der Polizei", rufe ich ihm lauter als notwendig zu und versuche gleichzeitig meine Dienstmarke, aus einer meiner Taschen zu bekommen, um sie ihm zu zeigen. *Verdammt. Wo ist das Teil?*

Ich kann sie nicht finden. Ich habe sie sicher in einer meiner Hosentaschen oder Jackentaschen verstaut. *Nur wo?*

Klar war auch, dass ich natürlich genau jetzt begonnen habe, in der falschen Reihenfolge zu suchen: „Fahr einfach los, bitte!"

Ich bin schneller beim du angelangt, als gewollt und außerdem gerade versucht meine Contenance zu verlieren.

„Du wirklich Polizei?", fragt mich die „*Grinsekatze*" und macht derweil immer noch keinerlei Anstalten seinen

Wagen zu starten, um loszufahren und schon gar nicht, um die Verfolgung aufzunehmen. „Kein Stress, Chef!"

Da dreht er sich nach vorne, gibt ansatzlos Gas und nur, weil ich das Quietschen der Reifen höre, wird mir bewusst, dass wir uns in einem Elektrotaxi befinden und auch schon fahren. Und wie noch dazu. Da er jedoch kein Soundmodul eingebaut hat, vermisse ich den röhrenden Motorensound. Ich bin immer noch leicht irritiert, wenn man sich in solchen Wägen ja praktisch lautlos fortbewegt. Eine Nähmaschine ist da lauter.

Zum Kontrast der Ruhe beim Fahren, dreht er die aus allen Boxen schallende Reggae-Musik – *Gott sei Dank* – eine Spur leiser und wir nehmen im Einklang mit Bob Marley, die sicher erfolglose Verfolgung von Anna Mühlbacher auf. Graz ist zwar klein, aber eine gefühlte Ewigkeit oder in diesem Fall, fast eine Minute Vorsprung kann bei unserem Straßennetz schon zu einer Niederlage in Sache erfolgreiche Verfolgung führen.

Also Auto weg, Taxi weg, Anna weg, Nerven weg.

53.

Laura de Bianchi versteht die Welt nicht mehr. Sie ist direkt nach der Arbeit, auf einen Sprung in die Unionhalle gefahren, um ein paar Runden zu schwimmen. Sie braucht diese Abwechslung einfach nach manchen Tagen, um wieder zu sich selbst zu finden und die Belastungen des Tages abzuschütteln. Zwei solche speziellen Fälle in nur 48 Stunden, sind auch für sie keine Selbstverständlichkeit. Ihr Lieblingsschwimmbad in Graz, ist das Union-Hallen-Schwimmbad. Schon zu Schulzeiten ist sie vom Seebacher-Gymnasium, das praktisch gleich um die Ecke liegt, hierher zum Schwimmen gekommen.

Ihr Papa hatte hier sogar in den frühen 80ern mit seinem Jugendfreund Hubert eine kleine aber feine private Boxer Runde installiert. Der Wahnsinn war, dass die Boxtruppe damals in dem kleinen Raum, der unter der Halle mit dem Schwimmbad lag, bei gefühlten fünfzig Grad Celsius und einhundert Prozent Luftfeuchtigkeit trainiert hatte. Das Boxen war bei ihr nicht hängengeblieben, Schwimmen aber schon.

Nach einer ausgiebigen Schwimmeinheit fährt sie am Nachhauseweg zum Hilmteich, der ja am Ende der Schubertstraße liegt. Sozusagen nur einen Sprung entfernt von Zuhause. Dort beim Supermarkt wollte sie noch vor der Sperrstunde um 19:30 Uhr ein paar Lebensmittel für sich zum Abendessen kaufen.

Ihr Plan ist, Zuhause gemütlich vor dem Fernseher zu sitzen, ein paar Folgen „Gilmore Girls" auf Netflix anschauen und nebenbei eine Einkaufsliste zu erstellen.

Die Liste!

Sie möchte alles perfekt planen. Nichts dem Zufall überlassen. Sie würde Michi gerne kulinarisch verwöhnen. Allerdings sind ihre Kochkünste zurzeit etwas eingeschlafen und dadurch ein wenig beschränkt. Sie braucht also einen Plan. Was soll sie alles für das Abendessen mit Michi besorgen?

Aber erstens kommt es anders, zweitens als man denkt.

Ihre Wangen glühen gerade wie Feuer, aber leider definitiv nicht vor Aufregung, sondern vor Schmerzen. Sie hat soeben mit der flachen Hand zwei Schläge in ihr Gesicht bekommen, ihr Kopf dröhnt wie eine Kirchturmglocke und sie weiß nicht wirklich warum und wieso. Ihre Augen tränen unaufhörlich. Ihre Wangen glühen. Ihr Nacken schmerzt.

Nicht mit mir Freunde.

Laura versucht trotzdem gelassen und ruhig zu bleiben und die immer schneller aufkeimende Panik in ihr zu unterdrücken. Ein schier unmögliches Unterfangen. Sie hält den Kopf zu Boden gesenkt und rutscht auf dem alten Thonet-Stuhl mit ihrem Hintern von links nach rechts. Sie hebt die Augen und sieht in das Gesicht des Mannes, der ihr gegenübersteht.

Wer bist du? Was willst du? Warum ich?

Noch vor ein paar Minuten erst, hat sie ihren Fiat 500 auf den Parkplatz vor ihrer Villa abgestellt. Sie war gut gelaunt mit den Einkäufen und einer Melodie von Elton John auf den Lippen über die wenigen Stufen Richtung Eingang gesprungen. Das Schwimmen hat ihr heute gutgetan und ihr Magen hat schon richtig laut geknurrt. Sie war schon ein wenig aufgeregt wegen ihrer morgigen Verabredung mit Michi.

Mein Gott, Michi!

Sie bewohnt die linke Wohnung im Erdgeschoss jener Villa, die sie von ihrem Papa geerbt hatte, die rechte Wohnung gegenüber hat sie an einen lieben schwulen Typen vermietet. Im ersten Stock ist ein Büro. Das Geld aus den Mieteinnahmen braucht sie vor allem, um die hohen Erhaltungskosten dieser Villa in bester Grazer Lage überhaupt finanzieren zu können. Es ist Monat für Monat so, als würde man Geld verbrennen, aber das ist sie ihrem Papa schuldig. Sie muss dieses Familienjuwel am Leben erhalten.

Als sie vorhin mit den Einkäufen im Stiegenhaus stand und die Eingangstür zu ihrer Wohnung aufschließen wollte, hörte sie, wie auch die Wohnungstür gegenüber aufgesperrt wurde. Als sie sich umdrehte, um ihren Nachbarn zu grüßen, sprang sie ein fremder Mann an und riss sie Sprichwörtlich von den Beinen. Er hielt ihr ein mit Chloroform getränktes Tuch unter die Nase und setzte sie damit blitzartig außer Gefecht. Danach zog er sie in Nachbars Wohnung. Es ging alles so schnell, dass sie gar keine Möglichkeit hatte angemessen zu reagieren.

Jetzt sitzt sie auf diesem unbequemen Holzstuhl, in der verdunkelten Wohnung ihres Nachbarn und hat auf die Frage:

„Was wollen Sie von mir?", zwei schallende Ohrfeigen erhalten.

Auch eine Antwort. Nur was für eine? Sie ist geschockt. Sosehr sie sich bemüht, den Schmerz, die Scham und vor allem ihre Angst zu verstecken. Aber leider muss sie feststellen, wie sich die Angst ganz langsam von ihren Zehen bis zu ihrem Herzen hinaufschleicht. Das einzige was ihr Mut macht, ist die Melodie von Elton John, die sie leise vor sich her summt:

„I´m still standing, yeah, yeah, Yeah."

54.

Ich stehe mit Karin am Straßenrand und warte auf bessere Zeiten. Sie ist meinem Taxi per telefonischer Anweisung gefolgt. Hinter mir steht nun mein neuer bester Freund, Selemani Zhende Zahur und telefoniert wild gestikulierend und laut schreiend mit seinem Handy. Nachdem mir nach wenigen Fahrminuten schnell klargeworden ist, dass wir Anna wohl verloren haben. Also haben wir umgedreht und sind beim Unikreisverkehr stehen geblieben. Bei dem erst vor Kurzem eingeführten Kreisverkehr mit „*Shared place*", ein leider eher missglücktes Projekt der Grazer Stadtpolitik. *Wo ist Anna Mühlbacher?*

Allerdings hat Selemani, ein aus Kenia stammender BWL-Student, der neben seinem Studium an der Karl-Franzens-Universität auch Taxi fährt, einen guten Einfall. Er dreht sich zu mir um und sagt:

„Du musst wissen Chef, dass wir in Taxi elektronische Kontrolle unter Sitz haben. Ich jetzt anrufe in Zentrale und fragen, wo Kollege hin."

Das war mit ein wenig Überredungskunst bei der netten Dame am Taxifunk schnell erledigt und nun stehen wir an derselben Stelle, wo auch Anna ihr Taxi verlassen hat. *Und jetzt?*

Ich verabschiede mich beim hilfsbereiten Selemani, nicht ohne mich vorher noch einmal ganz herzlich zu bedanken. Während ich ihm und Bob Marley noch gedankenverloren nachblicke, überlege ich krampfhaft, in welche Richtung Anna wohl gelaufen oder gegangen sei. Es stehen uns nur drei Möglichkeiten offen. Nur welche der drei ist auch die Richtige?

Es ist Nacht und wieder einmal sind alle Katzen schwarz.

Verdammt. Verdammt. Verdammt.

Ich kann mich so heftig über mich und diese Situation ärgern, dass es mir förmlich weh tut. Es bleibt Karin und mir nichts Anderes übrig, als einfach unser Glück zu versuchen. Die Chancen stehen drei zu eins. Ich setze mich zu ihr ins Auto und wir fahren die Straßen in der Gegend wahllos auf und ab, um die verschollene Anna vielleicht doch noch, wenn auch nur zufällig, zu finden. *Noch mal, verdammt.*

Ich habe es wiederholt und erfolglos auf ihrem Handy versucht, komme aber immer wieder auf ihre Mobilbox.

Anna, was hast du vor? Wo bist du nur?

Ich rufe in der Zentrale an und versuche zumindest eine sofortige Überwachung ihrer Wohnung zu veranlassen. Die zwei Kollegen der diensthabenden Abteilung von heute sind sichtlich erfreut. Ja, ich weiß, es gibt keinen ausreichenden Verdacht. Ja, ich weiß, wie spät es ist. Nein, ich habe keine Anweisung vom Staatsanwalt. *Noch nicht.*

Es gelingt mir also bei aller Diplomatie nicht, eine Überwachung zu organisieren. *Also Plan B.*

Es bleibt uns nichts Anderes übrig, als es selbst zu tun. So fahren wir nach ergebnisloser Suche aus dem Univiertel wieder zurück Richtung Parkring. Eine Fahrt von maximal fünf Minuten, wenn überhaupt um diese Uhrzeit.

Zudem versuche ich Horst zu erreichen, aber auch bei ihm komme ich nur auf die Box, kein Wunder um diese Uhrzeit!

Obwohl es ist noch nicht mal 22.00 Uhr.

Der nimmt es auch ziemlich locker.

Wir haben Glück, am Parkring, praktischerweise schräg gegenüber vom Hauseingang von Anna Mühlbacher, ist ein Parkplatz frei.

Halleluja! Ein Wunder.

So sitzen wir beide im Wagen von Karin, den wir elegant in die Parklücke gestellt haben, mit Blickrichtung zum Künstlerhaus. Den Hauseingang von Anna halten wir über den Rückspiegel, mehr recht als schlecht im Blick. Es sind hier einfach zu wenig Straßenlaternen montiert und die wenigen vorhandenen Leuchten geben leider viel zu wenig Licht.

Also praktisch finster im Schacht.

Der einzige Vorteil ist, dass wir zwar wenig sehen, aber logischerweise wir auch nicht so leicht entdeckt werden können. Karin ist schnell zum Hauptplatz gelaufen, um uns bei einem der Würstelstände ein paar Getränke zu besorgen. „Red Bull" für sie, ein „Makava" für mich. *Ich liebe Makava Eistee.*

Ich habe alles an neuer Information für die Jungs in den Gruppenchat geschrieben und beim Lesen der Nachrichten erfahren, dass Christian wieder im Büro sitzt und mit den Daten vom Fitnessstudio arbeitet. Er versucht die Riesenmenge an Daten in unser System einzuspeisen und ist, laut seiner Beschreibung, bemüht ein paar andere „seltsame Dinge" abzuklären. Ich zitiere:

„Ich muss schnell ein paar seltsame Dinge abchecken."

Sehr mystisch der Herr Kollege. Horst dürfte zu Hause bei seiner Familie sein, wir haben ihn nicht erreicht. Er hat auf die Anrufe und unsere WhatsApp Nachrichten bisher nicht reagiert.

Sollte ich morgen auch klären mit ihm.

Wir nutzen die Zeit während dem Warten und gehen die ganze Sachlage und die uns bekannten Fakten zum wiederholten Mal in aller Ruhe noch einmal durch. Doch wir können es drehen und wenden wie wir wollen, besser wird es nicht. Ich bekomme plötzlich doch Lust auf eine Zigarette, mein Nikotinhaushalt schreit laut um „Hilfe". Karin verdreht ein wenig die Augen und erinnert mich daran, wie unprofessionell es sei auszusteigen, nur um eine zu rauchen. Mein Vorschlag die Seitenscheibe zu öffnen und vorsichtig aus dem Fenster zu rauchen wird von ihr mit rollenden Augen und einem mitleidigen Seufzer ignoriert.

Doch was sein muss, muss sein.

Ich gebe es ja zu, beim Rauchen auch noch darauf zu achten, ob man beim Observieren nicht entdeckt wird, verdirbt den Spaß an der Sache. Also setze ich mich wieder ins Auto und ernte noch einmal verdrehte Augen von Karin und den ehrlicherweise angebrachten Kommentar:

„Danke, dass es jetzt stinkt im Auto, Michael!"

Beim Observieren scheint die Zeit stillzustehen. Wir vergleichen unsere Ausbildungszeiten in der Polizeiakademie in Wiener Neustadt. Es ist fast seltsam, dass obwohl so viele Jahre zwischen unseren Ausbildungszeiten liegen, wir doch viele Gemeinsamkeiten entdecken. Der Ablauf der Ausbildung, die Hochs und Tiefs, die man durchlaufen hat, sind sich ähnlich. Wir erzählen uns die eine oder andere lustige Anekdote, doch auch dieses Thema erschöpft sich irgendwann. Wir kommen doch wieder zu Eliza Kadic und Kevin Muur zurück. *Es ist frustrierend.*

Ein Blick auf die Uhr zeigt, es ist bald Mitternacht.

Ich drehe das Radio an. Leise Musik ist besser als keine. Ich muss lachen. Wir hören „*What a Fool Believes*" von den „*Doobie Brothers*". Michael McDonalds Stimme ist einfach grandios. Aber hallo. Das ist eine andere Version. Live mit Kenny Loggins.

Wie cool.

Sosehr mich die Warterei frustriert, so spüre ich doch auch, wie ich mich in der Nähe von Karin immer wohler fühle. Mir war es vorhin bei unserem gemeinsamen Essen aufgefallen, dass es mir ihr Lächeln und die spezielle Art, Dinge mit Begeisterung zu erzählen angetan haben. Ihre kleinen Macken, wie bei Unsicherheiten immer ein wenig mit den Augen zu blinzeln und die kleinen Falten um ihren Mund, wenn sie lacht, faszinieren mich. Ich bin mir meiner Gefühle jedoch voll bewusst und darum schaltet sich unverzüglich mein Verstand ein und versucht deutlich auf die Bremse zu steigen. Sie ist meine Mitarbeiterin. Sie ist zu jung. Ein klassisches „No-Go".

Memo an mich: Gang zurückschalten und Hormone checken Michi!

Bisher ist das wirklich eine verrückte Woche, meine Gedanken beginnen ein wenig abzuschweifen, sicher bedingt der Uhrzeit, mit der wir es zu tun haben. Ich bemerke auch die erste Müdigkeit. Ich reibe meine Augen und unterdrücke erfolgreich ein Gähnen. Der erneute Blick auf die Uhr zeigt mir, es ist jetzt fast 01:00 Uhr.

Verdammt. Wo ist Anna nur? Was ist da nur im Busch?

55.

Es läutet zweimal kurz und einmal lang an der Tür. *Endlich* ist er da. Anna geht zur Gegensprechanlage und drückt den kleinen bronzenen Türöffner, um die Haustür zu öffnen. Sie hört das Öffnen und Schließen der großen Eingangstür und gleich danach deutlich seine hallenden Schritte im Stiegenhaus. Er klopft leise. Praktisch im selben Moment öffnet sie ihm die Tür.

„Perfekt, endlich sind wir komplett!", sagt sie zu ihm als knappe Begrüßung, dreht sich ohne ein weiteres Wort zu verlieren um und geht durch das kurze Vorhaus voraus in das verdunkelte Wohnzimmer.

Er zieht behutsam die Eingangstür hinter sich zu, nimmt die blauen Plastikschutzbezüge aus seiner schwarzen Aktentasche und zieht sie über seine, wie immer auf Hochglanz polierten Lederschuhe. Dann folgt er Anna ins Zimmer. Es ist ein wirklich schöner Raum.

„Martin Körner hatte einen wirklich guten Geschmack", denkt er sich als er in das Wohnzimmer geht. Mit dem Rücken zu ihm gerichtet, sitzt die auf einem Stuhl gefesselte Laura de Bianchi und hält den Kopf mit ihren roten, zerzausten Locken zu Boden gesenkt.

Er vernimmt ein leises Schluchzen und lächelt. Anna steht regungslos und schweigend rechts hinter Laura und lächelt ebenfalls. Direkt gegenüber von Laura sitzt eine Armlänge entfernt der Sammler und starrt sie an. Wie immer ist er die Ruhe selbst.

Ihre Blicke treffen sich kurz. Er wirft ihm einen fast nicht wahrnehmbar stummen Gruß zu. Doch seine ganze Aufmerksamkeit gilt Laura de Bianchi.

Der Mann denkt sich:" Einen Euro für seine Gedanken." Er stellt sich neben den Sammler und schaut Laura von vorne an. Er ist zufrieden.

„Das hast du gut gemacht mein Freund. Ich wusste wir können uns auf dich verlassen. Ich würde trotzdem sagen, wir gehen die ganze Sache noch einmal kurz durch. Sicher ist sicher. Dann trennen wir uns wieder und bereiten alles für Morgen vor."

Laura bekommt von dem Eintreffen des Fremden nichts mit, denn der Sammler hat ihr vorher seine Kopfhörer aufgesetzt und spielt ihr von seinem MP3 Player seine Lieblingslieder von *Hans Zimmer* vor. Laura hört ohne dass sie es weiß: *Chevaliers de Sangral*.

Ich bin immer noch uferlos,
treibe nicht hoch,
drehe mich immer im Kreis.
Ich bin immer noch heimatlos,
bin immer noch farblos,
nicht schwarz oder weiß.

Andreas Gasser – Shiver

56.

Anna schaut aus dem Fenster des fahrenden Wagens und versucht mit einem leeren Blick in die Dunkelheit, ihre Gedanken zu sammeln. Sie haucht ganz leicht auf die Fensterscheibe. Es ist kälter als sie gedacht hat. Die Scheibe beschlägt ein wenig und langsam wird ein zarter Film auf der Scheibe sichtbar. Gedankenverloren zeichnet sie mit der rechten Hand ein Herz, nur um es blitzschnell wieder wegzuwischen.

Es läuft alles nach Plan. Bis Michael die wahren Hintergründe zu durchschauen vermag, wird es für ihn zu spät sein. Wie sich diese Scharade schlussendlich die letzten Stunden und Tage entwickelt hat, ist ihr selbst nicht ganz geheuer. Es war zwar nicht Bestandteil des Plans, Sympathie für Michael Löchtenberger zu entwickeln. Er hat mit seinem Charme allerdings ihr Herz erwärmt. Es ist nicht von der Hand zu weißen, dass er ein wirklicher fescher und beeindruckender Mann ist.

Sie hat viele Monate der Einsamkeit hinter sich. Er lächelte sie bei dem Treffen so unbeschwert und offen an, als wäre es für ihn das Selbstverständlichste der Welt. Eine natürliche und ehrliche Art. Jetzt versteht sie Laura auch besser, deren Freundschaft sie sich spielerisch einfach erschlichen hat. Ein verlorenes Wesen, die arme Laura, Seele und Herz sind ausgetrocknet wie ein

Schwamm. Einmal ins Wasser der Freundschaft geworfen und schon saugt Laura wie ein Schwamm solche Gefühle wie Liebe und Freundschaft richtiggehend auf.

Laura ist ein kleiner aber wichtiger Bestandteil des perfiden Plans, den er sich ausgedacht hat. Anna war von Anfang an mit Begeisterung bei der Sache, wie eine Spinne hat sie ein Netz gesponnen, wie ein Fliegenfischer den funkelnden Köder ausgeworfen. „Elohim" will unbedingt seine Rache, dann soll er sie auch bekommen. Es ist fünf Minuten vor 12:00 Uhr für Michael. So lautet der Plan. Dennoch genoss sie diese wenigen Momente mit ihm in den letzten Tagen, auch wenn es ihr bewusst ist, dass sein Untergang, der Hauptbestandteil des Plans ist. Wie heißt es doch so schön: „Die Geister, die ich rief, werde ich nicht mehr los."

Der Mord an Dr. Ankopopolos hat den Ball ja erst ins Laufen gebracht. Es war dann alles viel zu einfach. Sie sind ein wirklich gutes Team geworden. Der Zufall hat sie wie drei Schiffbrüchige an die gleiche Küste geschwemmt und nun sind sie Robinson und Freitag in einer Person.

Die Idee mit den Decknamen kam von „Elohim", eine Vorsichtsmaßnahme und Absicherung für den Fall der Fälle, sie würden erwischt werden. Er meint, dass es so schwerer zu beweisen wäre, wer den hinter den Pseudonymen stecken könnte. Wenn er das sagt, dann soll es auch so sein.

Die „Katze" (wie sie sich jetzt selbst nennt), der „Sammler" und dann natürlich vor allem das Erscheinen von „Elohim" hat dazu geführt, dass alle Ermittlungen um das Verschwinden dieses Idioten Ankopopolos im Sande verlaufen sind. Bis heute gibt es keine Spur von ihm. Besonders die slowenischen Behörden haben sich bei ihren Ermittlungen nicht gerade ausgezeichnet. Die Geschichte war einfach, leicht und schnell erzählt. Grazer Arzt fährt auf sein Boot in Slowenien und fällt betrunken über Bord. Unfall oder Suizid. Eine traurige Geschichte, die schlussendlich so spannend war, wie der umgefallene Reissack in China oder das gestohlene Fahrrad ebendort. Die Zeitungen haben die Berichterstattung nach einigen Tagen einfach wiedereingestellt.

„Elohim" und die „Katze" haben diesen wahrhaft diabolischen Plan gemeinsam entwickelt. Der „Sammler" ist einfach ein Glücksfall. Ihm bereitet, das Ganze einfach höllisches Vergnügen und große Freude. Er ist sozusagen der perfekte dritte Mann. Eine gestörte Persönlichkeit, dem es jahrelang gelang, seine Störungen und vor allem auch seinen mächtigen Trieb zu zähmen. Er ist wie ein Pulverfass. Nach einigen wenigen Sitzungen bei Anna, war ihr rasch klar, wie krank er wirklich ist. Ihn zu manipulieren und für ihre Sache zu gewinnen, war ein Leichtes. Das Problem ist nur, dass sie langsam bemerkt, für sich selbst mit der Geschichte fertig zu sein. Ihr Vulkan erlischt langsam.

Die Triebfeder war Dr. Ankopopolos. Er war einfach der perfekte Sündenbock. Einer musste einfach schuld sein. Wer eignete sich besser, wenn nicht er? Seit er aber tot ist und sie mit Laura und Michael begonnen hat, dieses perfide Spiel zu spielen, ist ihr das Motiv und dadurch die Triebfeder Hass ein wenig abhandengekommen. Die Katastrophe mit Kevin Muur hat das Fass schlussendlich zum Überlaufen gebracht. Anfängliche Euphorie und kurze Glücksgefühle sind in den letzten Stunden von schlechtem Gewissen und immer wiederkehrenden Schuldgefühlen abgelöst worden. Anna wankt emotional, aber sie wird nicht umfallen.

„Eine Frau, ein Wort", ist einer ihrer Gedanken.

„Elohim" treibt mit seinem Schmerz und der Glut seiner lodernden Rache auf das morgige Finale mit Michael zu. Er hat sich wie nicht anders zu erwarten war, richtiggehend in die Sache verbissen. Er ist ein Phänomen für Anna. Michael Löchtenberger ist sein Dr. Ankopopolos. Allerdings von außen betrachtet, mit ihrer beruflichen Erfahrung und ein wenig Distanz, muss Anna feststellen, dass sein Hass tiefer verwurzelt ist und auch viel mit Selbsthass zu tun hat. Michael Löchtenberger ist nur zur falschen Zeit am falschen Ort. Laura sowieso. Nur was machen sie mit dem „Sammler"? Sie hat noch keine Lösung für dieses Problem. Was wird er später einmal machen? Gut, vielleicht lösen sich manche Dinge auch von selbst. „Wir sind da, es ist wohl besser, wenn du hier aussteigst, mein Kätzchen. Ich denke mir fast, dass sie dich möglicherweise schon observieren."

Sie mag es nicht, wenn „Elohim" sie so nennt, aber heute ist ihr das einerlei. Es ist jetzt einfach keine Zeit für Unstimmigkeiten und persönliches mimosenhaftes Verhalten.

Sie sind mit dem Wagen am Karmeliter Platz angekommen, der am Beginn der Sporgasse liegt, die sogenannte Oberstadt von Graz. Von hier aus sind es für sie nur mehr fünf Minuten zu Fuß nach Hause. Auch „Elohim" hat es nicht mehr weit von hier.

„Alles klar, danke. Wir sehen uns morgen. Und pass bitte auf, dass der Sammler Laura nichts abschneidet, was wir morgen noch brauchen können", sagt Anna, während sie langsam aus dem Wagen steigt.

Er lacht lauter auf, als er es wahrscheinlich wollte. Ein Blick auf die Rolex zeigt ihr, es ist knapp vor 03:00 Uhr morgens. Die Zeit ist wieder einmal wie im Flug vergangen. Sie läuft nach dem Aussteigen los und versucht die Kälte der Nacht, die in sie hineinzukriechen versucht, durch die sportliche Bewegung zu vertreiben. Sie schaut seinem Wagen nicht nach, als dieser wieder Richtung Paulustor davonfährt. Sie steckt sich die Kopfhörer in die Ohren und wählt für den kurzen Weg von Sam Smith „Diamonds".

„Rip our memories off the wall, all the special things i bought.

„Welche Ironie", überlegt sie noch, als sie zur Musik gemütlich über den Freiheitsplatz trabt, um beim Eingang des Grazer-Doms vorbeizukommen, der hier stumm und dunkel seit 1577 steht.

Sie läuft durch das Burgtor und bleibt kurz vor der Auslage des dort ansässigen Blumengeschäftes stehen, um trotz vorgerückter Uhrzeit die wunderschön dekorierte Auslage zu betrachten.

Wann hat mir jemand das letzte Mal Blumen geschenkt, Anna?

Ein wenig wehmütig biegt sie nach dem Durchlaufen des Burgtors, rechts zum Parkring ab. Es sind nur mehr wenige Meter zu ihrem Haus. Sie stoppt ihren Lauf und beginnt die letzten Meter zu gehen um nicht zu sehr außer Atem zu sein. Warm ist ihr jetzt ja wieder. Sie bleibt stehen, um in den Taschen ihrer Jacke nach den Hausschlüsseln zu suchen. Sie hört die Schlüssel wohl klimpern in ihren Taschen, aber sie findet sie gerade nicht.

Da sind sie ja!

Sie zieht den Schlüsselbund aus der Tasche, nimmt sie in die rechte Hand und versucht die Haustür aufsperren, als das laute Geräusch einer zufallenden Autotür, sie kurz aufschrecken lässt. Damit hat sie um diese Uhrzeit nicht gerechnet. Er hat recht gehabt. Sie lächelt. Sie wundert sich über sich selbst.

Wie schreckhaft du doch bist, Kätzchen.

Mit einem Lächeln auf den Lippen dreht sie sich langsam zu der hinter ihr rufenden lauten Stimme zu.

„Frau Doktor Mühlbacher! Hallo! Bitte bleiben Sie kurz stehen, Polizei. Wir haben noch ein paar wichtige Fragen an Sie!"

57.

Stille. Die Musik ist aus. Sie spürt die Ohrstöpsel in ihren Ohren. Sie erschweren es ihr zu lauschen. Im Moment ist es ruhig im Zimmer, die Musik ist seit ein paar Sekunden aus.

„Gott sei Dank ist die Musik aus!", denkt sie. Sie wird wohl nie mehr klassische Musik hören können. Laura zittert, festgebunden auf einem Stuhl, immer noch am ganzen Körper.

Ihre Augen sind fest verschlossen, ihren Kopf hat sie nach unten gerichtet. Ihr fällt auf das sie ihre Zehen nicht spürt. Es fällt ihr schwer sie ein wenig zu bewegen. Die Zimmertemperatur ist nieder. Dadurch ist es klamm und kalt hier. Sie friert.

Erst vor ein paar Minuten hat sie sich in die Hose gemacht. Laura konnte es nicht mehr halten. Zu allem Überfluss tropft ihr der Urin jetzt auch noch langsam auf ihre Zehen. Sie ekelt sich vor ihr selbst. *Warum hilft mir niemand?*

Sie spürt, dass hier noch jemand ist. Es ist dieses bekannte, doch so unheimliche Gefühl, dass man nicht allein ist. Der Mensch spürt angeblich, wenn er beobachtet wird. So wie gerade jetzt.

Laura versucht ihre Finger ein wenig zu bewegen. Vorhin sind ihr beide Hände eingeschlafen. Man hat ihr die Arme hinter dem Rücken mit etwas Hartem, das fest in ihr Fleisch schneidet, gefesselt. Wahrscheinlich Kabelbinder.

Gut, dass der Kabelbinder deutliche Spuren hinterlässt.

„Da wird der Kollege, der den möglichen Mord an mir später einmal aufklären wird und meinen toten Körper untersuchen muss, einiges an Arbeit haben", sie wundert sich noch im selben Moment, welche absurden Gedanken man in seiner Verzweiflung oder vielleicht sogar in den letzten Momenten seines Lebens doch haben kann.

Ihr Kopf spielt verrückt. Es geht gerade richtig rund. Sie muss an Papa denken, ja sie erinnert sich sogar an ihre Mutter. Ihre Großeltern kommen ihr auch in den Sinn. Sie wird wohl bald bei ihnen sein, wenn mir niemand zu Hilfe kommt.

Hilfe? Nur von wem?

Das ist zurzeit ihre größte Sorge.

Wer soll mich bitte retten? Mich vermisst ja niemand?

Laura macht sich keine Hoffnung. Ihre Erfahrung sagt ihr, dass es hier wohl kein Entrinnen mehr geben wird.

Oh mein Gott, nicht schon wieder!

Laura pinkelt noch einmal. Sie kann ihre Blase nicht mehr unter Kontrolle halten. „Meine Blase muss auch gleich leer sein", denkt sie.

Bitte lieber Gott, hilf mir. Bitte, bitte hilf mir.

Es ist an der Zeit ihre Gedanken zu sortieren. Darum denkt. Laura ans Schwimmen im warmen Wasser. Sie flüchtet sich in einen Tagtraum. Sie denkt an das Meer. Laura liebt es zu schwimmen. Diese gleichbleibenden und doch regelmäßigen Bewegungen im Wasser ohne wirkliche Anstrengung. Das macht dich frei im Kopf.

Sie denkt an Michi! Das gibt ihr ein wenig Kraft.

Was macht er wohl jetzt? Wo er wohl gerade ist? Er ist im Bett. Vielleicht wird er sie vermissen. *Wird er sie such*en? Warum sollte er? Es ist doch nur ein Essen unter alten Freunden. Wer weiß, ob sie noch lebt bis er sie findet? *Wie spät mag es sein?*

Laura de Bianchi nimmt all ihren Mut zusammen und öffnet langsam ihre Augen. Es ist Nacht. Es ist finster. Sie muss sich erst an das Dunkel gewöhnen. Sie versucht ihre Augen ganz großzumachen. Die Augen weit zu spreizen, um wacher zu werden und um besser sehen zu können. Sie hebt langsam ihren Kopf und versucht im schummrigen Raum etwas zu erkennen. Ihr Kopf ist noch zu schwer. Sie senkt ihn wieder. Doch langsam gewöhnen sich ihre Augen die Finsternis. Sie weiß das sie nicht in ihrer Wohnung sein kann. Der Geruch hier ist anders. Sie fragt sich wo sie ist?

Streng dich bitte an, Laura!

Sie sieht ein Paar Schuhe vor sich am Boden. Männerschuhe. Sie hebt wieder langsam ihren Kopf. Es sitzt ihr jemand gegenüber. Ein Mann. Ihr Blick wandert von den Schuhen langsam über die dunkle Hose, über den dunklen Oberkörper, hinauf zu einem ihr vollkommen unbekannten Gesicht. Das macht ihr sofort wieder Angst. Sie kann unmöglichen erkennen, wer das ist.

Wer bist du? Was willst du? Oh mein Gott!

Es ist immer noch still im Zimmer. Sie meint im Gesicht gegenüber ein feines Lächeln zu erkennen, ja fast freundlich kommt ihr das Gegenüber vor. Der Sammler bemerkt die Bewegungen von Laura und nimmt zuerst seine, dann ihre Ohrstöpsel aus den Ohren. Er schaltet das Licht des Handys in seinen Händen so an, dass das helle Display sein Gesicht von unten beleuchtet. Auf Laura wirkt sein Gesicht in diesem Moment wie eine Fratze des Teufels. Sie erschreckt und versucht zu schreien. Sie kann aber nicht, denn ihr Mund ist mit einem Gaffa-Band fest verschlossen. Der Sammler lächelt sie immer noch fast milde an und spricht mit ruhiger fester Stimme zu ihr:

„Hallo, Frau Doktor, schön, dass Sie jetzt bei mir sind. Dann können wir ja langsam beginnen. Wir werden Sie jetzt einmal hübsch machen, oder? Sie haben ja bald ein Rendezvous mit dem Teufel. Oder soll ich besser mit Ihrem Prinzen sagen? Dafür müssen wir Sie ja besonders hübsch machen, nicht wahr?"

Sein fast keuchendes Lachen läuft durch ihren Körper, dass sie wieder nicht vermag, ihre Blase zu kontrollieren. Sie senkt darum erneut den Kopf und schließt wieder fest ihre Augen. Sie hört sein weit entferntes Lachen und ganz leise auch das leichte Tröpfeln des Urins, der auf den Boden unter ihr fällt.

58.

Ich befinde mich gerade bei Christian im Büro. Karin habe ich allein bei der Observierung gelassen. Christian hat mich vorhin angerufen und erzählt, dass er etwas Neues hat für mich. Ich bin sofort und direkt in die Paulustorgasse gelaufen. Nach der bisher so erfolglosen Observierung, vielleicht doch noch eine Chance diese Nacht zu retten. Wird ja Zeit. Eine Spur? Hoffentlich.

Auf dem Weg in die Zentrale habe ich versucht eine Zigarette zu rauchen, sie aber bei der Hälfte ausgedrückt und achtlos weggeworfen. Ich spüre einen bitteren und gallenartigen Geschmack in meiner Kehle. Die letzten Tage schlagen mir schon auf meinen Magen. Der fehlende Schlaf tut seinen Teil dazu, dass ich mich gerade beschissen fühle. Es ist Freitag früh, praktisch noch mitten in der Nacht. Meine Laune ist im Keller.

Also sitze ich auf meinem Sessel und betrachte gedankenverloren das Handy in meiner rechten Hand. Meine Gedanken laufen Sturm. Gerade danke ich wieder auf Laura. *Morgen treffe ich mich ihr. Was heißt morgen? Heute Abend!*

Wir werden heute Abend, ein Kontrollblick auf den Bildschirm sagt mir es ist knapp nach 03:15 Uhr, vielleicht mehr wissen. Ihre roten Locken und ihre Sommersprossen haben mich ein wenig verzaubert. Die Vertrautheit, unsere gemeinsame Jugend, vielleicht hat auch die Nachricht vom Tod ihres Vaters etwas in mir ausgelöst. Keine Ahnung. Ich bin im Moment eben im emotionellen Defizit. Zu lange habe ich das Gefühl von aufkeimender Liebe in mir nicht mehr zugelassen. Ich muss es mir wirklich eingestehen: Nicht mehr zu kuscheln ist keine Lösung. Andererseits erwarte ich mir auch nicht zu viel, es ist nur ein Essen.

Und Anna? Was mache ich mit Ihr? Anna Mühlbacher, eine von Geheimnis umrankte Persönlichkeit. Sie hat ein Gesicht, wie es schöner fast nicht sein könnte, top geschminkt und top gestylt.

Es stellt sich nur die Frage. Ist sie auch echt? Ist die Geschichte, die sie uns erzählt, wahr? Ist wirklich alles nur ein Zufall? *Glaube ich an Zufälle?*

Was aber, wenn nicht? Habe ich mit ihr geflirtet? Nein! Sie hat im Wesentlichen mit mir geflirtet. Wie dem auch sei. Irgendwas war da. Sie ist eine echt scharfe Frau.

He, mein Freund! Was ist nur mit dir los, Michael?

Aber ja, ich gebe es ja zu, ich habe auch ein wenig geflirtet mit ihr. Wer würde das auch nicht tun. Sie gab mir auch das Gefühl auf einer Wellenlänge mit ihr zu sein. Andererseits ist sie Psychologin. Sie weiß genau was sie tut, darum frage ich mich noch einmal: Ist sie ehrlich? Die wickelt mich um den kleinen Finger. Warum kennt sie beide Mordopfer? Warum hat sie nicht erwähnt, dass sie Kevin behandelt hat? Hat sie es vergessen oder hat sie es verschwiegen? Zu viele Fragen. Zu wenig Antworten. Zuviel Gefühl. *Verdammt.*

Zu guter Letzt galoppieren meine Gedanken noch zu Karin. Ich musste sie kurz allein lassen. Sie schafft das schon. Wie mag es ihr wohl gehen bei der Observierung? War das eine blöde Idee von mir? Auf jeden Fall, ein starker Einsatz von Karin. Besonders um diese Tages- und Uhrzeit. Und der Rest? Karin übt auf mich eine gewisse Faszination aus. Auch bei ihr fühlte ich mich heute auf vertrautem Terrain. Aber sie ist zu jung, oder? Andererseits erfüllt sie genau meine Erwartungen, die ich an eine Frau stelle. Was ich bis jetzt gesehen und gehört habe, wäre sie so was wie die Frau aus dem Wunschkatalog für mich. Ein offenes und wahrlich reines Wesen. Hmmm. Ein echt schöner Altersunterschied. Nicht zu vergessen, die wichtigste Regel: *„Don't fuck the team!"*

Diese Regel habe ich schon einmal gebrochen und mir vorgenommen, dass ich nie mehr ein Verhältnis mit einer Kollegin anfange. Das ging einmal nicht gut, warum sollte es dann jetzt gut gehen? Ich muss mich bremsen. Ich bin mit meinen Gedanken zu weit nach vorne gesprintet. Mir läuft mein privates Schiff gerade aus dem

Ruder. Ich lasse mich von drei Frauen verrückt machen und das in einer Woche. Was sage ich? Nicht einmal, in ein paar Tagen. Und das schlimme ist, ich bin selber schuld. Ist ja nicht so das die drei mich dazu zwingen.

Spinne ich? Ich fühle mich doch gut so. Ich habe die alten Geister weit hinter mir gelassen. Kein Kummer, keine Sorgen. Kein gebrochenes Herz. Ich habe auch keine Existenzängste mehr. Ich fühle mich frei.

Michael Löchtenberger ist ein freier Mann.

Als ich fertig bin mit meinem Gedankenkarussell, fällt mir ein, dass ich mich bei Karin kurz melden sollte. Ich schicke ihr schnell eine kurze Mitteilung:

„He Karin, noch wach? Ist alles klar? Ich brauche noch ein wenig Zeit mit Christian, komme aber so schnell ich kann wieder zu Ihnen."

Praktisch im selben Moment schreckt Christian förmlich von seinem Computer auf und gestikuliert wild in meine Richtung. Er schreit mich richtiggehend an:

„Oh mein Gott! Um Gottes willen, Michael. Bitte kommen Sie her und schauen sich das bitte an. Was ich da jetzt entdeckt habe, kann praktisch gar nicht sein. So ein Dreck. Ich sage nur: Houston, wir haben ein Problem!"

59.

Karin muss blinzeln. Sie blinzelt noch einmal. Was ist los? Wo ist sie? Alles tut ihr weh. Ihr Kopf dröhnt. Im Oberkörper zieht und spannt es. Sie fühlt sich gerade so, als wäre sie gegen eine Wand gelaufen.

Die letzten Momente liegen wie ein nebeliger Schleier über ihr. Sie war kurz bewusstlos gewesen und kommt gerade wieder langsam zu sich. *So ein Mist.* Noch ist alles ein wenig verschwommen. Langsam und unaufhaltbar schleichen sich die Erinnerungen an die letzten Minuten wieder in ihren Kopf ein. Es klingelt. Im wahrsten Sinne des Wortes. Was ist passiert?

Da fällt ihr es wieder ein. *Ganz schlecht.* So blöd von ihr. Himmel noch mal, sie hat einen Fehler gemacht. Sie wollte Michael überraschen. Sie wollte glänzen. Stattdessen hat sie richtigen Bockmist gebaut, als sie vorhin gerufen hat:

„Frau Doktor Mühlbacher, Polizei", war Anna Mühlbacher auch sofort stehen geblieben und hat sich sogar, mit einem Lächeln im Gesicht, zu ihr umgedreht.

„Um Gottes willen, jetzt haben Sie mich aber erschreckt. Polizei? Um diese Uhrzeit? Was habe ich denn verbrochen? Bin ich bei einer roten Ampel über eine

Kreuzung gelaufen?", fragte sie Karin immer noch lächelnd mit fester und lauter Stimme und kam ihr ein paar Schritte entgegen.

Bevor Karin aber noch ein Wort sagen konnte, griff Anna Mühlbacher in ihren Rucksack, den sie um die linke Hand gelegt hatte und zog blitzschnell einen Elektroschocker aus der Tasche.

„Was ist denn das?", dachte sich Karin und wurde noch bevor sie diesen Gedanken fertig gedacht hatte ruckzuck außer Gefecht gesetzt.

„*Na Bravo*. Gratuliere! Wie eine Anfängerin!", ärgert Karin sich immer noch. Die Schmerzen sind die Hölle. Sie liegt auch ziemlich unbequem. Wo bin ich bloß? Beim Versuch ihren Kopf zu heben, stößt sie sich fest den Kopf an. Da wird ihr es klar, dass sie wahrscheinlich im Kofferraum eines, im schlimmsten Fall sogar, ihres Autos liegt.

Hoffentlich ist das nur nicht mein Auto, das würde dann dem Fass wohl die Krone aufsetzten.

Sie versucht verzweifelt den Kofferraum aufzudrücken, natürlich ohne den Funken einer Chance. Sie klopft und schlägt auf das Metall. Nichts. Es ist stockdunkel. Die Suche nach ihrem Handy stellt sich als erfolglos heraus.

Diese blöde Kuh!

Sie schreit. Sie schreit laut, sie schreit so lange vor Wut und Zorn, bis sie nicht mehr kann und die ersten Tränen langsam beginnen warm an ihren Wangen runterzulaufen. „Bitte, das darf ja alles nicht wahr sein", schreit Karin. Sie zittert vor Wut.

„Wenn ich dich erwische du Schlange, bist du tot!", ein sicher recht lobenswerter Vorsatz, allerdings nur unter der Voraussetzung, dass jemand in der Nähe wäre und sie hören könnte.

60.

Das war für Anna Mühlbacher gerade unglaublich aufregend. Ein Adrenalinkick der Sonderklasse. So etwas hat sie noch nie gemacht. Sie zittert immer noch am ganzen Körper. Sie muss sich jetzt erst mal beruhigen. Anna hat sich einen Wodka eingeschenkt und das Glas auf ex ausgetrunken. Sie sitzt am Balkon und raucht. Ihr ist heiß. Das muss das Adrenalin sein.

Die blöde Kuh musste gerade jetzt kommen.

Als sie die Beamtin gesehen hat, war ihr das Herz in die Hose gerutscht. „Elohim" hat recht gehabt. Dieser Trampel hat tatsächlich auf sie gewartet. Aber sie hat super reagiert. Sie ist auf die Polizisten mit einem Lächeln im Gesicht zugegangen und hat die Gunst der Stunde genutzt.

Mit dem Elektroschocker hat sie die Frau überrascht. Sie ist einfach wie ein Stein umgefallen. Sie hat sie dann einfach aufgehoben und in den Kofferraum gesperrt. Praktisch das die Polizistin das Auto gleich hier hatte.

Die hat ja ein Gewicht wie eine Maus. Sie sollte vielleicht auch mehr essen.

Es war 03:30 Uhr und ihr Zeitplan ist jetzt vorerst mal im Eimer. Mein Gott, wieso hat sie nur so reagiert? Vielleicht wollte diese Polizistin sie nur etwas fragen. Andererseits um drei Uhr in der Früh? Eher unwahrscheinlich. Anna Mühlbacher ist nervös. Was haben die von der Polizei gegen sie in der Hand?

Natürlich hat sie die Anrufe von Michael am Handy gesehen. Was will er? Wieso ruft er sie um diese Uhrzeit an?

Ich bin so blöd!

Hektisch atmet sie ein und aus.

„Verdammt, verdammt, verdammt", sagt sie zu sich selbst, als sie das piepsende Handy der Polizistin in die Hand nimmt, um am Bildschirm zu sehen, dass sie gerade eine Nachricht erhalten hat. *Aha, Michael schreibt.*

Karin heißt sie also, die magere Kuh. Da wirst du schön schauen. Die Pop-up Nachricht verschwindet wieder vom Bildschirm und Anna versucht mit dem Handy von Karin eine Nachricht zu senden. Keine Chance. Fingersperre.

Sie nimmt das Handy in ihre Hand. Nimmt einen tiefen letzten Zug von der Zigarette und schnippt sie einfach vom Balkon, dass diese in einem weiten Bogen in die Nacht fliegt. Das bringt sie auf eine Idee. Sie nimmt ein paar Schritte Anlauf und mit aller Kraft wirft sie das iPhone einfach vom Balkon. Das Handy von Karin Gruber fliegt mit weitem Bogen in die stille Nacht und landet mit einem hörbaren Knall in einem der Innenhofgärten. Es tut gut zu hören, wie es in seine Einzelteile zerspringt. Es hört sich auf jeden Fall so an.

Sie bemerkt gleichzeitig, dass ihr Puls jetzt wieder langsamer wird. Sie bekommt auch wieder besser Luft.

„Soll das Boxen, als Ausgleich in der Reha, nicht ganz umsonst gewesen sein", denkt Anna und dreht sich um. Ihr Weg führt sie ins Schlafzimmer, um endlich fertig zu packen. Sie bleibt kurz bei ihrer Anlage stehen und sucht eine spezielle Nummer.

Perfekt!

Es ist ihr gleichgültig wie früh es ist, sie dreht die Lautstärke mehr auf. Als Melanie C mit ihrem Lied „Who i am" zu singen beginnt, fühlt sich Anna gleich wieder besser.

Sie hatte vorsichtshalber schon gestern damit begonnen, die notwendigsten Dinge einzupacken. Es war ja bei dieser ganzen Geschichte damit zu rechnen, dass sie auffliegen könnten. Für Anna war dies auf jeden Fall eine der möglichen Optionen. Sie hat sich gut vorbereitet.

Diese Woche hat sie sich einen schwarzen Golf als Leihwagen besorgt. Streng genommen war es ihr Papa. Sie brauchte nur einen kleinen Vorwand, besser eine kleine Notlüge und schon war er bereit dies für sie zu tun. Der

Wagen parkt seit heute in einer Seitengasse zur Schubertstraße. Dort ist grüne Zone und mit einem Tagesticket parkt der Wagen unauffällig und sicher. Außerdem hat sie sich nur zur Sicherheit bei unterschiedlichen Fluglinien, auf den Flughäfen Laibach und Zagreb, ein paar Flüge, zu unterschiedlichen Zeiten für Samstag gebucht. Sie hat sich ein großzügiges Zeitfenster gegeben. Es wird sicher kein Problem sein, absolut unbehelligt über die Autobahn via Spielfeld zur Grenze zu fahren. Dort wird sie schnell und ohne Kontrolle über die Grenze huschen und nicht einmal zwei Stunden später am Laibacher oder Zagreber Flughafen in ihren Flieger steigen. Kroatien oder Slowenien.

Ihr armer Paps. Papa wird verwirrt sein. Verstört wird er sein. Er wird die Welt nicht mehr verstehen. Sie hört wie ihr Mutter zu ihm sagen wird: „Ich habe es schon immer gewusst."

Recht sollst du haben, du Drachen. Armer Paps.

Sonst wird sie eher niemanden vermissen. Ihre beiden letzten

„Tanzpartner" hoffentlich auch nicht. Es ist ja wirklich ein Tanz auf dem Vulkan. Michael Löchtenberger, es ist angerichtet. Sie legt die letzten Teile in den „Weekender" und stellt ihn ins Vorhaus. Sie schaut auf die Uhr. Es ist 03:45 Uhr. Sie sollte nicht zu sehr trödeln. Wie es der Polizistin wohl geht? Ob Michael sie schon sucht?

Apropos Michael, vielleicht wird er sie auch vermissen, aber wenn, sicher aus anderen Gründen.

Vielleicht werde ich ihn vermissen? Bleib cool, Anna!

Anna stellt den ebenfalls gepackten Louis-Vuitton-Koffer auch noch ins Vorhaus und geht kurz zurück in das Wohnzimmer. Sie geht zur Balkontür und schließt sie. Ein letzter Blick in den Innenhof. Wenn es auch dunkel ist, ein paar Fenster in den anderen Häusern sind sogar beleuchtet. Anna wird diesen Hof vermissen. Langsam zieht sie die Vorhänge zu. Sie betrachtet ihre Anlage. Es fällt ihr schwer die geliebte Musikanlage hierzulassen. Die einzelnen Komponenten waren teuer und ein guter Begleiter im letzten Jahr. *Schade, ich werde dich vermissen Baby.*

Sie sucht ein neues Lied. Ein letztes Lied: „Du bist alles" von Woods of Birnam aus der genialen Serie Babylon Berlin.

Atmen Anna, atmen.

Eine einsame Träne läuft über ihr Gesicht. Sie setzt sich zum Couchtisch. Ist es wirklich das letzte Mal? Sie lässt ihre Augen durch das Wohnzimmer schweifen und ihr wird klar, dass sie alles hier vermissen wird: ihr Zimmer, ihre Wohnung, ihre Zuflucht. *Who cares?*

Sie öffnet die kleine silberne Box mit dem weißen Pulver. Ihr geliebtes Kokain. Sie streut sich eine großzügige

Straße auf den Tisch. Sie nimmt eine Karte und bastelt sich eine Line.

Heute brauchen wir ja nicht mehr zu sparen.

Sie zieht sich das Kokain, mit einem Zug durch das silberne Röhrchen, in ihre rechte Nasenöffnung. Sie seufzt laut auf, lehnt sich zurück und genießt den Moment. Dann geht sie in aller Ruhe in ihr Badezimmer, um sich noch einmal hübsch zu machen. Für das heutige Finale.

Ein letzter Blick auf ihre Uhr: 04:00 Uhr. *Perfekt.* Ein wenig Zeit bleibt ihr ja noch.

61.

Christian und ich sitzen uns am Besprechungstisch gegenüber. Wir versuchen, die neuesten Erkenntnisse zu verarbeiten. Es geht vor allem darum, diese auch zu verstehen. Die dampfende Tasse doppelter Espresso, die zum Wachhalten auf dem Tisch steht, ist gar nicht nötig. Die neuen Erkenntnisse haben uns beiden gerade einen klassischen Adrenalinschub verpasst.

Ich bin sogar ziemlich aufgekratzt. Die frühe Stunde geht auch an mir nicht spurlos vorüber. Mein Nervenkostüm ist gerade nicht mehr das Beste. Es treibt mich noch in den Wahnsinn, dass ich niemanden erreichen kann. OK, es ist Freitagmorgen 05:30 Uhr.

„Wann stehen die alle endlich auf?", frage ich mich. Wann schalten die denn ihre Handys wieder ein? Ich werfe gefühlt alle fünf Minuten einen Blick auf den Bildschirm meines Handys, um die Uhrzeit zu kontrollieren. Schneller vergeht die Zeit deswegen leider nicht. Die Minuten schleichen förmlich voran. Mir geht alles viel zu langsam.

Hallo. Wir sind es, die Polizei. Euer Freund und Helfer!

Ich habe keine Zeit zum Scherzen, mir ist es todernst. Es ist mir scheinbar unmöglich, Anna Mühlbacher zu erreichen. Karin hat meine Nachricht zwar gelesen, aber leider nicht zurückgeschrieben. *Seltsam.* Horst wurde von Christian verständigt und hat vor Kurzem zurückgeschrieben. Er befindet sich auf dem Weg zu uns. Es ist noch zu früh, um Florian zu erreichen. Ich habe ihm eine SMS geschickt, dass er mich gleich nach dem Aufstehen anrufen soll. Der wird Augen machen, wenn ich ihm von den ganzen neuen Erkenntnissen erzähle. Wo fange ich an?

Kevin Muur und Eliza Kadic sind oder besser gesagt, waren tatsächlich beide Mitglieder im von uns besuchten Fitnessstudio. Wie wir schon wussten, wird es auch von Karin besucht und – aber hallo – jetzt kommt es, natürlich auch von Anna Mühlbacher. Das sind mir zu viele Zufälle auf einmal. Da muss ich weder Hellseher und auch kein Meisterdetektiv sein, dass alle Alarmglocken bei mir zu läuten beginnen. Zuviel Frau Mühlbacher auf einmal.

Sagt noch einmal einer etwas über die digitale Recherche.

Christian hat einfach mit einem seiner neuen Suchprogramme und mit den Namen der beiden Opfer die Datenbank des Fitnessstudios durchforstet. Er hat aber auch ein paar andere wesentlich aussagekräftigere Datenbanken durchforstet. Die Idee den Namen von Anna Mühlbacher auch einzuspeisen, dafür gehört ihm eine Medaille verliehen. Und prompt hatte er seinen Treffer. Besser sogar, zwei Treffer. Jetzt kommt es.

Der erste Treffer war beim Finanzamt in Graz, in der Abteilung der Grundbucheintragungen, bei einem der dazugehörigen Konten. Sowohl Kevin Muur als auch Anna Mühlbacher haben erst neulich bei der Finanz einen höheren Betrag einzahlen müssen. Kevin Muur, weil er für seine Eigentumswohnung die Grunderwerbsteuer zahlen musste. Anna Mühlbacher hat ihre Wohnung und ihre Ordination verkauft. Auch hierbei fiel eine Steuerleistung an, die sie noch bezahlen muss.

Eliza Kadic hat bei ihrer Hausbank einen Kredit aufgenommen, warum wissen wir noch nicht. Es handelt sich um einen kleineren Betrag, so um die 5.000 Euro. Für einen Urlaub? Für neue Sneakers, für Mode? Um ihr Konto abzudecken, wer weiß?

Wir werden es bald wissen.

Aber der zweite Treffer ist echt Top. Sowohl bei Kevin als auch bei Eliza und natürlich, wie sollte es auch anders sein, bei Anna hatte das gleiche Notariat aus Graz, mitten im Grazer Zentrum, alle rechtlichen Formalitäten erledigt.

Bingo. Das nenne ich mal eine gute Nachricht, endlich ein paar verheißungsvolle Hinweise.

Das ist kein Zufall mehr, das ist eine Spur. Eine Leuchtspur. Hier laufen die Fäden zusammen. Wie hat Anna Mühlbacher bei der Sache ihre Finger im Spiel? Sie kennt zumindest ein Opfer beruflich und das andere vom Fitnessstudio. Der Notar könnte auch ein Schlüsselhinweis sein. Oder ist alles wirklich nur ein blöder Zufall?

Mein Blick schweift zu Christian, der ist seit Stunden mit seinem Computer verschmolzen. Vor ihm am Tisch stehen drei leere Tassen, auch er kämpft sich mit Kaffee über die Runden. Wir haben die Nacht zum Tag gemacht.

„Christian, was denken Sie? Das mit dem Notar ist eine heiße Spur, oder? Ich bin mir fast sicher, dort finden wir eine heiße Spur zum Täter. Nur wer ist es? Vielleicht sogar jemand aus dem Notariat?", frage ich ihn über meinen Tisch hinweg. Christian nimmt seine Brille von der Nase, schaut mich müde an und reibt mit den Fingern seine Augen.

„Ehrlich Michael, ich habe keine Ahnung. Spuren zu suchen und zu finden, das ist meine Aufgabe und mein Job. Mich verwirrt die ganze Situation komplett, ich habe echt keinen Plan."

Ich habe auch keinen Plan, ich brauche aber einen.

Ich muss Anna finden.

Ich muss zu Karin.

Ich muss zum Notariat.

„Als Erstes müssen wir Karin finden. Da stimmt etwas nicht", ich greife zum Telefon, rufe beim Journaldienst an und veranlasse eine Streife zur Wohnung von Karin zu fahren. Im selben Moment kommt Horst mit einem freundlichen Lachen im Gesicht zur Tür herein.

„Guten Morgen, die Herren. Alles klar? Gibt es was Neues?", fragt er uns und geht – was auch sonst – zur Kaffeemaschine, um sich einen frischen Kaffee zu machen. Gott sei Dank hat einer von uns noch gute Laune. Die wird ihm gleich vergehen.

Ich versuche zum gefühlt tausendsten Mal Karin anzurufen und lande wie auch zuvor auf der Mobilbox.

Das gibt es nicht. Das kann nicht sein.

Jetzt platzt mir der Kragen, ich kann nicht mehr abwarten. Mein Bauchgefühl sagt mir, dass ich handeln muss. Ich rufe zu Christian:

„Machen wir eine Handyortung von Karin, bitte! Sofort! Ich bin mir sicher, da stimmt etwas nicht."

Horst bringe ich auf den neuesten Stand, während Christian mit wenigen Handgriffen und nicht ganz legal versucht, das Handy von Karin zu orten. Die ganze Situation erfordert rasches Handeln und ich beauftrage Horst uns zu helfen. So schnell wie möglichsoll er mit Christian als Verstärkung das Notariat aufzusuchen. Die sperren sicher bald auf.

„Die sperren um 07:30 Uhr auf, Michael", sagt Horst, während er sich auf der Homepage der Kanzlei informiert. Ich denke kurz nach und gebe folgenden Befehl:

„Horst, laufen Sie bitte zum Staatsanwalt. Erklären Sie ihm die ganze Sachlage. Es ist eindeutig Gefahr im Verzug. Wir brauchen die Akten der beiden Mordopfer und die von Anna Mühlbacher gleich dazu. Wenn sie die Papiere haben, dann schnappen Sie sich wie gesagt Christian als Verstärkung und fahren so schnell es geht zur Kanzlei. Wo ist die noch einmal?"

„In der Kaiserfeldgasse, wie üblich Nähe Gericht", sagt Christian zu mir über den Tisch hinweg und beobachtet mit mir gemeinsam, wie Horst versucht, einen Staatsanwalt ans Telefon zu bekommen. Dies ist ihm anscheinend erfolgreich gelungen, denn wir sehen ihn nur aus dem Büro stürmen, um den Staatsanwalt im Haus zu besuchen. *Perfekt, das geht ja schnell.*

„Was ist mit der Handyortung Christian?", ich drehe mich wieder zu Christian um und schaue ihn neugierig an. In meinem Bauch rumort es.

Scheiß Bauchgefühl. Jetzt nur keinen Fehler machen. Wir nehmen die Spur aber auch Fahrt auf. Wenn wir erst mal ins Rollen kommen, wird uns niemand mehr stoppen können. *We are the rolling stones!* Christian schreckt auf:

„Ich habe etwas, Boss. Der letzte Kontakt war 03:29 Uhr, gleich der Nähe von hier. Am Parkring", ruft Christian mir zu. Er scheint ebenfalls sichtlich aufgeregt zu sein.

„Ich mache mir jetzt wirklich Sorgen, Michael! Ihr Handy ist jetzt aus. Kein Signal zum Orten. Wo verdammt hat sie nur ihr Handy? Wo bitte ist Karin?"

Mir wird kalt, ein Schauer läuft mir über den Rücken. Mein Bauch meldet sich wieder.

„Christian, ich habe einen Verdacht. Ich muss weg. Halten Sie mich am Laufenden", sage ich zu ihm, packe meine Sachen zusammen und laufe zügig aus dem Büro.

Es ist Freitag und gerade mal 06:00 Uhr früh.

62.

Der Sammler hat die tief schlafende Laura de Bianchi mühelos über den Gang in ihre eigene Wohnung getragen. Es sind nur wenige Meter durchs Stiegenhaus. In ihrer Küche hat er sie auf einen der Stühle dort platziert und mit Kabelbinder an der Lehne und den Stuhlbeinen fixiert. Er tauscht gerade das Gaffa-Band über ihren Lippen durch ein neues aus. Mit seinen schwarzen Plastikhandschuhen streichelt er ihr vorsichtig die Haare aus dem Gesicht.

„Arme schlafende Prinzessin, bald hast du es überstanden. Vielleicht kommt dein Prinz ja noch, um dich zu retten", sagt er zu Laura und dreht sich laut lachend um, um durch das kleine Vorhaus in das angrenzende Schlafzimmer zu gehen. Der Sammler muss im Schlafzimmer von Laura de Bianchi noch alles für später vorbereiten. Schon zuvor hat er am Boden im Schlafzimmer und Bett die bewährte Folie ausgebreitet. Er kontrolliert zur Sicherheit noch einmal, ob sie auch ordentlich verlegt ist.

Danach öffnet er ihren Kleiderschrank und durchsucht die Schubladen mit der Unterwäsche. Der Sammler nimmt einige der Teile in die Hand, um sie genauer zu betrachten. Er möchte Laura besonders hübsch machen für Michael. Schlussendlich entscheidet er sich für ein schwarzes Negligé und einen Hautfarben, leicht transparenten Body. Die beiden Teile legt er behutsam auf den rosaroten Hocker im Schlafzimmer. Er schüttelt leicht seinen Kopf. Der Stil hier im Zimmer ist gar nicht sein Geschmack. Alles zu weiblich. Das Schlafzimmer ist mit einem weißen Bett und Schrank eingerichtet, wobei der Teppich, die kleinen Möbelstücke und die Bettwäsche alles in Rose gehalten ist. Sogar die Bilder an der Wand enthalten rosa Elemente.

Ein rosa Elefant und eine Herde Flamingos! Echt typisch Frau.

Plötzlich hört er ein Geräusch aus der Küche. „Sie wacht auf", denkt er und schlendert entspannt in die Küche zurück, um nachzusehen, wie es mit Laura so bestellt ist. Diese blickt ihn mit großen Augen an.

„So sieht man sich wieder, Frau Doktor. Gut geschlafen?", fragt er die gefesselte Laura und lächelt sie süffisant an. Er geht einen Schritt zum Küchentisch und nimmt die Waffe, die er vorher dort abgelegt hat, in die Hand, um sie Laura zu zeigen. Mit einfachen Worten erklärt er ihr die Situation:

„Keinen Mucks. Bleib ganz ruhig. Wenn du Schwierigkeiten machst, dann bringe ich dich einfach um, kleine Laura!"

Mehr gibt es nicht zu sagen. Laura senkt wieder ihren Kopf, um ihm nicht zu zeigen, dass ihr dicke Tränen über das Gesicht laufen. Emotionslos schneidet er Laura eine Spur langsamer als notwendig, mit einer goldenen Schneiderschere das Gewand vom Körper. Danach sammelt er die Stofffetzen sehr behutsam ein, um sie alle in den schwarzen Müllsack zu stecken. Dann fesselt er ihr die Hände mit einigen langen Kabelbinder, als würde sie beten, fest zusammen. Schlussendlich betrachtet er stolz sein Werk. Der Sammler ist sehr zufrieden mit deinem Werk.

Der nächste Weg führt ihn ins Badezimmer, damit Wasser in die Wanne läuft. Er dreht die Armatur bis zum Anschlag auf, um das Wasser möglichst heiß einlaufen zu lassen. Das Wasser sprudelt dampfend in die Wanne. Er nimmt eine der vielen Flaschen mit Badesalz, die auf der Ablage neben der Wanne stehen und schnuppert daran. Als er das richtige gefunden hat, gibt er eine großzügige Menge davon in die Wanne.

„Wir müssen heute nicht sparen, Prinzessin", sagt er laut zu sich selbst während er wieder zurück in die Küche geht. Es ist Zeit Laura de Bianchi zu holen. Jetzt komm ein wichtiger Teil seiner Aufgabe. Er muss sie reinigen. Sie stinkt nach Urin und nach Angstschweiß. Das muss er ändern.

„Komm Prinzessin, wir gehen dich waschen. Du musst richtig schön sauber sein, wenn später unsere lieben

Gäste kommen", er schneidet vorsichtig die Kabelbinder auf und hebt spielerisch die schluchzende Laura de Bianchi auf.

Sie ist leicht wie eine Feder.

So trägt er sie ins Bad. Dort lässt er sie eher sanft in die Wanne gleiten, vor allem, dass ihre Haare nicht nass werden. Er hat nicht mit dem Kampfgeist von Laura de Bianchi gerechnet. Laura beginnt zu jammern und zappelt so wild in der Wanne, das einiges vom Wasser über den Rand schwappt. Das ärgert ihn. Der Sammler reißt ihr mit einem Ruck das Band vom Mund und schreit sie plötzlich an:

„Was ist dein Problem, Prinzessin?"

Die nach Luft schnappende Laura schreit verzweifelt zurück:

„Spinnst du, das Wasser ist doch viel zu heiß, ich verbrenne."

„Ach komm doch Prinzessin, Frauen haben es doch gerne, wenn sie heißes Wasser zum Baden haben", sagt er zu der sich windenden Laura de Bianchi und ohne auch nur seine Miene zu verziehen, schlägt er ihr mit der flachen Hand kräftig wieder ins Gesicht. Gleichzeitig fährt er sie zornig an:

„Der Einzige, der hier schreit, bin ich, du Trampel!"

Dann nimmt ein neues Gaffa-Tape und klebt der verdutzten dreinschauenden Laura ihren Mund, mit den zitternden Lippen wieder fest zu.

„Selbst Schuld", mehr gibt es nicht zu sagen. Laura ist mit ihrer Kraft am Ende, das heiße Wasser zieht ihr spürbar die letzte vorhandene Energie aus ihrem Körper.

Himmel, was kommt hier noch? Lieber Gott, bitte hilf mir!

Die Tränen laufen wie Sturzbäche über ihre rot leuchtenden Wangen die vor Hitze glühen. Ihr Herz schlägt so schnell, dass sie förmlich Angst hat, dass ihr das alles zu viel wird. Sie ist nicht mehr in Lage, einen klaren Gedanken zu fassen. Angst und Panik lassen ihr inneres Kartenhaus zusammenbrechen. Das bescheuerte Band hindert sie am freien Atmen und aus der Nase rinnt gleich viel Flüssigkeit wie aus den Augen.

Hilfe. Papa.

Der Sammler steht neben der Wanne und beobachtet Laura mit einer Eiseskälte. Er zieht ihren Körper nach oben und richtet sie ein wenig auf. Laura sitzt jetzt wie eine Kerze aufrecht und gerade in der Wanne. Sie schließt ihre Augen und versucht an etwas Schönes zu denken. An einen Ort, den sie geliebt hat, sie denkt an den Strand in Kroatien auf der Insel Krk, wo ihr Papa als Kind mit ihr immer den Urlaub verbracht hat. Sie versucht sich die Pinienbäume mit ihrem herrlichen Geruch vorzustellen. Sie bemerkt, dass es funktioniert und so hat sich das jahrelange Mentaltraining doch noch ausgezahlt. Langsam merkt sie wie ihr Körper sich ein wenig entspannt.

Doch leider hat sie die Rechnung ohne den Wirt gemacht. Er beginnt sie mit ihrem Schwamm, ein Andenken vom letzten Rhodos-Urlaub, einzuseifen. Er pfeift ein unbekanntes Lied. Sie ekelt sich. Sie lässt die Augen geschlossen und wieder macht sich die Verzweiflung in ihr breit.

Der Sammler arbeitet zügig und schnell. Mit der Duschbrause spritz er sie ab und betrachtet danach sein Werk. Er ist zufrieden. Langsam zieht er sie aus der Badewanne und setzt die inzwischen kraftlose Laura auf den Rand der Wanne. Er nimmt eines ihrer Handtücher und beginnt sie abzutrocknen. Dann hebt er sie abermals hoch und trägt sie zurück in die Küche. Laura zittert am ganzen Körper. Ihr ist kalt. Sie hat Angst. Sie flippt innerlich gleich aus. Sie fürchtet um ihr Leben.

Hoffentlich ist es bald vorbei. Lieber Gott, hilf mir bitte.

Er bindet sie mit geübtem Griff noch einmal fest an den Stuhl und geht ins Bad zurück, um alles gründlich sauberzumachen. Alles läuft nach Plan, da fällt ihm etwas ein. Ein Blick auf die Parfums von Laura und er weiß was jetzt noch fehlt. Die Reihe, der ordentlich aufgestellten Flaschen fasziniert ihn. Er fährt mit seinem Finger über die unterschiedlichen Flacons.

Welches soll ich nehmen?

Seine Wahl fällt auf „Opium". Er nimmt das Parfum und geht damit zurück in die Küche, um Laura mit dem Parfum zu bestäuben.

„Jetzt duftest du auch noch gut, Prinzessin."

Er wirft einen Kontrollblick auf seine Uhr. Wie immer liegt er sehr gut in der Zeit. Eine letzte Sache muss er allerdings noch erledigen. *Endlich. Meine Prinzessin.*

Er überlegt noch einen kurzen Moment. Es ist nun an der Zeit für sein persönliches Andenken. Nicht umsonst nennt er sich der „Sammler". Er hatte am Beginn, als sie sich Namen gegeben haben, ein Problem damit. Es kam ihm seltsam vor. Unnatürlich. In der Zwischenzeit hat er sich damit arrangiert und zu seiner eigenen Überraschung mag er seinen neuen Namen.

Ich bin der Sammler. Das klingt gut.

Seine Aufgabe hier und jetzt hat er im Prinzip erledigt. Nun liegt es an ihm, sich seine Belohnung zu sichern. Er weiß auch schon genau, was es ein soll.

„Ich weiß, was ich will", hat der gute Udo Jürgens früher so schön gesungen. Während er leise die Melodie summt, nimmt er behutsam, die alte rostige Schafschere aus seinem Rucksack und geht zurück zu Laura in die Küche.

Für einen stillen Moment betrachtet er die schlafend wirkende Laura. Es ist als hätte er alle Zeit der Welt. Er erwacht aber wieder aus seinem Tagtraum und wendet sich Laura zu. Der Sammler räuspert sich und sagt mit sanfter Stimme zu ihr:

„Aufwachen Prinzessin. Du bist jetzt sauber und rein. Und wie du erst gut duftest. Das macht es vollkommen für mich. Du wirst Augen machen und dein Michael erst."

Laura öffnet erschöpft ihre Augen. Langsam hebt sie ihren Kopf, um ihn in seine Augen zu schauen. Sie kann es nicht glauben.

Was kommt denn jetzt noch? Lass mich in Ruhe du Freak!

Laura beobachtet den Sammler und was sie sieht, irritiert sie. Der Sammler tänzelt mit geschlossenen Augen auf sie zu und singt leise ein Lied:

„Ich weiß, was ich will. Das jede Nacht für uns zum Karneval wird und jeder Weg nur zueinander uns führt. Das ist mein Ziel. Sag mir nur eins: Will ich zu viel?"

Locker tänzelt er hinter die wimmernde Laura und stellt sich hin. Immer noch sein Lied summend legt er seine linke Hand auf ihre Stirn, um ihren Kopf leicht zu stützen. Dann beginnt er mit der rechten Hand die Schafschere zu öffnen und zu schließen und der wimmernden und zuckenden Laura de Bianchi ihre roten Locken vom Kopf zu scheren.

„Ich hab' noch nie im Leben Berge versetzt, ich tu' es jetzt."

In schlechten Filmen werden die Schlechten besonders schlecht hingestellt.

Walter Ludin

(*1945)

Journalist, Aphoristiker und Buchautor

63.

Freitags 05:40 Uhr, am Parkring

Anna Mühlbacher steht in der Dusche und lässt sich das heiße Wasser über den Körper laufen. Sie zieht sich in aller Ruhe an und entscheidet sich danach für die heute so perfekt passende kupferfarbige, wild gelockte Perücke. Sie muss sich nur noch schminken. Sie versucht – aufgekratzt wie sie ist – ein perfektes Make-up aufzutragen. Zur Feier des Tages schenkt sie sich zum Frühstückscappuccino, auch ein Glas „Moet & Chandon" Champagner ein.

Sie setzt sich an den Küchentisch, betrachtet gegenüber an der Wand den gerahmten Fotodruck von Marylin Monroe in schwarz-weiß und verabschiedet sich im Gedanken Stück für Stück, von ihren Habseligkeiten. Anna zündet sich eine Zigarette an und nimmt einen Schluck, vom edlen Getränk.

Wäre doch schade um den teuren Sprudel.

Am LCD im Hintergrund läuft das Frühstücksfernsehen von Puls4. Sie lässt sich noch eine Weile von den Berichten berieseln, steht dann auf und geht ohne den Fernseher auszuschalten ins Vorhaus. Dort schnappt sie sich ihre Taschen und sperrt die Wohnung ein letztes

Mal ab. Durch das Stiegenhaus geht sie zum Ausgang des Hauses, stellt die Taschen auf der Straße ab und ruft sich ein Taxi.

Während sie auf das Taxi wartet, hat sie plötzlich einen Einfall. Sie blickt sich vorsichtig um, ob sie wohl allein ist. Dann schlendert sie gelassen zum schwarzen BMW und wirft noch ein vorsichtiger Blick auf alle Seiten.

Niemand da. Perfekt. Wie ausgestorben.

Sie steht neben dem Kofferraum vom BMW von – wie sie ja jetzt weiß – Karin und schlägt mit der rechten Handfläche zweimal auf das Metall des Wagens:

„Na Schätzchen, hast du eine bequeme Nacht gehabt? Hoffentlich fühlst du dich auch wohl. Blöd gelaufen, oder? Vermissen tut dich wohl gerade auch niemand?", während sie das zu der eingesperrten Karin sagt, schlägt sie mit der Hand laut und fest auf den vom Morgenreif ganz feuchten Kofferraumdeckel. Keine Antwort. So etwas liebt sie. Sie hält die Zügel fest in der Hand. Zur Kontrolle geht sie zum leicht geöffneten Seitenfenster – das sie gerade so weit offengelassen hat – um den Schlüssel von der dummen Polizistin wieder zurück ins Auto zu werfen. Natürlich erst, nachdem sie es zuvor sorgfältig zugesperrt hat.

Sollen sich nur ein bisschen anstrengen, deine Kollegen.

Als sie das Taxi kommen sieht, winkt sie kurz mit der Hand und spaziert gelassen zum Wagen. Während der junge Mann ihr Gepäck im Kofferraum verstaut, nimmt sie am Rücksitz Platz. Sie fährt oft und gerne mit dem Taxi. Darum natürlich auch heute. Sie bittet den Fahrer die Musik etwas leiser zu drehen und sagt ihm die Adresse an. Während der Fahrt betrachtet sie vom Rücksitz aus, die morgendliche Atmosphäre auf den Straßen von Graz. Langsam erwacht die Stadt wieder zum Leben.

In einer Seitenstraße der Schubertstraße, gleich in der Nähe vom Haus von Laura de Bianchi, steigt sie aus. Beim dort geparkten Leihauto verstaut sie ihr Gepäck sicher im Kofferraum. Sie hat auch noch einen Rucksack mit Reservegewand vorbereitet, damit sie sich später im Auto umziehen kann. Dieser landet im Fußraum hinter dem Beifahrersitz.

Aktuell trägt sie eines ihrer schwarzen Turnoutfits. Mit der ebenfalls schwarz glänzenden Daunenjacke von „Moncler" fühlt sie sich dem Anlass entsprechend, gut gekleidet. Die Jacke ist die richtige Wahl. Zudem schützt sie ihre Lieblingsjacke perfekt vor der kalten Morgenfrische. Jetzt, wo ihr Adrenalinspiegel sich wieder normalisiert hat, bemerkt sie erst, wie kalt es im Freien noch ist. Trotzdem fühlt Anna sich ziemlich wohl.

Ab jetzt gilt ihr Fokus den kommenden Stunden. Der Plan wäre gewesen, Michael am Abend seiner Einladung zum Essen bei Laura, zu überraschen. Laura hatte sie vorgestern erst angerufen und sie um einen freundschaftlichen Rat für das Rendezvous mit Michael gebeten.

„Welche wunderbare Idee, mein Schatz! Ja, das musst du unbedingt machen. Er ist ja anscheinend ein richtig toller Kerl, dieser Michael", säuselte sie Laura ins Ohr und traf damit wohl voll ins Schwarze. Sie, die „Katze" informierte daraufhin den „Sammler" und vorher natürlich „Elohim", der ebenfalls sehr angetan war, von der zügigen Entwicklung seines Rachefeldzugs. So machten sie also Nägel mit Köpfen und verlegten ihren perfiden Plan und das so lang erwartete Finale einfach auf heute.

Jetzt heißt es eben, ein wenig improvisieren.

Martin Körner hätte die dritte Leiche werden sollen. Sie wollten den Kreis um Michael immer ein wenig enger ziehen. Jetzt brauchen sie ihn aber nicht mehr. Pech für Körner. Sie überspringen das Ganze und finalisieren heute. Perfekt. Sie denkt in aller Ruhe noch einmal über die ganze Sache nach und ein zartes Lächeln zaubert sich in ihr Gesicht. Würde sie einen stummen Beobachter haben, würde er glauben, sie lächle selig vor sich hin. Denn der finale Schachzug meine Freunde – haltet euch fest – der ist dem eines Finale Grandes würdig. Sie steigt aus dem Wagen, zündet sich eine Zigarette an und inhaliert ein paar tiefe Züge. Dann greift sie zu ihrem Handy in ihrer linken Jackentasche und schreibt Michael eine letzte finale Nachricht.

64.

Christian Spuler und Horst Zeransky sind mit grell blinkendem Blaulicht am Dach mit und mit schrillen Sirenen unterwegs in die Kaiserfeldgasse. Horst treibt seinen schwarzen BMW mit seinem Fuß am Gas durch die verkehrsarme Stadt. Das Ausstellen des vorläufigen Durchsuchungsbefehls und die darin verlangte Akteneinsicht, hatte beiden zuvor einen Rüffel vom Staatsanwalt eingebracht. Als Horst noch im Vorraum des diensthabenden Staatsanwalts gewartet hat, ist Christian just in jenem Moment zu ihm gestoßen, als die Tür aufging und sie – und was für eine Sie – die beiden ohne Begrüßung gefragt hat:

„Meine Herren, Sie wissen, wie spät es ist? Oder soll ich besser fragen, wie früh es ist?"

Christian blieb wie versteinert stehen, denn seine lang gesuchte Traumfrau stand endlich vor ihm. Er sah eine große, schlanke Frau mit unglaublich langen Beinen. Ihre dunklen Haare hatte sie locker im Nacken zusammengebunden. Das Make-up war eher dezent und in natürlichen Tönen gehalten, einzig der rote Lippenstift betonte ihre füllingen Lippen so stark, dass Frau Staatsanwalt ihm sehr stark an Angelina Jolie erinnerte. Sie trug eine modische schwarze Brille, ähnlich wie seine eigene. Eine strahlend weiße Bluse mit einem grau getupften, schwarzen Schal, die sie aber wie locker, wie eine Krawatte gebunden um den Hals trug. Eine leicht geraffte, schwarze Bundfaltenhose unter der beim Bein-Ende die Spitzen von schwarzen Stöckelschuhen hervorblitzten, gab ihr ein sehr solides, aber trotzdem etwas extravagantes Aussehen. Er war nicht in der Lage auch nur ein Wort an sie zu richten. Sie war einfach zu schön für ihn. *Wunderschön.* Horst erklärte knappen Worten die Sachlage und Frau Staatsanwalt DR. Marie Lichtenwallner gab den beiden, ohne viele weitere Worte zu verlieren, die nötigen Dokumente. Horst konnte sich ein Schmunzeln aber nicht verkneifen, da ihm auffiel, dass auch die gute Frau Dr. Lichtenwallner mit ihren Augen, für ein paar Sekunden zu lange, bei Christian hängengeblieben ist. Sie drehte sich mit einem kurzen Gruß um und ging wieder in ihr Büro zurück. Auch sie hatte eine lange Nachtschicht hinter sich. Vor allem ihr roter Schmollmund beeindruckte Christian ein paar Minuten später immer noch.

„Oh mein Gott. Was für eine tolle Frau. Die Frau Staatsanwalt sollte besser eine Modelkarriere einschlagen. Schaut die immer so wahnsinnig scharf aus, um diese Uhrzeit?", fragt er begeistert Horst und blickt diesen mit einem schiefen Grinsen in seinem bärtigen Gesicht, schräg von der Seite an.

„Die schaut immer so gut aus!", sagt Horst mit der Emotion eines Ackergauls zu ihm und fügt noch dazu:

„Wir sind gleich da, mach dich bereit, Christian."

Er bremst sein Auto in der Kaiserfeldgasse ab und stellt es mit flackerndem Blaulicht vor der Einfahrt des Hauses ab. Durch die großen Tafeln an der Wand ist nicht zu übersehen, dass sich hier das Notariat befindet. Es ist knapp nach halb acht und die Kanzlei hat schon geöffnet. Er parkt sein Auto direkt in die Einfahrt zum Haus, aber natürlich so, dass hier vorerst keiner mehr ein- und ausfahren kann. Es dauert keine Minute und die beiden stehen vor der Eingangstür des Notariats. Christian läutet mit der linken Hand Sturm. Er ist sichtlich nervös.

„Einmal kurz läuten hätte sicher auch gereicht", denkt Horst noch, als der Türöffner summt. Mit zügigem Schritt springen sie die Stufen in den ersten Stock und stehen einen Augenaufschlag später vor zwei sehr überraschten, schmucken Damen. Die beiden sehen auf den ersten Blick wie eineiige Zwillinge aus. Abwartend blicken die beiden Damen die schnaufenden Polizisten vor der Rezeption an. Christian wundert sich noch wie hell es hier im hellen Anmelderaum des Notariats ist. Beim genaueren betrachten der beiden Frauen, fällt ihm auf, dass es sich hier durchaus auch um Mutter und Tochter handeln könnte. Die zwei haben lange blonde Haare, die beide offen und gelockt tragen. Zudem tragen sie ein dunkelblaues Kostüm und darunter eine hellblaue

Bluse, wobei sie beide den obersten Knopf geschlossen haben.

„Sehr uniformiert, die beiden Damen", denkt Christian. Die Empfangsdamen hören Christian stoisch ruhig beim Erläutern seines Wunsches zu: Jetzt und sofort jemanden von der Geschäftsführung sprechen zu wollen. Die ältere der beiden antwortet, ebenso stoisch und relativ nüchtern:

„Meine Herren, so einfach wie sie sich das Vorstellen ist das nicht. Unser Geschäftsführer Herr Notar Rosenstolz befindet sich noch nicht zugegen und ohne ihn kann und will ich Ihnen nicht weiterhelfen. Mir sind leider die Hände gebunden. Da kann ich nichts machen, meine Herren", lächelt sie beiden freundlich und fast etwas gekünstelt an. Sie ergänzt das bisher Gesagte noch mit folgenden Worten:

„Darf ich den beiden Herren zwischenzeitig einen Kaffee anbieten, um die Wartezeit zu verkürzen? Oder ein Glas Wasser? Vielleicht auch lieber einen Tee?"

Christian, der eher wenig bis gar keine Erfahrung im Außeneinsatz hat, nickt mit seinem Kopf und sagt erfreut über das Angebot:

„Ja gerne, einen Espresso ohne Zucker, bitte!"

Darauf wirft ihm Horst von der Seite wortlos einen niederschmetternden Blick zu und erklärt der Dame hinter der Rezeption, mit einigen wenigen, aber doch sehr klaren und definitiv nicht immer jugendfreien Worten, wo sie sich den Kaffee gerne hinschieben kann. Danach droht er für das Erste mit einem Einsatz des gesamten Grazer Polizeiapparats und einer sofortigen Schließung des Notariats. Bevor er aber mit seinen Drohungen fertig ist, springt eine der beiden grauen Bürotüren am Ende des Gangs auf und ein kleiner, etwas untersetzter circa 60-jähriger Mann stürmt zu ihnen heraus. Er kommt den beiden mit ausgebreiteten Händen – wie Moses vor der Teilung des Meeres – entgegen und versucht mit klarer und ruhiger Stimme zu beschwichtigen:

„Aber, aber meine Herren. Ich bitte Sie, machen Sie doch nicht so einen Wirbel. Wir haben gerade mal Sonnenaufgang und Sie schreien hier in unserer Kanzlei und machen ein Gewitter, dass es schon wieder droht dunkel zu werden. Versuchen wir uns doch zu mäßigen. Ich bin davon überzeugt, wir finden rasch einen gemeinsamen Konsens, nicht wahr? Vielleicht kann ich Ihnen ja helfen?"

Der Notar bleibt vor der Rezeption stehen und wendet sich mit seinen Worten direkt an Horst sowie Christian. Er behält die ganze Zeit sein Lächeln im Gesicht und ergänzt mit folgenden Worten:

„Seien sie doch so nett und bringen sie den beiden Herren und mir die Getränke in das Besprechungszimmer, liebe Frau Konrad!"

Er dreht sich immer noch lächelnd um und geht, ohne eine Antwort, geschweige denn eine Reaktion der beiden Beamten abzuwarten, schnellen Schrittes voraus, in das am Ende im Gang liegende Besprechungszimmers. Er betritt durch die offene Tür den Raum, bleibt noch kurz im Türrahmen stehen und sagt:

„Darf ich bitten, meine Herren?"

Er stellt sich hinter den letzten Sessel, in einer Reihe von je zehn Stühlen pro Seite am Tisch und deutet mit der rechten Hand auf die freien Sessel direkt ihm gegenüber:

„Nehmen Sie doch bitte Platz und erzählen Sie mir in kurzen Worten, wie ich Ihnen denn helfen kann Herr …?", der Ausdruck in seinem Gesicht bleibt unverändert freundlich. Es ist fast unheimlich zu beobachten, wie kontrolliert der Mann ist. Fragend blickt er Horst an.

„Ach ja, verzeihen Sie mir bitte meine Unhöflichkeit. Darf ich mich zuerst vorstellen? Mein Name ist Doktor Josef Leitinger, Seniorpartner hier im Notariat Leitinger, Rosenstolz & Partner."

„Chefinspektor Horst Zeransky. Mein Kollege, Chefinspektor Christian Spuler und ich sind heute hier, weil wir ein paar sehr dringende Fragen an Ihre Kanzlei, genauer gesagt als Erstes an Sie haben, Herr Doktor Leitinger. Verzeihen Sie bitte meine aufbrausende Art, wir ermitteln in einer Mordserie und hier bei Ihnen laufen sozusagen, einige der Fäden zusammen und es herrscht eindeutig Gefahr im Verzug."

Horst atmet kurz, aber laut aus und setzt sich auf den angebotenen freien Stuhl. Doktor Leitinger nimmt ebenfalls Platz, schlägt das rechte Bein über das linke, wobei er bedacht mit der rechten Hand sein linkes Hosenbein ein wenig nach oben zieht. Er zupft noch ein paar unsichtbare Flusen von seinem Hosenbein und lehnt sich, nun wieder mit einem fragenden Blick, in seinen Sessel zurück.

„Dann erzählen Sie mir doch mal, sehr geehrter Herr Chefinspektor Zeransky, um welche Gefahr es sich denn hier und heute handelt. Ich werde schauen, wie ich Ihnen helfen kann."

Horst legt ihm, ohne es zu kommentieren, den Untersuchungsbeschluss auf den Tisch und rückt ein wenig näher zum Tisch. In diesem Moment öffnet sich die Tür zum Besprechungszimmer und die jüngere der beiden Damen von vorhin betritt den Raum. Sie hält ein Tablett mit drei dampfenden Tassen Kaffee in der Hand. Behutsam stellt sie vor jedem der drei Anwesenden, eine der Tassen auf den Tisch, anbei ein silbernes Kännchen mit Milch und eine Schale mit Zucker. Anschließend verschwindet sie wieder lautlos mit diesem fast schon unheimlichen Lächeln im Gesicht aus dem Raum. Die Tür zieht sie so leise hinter sich zu, als wäre sie nie im Zimmer gewesen.

65.

Ich sitze in meinem Porsche und muss mich bemühen nicht mit quietschenden Reifen aus der Tiefgarage zu fahren als gerade mein Handy vibriert. Eine SMS. Von Anna Mühlbacher. *Aber Hallo.*

„Hallo, lieber Michael, ich habe bemerkt, dass du mehrmals versucht hast, mich heute Nacht zu erreichen. Ich war nicht zu Hause, sondern bei unserer gemeinsamen Freundin Laura. Wir haben gestern wohl etwas zu viel getrunken, bei den ach so typischen Frauengesprächen. Ich bin gerade jetzt erst nach Hause gekommen, um mich frisch zu machen und mein Handy zu holen, dass ich hier liegen gelassen habe, bin aber schon wieder am Sprung zu Laura. Ich habe ihr versprochen, sie später in die Stadt mitzunehmen. Komm doch einfach bei uns vorbei, trink mit uns einen Kaffee und lass uns noch gemeinsam frühstücken. Laura freut sich sicher. Ich werde deine Fragen, sollte es nicht warten können, gerne beantworten. Herzlichst Anna!"

Monster-SMS. Moment. Was schreibt sie da?

Ich steige auf die Bremse und schalte die Zündung aus. So bleibe ich gleich nach dem Schranken der Tiefgarage stehen. Das SMS von Anna, muss ich noch einmal in aller Ruhe lesen. Sie war also bei Laura, schreibt sie.

Deswegen ist sie dann auch beim Unikreisverkehr ausgestiegen. Das klingt logisch. Ich kratze mich am Kinn, da mein Bart anscheinend über Nacht ein ordentliches Stück gewachsen ist. Meine Kopfhaut juckt auch noch mörderisch. Ich kratze mit meiner rechten Hand vom Ohr bis zum Hinterkopf. Irgendwas ist da faul.

Hoffentlich nicht meine Haare. Ich muss dringend duschen.

Als Erstes versuche ich noch einmal Karin zu erreichen. Natürlich wieder ohne Erfolg. Dann versuche ich Christian zu erreichen. Auch nichts. Horst auch nichts. Zu guter Letzt versuche ich Laura anzurufen, sie kann mir die Geschichte ja bestätigen. Die beste Information ist immer noch die aus erster Hand. Doch auch bei ihr komme ich nur auf die Mobilbox. Das mit den verfluchten Handys kostet mich noch meine letzten Nerven.

Verdammt. Das gibt es ja nicht.

Ich überlege kurz, wie ich weiter vorgehen soll und halte immer noch mein Handy in der Hand. Ich schaue auf das Display und denke nach. Ich bin mir nicht sicher, ob ich Anna glauben kann. Ich lasse die Scheibe runter, zünde mir eine Zigarette an und blase den Rauch von den ersten beiden Zügen aus dem Fenster. Das Handy liegt auf meinen Beinen. Mein Kopf rotiert. Da habe ich zwei Einfälle auf einmal. Plötzlich hupt es hinter mir. OK, OK, ich fahre ja gleich weg, aber zuerst werde ich Anna noch Folgendes zurückschreiben: „Hallo Anna, war ja eine wirklich verrückte Nacht. Ich habe tatsächlich ein paar dringende Fragen an dich, die wirklich nicht warten können. Das mit dem Kaffee bei Laura ist eine gute Idee. Ich fahre kurz nach Hause und mache mich für euch beiden Ladys frisch. Freue mich! Herzlichst, Michael."

Den „Smiley" erspare ich mir. Es hupt lauter und länger. Ich greife in den Fußraum vom Porsche und nehme mein magnetisches Blaulicht vom Boden und stell es auf die Ablage über meinem Radio, schalte es ein und das Hupen verstummt. Dann drehe ich den Zündschlüssel im Schloss nach rechts, lasse den Motor leicht aufheulen und mache mich auf den Weg, um meinem zweiten Einfall nachzugehen. Allerdings fahre ich weder zu mir nach Hause in die Grillparzerstrasse, noch fahre ich gleich in die Schubertstrasse. Mein Bauchgefühl von vorhin und mein Verdacht, oder sagen wir meine Neugierde, führen mich auf meinen neuen Weg. Ich fahre aus der Garage, biege links ab Richtung Karmeliterplatz und fahre – schneller als es die Polizei erlaubt über den Freiheitsplatz in Richtung Burgtor, um für das Erste einmal Karin am Parkring zu suchen. Ich habe auch noch ein SMS an Christian und Horst geschrieben: „Gehe Karin suchen, habe einen Verdacht. Haltet mich mit Informationen vom Notar am laufenden."

66.

Ich lenke meinen Porsche in Richtung Sporgasse – Polizist im Einsatz – biege links in die Ballhausgasse ab, fahre über den Freiheitsplatz vorbei beim „Café Mitte" und dem Schauspielhaus in Richtung Burgtor. Nach dem Burgtor lenke ich in die Sackstraße zum Burgring ein und muss ordentlich in die Bremsen steigen. Dort stehen zwei Fußgänger. Ich hupe die zwei erschrockenen Pensionisten, die hier mit ihren zwei kleinen Hunden gerade spazieren gehen, so laut an, dass sie sich – anscheinend – fast zu Tode erschrecken. Der rechte Mann verliert sogar seinen Stock. Ich zeige meine linke Hand zur Entschuldigung aus dem immer noch offenen Fenster und stelle mein Auto in die freie Umkehrzone am Ende vom Burgring. Ich springe aus dem Auto. Instinktiv ziehe ich meine Waffe und halte sie in der rechten Hand. Warum mache ich das?

Ich habe so ein Gefühl. Aber leider kein gutes.

Ihr Metall fühlt sich kalt an. Seltsam, dass mir das gerade jetzt auffällt. Ich laufe auf den immer noch an der gleichen Stelle parkenden BMW von Karin zu. Er wurde offensichtlich nicht bewegt. Die beiden Pensionisten schimpfen noch lautstark in meine Richtung und wedeln beide mit ihren Stöcken in der einen Hand und den zappelnden Hunden an der Leine in der anderen Hand.

Mit meiner Laune praktisch am Tiefpunkt angekommen, wedle auch ich mit der Waffe in meiner rechten Hand zurück in ihre Richtung und schreie:

„Habt ihr bitte keine anderen Sorgen um diese Uhrzeit?"

Mein böser Gesichtsausdruck, besser gesagt viel wahrscheinlicher die Waffe in meiner Hand, veranlassen die beiden, sich blitzschnell umzudrehen und fluchtartig das Weite zu suchen.

Geht ja.

Ich stehe jetzt vor dem BMW und schaue mir die ganze Situation einmal in Ruhe ganz genau an. Keine Spuren. Der Wagen ist verschlossen. Die Scheiben sind beschlagen. Nur das Seitenfenster auf der Fahrerseite ist für einen kleinen Spalt geöffnet. *Verdammt.*

Ich gehe um das ganze Auto rundherum und bleibe bei der Motorhaube stehen. Ich lege meine Hand auf sie und spüre, dass sie eiskalt ist, wie auch der Rest des Wagens. So stehe ich also vor der Motorhaube und beobachte die Gegend. Mein Blick geht von rechts und links und zurück.

Nichts. Noch mal verdammt. Wo bist du nur Karin?

Ich lehne mich auf die kalte und feuchte Motorhaube und zünde mir eine Zigarette an. Ich muss einmal nachdenken. Als ich mit meinem Hintern so auf dem Wagen sitze, spüre ich jedoch plötzlich, dass der Wagen vibriert.

Spinne ich? Bewegt sich das Auto?

Ich hüpfe von der Haube und drehe mich um. Ich lege die Hand auf den Wagen und tatsächlich. Ich spüre etwas.

„Karin, bist du das?", ich laufe zu dem Heck des Autos, denn es gibt es nur eine Möglichkeit warum das Auto vibriert. Ich lege meinen Kopf auf das Heck des BMWs. Es klopft und ich höre ein Stöhnen. Karin! Ich schreie:

„Ich bin's, Karin! Moment, ich mache das Auto gleich auf."

„Nur wie?", frage ich mich.

Ich rüttle am Kofferraum des Wagens, habe aber ohne Schlüssel logischerweise keine Chance. Ich laufe zum offenen Seitenfenster und halte beide Hände schützend neben mein Gesicht, um im Inneren des Autos etwas zu erkennen. Bingo. Ich sehe den Schlüsselanhänger von Karin im Fußbereich des Beifahrers blitzen. Ich nehme meine Waffe und schlage auf die Seitenscheibe ein. Nichts. Außer, dass meine Hand ordentlich geprellt ist. Ich laufe zum Porsche und öffne die vordere Kühlerhaube. Da sich im alten Porsche der Motor noch hinten befindet – so wie auch bei einem alten VW Käfer – sind vorne der Ersatzreifen und der metallene Wagenheber.

Mit ihm bewaffnet und mit genug Anlauf zerschlage ich die Beifahrerscheibe des BMWs. Ich putze die restlichen Splitter aus dem Rahmen der Tür und greife vorsichtig in den Wagen hinein. Ich bemühe mich beim Hineinbeugen in das Wageninnere mich nicht zu schneiden. Endlich habe ich den Autoschlüssel in der rechten Hand und versuche jetzt mit dem Funkschlüssel die Heckklappe zu öffnen.

Klack. Offen. Perfekt.

Ich blicke erschrocken in das Innere des Wagens. Zusammengekauert und mit zugeklebtem Mund liegt Karin leicht benommen im Wagen und blickt mich mit großen und verdammt geschwollenen Augen an. Ich löse das Klebeband langsam von ihren Lippen, greife mit beiden Armen in den Wagen und hebe sie vorsichtig heraus. Ich lege sie ganz sanft auf den Asphalt, aber nicht ohne vorher meine Lederjacke auszuziehen, um sie ihr als Kopfpolster unter den Kopf zu legen. Praktisch gleichzeitig – in Stresssituationen bin ich extrem multitaskingfähig – rufe ich den Notruf und bestelle eine Rettung zum Burgring. Der benötigten Verstärkung zur Absicherung des Tatorts gebe ich telefonisch den Befehl, dass sie auch gleich das Team der Spurensicherung mitbringen sollen. Ich schaue Karin in ihre braunen Augen, betrachte ihr zerwühltes Haar und erleichtert fällt mir auf, dass äußerlich nichts zu sehen ist bei ihr. Keine auffällige Verletzung. Wahrscheinlich hat sie außer einer Erschöpfung und einer mörderischen Verspannung nichts abbekommen.

„Alles OK, Karin?", ich knie mich zu ihr auf den Boden und streiche ihr die verschwitzten Haare aus der Stirn. Ich drehe ihren Kopf zu mir und nehme sie in den Arm. Das reicht, um bei ihr die Dämme brechen zu lassen. Sie schmiegt sich an mich, beginnt zu schluchzen und meint nur:

„Ich bin so blöd. Es tut mir echt leid, Michael. Ich habe alles verbockt, sorry", sagt sie, um dann ihren Tränen freien Lauf zu lassen. Während sie schluchzt und sich weiter an mich schmiegt, fällt sie in der gleichen Sekunde wie bewusstlos in einen tiefen Schlaf.

Was ist da wohl passiert und wo bitte bleibt nur die Rettung?

67.

Christian sitzt mit Dr. Leitinger noch am Besprechungstisch und buchstabiert dessen Assistentin die Namen der beiden Opfer und den Namen von Anna Mühlbacher. Sie verschwindet sofort aus dem Besprechungszimmer, um sich auf die Suche nach den verlangten Unterlagen zu machen.

„Mir sagen die drei Namen im Moment leider alle gar nichts, aber für meine Damen wird es sicher kein Problem sein, die richtigen Akten und die dazugehörenden Unterlagen in unserem Archiv zu finden. Gott sei Dank sind die Damen auf Zack. Leider sind noch nicht alle Dokumente bei uns digitalisiert. Ich habe auch versucht meinen Partner Dr. Rosenstolz telefonisch zu erreichen, aber leider erfolglos." Er steht vom Tisch auf und geht zum großen Fenster welches Richtung Kaiserfeldgasse führt.

„Das Blaulicht auf ihrem Wagen erscheint mir jedoch etwas überzogen, meine Herren. Finden Sie nicht?", er schüttelt seinen Kopf und blickt weiterhin wortlos und starr aus dem Fenster.

Die Tür öffnet sich, die junge blonde Assistentin kommt wieder herein, legt drei Akten vor Dr. Leitinger auf den Tisch und flüstert ihm ins Ohr:

„Das ist schon sehr seltsam, Herr Doktor, aber bitte machen Sie sich selbst ein Bild", daraufhin dreht sie sich um und verschwindet wieder genauso schnell wie sie vorhin hereingekommen ist. Dr. Leitinger rückt mit seinem Sessel zum Tisch und setzt sich aufrecht hin. Dann schlägt er langsam die erste Akte auf, nimmt seine Lesebrille aus der Innentasche seines grauen Anzugs, setzt sich die Brille auf die Nase und beginnt zu lesen.

Er studiert den Akt gewissenhaft und zieht beim Lesen immer wieder, die rechte Augenbraue leicht in die Höhe. Er räuspert sich. Dann legt er den Akt ab und nimmt den zweiten und dann auch gleich den dritten Akt zur Hand, legt sie beide wieder hin, steckt die Brille zurück in sein Sakko und setzt sich mit verschränkten Händen auf seinen Stuhl.

Dr. Leitinger räuspert sich ein weiteres Mal, lehnt sich zurück und legt beide Hände mit den Handflächen nach unten auf den Tisch:

„Nun gut, meine Herren. Das sind das zwei ganz normale Verträge, die hier vor mir auf dem Tisch liegen. Diese beiden hat mein Sozius Dr. Rosenstolz für unsere Kanzlei abgewickelt. Sie sind ohne besondere Auffälligkeiten. Einmal der Erwerb einer Eigentumswohnung bei Herrn Muur, zum anderen einfach die notarielle Beglaubigung eines 5.000-Euro-Kredits von Frau Kadic bei unserem Klienten, der Raiffeisenbank. Wir wickeln für diese Bank die meisten Verträge ab."

Er steht auf, nimmt einen Schluck vom Kaffee und dreht sich mit dem Gesicht wieder zum Fenster.

„Die dritte Akte erscheint mir allerdings doch etwas seltsam. Die treuhänderische Abwicklung eines Kaufvertrages über zwei Wohnungen am Burgring, die im Besitz von Anna Mühlbacher waren und jetzt vom Kollegen Doktor Rosenstolz selbst gekauft wurden und gleichzeitig auch von unserem Notariat treuhänderisch abgewickelt wurden. Das geht von Rechts wegen nicht und verwundert mich gerade ein wenig. Ich denke aber, sie sollten ihn dazu wirklich selbst befragen", er dreht sich mit seinem Gesicht wieder zu den beiden Beamten und lächelt sie an.

„Schade nur, dass Sie ihn gerade verpasst haben. Ich habe ihn soeben unten auf der Straße gesehen. Er wollte wohl gerade vor dem Haus der Kanzlei einparken, hat es sich aber im Angesicht Ihres Wagens und dem blinkenden Blaulicht wieder anders überlegt."

Er sieht Horst und Christian jetzt doch eher grinsend als lächelnd nach, als die beiden wie auf Kommando gleichzeitig aus dem Büro laufen und ruft ihnen noch hinterher:

„Auf Wiedersehen die Herren, ein kleines Detail wollte ich ihnen noch ergänzend erzählen", seine Worte aber bleiben ungehört.

„Schade, dann halt nicht."

Er geht aus dem Zimmer, schließt leise hinter sich die Tür und ruft durch den Gang zu seinen beiden Vorzimmerdamen:

„Verbinden sie mich doch bitte so rasch wie möglich mit unserem Firmenanwalt Herrn Doktor Holzer, Dankeschön, Frau Konrad!"

68.

Er wirft noch einen Blick auf sein Handy und liest die Nachricht von seinem Kanzleipartner Doktor Leitinger, seinen treuen und jahrelangen Weggefährten zum zweiten Mal.

„Mein lieber Julius, ich habe mir erlaubt, den beiden Polizisten oder lass Sie es mich besser so ausdrücken, den beiden Tölpeln, die gerade bei uns in der Kanzlei waren, um sich nach Ihnen zu erkundigen, ein wenig in die Irre zu führen. Wo immer Sie auch sind, mein lieber Freund, die beiden sind in der Annahme, dass Sie gerade mit Ihrem Auto, hier in der Kaiserfeldgasse waren. Wir beide sind jetzt quitt, denke ich. Es war eine wunderbare Zeit mit Ihnen, Julius. Leben Sie wohl. Es wird wohl besser sein, dass Sie für das Erste nicht mehr ins Notariat kommen. Dr. Holzer wird die notwendigen Formalitäten und offene Fragen mit ihnen abklären. Viel Glück, für was auch immer Sie noch Gedenken zu tun, heute und in Ihrem weiteren Leben, lieber Julius. Hochachtungsvoll Ihr Freund Siegfried Leitinger."

Er legt das Handy mit leicht zitternder Hand, zurück auf den Tisch und schließt kurz seine Augen. Er hält seinen kahl geschorenen Kopf demütig gesenkt.

Der gute Siegfried Leitinger. Schade. Sie waren ein gutes Team. Ehrgeizig als Notare und Geschäftspartner und doch oberflächlich genug, dass privat mit der Firma nicht verschmolz und er praktisch immer machen konnte, was er wollte.

Er, Julius Rosenstolz oder der „Sammler", hat Laura de Bianchi vorhin mit ihrem schwarzen Negligé bekleidet. Auf die einfarbige Unterwäsche hat er verzichtet. Er hat sie im Schlafzimmer mit gespreizten Händen und Beinen auf das Bett gelegt und sie auch solide und kontrolliert gefesselt. Es ist Laura unmöglich, sich zu bewegen. Ihren jetzt kahlen Kopf hat er behutsam auf dem Polster gebettet. Langsam hat er die Glatze mit Körper-Öl eingerieben. Dieser Glanz hat ihm so gut gefallen, dass er gleich noch den restlichen Körper eingeölt hat. Die abgeschnittenen Haare hat er sicher in einem verschließbaren Beutel und wie immer zusätzlich noch in einer Plastikbox verstaut. Ihr Gesicht hat er gereinigt und ihr auf den Lippen noch ein wenig roten „Chanel-Lippenstift" aufgetragen, den er dann ausnahmsweise auch zu seinen Sachen gepackt hat.

Den Vorhang hat er zugezogen und das Licht ausgemacht. Da Laura de Bianchi schon immer in dieser Wohnung im Hochparterre lebt und sie es augenscheinlich gerne romantisch hat, kommen ihm der dunkle, blickdichte Vorhang in Altrosa sehr entgegen. Er hat nur die kleine Leuchte am Nachtisch angelassen. Es ist vollbracht.

Er selbst sitzt am Küchentisch und hält die kleine Box in seinen Händen. In dieser befindet sich ein neues Lieblingsstück. Es ist ein kleines Andenken vom toten Nachbarn. Er war ja so musikalisch. Eine Stimme wie eine Lärche. Er bewegt die schwarze Box von links nach rechts und öffnet sie dann für einen Spalt. Er wirft vorsichtig einen Blick in die Schachtel und begutachtet voller Stolz die fein säuberlich herausgetrennte Zunge von Martin Körner.

„Wie schön sie doch ist", denkt er sich und summt dazu zufrieden aber auch leise die Melodie von *„Grande, grande, grande"*, wirklich hervorragend interpretiert von der fantastischen Mina, welche im Hintergrund für die musikalische Untermalung sorgt.

„Der Sammler ist bereit."

So mag er es, er genießt die Klänge der Musik. Der Sammler liebt diesen Moment. Er ist mit sich und der Welt zufrieden. Er hört auch nicht das leise Wimmern von Laura de Bianchi und auch nicht das leise Scharren des Schlüssels, der an der Eingangstür der Wohnung, von außen in das Schloss gesteckt wird.

69.

Anna Mühlbacher sitzt in ihrem Auto am Beifahrersitz und blickt zum wiederholten Male auf die Uhr am Display des Leihwagens. Sie öffnet mit ihrer rechten Hand die Beifahrertür vom schwarzen VW-Golf. Sie ist ein wenig nervös. Bevor sie aussteigt, kommt ihr ein einfacher Gedanke:

„Ich brauche noch eine Zigarette. Ich brauche Nikotin."

Sie öffnet die Seitenscheibe des Wagens und zündet sich eine, diesmal aber wirklich, allerletzte Zigarette – zur Beruhigung ihrer Nerven – an und inhaliert mit dem ersten tiefen Zug genussvoll das Nikotin. Sie bläst den Rauch in die kalte Morgenluft und beobachtet die Rauchschwaden, wie sie stumm ihren Weg in den Himmel suchen. Nach der Zigarette geht es los.

Sie wird anschließend zum „Grande Finale" in die Villa de Bianchi spazieren. Sie klappt die Sonnenblende herunter und betrachtet sich im Spiegel.

„Ich bin so was von perfekt. Heute bin ich besonders schön. Die Katze ist bereit."

Sie schnippt die Zigarette aus dem Fenster und schließt es wieder. Siegessicher greift sie zurück auf die Rückbank, schnappt sich ihren Rucksack und macht sich einer geschmeidigen Katze gleich – auf ihren leisen Pfoten schleichend – auf in Richtung Villa de Bianchi. Ein letzter Gedanke kommt ihr noch kurz in den Sinn:

„Hoffentlich habe ich auch neun Leben.

70.

Christian Schuller und Horst Zeransky stehen schnaufend und nach frischer Luft schnappend in der Einfahrt der Kanzlei – die Türen des BMWs sind beide geöffnet – und schauen sich mit großen Augen über das Autodach fragend an. Christian ist es, der die spannende Frage stellt:

„Und was für eine Automarke fährt der Herr Notar Rosenstolz denn überhaupt?"

Beide werfen sich einen betretenen Blick zu und schweigen sich an. Wie blöd.

„Das ist ja wirklich eine mehr als berechtigte Frage, Herr Kollege Schuller", sagt Horst, schüttelt seinen Kopf und im selben Moment fängt er laut zu lachen an. Christian schließt sich lachend an, fängt sich aber gleich darauf wieder und ruft seinerseits:

„Ich lauf noch einmal rauf in die Kanzlei, Horst. Mithilfe der beiden Damen wird es kein Problem sein, zu erfahren was für ein Auto er fährt. Ich beeile mich. Dann können wir gleich die Fahndung veranlassen."

Gesagt, getan. Rauf laufen, fragen, runterlaufen. Ein paar Minuten später steht Christian wieder bei Horst.

„Er hat einen Privatwagen. Keinen Firmenwagen. Die Damen aber meinten, dass er mehr als ein Auto besitzt und immer die Fahrzeuge wechselt. Dr. Leitinger war für mich in der kurzen Zeit leider nicht zu sprechen", stellt Christian fest.

Die Wohnadresse haben sie jetzt und über die Zentrale kommt auch sofort die Rückmeldung, dass Doktor Rosenstolz neben einem Lieferwagen und einem Jaguar auch noch einen Audi A6 angemeldet hat. Jetzt gilt nur klären, mit welchem Wagen er denn heute unterwegs ist. Nur ist es jetzt die Frage, ob er überhaupt nach Hause gefahren ist oder ob er nicht sogar noch in der Stadt aufhält? Hilft alles nichts, sie haben ihn verloren.

Horst gibt sicherheitshalber eine Fahndung für beide Pkws raus und schickt zusätzlich eine Streife zur Wohnadresse des flüchtigen Notars nach Andritz.

„Was machen wir jetzt, Horst?", fragt Christian und blickt ihn fragend an. Außeneinsätze sind wie gesagt nicht wirklich seine Stärke.

„Sollten wir uns nicht mit Michael abstimmen?", er wirft einen Blick auf sein Handy, das er nervös zwischen seinen beiden Händen hin und her gleiten lässt.

Horst überlegt kurz, blickt ebenfalls auf seine Uhr, wirft dann noch einen schnellen Blick zusätzlich auf sein Handy und meint zu Christian:

„Folgender Vorschlag, Christian: Wir bleiben hier, bis wir mehr Informationen haben. Du könntest uns aber einen Cappuccino holen, dort vorne ist ja gleich ein Coffeeshop. Ich kläre in der Zwischenzeit einfach, wie es am besten mit uns weitergeht."
„Gute Idee, bin gleich unterwegs", sagt Christian, holt sich vorher noch eine Zigarette aus seiner Box, zündet sie sich an und macht sich auf den circa hundert Meter weiten Weg, um die Getränke zu holen. Er dreht sich noch einmal um und ruft fragend:

„Bin gleich zurück, für dich ohne Zucker, oder?"

„Ja perfekt, danke!", ruft Horst ihm nach, während er sich lässig an das parkende Auto lehnt. Horst schaut Christian eine Weile hinterher und erst als er diesen in den Shop hineingehen sieht, öffnet er die Autotür und setzt sich ins Auto. Das blinkende Blaulicht schaltet er nicht aus. Als Nächstes liest er die SMS, die er erhalten hat, diesmal aber auf seinem zweiten, privaten Handy.

Horst dreht den Polizeifunk leiser und schaltet das Radio an. Er fährt sich vorsichtig durch seine Haare und betrachtet sich im Rückspiegel. Er lächelt zufrieden und als er die vier Jahreszeiten von Vivaldi auf Ö1 hört, geht ihm sein Herz auf.

„Wie passend. Na gut, dann geht es wohl los!", sagt er laut zu sich selbst, dreht den Zündschlüssel im Schloss nach rechts und schiebt mit dem Wagen retour aus der

Einfahrt der Kanzlei. Er wendet das Auto blitzschnell und fährt die letzten hundert Meter, diesmal aber gegen die Einbahn mit raschem Tempo auf und davon.

Keine fünf Minuten später kommt Christian Schuller, mit je einem Cappuccino in seinen beiden Händen aus dem Coffeeshop zurück. Er freut sich immer noch über das höfliche Lächeln der hübschen langhaarigen Schönheit, die ihn gerade so freundlich bedient hat. Er bleibt abrupt stehen. Christian muss sich kurz neu orientieren. Er blickt sich überrascht um. Irgendetwas fehlt ihm. Wo ist der Wagen?

Hallo? Spinne ich? Wo bitte ist das Auto von Horst? Wo ist Horst?

Der wird ja nicht ohne ihn weitergefahren sein. Er lässt beide Becher auf den Boden fallen, um sein Handy in die Hand zu nehmen. Ein furchtbares Gefühl macht sich gerade in seinem Bauch breit. Er beginnt sich unwohl zu fühlen. Er würde sich aber sicher noch unwohler fühlen, würde er den letzten gesprochenen Satz von Horst, den dieser in seinem Auto zu sich selbst gesagt hat, gehört haben:

„Elohim ist bereit!"

71.

Ich bin endlich unterwegs in die Schubertstraße, zu meiner Verabredung mit den beiden Ladys. Ich habe noch gewartet, bis die Kollegen eingetroffen sind und Karin vom Notarzt erstversorgt wurde. Sie ist total unterkühlt und hat darum auch sofort eine Infusion bekommen, wurde in Goldfolie eingewickelt und trotz vehementen Protesten von ihrer Seite, zu weiteren Untersuchungen ins Landeskrankenhaus gebracht.

Ich bin an ihrer Seite geblieben und habe mir von ihr noch kurz, mit brüchiger Stimme, den Angriff von Anna Mühlbacher erzählen lassen. Jetzt wird die ganze Sache wirklich spannend. Ich entschließe mich, Christian und Horst vorerst nicht zu schreiben, schauen wir erst mal, was jetzt so auf mich zukommen wird. Wer weiß, vielleicht bauscht sich das Ganze sonst zu sehr auf. Ich versuche mein Glück mal allein mit dieser Verrückten.

Ich bin noch auf einen Sprung nach Hause gefahren, meine Wohnung liegt nur ums Eck und habe mich schnell geduscht, die Zähne geputzt und mich umgezogen. Heute habe ich Lust auf einen Anzug. Ich habe mich für einen grau-karierten Anzug aus einem Stretch Stoff von „Drykorn" entschieden. Sitzt wie eine zweite Haut. Schwarzes Hemd, keine Krawatte und schwarze, zerknautschte Rauleder Stiefeletten. Beim Brotladen

„Auer" habe ich noch frisches Gebäck besorgt, denn auch dieser liegt direkt am Weg in der Heinrichstrasse.

Ich sehe die Einfahrt zur Villa und biege ab. Ich stelle den Porsche auf einen der vielen leeren Parkplätze vor der Villa. Es hat sich einiges verändert hier. Nichts mehr mit dem verspielten Hexenschloss, wie wir es als Kinder so gerne bezeichnet haben. Durch die Anlageberater, die mit ihrer Werbung auf den Fahnen wirklich schwer zu übersehen sind und dem dazugehörigen Büro im Obergeschoß, hat es etwas an Charme verloren. Die Fahnenmasten, mit den im leichten Frühlingswind wehenden, grau-roten Firmenfahnen, sprechen leider für sich. Ohne den verwilderten Buchs-Zaun und den fehlenden, riesigen alten Kastanienbaum, sieht es etwas nackt aus hier.

Ich steige aus und entscheide mich spontan, schnell noch eine Zigarette vor dem Haus, am Schotterparkplatz zu rauchen. So kann ich meine Gedanken noch einmal sammeln. Leider habe ich noch immer keine Nachricht von Christian und Horst. Was ist mit den beiden los? Meine Meinung ändert sich, ich habe es mir anders überlegt und sende ihnen doch noch eine SMS:

„Ich habe Karin gefunden. Sie ist wohlauf, muss aber zur Untersuchung ins Spital. Wahnsinns-Story. Details später zur Besprechung. Ich bin jetzt bei meinem Termin mit Laura und Anna!"

Wir werden uns ohnehin in einer guten Stunde im Büro treffen, dann ist immer noch genug Zeit, das ganze Geschehen ausführlich zu erläutern. Die Zigarette dämpfe ich aus und gehe mit langsamen Schritten auf die Villa zu. Ich versuche mich an früher zu erinnern. Es hat sich doch einiges verändert. Mir fällt auf, dass bei beiden Wohnungen im Erdgeschoss oder wie man bei so alten Villen ja viel eher sagt, im Hochparterre, die Vorhänge noch zu sind. Dadurch wirkt das ehemalige Hexenhaus ein wenig verschlafen. Ich drücke auf die Glocke beim Schild von „de Bianchi" und öffne die summende Tür.

Die wenigen Stufen ins Vorhaus gehe ich zügig hinauf und sehe an der linken Tür, eingekreist von einem wunderschönen Frühlingskranz mit getrockneten Blumen, Laura de Bianchis Namensschild. Die Tür steht schon offen. Ich drücke sie vorsichtig auf und drehe meinen Kopf leicht nach links, um den jetzt größer werdenden Spalt der Eingangstür besser einsehen zu können.

„Hallo Laura, hallo Anna", rufe ich in die doch sehr stille Wohnung und wage mich vorsichtig ein paar Schritte hinein. Nichts. *Hmmm.* Mir fällt dieser typische Geruch hier auf, denn jede Wohnung duftet ja anders. Ich mag, wie es bei Laura riecht. Ich drehe mich um und schließe die Eingangstür. *Komisch.* Ein Blick nach links und ich schaue nach rechts. Das Licht ist an, aber niemand kommt, um mich zu begrüßen. Mein Handy vibriert, ich habe es vor dem Haus auf leise gestellt. Ich sehe am Display eine Nachricht von Christian.

„Horst ist plötzlich verschwunden! Ich bin wieder im Büro. Er nicht! Wo ist er?" *Ja und? Ich bin auch nicht da.*

Ich ignoriere die Nachricht für das Erste einmal und erforsche weiter die Wohnung von Laura de Bianchi.

„Hallo Ladys! Besuch ist da!", versuche ich nochmals lautstark mein Glück und drücke gleichzeitig die Nachricht von Christian am Handy weg.

„Hallo Michael, entschuldige bitte, wir sind hier im Wohnzimmer", höre ich Anna rufen. Ich gehe also weiter durch den langen Korridor, der das Vorhaus darstellen soll und bewege mich auf die doppelflügelige Glastür zu, die mich ziemlich sicher in das Wohnzimmer führen wird. Ich sehe durch das Milchglas, ganz schwach, schon die roten lockigen Haare von Laura wie verschwommene Flammen durchscheinen. Ich öffne mit der rechten Hand, den rechten Flügel der Glastür und trete in das sicher fünfzig Quadratmeter große Wohnzimmer ein. Ich wundere mich, dass kein Licht an ist. Mit dem Rücken zu mir sitzt Laura am Tisch. Von Anna ist allerdings nicht viel zu sehen.

„Hallo, wie wäre es, wenn wir mal das Licht anmachen würden oder musst du Strom sparen, liebe Laura?"

„So ist es doch viel spannender, Michael", sagt der rote Lockenkopf von Laura zu mir, aber komischerweise mit der Stimme von Anna. *Spinne ich?*

Als sie aufsteht, um sich umzudrehen und mich anlächelt – kann sie für die eine Sekunde – die Überraschung in meinen Augen erkennen. Ich weiß gerade nicht was hier geschieht. Darum bleibe ich wie angewurzelt stehen und frage mit plötzlich trockenem Mund und leicht belegter Stimme: „Anna? Aber was …"

„Komm lass uns doch einfach tanzen, lieber Michael", säuselt Anna daraufhin und schaltet mit der kleinen Fernbedienung in ihrer linken Hand, die Musikanlage an.

Die ersten Takte von „Sympathie for a Devil" schallen viel zu laut aus den Boxen zu mir her.

Ziemlich gute Akustik in diesem alten Gemäuer.

Anna beginnt sich leicht mit den Hüften schwingend, auf mich zuzubewegen. Sie tanzt zu mir. Mir fällt die Tragtasche mit dem frischen Gebäck aus meiner Hand.

„Spinnt die Frau? Wo ist Laura?", die Gedanken peitschen durch meinen Kopf.

„Was?", mehr bin ich nicht in der Lage zu sagen, aber nicht, weil mir nichts Besseres einfällt. Nein. Sondern deswegen, weil irgendjemand plötzlich das Licht hier wieder ausgeschaltet hat. Einen Blitz habe ich noch kurz wahrgenommen und dann ist es plötzlich finster geworden. Bevor ich langsam zu Boden sacke, bemerke ich gerade noch, dumpf in weiter Ferne Mike Jagger singen: „Whu, Whu, please to meet you, hope you guess my name ... "

72.

Ich befinde mich mit Florian im tristen Aufenthaltsraum einer x-beliebigen Wachstube. Alles ist nüchtern und kahl. Wir sitzen uns an einem Holztisch gegenüber und spielen Karten. Es ist mir nicht klar, welches Spiel wir spielen. Wir haben einen prall gefüllten Aschenbecher am Tisch stehen, unsere Zigarettenschachteln liegen einfach nur daneben. Die Pyramide der abgedämpften Zigaretten ist gute zwanzig Zentimeter hoch. Es ist mucksmäuschenstill im Raum. Nur das penetrante Ticken der Wanduhr, die hinter Florian an der Wand hängt, ist zu hören.

Tick Tack …, Tick Tack …, Tick Tack …!

Ich bin am Zug und spiele eine Karte. Ich lege das Herzass auf den Tisch. Florian zieht an seiner Zigarette, bläst mir den Rauch ins Gesicht und sagt nur:

„Zu spät, mein Freund!", er zieht eine Karte aus seiner Hand und legt sie über mein Herzass. Das Bigass. Schachmatt!

Tick Tack …, Tick Tack …, Tick Tack …!

Ich laufe durch einen langen, hell beleuchteten Gang. Die Neonröhren an der Decke flackern. Es stinkt nach Spittal. Ich habe keine Ahnung, wo ich bin. Ich laufe weiter, aber der Gang ist leer. Auf der linken Seite sind alle Türen grün. Ich versuche immer wieder eine der Türen zu öffnen, vergebens, sie sind verschlossen.

Ich laufe rechts in den nächsten Gang, ich laufe links, alle Gänge sind leer. Es ist niemand hier. Aber ich habe ein schlechtes Gefühl in meinem Bauch, es ist etwas geschehen. Ich spüre es, mir schnürt es die Brust zu.

Tick Tack …, Tick Tack …, Tick Tack …!

Ich laufe immer schneller, ich beginne zu schwitzen. Mir läuft der Schweiß von der Stirn in meine Augen. Ich wische ihn weg. Hinten, am Ende des Gangs, ist eine schwarze Tür. Ich werde langsamer, denn ich kenne diese Tür. Woher kenne ich nur diese verdammte Tür? Aber ich bleibe stehen. Ich habe Angst. Nur warum? Es ist nur eine fucking Tür. Ich gehe langsam auf sie zu und drücke die Türschnalle vorsichtig nach unten. Dann öffne ich sie behutsam.

Tick Tack …, Tick Tack …, Tick Tack …!

Plötzlich höre ich laute Musik. Ich befinde mich in einem hellblauen Zimmer. An der rechten Wand hängt ein schlichtes Holzkreuz. In der Mitte steht ein schwarzes Metallbett. Es liegt anscheinend eine Person in diesem Bett. Ich kann sie nicht erkennen. Aber wer ist es? Sie ist zugedeckt. Mir kommt ein Verdacht. Ein mulmiges und warmes Gefühl steigt mir vom Magen in den Oberkörper.

Wer bist du? Aber will ich es wissen? Nein. Trotzdem gehe ich langsam auf das Bett zu. Es wird immer dunkler im Zimmer. Bis ich beim Bett stehe, ist es stockdunkel im Raum. Jetzt glaube ich zu wissen, wer unter der Decke liegt. Mir wird heiß. Hinter mir steht jemand. Ich spüre seinen Atem. Ich bin nicht mehr allein in diesem Zimmer. Nur, wer ist noch hier? *Ich habe Angst.* Mir ist kalt. Eiskalt.

Tick Tack …, Tick Tack …, Tick Tack …!

„Schach matt", sagt Florian plötzlich wieder.

Jetzt muss ich mich entscheiden. Soll ich mich umdrehen? Dann sehe ich vielleicht den Teufel hinter mir stehen, dessen Atem ich eisig in meinem Nacken spüre. Oder ist es sogar der Tod? Ich bin wie gelähmt. Ich will mich umdrehen, aber ich kann es nicht. Ich taste behutsam zur Decke und hebe sie sachte auf, um nachzusehen, wer dort liegt. Doch ich bekomme die Decke nicht hoch. Sie ist schwer wie Blei. Ein Gesicht zeichnet sich langsam unter der Decke ab. Das unbekannte Gesicht beginnt sich rot einzufärben, das Blut beginnt sich blitzschnell auszubreiten. Die blutigen Kreise werden immer größer.

Tick Tack …, Tick Tack …, Tick Tack …!

Ich reiße die Decke weg und erschrecke zu Tode. Ich habe es geahnt. Dort liegt Anna. Meine geliebte Frau

Anna. Ich kann ihr Gesicht unter dem vielen Blut nicht wirklich erkennen, aber ich spüre, dass sie es ist. Anna!

Plötzlich ist es vorbei. Es ist wieder warm. Die Sonne scheint. Ich befinde mich auf einer Wiese. Es ist einfach wunderbar, es duftet nach Sonne und Gras. Strahlend blauer Himmel. Keine Wolken. Ich beginne zu laufen. Immer schneller. Meine Schritte werden immer länger. Ich springe in die Luft, ich mache immer größere Sprünge, immer höher und höher, ich scheine fast zu fliegen, und schwebe über die grünen Täler unter mir. Ich fliege. Es ist ein unbeschreibliches Gefühl.

Doch plötzlich wird mir wieder kälter. Die Sonne verliert ihre Kraft. Ich beginne zu frieren. Es verfolgt mich jemand. Hinter mir ist jemand her. Man beobachtet mich. Ich spüre wieder den Atem des Todes hinter mir. Am höchsten Punkt, als ich mich wirklich frei fühle, da stürze ich ab. Ich falle, ich falle immer schneller, ich falle in ein dunkles schwarzes Loch. Ein wirklich tiefes Loch. Ist es ein Erdloch? Nein, eher wie ein Brunnen. Ich merke, dass ich wach bin. Oder träume ich noch? Ich spüre den Atem, ich spüre die Dunkelheit. Ich habe Angst. Ich versuche meine Augen zu öffnen, doch ich kann nicht. Träume ich oder ist es Wirklichkeit?

Platsch. Wasser. Eiskaltes Wasser.

„Na Michael, wieder wach? Ich hoffe, du hast schön geträumt?"

Es war doch ein Traum, ich bin erleichtert. Ich schüttle mich ab und damit das Wasser aus meinem Gesicht. Seltsamerweise bin ich sofort wieder klar. Mein Kopf tickt noch. Nein, er dröhnt. Ich kenne diese Stimme. Ich halte meine Augen weiter geschlossen und warte noch einen Moment, bevor ich sie öffnen werde. Ich möchte meine Trumpfkarte richtig ausspielen. Es wird nicht meine letzte sein.

„Hallo, Horst. Ich dachte mir schon, dass wir uns heute noch sehen werden", ich öffne meine Augen und blicke in das verdutzte Gesicht von Horst Zeransky.

73.

Ich sitze, mit meinen Händen am Rücken überkreuzt gefesselt, auf einem überraschend bequemen Stuhl, im immer noch abgedunkelten Wohnzimmer von Laura de Bianchi.

Auch wenn jetzt nicht der richtige Zeitpunkt dafür ist, scanne ich das Wenige, das ich hier sehen kann. Ein überdimensionierter Esstisch, bestehend aus einer massiven Altholzplatte in weißer Farbe gebeizt, mit Beinen aus verchromtem Stahl, die wie zwei Würfel am Boden stehen. Die Tischplatte scheint nur auf den Beinen zu schweben. Über dem Tisch hängt ein riesengroßer Kristallluster, der mir noch bekannt vorkommt. Vielleicht hing der schon bei Lauras Papa hier in diesem Raum. Mitten am Tisch steht eine riesige mattgoldene Schale, welche gefüllt ist mit grünen Äpfeln. *Stillleben 2.0.*

Geschmack hat sie, die liebe Laura. Ich sitze am einen Ende des Tisches, rechts von mir sitzt anscheinend Laura. *Laura?*

Nein, es ist Anna. Was ist da los? Hat Anna Mühlbacher eine neue Frisur? Verdammt. Ich bin ja kein Friseur. Also gehe ich einmal davon aus, dass es sich um eine Perücke handelt. *Warum?*

Ihr kupferrotes Haar ist auf den ersten Blick täuschend ähnlich dem von Laura. Locken und Haarlänge stimmen ebenso überein. Mir sticht es rechts in der Schläfe, ich senke vor Schmerz den Kopf und kneife kurz meine Augen zusammen, um den Schmerz wieder zu vertreiben.

„Kopfschmerzen, Michael? Ich denke ja, wir können ab jetzt zum Du übergehen, wo wir uns doch schon so gut kennen", während Horst das sagt, blickt er mich sehr abschätzend an. Sein diabolisches Grinsen zeigt mir, welche Freude diese Situation ihm gerade bereitet. Mir geht es da definitiv anders. Ich sage einmal nichts und schließe wieder meine Augen. Zumindest tu ich einfach so. Ich drehe meinen Kopf nur leicht nach rechts und sehe dort einen mir unbekannten Mann mit kurzem, schwarzem und streng gescheiteltem Haar sitzen. Seine Hornbrille ist schwarz wie die von Christian. Jedoch beachtet er mich nicht. Sein stoischer Blick ist mit regungslosem Gesicht zu Anna gerichtet, die auch am Tisch sitzt.

Ich spüre einen bitteren, metallischen Geschmack in meinem Mund, wahrscheinlich ist es das Blut. Bei der Attacke von hinten und dem Schlag auf meinen Kopf, habe ich mir anscheinend auf meine Zunge gebissen. Ich halte meine Augen deswegen weiter verschlossen und versuche langsam tief ein- und auszuatmen. Langsam werde ich immer klarer. Nur nicht zu früh reagieren. Ein bisschen werden sie wohl noch warten müssen.

Einige Minuten vergehen und in der Zwischenzeit ist es vollkommen still im Raum. Langsam bin ich wieder voll bei der Sache, schweige trotzdem weiter und harre der Dinge, die da jetzt auf mich zukommen werden.

Let's ready to rumble!

Ich öffne langsam meine Augen und blicke Horst stumm in sein Gesicht.

74.

Der Sammler sitzt aufrecht auf seinem Stuhl und beobachtet, das Szenario, das sich ihm hier bietet. Vom ursprünglichen Plan sind sie ja leider abgekommen. Der Jurist und Notar in ihm gewinnt gerade die Oberhand. Er wägt zum einen ab, wie sich die ganze Situation hier gerade darstellt und zum anderen ist es wichtig, wie sich hier in den nächsten Stunden alles entwickeln wird. Natürlich war es ein heute Vorteil von „Elohim" informiert zu werden, dass die Polizei ihn im Büro besuchen wollte. Auch die überraschende Hilfe von Doktor Leitinger, seinem jahrelangen Geschäftspartner und Mentor, kam ihnen sehr gelegen.

Warum sie wohl noch immer per Sie sind?

Ein Gefühl tief in ihm lässt ihn vermuten, dass sich bei Horst viel mehr Hass und Wut gegen Michael Löchtenberger aufgestaut hat, als er es ihnen erzählt hatte. War das ein Risiko? Fällt das ins Gewicht? Er weiß es nicht. Er wägt immer wieder jede der Möglichkeiten innerlich ab. Er wirft kurz einen eher verstohlenen Blick auf Anna.

Er muss sich eingestehen, dass der erste Mord und die damit verbundene Reise ans Meer mit Anna ihm besonders gut gefallen hat. Der Mord an Eliza Kadic war sehr interessant. Jener Moment, wo Anna versucht hat, das wehrlose Mädchen mit der Straußenfeder zu stimulieren war aufregend. Es ist ihm aufgefallen, dass Anna bei Eliza eine besondere sexuelle Energie entwickelt hat. Er mochte es. Es hat ihm besonders gut gefallen. Es hat ihn wesentlich mehr erregt, als er es sich eingestehen wollte.

Beim nächsten Opfer Kevin Muur und beim Sex von Anna mit ihm, widerte es ihn von Minute zu Minute mehr an. Er war schlussendlich richtig erleichtert, dass dieser Gigolo plötzlich einfach tot war. *Zu Tode gefickt.*

Er erlaubt sich ein kurzes Lächeln, aber gerade so kurz, dass es niemandem hier im Zimmer auffällt. Heute ist er nur hier, um seine Belohnung oder besser gesagt, sein Andenken von diesem Löchtenberger zu bekommen. Natürlich weiß er auch, was er sich später nehmen wird. Es wird das Herz sein.

Das Beste kommt zum Schluss. Geduld. Es wird noch dauern.

Die Frage wird nur sein, ob er das Risiko wirklich noch eingehen soll. Er könnte das von ihnen geschmiedete Bündnis einfach vorher beenden. Er könnte aufstehen und gehen.

Wie heißt es doch so schön? Der Mohr kann gehen, er hat seine Schuldigkeit getan.

In diesem Moment durchfließt ihn wieder dieser Schmerz. Wie Stromstöße fließen sie durch seinen Körper. Er bleibt trotzdem bewegungslos sitzen. Es kommt immer vollkommen unerwartet und wie immer geht es ihm durch Mark und Bein. Seine Eingeweide krampfen sich zusammen. Es ist widerlich. Fürchterlich. Er hat aber gelernt, keinerlei Regung zu zeigen. Er zeigt keinen Schmerz. Niemals. Wie in Stein gemeißelt sitzt er am Stuhl und betrachtet weiterhin stumm die Szenerie. Um die Schmerzen zu vergessen, driftet er mit den Gedanken ab, in seine ganz eigene innere Welt. Die Trophäen und Sammelstücke erscheinen vor seinem geistigen Auge. Das hilft immer. Auch jetzt.

75.

Ich stelle fest, dass die Körperhaltung, mit der ich am Boden liegen muss, alles andere als angenehm ist. Ich bin gerade sehr dankbar, dass ich in den letzten Wochen auf meine Yoga-Einheiten nicht verzichtet habe. Es macht sich gerade sehr bezahlt. Was auch von Vorteil ist, dass der Verschluss meines Schmuckarmbandes aus Metall ist. Es hat eine aufgeraute, fast scharfe Außenseite. Fast wie ein Minisägeblatt.

OK, fast. Könnte aber klappen.

Im Kopf bin ich schon alle meine Optionen durchgegangen. So bin ich zum Resultat gekommen, das mir nichts Anderes übrigbleibt, als mein Glück zu versuchen. Unauffällig wetze und reibe ich mit meinen Händen so unauffällig an dem Gaffa-Tape, um es langsam durchzuscheuern. Glück für mich, dass sie keinen Kabelbinder verwendet haben. Es scheint zu funktionieren. Was mich allerdings schwer irritiert ist, dass niemand der hier Anwesenden spricht. Ich warte gespannt auf die große Offenbarung. Aber nein, nichts passiert. Also werde wohl ich in die Offensive gehen müssen.

„Hat es Ihnen die Sprache verschlagen, Herrschaften?", versuche ich mal mein Glück. Einer muss den Ball ja ins Rollen bringen.

„Weißt du Michael, wir sind so zufrieden und glücklich in diesem Moment, das es uns anscheinend sprachlos gemacht hat", sagt Horst und klopft mit seinen Fingern der rechten Hand langsam auf den Tisch. *Der nervt.*

„Du musst wissen, dass du sterben wirst Michael. Die Frage ist nur, wie schnell und wie schmerzhaft es für dich werden soll. Ich persönlich bin für viel Schmerz und so langsam es geht", er blickt erst Anna und dann mich an.

„Was meinst denn du, meine Liebe?"

„Was immer du möchtest, wir verlieren besser keine Zeit, Elohim", sie rückt mit ihrem Stuhl sachte nach hinten und steht langsam auf. Sie wirft mir einen fast freundlichen Blick zu, lächelt mich milde an und ergänzt:

„Der Sammler ist sicher so nett und hilft uns den Herrn Löchtenberger ins Schlafzimmer zu befördern, nicht wahr?"

Ihre Augen wandern zwischen dem „Sammler" – wer immer das ist – und mir Hin und Her. *Ihr Lächeln nervt mich auch.*

„Lasst euch nur Zeit", denke ich kurz, werde jetzt aber doch ein wenig nervös, denn ich bemerke, dass der Schauplatz des Geschehens geändert werden soll. Damit habe ich nicht gerechnet.

„Wir werden jetzt wohl besser mit Michael in das Schlafzimmer gehen", sagt Horst zu den beiden anderen und steht ebenfalls auf.

Was ist im Schlafzimmer? Verdammt. Wo ist Laura?

Ich war so konzentriert auf das Lösen meiner Fesseln, dass ich vergessen habe, alle meine Optionen im Kopf fertig zu denken. Ich muss noch Zeit gewinnen. Es wird also an der Zeit, sie aus der Reserve zu locken.

„Wer oder was ist Elohim, Horst? Eine neue Handymarke. Ein Kosename für der Unfähige? Kläre er mich doch bitte auf, großer Elohim."

Horst springt auf, kommt zu mir an den Tisch und schlägt mir mit der Hand, geschützt durch seine schwarzen Handschuhe mit einem rechten Hacken voll ins Gesicht.

BUMM!

Mich wirft es mit dem Stuhl nach links und ich kippe durch die Wucht des Schlages um. Das Gute daran ist, dass sich die letzten Fasern des Tapes lösen. Das schlechte aber ist, dass ich beim Knall, mit meinem Kopf auf dem Parkettboden aufschlage. Es blitzt schon wieder.

Gott, tut das weh.

Die linke Gesichtshälfte pocht und mir brummt der ganze Schädel. Trotzdem versuche ich meine Hände mit den jetzt gelösten Fesseln so eng zusammen zu halten, dass es den Wahnsinnigen hier nicht auffällt. Ein möglicher Vorteil, den ich noch ausspielen werde. Meine Gedanken spielen verrückt. Soll ich gleich zuschlagen? Wo ist Laura wirklich? Wieso in das Schlafzimmer? Ich ahne Böses.

„Ich bin über dir. Ich werde dich vernichten. Keiner hat dich hier gebraucht, wir wollten dich nicht. Ich werde alles wieder rückführen. Es wird so sein als, ob es dich nie gegeben hat", die Spucke von Horst spritzt mir, während er über mir steht und mich anschreit, in mein Gesicht.

Danke Horst. Super.

Seitlich mit einem dröhnenden Kopf am Boden zu liegen und zu bemerken, dass die Spucke mein Gesicht herunterläuft, macht mich auch nicht gerade entspannter.

„Mir scheint fast, du hast schon mal damit begonnen die Festplatte in deinem Kopf zu löschen, Horst", ist das Einzige, was mir in der Sekunde dazu einfällt. Horst schnauft. Er nimmt meinen Stuhl und dreht mich nach links, sodass ich am Rücken liege. *Verdammt, mir tut alles weh.*

Ich mache mich auf das Schlimmste gefasst. Er holt wie bei einem Elfmeter aus und tritt mir in meine rechte Seite.

Oh Gott. Der Volltrottel.

Mir bleibt die Luft weg und ich habe das Gefühl, mir zerreißt es den Körper. Das Einzige, was mir in diesem Moment noch gelingt, ist reflexartig die Hände krampfhaft zusammenzuhalten. Der Schmerz breitet sich blitzartig von der Seite über meinen ganzen Körper aus. Ich habe Schnappatmung.

„Trag den Idioten in das Schlafzimmer, Sammler", schreit Horst indessen und dreht sich weg. Ich halte meine Augen geschlossen und versuche krampfhaft wieder Luft zu bekommen. Ich spüre, wie ich hochgezogen und in die Luft gehoben werde. Der Sammler trägt mich, als wäre ich aus Pappe, in das angrenzende Zimmer. Ich öffne vorsichtig meine Augen. Ich sehe nichts. Meine Augen sind voller Tränenflüssigkeit. Hier im Zimmer ist noch dazu ziemlich dunkel. Ich werde in das linke hintere Eck, neben das geschlossene Fenster gestellt. Ich vermute mal, dass es sich hier um das Schlafzimmer handeln muss. Er stellt mich ab und entfernt sich wieder von mir. Ich lausche. Ich höre nichts. Langsam gewöhnen sich meine Augen an die Dunkelheit. Ich spüre, dass ich nicht allein bin. Ich sehe ein

Bett. Ich bemerke, dass im Bett jemand liegt. Ich befürchte, ich weiß auch wer.

Verdammt, Laura, was machen wir jetzt?

76.

Es ist keine Zeit, um zu verschnaufen. Im Wesentlichen möchte ich nur gerne meine Wunden lecken. Die körperlichen und die seelischen. Ich bin da ja ziemlich naiv in die Falle getappt. Meine Falle. Mir war es schon bewusst, dass mich hier heute eine Konfrontation erwarten könnte. Ich habe wirklich mit einer Überraschung gerechnet. Ich dachte an Anna. Auf den entscheidenden Durchbruch. Ich war sogar auf mehr vorbereitet. Horst und seine Banditen unterschätzen mich auf jeden Fall. Trotzdem, sie haben mich überrascht. 1:0 für die. Gehen wir in die vollen. Jetzt bin ich bereit. Komme, was wolle. Laura muss unbedingt beschützt werden. Ich muss sie retten. Was haben die Wahnsinnigen bloß vor mit uns?

Es tut sich was. Ich höre sie kommen.

Auf einmal geht alles sehr schnell, Anna kommt herein und hält ein Glas Wasser in ihrer Hand. Sie lächelt mich seltsam an und sagt zu mir:

„Ich hoffe ja, deine liebe alte Freundin gefällt dir mit ihrer neuen Frisur? Wir haben sie auf Hochglanz poliert für dich. Der Sammler hat sie sogar besonders hübsch gemacht für dich, mein lieber Michi!"

Wenn sie noch einmal „lieber Michi" zu mir sagt, tu ich ihr was an. Nur was meint sie mit hübsch gemacht? In meinem Bauch rumort es. Eine böse Vorahnung überkommt mich. Plötzlich geht das Licht an. Es ist zwar nur die Nachtisch-Leuchte, aber trotzdem. Ich muss blinzeln. Sehe immer noch ein wenig verschwommen. Ich drehe meinen Kopf in Richtung Bett. Dort liegt Laura. Mit einem schwarzen Negligé. Irgendetwas stimmt da aber nicht. Nur was?

Es ist noch nicht in meinem Kopf angekommen oder zu mir durchgedrungen, das Bild der kahl geschorenen Laura. Mein Kopf hat es noch nicht verarbeitet. BUMM. Jetzt ist es da. Ich verstehe.

Um Gottes willen. Die Arme.

Ab jetzt muss ich aufpassen. Was haben diese Verrückten nur vor? Ich beobachte Laura genau. Sie hält ihre Augen geschlossen. Man sieht ihr an, dass sie fertig ist. Lebt sie noch?

Was haben sie nur mit dir gemacht, Laura?

Laura liegt festgebunden auf dem Bett. Sie haben ein weißes, dünnes Leintuch über die Beine von Laura gelegt. Ihren Mund haben sie mit einem schwarzen Gaffa-Tape verklebt. Daher also das Tape. Ich kontrolliere noch einmal meine Hände. Ich bin jetzt voller Adrenalin. Ja, ich habe das Band gelöst. Mein Problem ist nur, dass meine Hände etwas zu kribbeln beginnen. Gratuliere.

Nur nicht einschlafen bitte!

Ich bewege meine Finger, so gut es geht. Mein Blick ist weiterhin fest auf Laura fixiert. Ihre verweinten Augen, verschmiert mit schwarzem Make-up bewirken, dass die ganze Situation noch schrecklicher auf mich wirkt, als sie es schon ist. Lauras Augen öffnen sich langsam und sie neigt den Kopf auf die Seite. Sie blickt mich an. Unsere Blicke treffen sich. In ihren Augen ist noch Leben. Besser sogar. Sie verströmen sogar Kraft und Stärke. Ich schaue ihr tief in die Augen und versuche mit ihr zu verschmelzen. Ich versuche ihr mit meinem Blick eine stille Botschaft zu senden.

Gib nicht auf, Laura.

Meine Augen schweifen wieder zu Anna Mühlbacher. Direkt hinter ihr im Türrahmen steht Horst. Er grinst hämisch. Mir fällt auf, dass rechts neben der Tür, drei kleine Bilder an der Wand hängen. Fotos von Myanmar.

„Ob Laura die selbst gemacht hat?", denke ich. Sie sind schön. Eine Sekunde später bin ich wieder im jetzt. Ich beobachte Anna, wie sie ein rundes Döschen öffnet, das sie in der Hose eingesteckt hat. Es befindet sich ein blaues Pulver darin, das sie großzügig in das Wasserglas rieseln lässt. Sie lässt das Döschen einfach fallen,

schwenkt das Glas kreisförmig in ihrer rechten Hand und versucht damit, das Pulver im Wasser aufzulösen. Sie nimmt ihren Zeigefinger zu Hilfe. Mir fällt auf, dass ihre Fingernägel schwarz lackiert sind. Ich glaube nicht, dass sie darauf wartet, dass Luft zum Wasser kommt. Wie bei einem guten Rotwein.

Schön, dass ich noch so spaßige Gedanken habe.

Keiner lacht. Wie auch? Horst steht abwartend in der Tür. Zu meinem Leidwesen fällt mir auf, dass er einen Baseballschläger in seiner rechten Hand hält. Er klopft damit, im Sekundentakt in seine linke Handfläche. Es macht jedes Mal ein schmatzendes, eher noch klatschendes Geräusch.

Fuck. Sie kotzen mich an. Sie nerven mich.

Ich dachte, ich bin gut vorbereitet.

Aber nicht gut genug Michi.

Ich bin am Arsch. Ich hatte schon eine Ahnung. Einen leisen Verdacht. Doch ich lag falsch und jetzt kommt alles massiv auf mich zu. Kein Bus, das ist ein Zug. Eine Dampfwalze. *Verdammt.*

Ich muss Laura hier rausbringen. Was wollen sie nur von ihr? Warum gerade Laura?

Bleib ruhig. Denk nach. „Rollercoaster" im Kopf.

„Komm mein Lieber, ich habe hier etwas Gutes für dich zum Trinken", Anna kommt auf mich zu, wartet aber noch einen Moment ab.

„Oje, du hast ja eine Träne im Auge", und wieder säuselt sie mich ziemlich Nasal an. Sie nervt in der Zwischenzeit gewaltig. Bevor ich mich noch fragen kann, was sie damit meint, schlägt sie mir mit ihrem rechten flachen Handrücken ins Gesicht.

BUMM. Danke für nichts.

„Oh mein Gott. Da ich habe ich mich ja vertan. Jetzt erst hast du eine Träne im Gesicht", sie beginnt laut und schrill zu lachen und zieht mit dem Lachen Horst in ihren Bann, der ebenfalls hämisch lacht. Habe ich schon erwähnt, dass sie mich nerven?

Jetzt erst fällt mir auf, dass der Sammler sich auch im Zimmer befindet. *Der Sammler? What the fuck.* Er steht links neben dem Bett, an die Wand gelehnt. Steht still wie eine Säule und beobachtet das Geschehen regungslos und stumm. Er wirkt fast schon wie eingefroren. Mir tränen die Augen tatsächlich. Danke. Muss das wirklich sein? Langsam beginnt mich die ganze Sache wirklich aufzuregen. Das ist schlecht. Schlecht für mich. Noch viel schlechter aber für die drei Idioten.

„Hilfst du mir bitte, Sammler?", fragt Anna und der Sammler kommt die paar Schritte um das Bett auf mich zu und nimmt meinen Hinterkopf mit seiner rechten Hand. Er zieht mich an den Haaren brutal zurück. Mit seiner linken Hand – ich rieche nur den intensiven Geruch von Plastik – spreizt er mir den Mund brutal auf, in dem er in meine Mundwinkel drückt. Laura nützt die Gelegenheit sofort um mir das Wasser – mit was weiß ich darin – in den Mund zu flößen. Ich schlucke, verschlucke mich und habe kurz das Gefühl zu ersticken.

„Waterboarding" für Arme.

Glücklicherweise kommt mir ein Teil der bitter schmeckenden Flüssigkeit durch die Nase wieder heraus.

Ich kotze gleich. Na Bravo, heute lass ich nichts aus.

Anna beobachtet mich und wirft einen fragenden Blick zu Horst. Der Sammler geht einfach, schweigend wieder zurück auf seinem Platz.

„Zigarettenpause", sagt Anna und geht, ohne eine Antwort abzuwarten, aus dem Schlafzimmer. Sie zieht den Sammler mit sich. Horst geht den beiden ebenso schweigend nach, aber nicht ohne beim Verlassen des Zimmers, noch einen Kontrollblick auf mich zu werfen. Ich höre ein Feuerzeug schnappen und weiß, ab jetzt habe ich noch gut fünf Minuten.

„Rauchen kann tödlich sein", es ist ein wohl wirklich seltsamer Gedanke, der mir da durch den Kopf geht. Ich hoffe ich werde recht behalten. Ich arbeitete mit meinem Mund und meinen Wangen, denn ich habe das Gefühl mir hängen noch vom Pulver ein paar Bröseln im Hals.

„Ich hasse Tabletten", sagte ich das auch schon?

Was ist das für ein Zeug? Ich kann es mir denken. Blaues Glück für private Stunden. *Fuck*. Aus jetzt. Fünf Minuten, hat sie gesagt. Fünf Minuten können lang sein oder aber auch nicht.

77.

Anna steht mit Notar Rosenstolz oder besser „Elohim" im Wohnzimmer und zieht genussvoll an ihrer Zigarette. Sie ist angespannt:

„Ich denke, wir warten noch fünf bis zehn Minuten, bis das Viagra wirkt, dann mache ich den Michi mal so richtig scharf. Er wird nicht lange brauchen, bis er eine Erektion hat. Danach platzieren wir ihn auf Laura und ich führe sie zusammen. Während er auf ihr liegt und dank meiner Hilfe in ihr ist, schlägst du zuerst Michael auf den Hinterkopf. Wenn er tot ist, kannst du Laura töten. Ich möchte die liebe Laura noch ein wenig schreien hören. Ich weiß, wir haben geplant, sie zu ersticken. Aber ehrlich? Zermatsche den beiden einfach ihre Köpfe bis zur Unkenntlichkeit. Und wenn das erledigt ist, machen wir uns aus dem Staub. Nichts wie weg von hier. Wir trennen uns wie vereinbart. Jeder geht seinen Weg."

Horst schweigt, „Elohim" nickt.

„Der Sammler bleibt noch hier und reinigt, was zu reinigen ist, dann kann er sein Sammlerstück mitnehmen", sagt Elohim alias Horst Zeransky.

„Ich fahre ins Präsidium und warte, bis der Notruf kommt. Zuerst brechen wir die Wohnung von der

Schwuchtel daneben auf und erst ein wenig später, bei der routinemäßigen Befragung der Nachbarn, werden wir hier diese Wahnsinnstat entdecken."

Anna Mühlbacher sieht ihn zufrieden an und strahlt förmlich über das ganze Gesicht.

„Großartig, Horst. Ich bin so glücklich, wie bis jetzt alles verlaufen ist. Wir sind oder man muss ja fast schon sagen: Wir waren ein echt gutes Team. Ich danke euch beiden. Für mich ist danach wirklich Schluss mit der Angelegenheit und auch mit Graz. Ich muss einfach weg. Es ist Zeit, dringend zu verreisen. Es gibt noch so viele Länder, die ich mir unbedingt ansehen möchte."

„Ich werde dich vermissen", sagt Horst.

„Ich dich auch", sagt Anna, dämpft die Zigarette aus, wischt ihre behandschuhten Finger in die Küchenrolle, die vor ihr auf der Kommode liegt. Sie stützt sich kurz mit beiden Hände am Küchentisch ab, um für einen kurzen Moment ihre Augen zu schließen. Ein letztes Mal möchte sie in sich gehen. Es gibt noch viel zu tun.

Komm jetzt, Anna! Finale Grande. Die Katze ist bereit.

78.

Christian lehnt mit dem Rücken zur Hauswand rechts vor dem Hauseingang zur Villa. Sein Herz schlägt ihm gefühlt bis zum Hals. Die Schusssichere Weste, die er trägt, engt ihn mehr ein, als er es sich gedacht hat. Mit seinem linken Handrücken wischt er sich den Schweiß von der Stirn. Die Glock hält er ein wenig verkrampft in der rechten Hand und hält sie fester, als es wohl notwendig wäre. Er kreuzt seine Hände vor seiner Brust und legt auch die linke Hand auf die Waffe. Christian ist ziemlich nervös.

Einatmen und ausatmen.

Langsam wird es ein wenig besser. Er versucht immer wieder ruhig ein- und auszuatmen. Er bemüht sich seinen Puls niedrig zu halten. Karin steht keine zwei Meter rechts von ihm und hält ebenso ihre Waffe in der Hand. Sie ist bereit zum Einsatz. Karin trägt ungern ihre Schutzweste, weiß aber wie wichtig es ist. Dadurch kommt sie sich gerade wie eine Knackwurst vor. Außerdem brummt ihr immer noch ordentlich der Kopf. Ein kurzer Blick auf Christian zeigt, wie angespannt er ist. Ihr geht es da eindeutig besser. Sie hat sich unter Kontrolle. Das Adrenalin pumpt zwar in ihren Körper, es hält sie dafür hellwach.

Trotzdem wünschten beide, sie wären gerade nicht hier. Christian wäre gerne irgendwo in Stockholm. Mit viel Wehmut denkt er gerade an seinen letzten Urlaub dort. Im Kopf wandert er noch einmal durch das „Vasa"-Museum. Er erinnert sich, wie malerisch die Altstadt doch war. So viele alte und bunte Häuser. Wie er diese Stadt doch liebt.

Karin wäre jetzt lieber am Wasser oder besser noch im Meer. Das blaugrüne Wasser mit den schönen kleinen Buchten in Italien. Sie erinnert sich an ihre Zeit an der „Almalfi"-Küste. Sie wandert durch die idyllischen Zitronenhaine. Wann war sie überhaupt das letzte Mal auf Urlaub? Sie schüttelt sich. Schüttelt die Gedanken ab. *Konzentriere dich, Karin.*

Sie kneift ihre Augen zusammen, um den Kopf wieder freizubekommen. Sie muss an Michael denken und sorgt sich um ihn. Auf der anderen Seite des Hauseingangs stehen zwei Beamte der Cobra. Zwei wahre Riesen. Mit ihren schwarzen Uniformen und den Vollvisierhelmen schauen sie richtig angsteinflößend aus. Der Rechte hat einen sogenannten Türöffner in der Hand, der Linke hält seine Maschinenpistole fast lässig in der Hand.

Beide blicken immer wieder abwechselnd zu ihrem Boss, der etwas hinter Karin und Christian steht. Es ist Robert Hassler. Er ist der Einsatzleiter der Cobra. Der

Vierzigjährige ist selbst gut zwei Meter groß, wenn man ihn einmal ohne Helm antrifft, fühlt man sich fast ein wenig an den jungen Bruce Willis erinnert. Er hat auch dasselbe verschmitzte Grinsen. Gut, jetzt gerade nicht.

Sein Blick ist konzentriert auf seine schwarze Taucheruhr gerichtet, während er gleichzeitig seine linke Hand in die Luft hält und drei seiner Finger spreizt. Er ist bereit, den Countdown endlich nach unten zu zählen. Bei drei, zwei, eins, los, geht es los. Das wissen alle. Alle hier Anwesenden sind von ihm für die kommende Aufgaben gebrieft worden. Alle Einsatzkräfte sind bereit. Robert Hassler atmet noch einmal richtig durch, spuckt seinen Kaugummi auf den Kiesboden und schickt ein kurzes Stoßgebet zum Himmel, er ist ein gläubiger Mensch.

Hilft es nicht, schadet es sicher auch nicht.

Er erteilt über sein Headset das Kommando zum Absperren des Stromes im Haus. Jetzt heißt es noch sechzig Sekunden warten. Erst nach seinem Kommando: „Los", wird die Tür gestürmt und „Herz Bube", der Rechte der beiden wartenden Einsatzkräfte vor der Tür, der in Wirklichkeit Goran Jesovic heißt und leidenschaftlicher Tennisspieler ist – wird versuchen, schnell in die Wohnung einzudringen und so rasch es geht, mindestens einen der Geiselnehmer zu neutralisieren. Die anderen beiden Beamten werden möglichst gleichzeitig in die Wohnung eindringen, um die restlichen Geiselnehmer in Schach zu halten oder auszuschalten.

Sie sind im taktischen Vorteil. Im Haus rechnet niemand mit ihnen. Das Überraschungsmoment ist damit auf ihrer Seite. Michael Löchtenberger spielt ein riskantes Spiel, aber er wollte es so. Robert Hassler ist sich nicht sicher, ob alles nach Plan verlaufen wird. Denn der Zeitplan, genauer gesagt das Zeitfenster vom möglichen Einsatzes, war nicht bekannt. Deswegen musste alles sehr vage gehalten werden. Sie wurden vom Team Löchtenberger letzte Woche vorgewarnt und sind daher seit Tagen auf Abruf bereit. Genauer gesagt sind sie seit Montag auf Alarmbereitschaft. Dass es jetzt so schnell geht, ist doch für alle überraschend.

Bei der Einsatzbesprechung in der Zentrale, vor einer halben Stunde wurden er und seine gesamte Mannschaft von Christian Schuller und Karin Gruber auf den neuesten Stand gebracht. Beim sehr intensiven Routinecheck den Michael Löchtenberger über sein zukünftiges Team im Vorfeld veranlasst hatte, fiel auf, dass es bei der Krankengeschichte von Horst Zeransky einige Unregelmäßigkeiten gab. Michael kennt eine der Ärztinnen in der Sigmund Freund Klinik. Er musste aber auf die Nachfrage – wie ernst denn die psychische Belastung von Horst sei – feststellen, dass dieser dort niemandem bekannt sei. Es gibt gar keine Krankenakte über Horst.

Es gab also auch nie ein Burn-out. Das galt es dann genauer zu überprüfen.

Hintergrund Check Teil zwei: Michael stattete mit einem Vorwand, der Frau von Horst einen Besuch ab und fand dort zu seiner weiteren Überraschung heraus, dass dieser seit gut sechs Monaten getrennt von ihr und den vier Kindern lebt. Er ist in eine Wohnung nach Andritz gezogen, wo genau, wusste sie leider nicht. Meldeadresse gab es auch keine. *Seltsam.*

Er weihte also Christian in die ganze Sache ein, der selbst eine sogenannte blütenweiße Weste hat. Er setzte Christian auf die Geschichte an und fand durch ihn recht schnell heraus, dass Horst in einer Wohnung eines Mehrfamilienhauses, eben im Grazer Bezirk Andritz wohnt. Was genau dahintersteckt, warum Horst sie anlügt, war in dieser kurzen Zeit nicht zu erfahren. Sie wollten der Sache jedoch in dieser letzten Woche genauer auf den Grund gehen. Zur Sicherheit hatte Michael veranlasst im Handy von Horst, so schnell es geht, eine Lokalisierungssoftware oder einen Ortungschip einzusetzen. Das sollte sich im Nachhinein als überaus gute Idee herausstellen.

„Da ist was im Busch", vermutete Michael.

Bei der Überprüfung der offiziellen Krankenakte von Horst, stellte sich schnell heraus, dass dieser ein Patient auf der Onkologie in Graz ist. Es gibt einen eindeutigen Befund. Er hat Krebs.

Er hatte mehrere Bestrahlungen und eine Chemotherapie hinter sich. Aber warum hatte er gelogen? Warum hat er gesagt, dass er ein Burn-out hätte und nicht Krebs? Was verschweigt er? Sie hatten einen kleinen Mosaikstein vom Mosaik. Es steht jedem Menschen frei, mit seiner Krankheit umzugehen, wie er möchte, aber Michael fand sein Verhalten doch sehr eigenartig. Sie ließen die Sache für das Erste erst mal auf sich beruhen.

Christian griff nach der komischen Geschichte mit Horst in der Früh die ganze auf und versuchte die losen Ende der Ermittlungen zu verknüpfen. Also hackte er – auf gut Glück – die Krankenakte von Anna Mühlbacher. Zu seiner großen Überraschung fand er heraus, dass auch sie mit Krebs in ärztlicher Behandlung war. Lymphknotenkrebs mit Bestrahlung und Chemotherapie. Jetzt kommt es: das alles zur gleichen Zeit wie ihr Kollege Horst. Schon wieder ein Zufall? Eher wieder ein kleiner Mosaikstein. Aber es fehlt noch immer das ganze Bild. Doch das Mosaik wurde ein wenig größer. Christian blieb dran. Er überprüfte den Notar von heute Früh einmal genauer.

Christian entdeckte durch seine Recherche, dass Notar Dr. Rosenkranz Eigentümer von zwei Häusern in Andritz ist. Er besitzt in derselben Straße zwei nebeneinanderliegende Objekte. Ein Haus, dass er selbst bewohnt und das andere wohl zur Vermietung. Christian kontrollierte daraufhin die Telefondaten von Horst und Notar Rosenkranz und versuchte sie rückwirkend zu lokalisieren. Das brachte aber für das Erste kein Ergebnis. Eine zivile Einheit der Polizei befragte daraufhin die Nachbarn und fand schnell heraus, dass der neue Untermieter bei Dr. Rosenkranz frappierende Ähnlichkeiten mit Horst Zeransky hat.

Mosaikstein Nr.3?

Langsam zeichnete sich ein vollständiges Bild ab. Der Herr Kollege Zeransky wohnt also beim Notar. BUMM. Der Herr Notar Rosenkranz kaufte die Wohnung und auch gleich die Praxis von der Anna Mühlbacher. Die Frau Psychologin hat zur gleichen Zeit, eine Krebsbehandlung wie Horst. Mordopfer eins und Mordopfer zwei haben je eine Beglaubigung beim Herr Notar veranlasst. Mordopfer zwei Kevin Muur ging in die Therapie bei der Frau Psychologin. Und zu guter Letzt gingen sie alle in das gleiche Fitnessstudio in Graz. Wie gesagt, viele Mosaiksteine ergeben irgendwann ein Bild. In diesem Fall ein ziemlich buntes.

Christian war sofort klar, dies wäre mehr als ein Grund, um seine Kollegin Karin anzurufen und sie von den Neuigkeiten in Kenntnis zu setzen. Da gab es, einiges zu besprechen.

Vor allem, weil die immer noch laufende Handyortung aller beteiligten Personen ein unerfreuliches aber auch deutliches Bild ergab. Das war der Beweis, dass die drei Verdächtigen also doch unter einer Decke stecken. Alle drei befinden sich zur gleichen Zeit, in der Villa von Frau Doktor Laura de Bianchi, in der Schubertstraße. Karin musste also nicht lange überzeugt werden. Sie befand sich im Landeskrankenhaus in Leonhard, das wiederum nur gute fünf Minuten von der Schubertstraße entfernt ist. Also raus aus dem Spital und zur Villa. Christian informierte die Cobra. Dann ging alles ziemlich schnell.

Robert Hassler blickt ein letztes Mal auf seine Uhr. Die sechzig Sekunden seit seinem Kommando: „Strom ab", sind fast um. Er räuspert sich kurz und gibt sein Kommando:

„Drei, zwei, eins, los!"

79.

Es kracht. Der Lärm ist ohrenbetäubend. Ein paar kleine Splitter und auch einige größere Teile der Eingangstür zu Lauras Wohnung fliegen im Vorhaus an mir vorbei. Das ist wohl die Vorhut. Ich sehe, wie die rechte Seite der doppelflügeligen Eingangstür an der offenen Tür des Schlafzimmers vorbeisaust. Meine Ohren pfeifen. Ich höre die Titelmusik von Raumschiff Enterprise.

Beam mich hoch, Scotty.

Ein Beamter der Cobra stürmt mit gezogener Waffe in die Wohnung, er an meiner Tür vorbei. Laute Stimme, Schrei und im nächsten Moment höre ich drei Schüsse. Ich brauche ein paar Sekunden um alles zu realisieren Meine Chance. Mein Auftritt. Los.

Geschockt vom Einsatz der Cobra steht er vom Geschehen sichtlich überrascht wie paralysiert immer noch auf seiner Position. Einen Augenaufschlag später springe ich hoch und hechte den Kopf voraus, auf den keine zwei Meter neben mir stehenden Sammler. Ich reiße ihn mit aller Kraft und ohne jegliche Gegenwehr zu Boden. Ich halte seinen Kopf mit der rechten und seine Schulter mit der linken Hand umklammert. Wir knallen beide mit voller Wucht gegen die Wand. Es macht ein Geräusch, als ob man einen nassen Fisch gegen die Wand klatscht, gefolgt von einem kurzen aber lauten Knacken. Er sackt sofort in sich zusammen. Ich bleibe kurz auf ihm liegen, rolle mich aber sofort zur Seite. Mir brummt mein Schädel. Ich wusste gar nicht, dass eine Steigerung der Kopfschmerzen überhaupt noch möglich ist. Ich werfe einen Blick auf den Körper, der neben mir an der Wand lehnt. Das war's. Es ist vorbei bevor es begonnen hat. Ich vollgepumpt mit Adrenalin und am ganzen Körper zitternd langsam auf. Ich zittere am ganzen Körper.

Fuck. Ist er tot?

Der Sammler sitzt immer noch mit aufrechter Körperhaltung an der Wand, sein Kopf ruht in einem komischen Winkel auf seiner linken Schulter. Er schaut friedlich aus. Schlafend. Ich knie mich zu ihm hin und hebe vorsichtig seinen Kopf hoch. Wie Gummi. Kein Puls mehr. Ja, er ist tot.

Das Ganze hat keine halbe Minute gedauert. Ich stehe wieder auf und drehe mich zur Tür. Die Beamten schreien immer noch ihre Kommandos in der Wohnung. Meine Ohren pfeifen immer noch und mein Kopf dröhnt. Ich höre eine weibliche Stimme rufen:

„Michael, alles gut bei Ihnen?", und gleich darauf:

„Oh mein Gott, Frau Dr. de Bianchi, wir brauchen hier schnell einen Arzt, bitte!"

Karin steht bei uns im Zimmer und ist gebannt von der gefesselten, mit geschlossenen Augen, regungslos im Bett liegenden, Laura. Hinter ihr, im Türrahmen, steht mit schockiertem Blick Christian. In der Luft tanzen kleine Staubpartikel, die gerade ihren Weg vom Vorraum in das Schlafzimmer gefunden haben.

„Michael, alles in Ordnung?", fragt mich Karin noch einmal.

„Alles gut, Karin, bei mir ist alles OK!" Dumpf höre ich meine Stimme in meinen Ohren.

„Christian, holen Sie schnell ein paar Handtücher aus dem Bad oder organisieren Sie bitte eine Decke, wir müssen Laura unbedingt zudecken. Eine Schere oder ein Messer brauchen wir auch. Schnell, geben Sie Gas und holen Sie einen Arzt!"

Während ich das zu ihm sage, gehe ich die paar Schritte zum Bett. Ich setze mich zu Laura und versuche, etwas ungeschickt, ihre Fesseln zu lösen. *Verdammt.*

„Schnell bringt mir eine Schere oder ein Messer, bitte. Was ist los mit euch? Tempo!"

Karin reicht mir wortlos ein Taschenmesser. Ich beginne, versucht sie nicht zu verletzten, die Kabelbinder von Lauras zarten Händen zu schneiden. Sie hält ihre

Augen immer noch geschlossen. Ich warte einen Augenblick und beginne ebenso langsam wie vorsichtig das Gaffer-Band von ihrem Mund zu lösen. Spontan entscheide mich doch für die härtere Methode. Ein Ruck, ein Schrei und weg ist es.

Das bringt Laura mit ihren Gedanken wieder zurück in die Realität. Sie blickt mich mit dem traurigsten Blick an, den ich bis jetzt in meinem Leben gesehen habe. Mein Herz schlägt mir bis zur Brust. Mir steigen Tränen in die Augen. Ich ziehe sie vorsichtig hoch, nehme sie in meinen Arm und drücke sie fest an mich. Ich spüre das Beben ihres Körpers. Sie weint still und leise, immer noch an meine Schulter gelehnt, weiter. Karin löst inzwischen ihre Beine aus den Fesseln und Christian legt sehr behutsam eine Decke über den nackten Rücken von Laura.

„Alles wird gut", mehr fällt mir beim besten Willen nicht ein. Ein Sanitäter kommt herein, kniet sich zum Sammler und beginnt ihn auf Lebenszeichen zu untersuchen. Ich drehe meinen Kopf zu ihm und sage mit belegter, aber doch bestimmter Stimme:

„Der ist tot! Wären Sie bitte so nett und kümmern sich um die Lebenden? Wie zum Beispiel, um die arme Frau in meinen Armen."

Der Sanitäter, der wie ich erst jetzt bemerke, doch ein Arzt ist, steht auf und kommt zu uns ans Bett. Ich habe das in der Hektik gar nicht mitbekommen und belasse die arme Laura in seiner Obhut. Ich stehe auf, um Platz zu machen. Ich drehe mich zu Karin und sage:

„Lassen Sie uns mal nachschauen, was uns da draußen erwartet."

Ich stütze mich kurz mit der linken Hand an der Wand ab, denn ich bemerke in diesem Moment, dass meine Beine doch noch etwas schwach sind. Ich gehe mit ihr und ohne Christian, der immer noch neben dem Bett von Laura steht, bei der Tür vom Schlafzimmer hinaus und gehe durch das Vorhaus in das Wohnzimmer. Hier ist ein kleines Schlachtfeld. *Schade, um die schöne Wohnung.*

Ich steige über die am Boden liegende und zertrümmerte weiße Eingangstür. Weiter durch den Türrahmen – in dem die beiden Flügeltüren fehlen – ins Wohnzimmer. Am Esstisch sitzt Horst Zeransky, mit dem Gesicht zur Eingangstür gewandt. Sein Kopf hält er gesenkt. Seine rechte Hand liegt am Tisch direkt neben seiner Glock, die linke hängt schlapp an seinem Körper hinunter. Der Baseballschläger liegt am Boden. Jetzt erst fallen mir die drei Löcher in seiner Brust auf.

„Ein Stillleben der etwas anderen Art", sage ich halblaut, mehr zu mir selbst und lasse meinen Blick nach rechts schweifen, wo die beiden Flügel der Tür am Boden liegen. Oder sagen wir besser, dass was davon noch übrig ist. Mein Blick gleitet nach links. Drei Beamte der

Cobra stehen in der Ecke des Zimmers und beobachten uns.

Der größere von ihnen lächelt mich an und sagt:

„Hallo Herr Löchtenberger. Ist alles gut gegangen bei Ihnen? Ich denke, wir waren gerade noch rechtzeitig hier. Wir haben den Täter neutralisiert und mir wurde mitgeteilt, Sie anscheinend den anderen. Gute Arbeit."

Ich bin nicht in der Lage zu antworten. Meine Synapsen im Gehirn rotieren. Hier stimmt etwas nicht. Hier fehlt etwas. Nein, mir fehlt etwas. Sagte er: den Täter? Ich rotiere um meine Achse. Ich scanne den Raum. *Verdammt*. Die Leiche von Anna Mühlbacher fehlt. *Spinne ich?*

„Wo verdammt noch mal ist die Leiche von Anna Mühlbacher?", rufe ich in den zwischenzeitlich gespenstisch stillen Raum.

Es ist alles gesagt

Und alles getan

Was uns jetzt noch bleibt

Ist dieser Augenblick

Es gibt kein davor

Und kein danach

Alles macht Sinn

Jetzt Und hier

Andreas Gasser – Shiver

80.

Samstag, im Schatten des Uhrturms, 12:00 Uhr

Um mich von den kräftigen Sonnenstrahlen zu schützen, sitze ich mit meiner Sonnenbrille, in einer Nische im Gastgarten vom „Aiola" am Schlossberg. Vor mir am Tisch steht ein Gin Tonic mit Gurkenscheiben und daneben ein großes goldfarbenes Weizenbier für Florian. Die Frühlingssonne scheint mir direkt ins Gesicht. Sie wärmt mich. Ich genieße es. Die Kirchenglocken vom Grazer Dom singen gerade ihre übliche Mittagsmelodie und die restlichen Kirchen von ganz Graz schließen sich diesem Glockenchor an. Im Hintergrund singt leise *Richie Havens*:

„Going back to my roots ... "

Florian hält eine Zigarette in der Hand, bläst den Rauch aus seinem Mundwinkel in die Luft und schaut mich immer noch sehr verwundert mit großen Augen an.

„Bist du wirklich sicher, dass du keine rauchen magst, Michi? Sterben wirst du sicher auch ohne zu rauchen."

Wir lachen beide und ich schüttle meinen Kopf.

„Nein danke, passt gut so."

Im Gastgarten ist es voll wie in einem Bienenstock. Die Lärmkulisse ist gewaltig. Die ersten Sonnenstrahlen im Frühling, dann noch an einem Samstag. Der perfekte Tag. Der Uhrturm am Schlossberg thront hier über dem ganzen Geschehen. Jetzt zu Mittag wirft er bekanntlich seinen längsten Schatten.

„Wie geht es denn der Laura?", fragt mich Michi und bläst demonstrativ mehrere Rauchkringel in die warme Luft. Ein Sensibelchen war er ja noch nie.

„Du, die ist stark im Nehmen. Ich war heute Früh bei ihr in der Klinik und so wie es ausschaut, kann sie heute Abend schon heimgehen. Die Ärzte wollten nur auf Nummer sichergehen und alles ordentlich durchchecken bei ihr. Körperlich ist alles in bester Ordnung bei Laura."

Ich nehme einen weiteren Schluck und gieße mir danach das restliche Tonic in mein Glas.

„Das mit ihren Haaren ist, denke ich zumindest, das größere Problem. Das erinnert sie eben auch jeden Tag an das Geschehen. An das Kidnapping und den ganzen psychischen Stress, der damit verbunden war. Es wird sicher seine Zeit brauchen, bis sie das Ganze aufgearbeitet hat."

Florian, der sichtlich entspannt neben mir sitzt, seinen Kopf in die Sonne hält und seine Augen geschlossen hat, meint:

„Ja, das denke ich auch. Mag man sich gar nicht vorstellen, was das so bedeutet? Hat ja schön viel durchgemacht, die arme Seele", er winkt mit der rechten Hand zu der feschen blonden Kellnerin und bestellt noch zwei weitere Getränke für uns.

Laura hat sich über meinen Besuch im Spittal heute Morgen sehr gefreut. Sie war zwar etwas unsicher, hat mich aber lange und innig umarmt. Mir wurde ziemlich warm ums Herz.

„Danke Michi, dass du mich gerettet hast. Sag bitte auch deinen Kollegen ein großes herzliches Dankeschön von mir."

Während sie das zu mir sagte, liefen ihr die Tränen wie kleine Reifenspuren über ihre Wangen. Sie trug ein verknotetes Kopftuch, dass ihr hervorragend stand. Ich versprach, es Karin und Christian auszurichten und wir vereinbarten lose, unser gemeinsames Essen bei Gelegenheit nachzuholen.

Für heute – Samstagabend – ist ja ein Essen bei mir zu Hause angesagt. Ich habe Karin und Christian – wie von mir ja vor ein paar Tagen versprochen – zum gemeinsamen Abendessen in meine Wohnung eingeladen.

Das Gute an der Freundschaft von Florian und mir ist, dass wir uns beide ab und an gestatten, schweigend in Gedanken verloren zusammen zu sitzen, etwas Gutes zu trinken und einfach nur in die Luft starren oder so wie heute, dem einen oder anderen hübschen weiblichen Wesen, politisch völlig unkorrekt natürlich, hier auf der Terrasse nachzuschauen. Auf steirisch würde man auch sagen „glotzen". Der eine oder andere passende Kommentar darf natürlich nicht fehlen.

Ich berichte in kurzen Worten von meinem Besuch bei Laura und meinen Eindrücken.

„Ich habe sie zum Schluss spontan für heute Abend zum Essen eingeladen. Vielleicht ist es ja eine Motivation für sie, schnell wieder unter Menschen zu kommen. Wir wären ja praktisch unter uns. Wenn du Lust hast, komm doch einfach auch vorbei, Flo."

Flo dreht sich mit dem Kopf zu mir und schüttelt den Kopf:

„Du, danke Michi, heute Abend wird es eher länger bei mir. Vor 22:00 Uhr komme ich da selten aus der Redaktion. Ich kann mich gerne spontan bei dir melden. Erzähle mir jetzt endlich von eurem dritten Kollegen. Diesen wahnsinnigen Volltrottel Horst Zeransky."

Jetzt ist es an mir, uns eine Runde Gin Tonic zu bestellen. Florians Protest ignoriere ich einfach.

Ganz nach unserem alten Motto: „So jung, kommen wir nie wieder zusammen!"

81.

„Horst Zeransky ist offensichtlich durch die Umstände, die ihm widerfahren sind, sukzessive sein Leben entglitten. Zum einen vermuten wir, dass er durch seine jahrelangen Alkoholprobleme zwangsläufig auch eine Ehekrise heraufbeschworen hat. Christian Schuller ist heute am Vormittag mit seiner Frau zusammen. Zum einen, um trotz aller furchtbaren Geschichten ihr und seinen Kindern unser Mitgefühl zu bekunden. Zum anderen, um ein wenig Licht ins Dunkel zu bringen."

Ein Blick auf meine Uhr zeigt mir, dass es gerade mal 12:30 Uhr ist, noch genug Zeit, um mit Florian die Sache aufzuarbeiten.

Später würde ich noch in aller Ruhe einkaufen gehen, damit ich meine lieben Gäste heute Abend perfekt verwöhnen kann. Das Problem ist nur, dass mir der Gin heute trotz der frühen Uhrzeit besonders gut schmeckt. Florian geht es sichtlich gleich. Er hat anscheinend den gleichen Gedanken, zeigt aber schon ein wenig Wirkung vom Alkohol, er nimmt seine Sonnenbrille mit den verspiegelten Gläsern ab und verdreht seine Augen.

„Danke, Michi. Mir steigt der Gin schon zu Kopf. Bravo. Gratuliere."

„Aber komm. Jammer nicht. Bestellen wir uns doch eine Kleinigkeit zum Essen dazu."

Ich winke der blonden Schönheit hinter der Bar zu, mir fällt auf, dass sie ein wenig zu stark geschminkte Lippen hat und bestelle bei ihr einen italienischen Vorspeisen-Teller mit Prosciutto, Käse und ein paar Oliven. Bevor ich weitererzähle, kippe ich zur Sicherheit mal ein großes Glas Wasser hinunter. Florian macht es mir nach.

Sicher ist sicher.

„Also es war so, dass sich seine Frau letztes Jahr dazu entschlossen hat, Horst ein letztes ‚Ultimatum' zu stellen. Wenn er bereit gewesen wäre, sich in Therapie zu begeben und es dadurch schafft, mit dem Trinken aufzuhören, dann hätte sie ihm noch eine Chance gegeben. Sie waren seit ihrer Jugend ein Paar und allein wegen der Kinder wollte sie ihm diese Möglichkeit geben. Er war damit einverstanden und hat es anscheinend auch versucht. Leider mehr schlecht als recht. Es gab immer wieder Rückfälle. Das hat das Fass dann doch zum Überlaufen gebracht.

Schlussendlich bestand sie darauf, dass es besser ist, sich erstmals auf eine räumliche Distanz zu begeben. Einen Versuch wäre es Wert. Horst ist nach Graz gezogen. Ungefähr zur gleichen Zeit muss er auch erfahren haben, dass eine neue Abteilung bei uns gegründet wird. Das sah er als willkommene Chance, sein Leben wieder in den Griff zu bekommen. Er hat vielleicht geahnt, dass es damit nichts wird. Wir wissen es nicht. Als er erfahren hat, dass nicht er der neue Leiter wird, sondern ich, ist er in die Knie gegangen. Er sah sich ja, als den logischen Kandidaten für den neuen Job. Nicht mich. Den verlorenen Sohn, der zurückgekehrt ist. Das war es dann. Frau weg. Job weg. Perspektive dahin.

In dieser Zeit muss er begonnen haben, seinen perfiden Plan zu entwickeln. Rache. An wen am besten? Natürlich an mir. Logisch. Für ihn jedenfalls. Ich war für ihn der perfekte Sündenbock. Wo und wie er Julius Rosenstolz kennengelernt hat, werden wir vermutlich nie genau erfahren. Aber Horst brauchte eben Unterstützung bei seinem Vorhaben. Rosenstolz hatte eine Kanzlei als erfolgreicher Notar. Er war alleinstehend. Ein richtiger Eigenbrötler, wie es im Buche steht. Eine wahre Freude für jeden Psychoanalytiker. Freud hätte gejubelt. Keine Familie, keine Freunde, kein soziales Umfeld. Ein ererbtes und auch erarbeitetes Vermögen.

Christian Schuller ist anhand der E-Mail-Konten und Handydaten bemüht einen Abgleich der Daten von den drei Spinner zu ermitteln. Da die beiden Hauptakteure aber tot sind, können wir nur anhand der vorliegenden Indizien versuchen, ein wenig Licht in das Dunkel zu bringen."

Ich kratze mich am Kopf, beim Erzählen der Hintergründe an Florian, wird mir erst wieder bewusst, wie seltsam das Ganze klingt. Ich drehe mein fast leeres Glas in der Hand und beobachtete die sich auflösenden Eiswürfel. Meine Gedanken schweifen ab zu Anna Mühlbacher. Es ist immer noch so vieles Unklar. Ich befürchte, es wird vieles für immer ungelöst bleiben. Florian nimmt sich die nächste Zigarette und blickt mich fragend an.

„Danke, Flo! Passt wirklich gut! Heute mal nicht!"

„Bei dem hat sich definitiv der Schalter umgelegt. Das ist wieder mal der Beweis dafür, dass auch ihr Polizisten nur Menschen seid. Mein lieber Jolly, da hast du schön Glück gehabt", er schüttelt seinen Kopf und drückt seine Zigarette nach wenigen, viel zu schnellen Zügen wieder aus. Ich verspüre kurz ein leichtes Verlangen, mir eine von Flo's Zigaretten anzuzünden, aber ich will das jetzt ein für alle Mal durchziehen. Ich trinke den letzten Rest vom Gin aus. Ein weiteres Glas Wasser leere ich mit einem Schluck.

„Wut und Zorn können Seiten hervorrufen, die wir von uns selbst nicht gekannt haben. Ich denke mir trotzdem, dass er ein armes Schwein war. Mir tut seine Frau leid und auch die Kinder. Was mich aber vor allem extrem beschäftigt, ist die Sache mit Anna Mühlbacher. Sie muss Julius Rosenstolz in der Onkologie begegnet sein.

Wo sonst? Der muss dann den Kontakt mit Horst hergestellt haben. Julius Rosenstolz war wirklich todkrank. Metastasen im ganzen Körper. Lebenserwartung kürzer als ein paar Monate."

Ich muss niesen. *Pollenflug? Jetzt schon?*

„Seit heute Morgen ist ein Team von der Spurensicherung, dass wir extra aus Wien angefordert haben, mit Unterstützung von Karin im Einsatz, sein Haus, seinen Garten und seine Fahrzeuge auf Hinweise und Spuren zu untersuchen. Wir gehen zwar davon aus, dass Horst die treibende Kraft war, aber alles, was wir finden können, kann und wird uns helfen, diese ganze Sache besser zu verstehen. Was Anna betrifft, ist es leider kompliziert. Anna hat auch Krebs. Einen Gehirntumor. Wir haben versucht, ihren Arzt zu kontaktieren, der wird aber seit letztem Jahr vermisst. Anscheinend ein Tauchunfall in Slowenien. Ihre Eltern waren geschockt und sind jetzt am Boden zerstört. Die haben von gar nichts gewusst. Die Wohnung und die Ordination hat sie ja an Julius Rosenstolz verkauft. Verträge und Grundbuchauszüge liegen uns schon vor.

Das Geld ist weg. Sie leider auch. Keine Ahnung, wo die Dame hin ist. Auf jeden Fall ist es so, dass sie am letzten Schauplatz des Geschehens war. Ich habe sie ja gesehen. Es ist auch bewiesen, dass sie Karin beim Auto k.o. geschlagen hat und daraufhin im Kofferraum versteckt hat. Es gibt aber bis jetzt keinen einzigen Beweis, keine Spur, dass sie an einem der Tatorte war. Tja, und Zeugen haben wir keine mehr. Das einzige, was wir ihr bis jetzt vorwerfen können, ist das Kidnapping von Laura, die Freiheitsberaubung von Karin und leichte Körperverletzung."

Florian hat in der Zwischenzeit für mich einen weiteren Gin bestellt und für sich wieder ein Bier. Natürlich ein großes. Wie immer. Keine Ahnung warum Männer immer große Bier trinken. Ich gehöre da nicht dazu. Der Teller mit der Vorspeise wird von der Kellnerin mit einem Lächeln auf den Tisch gestellt und mir fallen ihre leuchtenden, grünen Augen auf. Das gleiche Grün wie die am Teller herum kullernden Oliven. Florian nimmt sich von allem etwas und fragt mich mit halb vollem Mund:

„Wie, Anna ist verschwunden? Die war doch auch in der Villa oder bin ich blöd?"

„Ja, sicher war sie dort. Aber nach dem Einsatz der Cobra und dem ganzen Trara, hat sich die Frau Mühlbacher vulgo Mistvieh anscheinend in Luft aufgelöst. Sie muss die Chance genützt haben und ist beim Fenster raus. Das war vielleicht der einzige Schwachpunkt der Operation. Obwohl die Fenster und Türen der Villa ja im Halbstock liegen, ist trotzdem keiner auf die Idee gekommen, dass jemand und in dem Fall Anna, bei der Terrassentür hinausschlupfen könnte."

Ich schnappe mir zwei dünne Scheiben Salami, bevor sie Florian alleine wegblitzt.

„Ich habe da die Karin darauf angesetzt. Karin ist dahinter, alles was Anna betrifft zu durchleuchten. Die wird nach ihrer Nacht im Auto, sehr hartnäckig sein: Das kannst du, mir glauben."

Im Gastgarten herrscht ein ständiges Kommen und Gehen. Am Nebentisch haben zwei Frauen Platz genommen, wobei die mit den dunklen Haaren Florian fixiert, als ob er ihr Auserkorener wäre. Florian ignoriert es geflissentlich. Ich muss grinsen. Florian schaut auf seine Uhr und meint, dass es jetzt langsam an der Zeit ist, zu zahlen. Er hat noch einiges zu tun heute. Ich winke der Kellnerin zu, die immer noch zu roten Lippenstift trägt und bezahle die Rechnung. Bar. Florians Protest überhöre ich einfach.

„Alles gut, passt schon Flo. Nächstes Mal bist du wieder dran."

Wir stehen gemütlich auf, wobei ich nicht leugnen kann, die drei Gläser Gin nicht zu spüren. Trotzdem kein unangenehmes Gefühl. Wir spazieren gemeinsam die Straße vom Schlossberg hinunter und bleiben beim

Durchgang vom Karmeliterplatz zum Schlossberg noch einmal kurz stehen. Florian raucht die typische letzte Zigarette, wir umarmen uns und ich spaziere gemütlich in Richtung Tiefgarage. Mir fällt leider zu spät ein, dass es doch besser wäre, zu Fuß zu gehen. Nichts mit Autofahren heute.

Verdammt. Der Gin.

Ich erinnere Florian mit einer SMS trotzdem noch einmal an heute Abend:

„Nicht vergessen Flo. Um 20:00 Uhr geht es los. Komm einfach, wenn du Lust hast."

Es dauert nur einen Augenblick, bis ich seine Antwort auf meinem Handylesen kann:

„Partyyyyyy!"

82.

Ich sitze entspannt auf meiner Kochinsel, halte ein kaltes Bier in der Hand und betrachte meine baumelnden Beine. Ich werfe einen Blick in meine Wohnung und gehe im Geist Punkt für Punkt durch, ob für heute alles passt. Den Tisch habe ich gedeckt. Dunkelgraue Platzteller, kleine weiße Teller für die Vorspeisen, graue Servietten und natürlich Besteck mit den entsprechenden Gläsern. Am Rand vom Tisch steht ein riesiger silberner Champagner-Kühler, gefüllt mit viel Eis, Champagner, gelben Muskateller und einer Flasche Wodka. Wie sollte es auch anders sein habe ich einen Aeijst (ein steirisches Produkt) und einen Gin Mare vorbereitet.

Man kann ja nie wissen, was kommt.

Am Herd wartet eine fertige Cremesuppe aus gelben Karotten auf meine Gäste. Sie köchelt auf kleiner Stufe vor sich hin. Im Ofen ruhen bei knappen fünfzig Grad, fünfzehn feine Kalbsschnitzel in einer erlesenen Zitronensauce. Mein Lieblingsgericht.

„Scalopinne al Limone'. Hauchdünnes Kalbsfleisch, Salz und Pfeffer kurz mit Mehl bestäuben und je eine Minute bei großer Hitze rechts und links anbraten. Dann das Fleisch ins Rohr geben und den Bratenrückstand mit viel Butter und einem guten trockenen Weißwein ablöschen. Pro Pfanne zu je fünf Schnitzel gebe ich immer den Saft einer großen ausgedrückten Zitrone dazu. Ein dankbares Essen. Es kann ewig im Rohr auf seine Gäste warten. Wenn die Fleischqualität passt, stimmt auch das Ergebnis. Da ich mein Fleisch regelmäßig beim ‚Rinner' am Kaiser-Josef-Platz kaufe, gelingt es mir auch immer perfekt. Als Beilage habe ich Kartoffelpüree gemacht, das geduldig auf die Erfüllung seiner Bestimmung wartet. Im Kühlschrank steht ein Beef Tatar, es wartet darauf, meinen Gästen als Vorspeise zu munden. Daneben stehen gewaschene Himbeeren für die Nachspeise. Die serviere ich als krönenden Abschluss mit Vanilleeis. Heiße Liebe war noch nie verkehrt. Ich bin geduscht und habe eine graue Slim-Fit-Jeans von G-Star an, dazu trage ich ein schlichtes graues gewebtes T-Shirt von Zara. Es ist aus gekämmter Baumwolle und trägt sich wie ein dünner Pulli. Privat bin ich sehr gern locker, trotzdem modisch und doch immer unkompliziert. Ich nehme noch einen Schluck vom Bier und werfe einen Blick auf meine Uhr, um zu sehen, wie spät es ist: *19:30 Uhr. Perfekt.*

Vor einer Stunde habe ich noch mit meiner Tochter Magdalena telefoniert und ihr von der ganzen Sache erzählt. Da meine Mutter wieder ein Drama aus dem ganzen Fall gemacht hat, war es notwendig geworden, sie zu beruhigen. Bei meiner Mutter hilft das sowieso nicht.

Alle ihr Freunde und Freundinnen haben schon die Zeitungsausschnitte per WhatsApp bekommen und sie sammelt wieder ihre (meine) Lorbeeren ein. *Verrückte Welt.*

Vor dem Duschen habe ich zwei große Gläser mit eiskaltem Wasser getrunken und eine noch kältere Coca-Cola.

Fast wieder nüchtern.

Ich überspiele auch ein wenig mein inneres Seelenleben, darum tut mir der Alkohol heute recht gut. Ich habe immerhin gestern einen Menschen getötet. Auch wenn es aus Notwehr war. Ich wusste genau, dass er nicht gezögert hätte, mich zu töten. Trotzdem ein scheiß Gefühl. Trotzdem überwiegen in mir die positiven Gefühle, wenn ich an diesen Fall zurückdenke, da er ja letztendlich, einen glücklichen Ausgang genommen hat.

So, ich bin bereit!

Die Gäste können jetzt gerne kommen. Ich freue mich schon. Natürlich werden wir heute beim Essen ein sehr zentrales Gesprächsthema haben. Aber, wir werden den Abend auch nutzen, um unsere Wunden zu lecken. Aufarbeitung im perfekten Rahmen. Sollten sie sich über meine schöne Wohnung wundern, erzähle ich ihnen einfach die Geschichte von der kleinen Erbschaft. Damit geben sich alle zufrieden und ich habe meine Ruhe.

Ich wandere zum Plattenspieler und nehme die Platte „Perplex!" von Thodoris Triantafillou aus dem Regal. Mir ist gerade heute nach elektronischer Musik. Die Nummer „Camel" gibt mir das richtige Gefühl. Ich drehe die Anlage ein wenig mehr auf und tänzle langsam auf meinen Balkon. Ich blicke in den immer noch blauen Himmel, der schon ein wenig von seiner Kraft zu verlieren beginnt. Bald werden die Tage wieder länger.

Ein Traum! Sommer, ich bin bereit.

Es läutet an der Tür. Ich gehe zurück in die Wohnung, stelle das Bier auf die Kochinsel und gehe zur Eingangstür.

„Letzter Stock!", rufe ich in die Gegensprechanlage und drücke gleichzeitig den Türöffner. Ich öffne schon einmal die Tür für einen Spalt und wandere zurück in meine Wohnküche, um mir noch ein kaltes Bier zu holen. Wer wird es sein, Christian oder Karin?

Vielleicht kommen sie ja gemeinsam.

Ich öffne schon mal prophylaktisch für Christian eine Flasche Bier und stelle sie ihm auf den Tisch. Ich höre die Tür ins Schloss fallen und drehe mich in Richtung Vorraum um.

„Super, dass meine Truppe so pünktlich ist, Hallo!"

83.

Christian Schuller wirft einen Blick auf den Computer, um die Uhrzeit zu kontrollieren. 17:00 Uhr. Es wird langsam Zeit für ihn. Er sollte noch schnell heimfahren, sich duschen und frisch machen. Er freut sich schon auf den Abend mit Michael und Karin. Noch viel mehr freut er sich, Michael alle Neuigkeiten berichten zu können. *Der wird schauen.*

Sie haben bei der Durchsuchung des Wohnhauses von Notar Julius Rosenstolz einige kleine, aber feine Überraschungen gefunden. Im Gartenhäuschen, das wie ein Tresor verschlossen war, haben sie Werkzeuge, Müllsäcke und Gaffa-Band gefunden. Es sind nur Indizien. Aber: Alles ist schon im Labor. Bei genauerer Untersuchung wird man sicher feststellen können, dass die Materialien dieselben sind wie die, welche an den Tatorten gefunden wurden.

„Wenn es nichts sein sollte, ist es auch nicht so schlimm", denkt sich Christian, denn sie haben noch etwas viel Besseres gefunden.

Jackpot!

Das Haus war im Prinzip sehr nüchtern eingerichtet. Alles in Reih und Glied geschlichtet und gestellt. Sehr ordentlich, aber auch sehr steril. Julius Rosenstolz hatte ziemlich sicher so etwas wie eine Ordnungsstörung.

Er hatte sogar mehr als eine Störung.

Christian hat bei der Begehung und der Untersuchung von Haus und Garten, für das Erste das Gefühl, er bewegt sich in einem Haus, in dem die Zeit vor Jahren stehengeblieben ist. Ziemlich seltsam das Ganze. Alles ein bisschen Retro. Im Keller haben sie ihren ersten *Jackpot* gefunden. Dort fanden sie eine gut versteckte Tür. Er hat zuvor versucht, die digitalen Pläne vom Haus zu organisieren. Das dauert. Während die Kollegen derweil bemüht waren, die Einleger-Wohnung, in der Horst bis zum Schluss gewohnt hat, zu untersuchen, war er mit Paul Huber im Keller unterwegs. Paul hatte eine Wärmebildkamera im Einsatz. Trotzdem war es wieder einmal eher ein Zufall, dass sie die Tür hinter einem der alten Kästen gefunden haben. Dort stand eine sogenannte ‚Kredenz' an der Wand, mit abgewetzter türkisgrüner Farbe. Sie war voll geräumt mit alten Tellern. Direkt dahinter befand sich eine versteckte Tür, die zu einem Extra-Raum führte.

In dem Raum hat Notar Rosenstolz sein Museum der Abscheulichkeiten aufbewahrt. Es war ein hochmoderner, lärmgeschützter Raum. Paul meinte, es könnte einmal ein Luftschutzraum gewesen sein, den man früher in vielen Kellern eingebaut hatte. Bei einer Renovierung ist dann wohl dieses Museum daraus geworden. Ein dicker schwarzer Teppich lag sauber am Boden. An den Wänden befand sich eine dunkelviolette Tapete. In dem quadratischen Raum stand an jeder Wand ein Regal mit mehreren Glasböden, auf denen sich viele kleine Behälter befanden. Kleine Schachteln sowie kleine und große Glasboxen.

Alle hatten sie etwas gemeinsam. Es befanden sich in Flüssigkeit eingelegte Körperteile darin. Zehen, Finger, Ohren, Zähne. Ein wahrer Alptraum. Christian öffnete vorsichtig eine Box nach der anderen und betrachtete mit Abscheu die Sammlung von Notar Julius Rosenstolz.

Er hörte im Nebenraum das Würgen von Paul, der sich gerade das zweite Mal übergeben musste. Paul hatte gerade jene Box geöffnet, die er am kleinen Beistelltisch fand, der neben dem alten englischen Lederstuhl mitten im Raum stand. Dort war der abgeschnittene Penis von Kevin Muur versteckt. Auch Christian musste sich auf die Seite drehen und tief nach Luft schnappen, aber für Paul Huber war das in diesem Moment definitiv zu viel.

Er hatte zusammen mit der Spurensicherung im Zimmer eine Liste aller gefunden Sammelstücke gemacht und sich dann vom Haus zurück in das Büro begeben, um anhand der bisherigen Berichte der Gerichtsmedizin alles abzugleichen. Welchem Opfern kann man eines der diversen Fundstücke zuordnen.

Christian druckt sich die Liste aus, um sie später Michael zu zeigen. Er hat allen Opfern dieser Woche ihre Körperteile zuordnen können. Eliza Kadic, Kevin Muur und der arme Lehrer im Haus von Laura de Bianchi, der einfach nur zur falschen Zeit am falschen Ort gewesen ist. Leider lassen einige Andenken auf seiner Liste darauf schließen, dass Julius Rosenstolz weitere Opfer auf dem Gewissen hat. Das wird ein spannender Fall für die Gerichtsmedizin und die Labore. Kein Opfer, kein Täter. Die kleine Chance besteht, dass man anhand von DNA-Tests, die Suche nach den Opfern voranbringen kann. Viel Recherchearbeit wartet auf das Team. In dem Moment als er die beiden Blätter aus dem Drucker nimmt, öffnet sich die Tür und Karin kommt herein. Sie strahlt über das ganze Gesicht:

„Hey Christian, gut, dass du noch da bist. Ich muss dir schnell noch was erzählen und dann könnten wir ja gleich zusammen zu Michi gehen, oder?"

Christian nimmt die beiden Blätter, zeigt sie Karin und fasst in kurzen Worten zusammen, welche Neuigkeiten es vom Fund im Haus von Julius Rosenstolz gibt. In der

Wohnung von Horst Zeransky konnte man leider nichts Brauchbares sicherstellen.

„Du bist dran, Karin. Erzähle mir bitte, was du denn heute noch erfahren oder entdeckt hast", sagt er zum Abschluss seiner Erzählung und holt sich noch schnell einen Espresso von der Kaffeemaschine.

„Also, ich habe heute die Wohnung von Anna Mühlbacher auf den Kopf gestellt und muss sagen, dass die es wirklich faustdick hinter den Ohren hatte. Geschmack hatte sie, die Wohnung ist echt schön. Sehr sauber und ordentlich. Ich kann nicht sagen, ob von ihren Sachen viel fehlt. Sollte sie sich also wirklich abgesetzt haben, so fällt einem das bestimmt nicht aufgrund von fehlenden Habseligkeiten auf, die Frau hatte einfach alles im Überfluss. Zur Sicherheit habe ich den Flughafen Thalerhof unter extra Überwachung gestellt. Den Grazer-Hauptbahnhof auch. Die anderen Flughäfen haben eine Fahndung laufen. So einfach kommt sie nicht davon." Sie räuspert sich und nimmt einen Schluck vom Wasser, das vor ihr auf dem Tisch steht.

„Ihr Auto, ist ja noch da. Ich konnte noch nicht rausfinden, ob sie sich vielleicht sogar ein Leihauto ausgeborgt hat. Da könntest du mir noch helfen, Christian. Sollte sie ein Leihauto haben oder sich eines von einer Freundin ausgeborgt haben, dann könnte sie natürlich schon über alle Berge sein. Allein die Flughäfen Marburg, Zagreb, Laibach und Triest, befinden sich keine drei Autostunden von hier entfernt. Theoretisch wäre alles möglich. Mit ihren Eltern habe ich auch gesprochen. Ziemlich seltsam. Ihr Vater ist zutiefst geschockt. Die Mutter scheint nicht besonders überrascht zu sein. Das ist eine komische Mutter, das sage ich dir. Von der Krebserkrankung wussten beide nichts und so wie sie auf diese Nachricht reagiert haben. Das glaube ich für das Erste."

Sie hält ein auf A4 vergrößertes Foto von Anna Mühlbacher in der Hand und geht damit zur Pinnwand, um es dort zu befestigen.

„Auf jeden Fall ist sie weg, die Schlange. Wir haben die Wohnung komplett auf den Kopf gestellt. Außer den vielen verschiedenen Perücken und den Verträgen, von denen wir ja schon wussten, haben wir nichts wirklich intergefunden. Sie hat auf ziemlich großem Fuß gelebt und einen echt teuren Lebensstil gehabt. Nur das Beste vom Besten. Wenn ich die Alte in die Finger kriege, werde ich ihr Mal erzählen, was ich davon halte", sie geht zurück zum Tisch und nimmt sich noch einen Schluck.

„Entschuldige bitte Christian, ich habe heute so einen Durst. Die Nacht im Auto war echt scheiße. Das alles wegen diesem Miststück."

Sie wirft einen schnellen Blick auf ihr Handy, um die Uhrzeit zu kontrollieren.

„Genug jetzt. Lassen wir es für heute gut sein. Ich denke, wir sollten uns auf den Weg machen, damit wir nicht zu spät zum Essen bei Michael kommen. Ich möchte ihn nicht warten lassen, unsern Chef!", sagt sie zu Christian, steht auf und bleibt kurz beim Spiegel rechts neben der Tür stehen, um noch schnell einen Blick hineinzuwerfen. Sie zupft ein wenig an ihren Haaren rum, lächelt sich selbst im Spiegel an.

„Kommst du, Christian?", ohne eine Antwort von Christian Schuller abzuwarten, geht sie mit diesen Worten aus dem Büro hinaus.

84.

Ich bin doch sehr erstaunt, dass nicht Karin und Christian vor meiner Wohnung stehen, sondern ein schuhschachtelgroßes Paket, umwickelt mit schwarzem Geschenkpapier und einer großen goldenen Schleife. Eine kleine schwarze Karte hängt an dem goldenen Band.

Was noch fehlt diese Woche, ist eine Bombe?

Ich muss lachen und doch bin ich bin neugierig. Ich hebe das Geschenk vorsichtig auf. Es ist nicht schwer. Behutsam trage ich es in die Wohnung und stelle es auf meinen Wohnzimmertisch. Ich kratze mich am Kinn, um besser nachdenken zu können. Ich bin mir nicht ganz sicher, wie ich das Ganze einschätzen soll. Es schaut aus wie ein schönes Geschenk und obwohl die letzte Woche schon genug aufregend war, bin ich doch einigermaßen entspannt. Während ich dastehe und in mich hinein grüble, läutet es wieder an der Tür. Keine fünf Minuten später befinden sich Karin und Christian in meiner Wohnung. Wir alle stehen mit einem Getränk in der Hand, um den Tisch verteilt und betrachten andächtig das schwarz-goldene Geschenk.

„Also ich würde die Spurensicherung herkommen lassen, Michael", wirft Karin energisch ein und beäugt die Schachtel misstrauisch von allen Seiten.

„Ja, genau! Blödsinn, das ist keine Bombe. Ehrlich. Ich möchte jetzt aber trotzdem wissen, wer das geschickt hat und das werden wir nur erfahren, wenn ich die Schachtel aufmachen", sage ich bestimmt zu den beiden und nehme einen tiefen Schluck vom jetzt nicht mehr ganz so kaltem Bier. Ich gehe zur Küche und schütte den letzten Rest in die Spüle.

„Möchten Sie auch noch ein frisches Bier, Christian?"

Christian hält schützend seine rechte Hand über das Paket und meint:

„Nein danke, passt gut so. Hören Sie mir bitte kurz zu Michael. Ich bin mir zwar bewusst, dass es ziemlich unwahrscheinlich ist, dass wir darin wirklich eine Bombe haben, aber wir sollten trotzdem vorsichtig ans Werk gehen. Haben Sie Handschuhe?"

Ich drehe mich noch einmal um, gehe zum Küchenschrank ganz links außen und hole drei paar schwarze Handschuhe (von meiner Putzfrau) aus dem Schrank. Wir ziehen jeder ein paar an und betrachten stumm das Paket. Da mir die Handschuhe viel zu klein sind, verkrümmen sich meine Finger sonderbar.

Wie Klauen schauen sie aus!

„Ich schaue mal in die Karte", vorsichtig löse ich die angehängte Karte vom Paket und öffne das Kuvert. Auf dem kleinen weißen Kärtchen steht mit schwarzer Tinte in Blockbuchstaben geschrieben:

„Für Michi! BUMM! ;)" *Wohl ein kleiner Scherzbold mein Wohltäter.*

Ich muss aber zugeben, ganz so locker wie zuvor, bin ich jetzt nicht mehr. Ich denke über die ganze Sache nach:

„Ich glaube jetzt auch, wir sollten Verstärkung holen", während ich das sage, lege ich die Karte auf den Tisch und versuche das Paket langsam mit beiden Händen aufzuheben. Meine beiden Kollegen lesen ebenfalls die beigelegte Karte. Karin meint dazu:

„Aber so ein Blödsinn, da will wohl jemand besonders witzig sein"

„So ein Trottel!", ruft Christian und nimmt jetzt selbst einen Schluck von seinem warmen Bier. Er schüttelt sich kurz.

„Wer sagt denn, dass es ein Er ist? Das Paket kommt von einer Frau. Ich habe da so ein Gefühl. Unwichtig oder? Schauen wir doch einfach nach", sage ich zu beiden und löse trotz heftiger Proteste meiner Mitstreiter, das Geschenkband langsam und vorsichtig von der Schachtel. Ich lege es auf den Tisch und hebe das Geschenk nochmal kurz auf, um das Gewicht zu schätzen.

„Schwer ist es nicht. Ein bis zwei Kilo. Da befindet sich definitiv etwas darin. Leer ist die Box auch nicht", ich stelle die Schachtel wieder am Tisch ab und drehe mich zum Kühlschrank um. Ich öffne die Kühlschranktür und blicke Karin fragend an.

„Was möchten Sie noch trinken? Wir sollten uns noch einen Schluck genehmigen, bevor wir in die Luft fliegen."

Ich bin der Einzige, der über meinen Witz lacht.

„Ich hätte gerne ein Bier, Michael", sagt Karin lächelnd zu mir und fährt sich mit der linken Hand durch ihre Haare. Für das, was sie seit gestern mitgemacht hat, schaut sie richtig gut aus.

Ich mustere sie ein wenig und der gute Eindruck den ich von ihr diese Woche gewonnen habe, bestätigt sich. Sie ist echt hübsch.

Ich gebe ihr eine Flasche Puntigamer Bier. Jetzt ist der richtige Moment. Ein kurzes Räuspern von mir. Ich schaue den beiden abwechselnd in die Augen, erhebe meine Flasche zum Anstoßen in die Luft und sage feierlich:

„Also, ihr zwei. Schön, dass wir heute alle hier sind. Wir haben wirklich Grund zum Feiern. Ich bedanke mich für den tollen Einsatz diese Woche. Was wir da abgeliefert haben, in den letzten Tagen, das war wirklich eine starke Leistung. Wir hatten zwar ein bisschen Glück, aber Glück haben nur die Tüchtigen. Ich bin der Michael. Prost, Karin. Prost, Christian."

Beide strahlen mich über das ganze Gesicht an und stoßen mit ihren Flaschen mit mir an. „Prost Chef!"

„So jetzt wird es aber Zeit", ich löse die Verpackung von der Schachtel und werfe das Papier einfach auf den Boden. Eine glänzende weiße Schachtel, groß wie ein Schuhkarton, steht nun vor mir auf dem Tisch. Ich hebe den Deckel langsam auf einer Seite auf und schaue vorsichtig hinein. Ich mache es wie die Köche in Tim Mälzers „Kitchen Impossible". Eine meiner Lieblingssendungen. *Sollte ich kurz reinschnuppern?*

Ich sehe nichts. Es ist natürlich dunkel. Daraufhin hebe ich den Deckel von der Schachtel, drehe ihn, um auch die Innenseite zu kontrollieren und erfahre dadurch nur, dass es ein einfacher Deckel aus Karton ist. Auch ihn werfe ich auf den Boden.

„Geh Michael, bitte", ruft Karin, bückt sich kurz und hebt den Deckel wieder auf, um ihn ganz vorsichtig, als würde er gleich zerbrechen, auf den Tisch zu legen.

„Wegen der Fingerabdrücke wäre es gewesen, lieber Chef!" *Stimmt.*

In der Schachtel befindet sich eine Menge schwarzes, zerknittertes Papier. Ich schiebe eine Lage nach der anderen auf die Seite und erschrecke kurz. Was ist das? Ich sehe rote lockige Haare. *Verdammt. Laura? Anna?*

Intuitiv bin ich trotzdem einen Schritt vom Tisch zurückgetreten. Die Haare hole ich mit einer schnellen Bewegung aus der Schachtel und sofort fällt mir auf, dass es sich nur um eine Perücke handelt. Doch *Anna!*

Unter der Perücke eingebettet liegt ein Geschenk-Set mit einer Flasche „*Gin Mare*" und zwei Gläsern. Außerdem noch eine kleine weiße Plastikbox, die ungefähr fünf mal fünf Zentimeter groß ist. Am Boden liegt ein weißes Briefkuvert, aus festem schwerem Papier. Ich öffne als erstes die Geschenkbox und nehme den Gin heraus. Sagte ich es ja schon? Mein Lieblingsgin. Zur Kontrolle drehe ich die Flasche im Licht nach allen Seiten und stelle sie dann wieder zurück auf den Tisch. Die beiden Gläser sind schön.

„Eher keine Bombe, oder?", Karin nimmt die Flasche ebenfalls in die Hand und hält sie hoch in die Luft.

„Und der ist wirklich etwas so Besonderes?", Christian schaut uns beide fragend an. Er lächelt.

„Ola, das ist das katalanische Wacholderbeerengesöff, der wirklich seinesgleichen sucht. Das ist für mich der einzige Gin, den man exzellent pur, also nur mit Eiswürfel trinken kann. Ich finde ihn großartig."

Ich drehe mich wortlos zum Sideboard hinter mir um, auf dem meine Gläser stehen, nehme drei vom Regal und stelle sie vor uns auf den Tisch. Mit der Zange lasse ich ein paar Eiswürfel in unsere Gläser plumpsen. Dann öffne ich die Flasche und schenke jedem ein Glas Gin ein.

„Ich bin ganz deiner Meinung. Hop oder Drop. Es wird ja wohl kein Gift in der Flasche sein, oder? Bombe war es auf jeden Fall keine", ich erhebe mein Glas auf Augenhöhe hoch und proste in die Runde.

„Salud! Wie die Spanier so schön zu sagen pflegen."

Ich nehme einen Schluck von dem wirklich wunderbaren Gin und widme meine Aufmerksamkeit wieder der kleinen weißen Box. Ich stelle das Glas rechts neben die Schachtel und frage meine beiden Gäste:

„Zuerst den Brief oder zuerst die Box? Was meint denn ihr?"

Christian ruft wie aus der Pistole geschossen: „Box!"

Karin schließt sich ihm an. Das Öffnen der kleinen „Schatztruhe" macht uns langsam Spaß.

„OK, dann mache ich die Box auf, aber vergessen wir nicht, sie ist von Anna und hat ziemlich sicher mit dem Fall zu tun."

„Also weiter im Text", sagt Karin darauf leicht unterkühlt und blickt mich erwartungsvoll an. Ich versuche, die kleine Box zu öffnen, jedoch vergeblich. Sie ist verleimt und klemmt. Ich greife zu einem der Messer vom Messerblock am Küchentressen und beginne vorsichtig den Deckel von der Box zu lösen. Es schaut gut aus. Der Deckel hebt sich immer mehr an und lässt sich schließlich, mit ein wenig Gewalt, von der Dose lösen. Innen in der Box liegt ein in schwarzes Seidenpapier eingewickelter Gegenstand. Das Seidenpapier nehme ich vorsichtig heraus und wickle den Gegenstand aus dem Papier. Es ist ein kleiner goldener Schlüssel.

Ein Schlüssel?

Karin hat den gleichen Gedanken und sagt ebenfalls:

„Ein Schlüssel? Das wird ja immer seltsamer."

Als nächstes nehme ich das Kuvert in meine Hand. Es ist offen. Im Kuvert befindet sich ein mit schwarzer Tinte, handgeschriebener Brief. Ich überfliege ihn kurz. Karin und Christian sagen praktisch gleichzeitig: „Laut vorlesen, Michael. Bitte!"

Also lese ich ihn laut vor. Als ich damit fertig bin, stehen wir am Tisch und lassen stumm einige Zeit verstreichen. Karin bricht als erste das Schweigen und fragt:

„Und was machst du jetzt? Nein, anders. Was machen wir bitte jetzt?"

Den Brief lege ich einfach auf den Tisch und gehe zu meinem Herd. Dort drehe ich mich zu den beiden um und sage:

„Erst mal gar nichts. Was wir aber jetzt machen, dass weiß ich genau. Wir essen jetzt in aller Ruhe und machen uns, so wie ich es geplant habe, einen wunderschönen Abend. Morgen ist auch noch ein Tag."

Und ob man es glauben mag oder nicht, es ist ein wunderbarer Abend geworden. Wir haben geschlemmt wie die Wilden und meine beiden Gäste haben meine Kochkünste über den Klee gelobt. Als wir gerade mit der heißen Liebe fertig sind, begeben wir uns alle drei auf meinen Balkon und trinken noch einen weiteren Mare Gin. Christian nutzt die Gelegenheit, um eine Zigarette zu rauchen. Wir haben wirklich nur übers Essen, Trinken, über Mode oder wie man so schön sagt: über „Gott und die Welt!" gesprochen.

Es ist gerade 22:20 Uhr als es wieder an meiner Tür läutet und sich zu meiner Freude Florian zu uns gesellt. Ich stelle meine beiden Mitarbeiter meinem besten Freund vor, der sich wie immer ohne lange zu fragen, erstmal ein Bier aus dem Kühlschrank nimmt. Anschließend erzählen wir ihm noch einmal von den neuesten Erkenntnissen des Tages und auch von der Überraschung des heutigen Abends. Florian hört uns gespannt zu und stellt die richtigen Fragen. Einige Dinge gilt es noch zu diskutieren. Flo trinkt ein Bier nach dem anderen. Im Hintergrund läuft gerade der Song Spring vom Album „K+D 1995" von den beiden fantastischen Künstlern Peter Kruder und Richard Dorfmeister, die Platte habe aber ich erst vor kurzem erstanden. Eine Reprise an ihre Anfänge mit elektronischer Musik.

So ging der Abend fast unbemerkt von uns immer mehr in die Nacht über. Florian geht ein weiteres Mal zum Kühlschrank um sich ein „letztes" Bier zu holen.

Ich sitze auf der Holzbank am Balkon mit dem Rücken an die noch warme Hausmauer gelehnt und kämpfe mit mir. Seit gut einer Stunde überlege ich krampfhaft, ob ich nicht doch noch eine letzte Zigarette rauchen soll und beobachte im flackernden Kerzenlicht abwechselnd Christian und Karin, die mir gegenübersitzen. Plötzlich höre ich Florian aus dem Wohnzimmer rufen.

„Hey, Michi. Ist das der Brief, von dem ihr mir erzählt habt? Darf ich ihn lesen?" Ich kratze mich kurz an Kinn und Bart und rufe zurück: „Tu, was du nicht lassen kannst, mein Freund."

85.

Lieber Michi,

es war mir eine besondere Freude, Dich diese Woche näher kennen lernen zu dürfen. Ich hatte gehofft, wir beide könnten mehr Spaß haben gemeinsamen und uns vielleicht sogar einmal ein paar schöne Stunden machen.

Als Erstes möchte ich betonen und festhalten, dass nichts was diese Woche geschehen ist, von meiner Seite aus beabsichtigt war. Ich wurde von Horst Zeransky erpresst. Auch von seinem Partner Julius Rosenstolz. Sie zwangen mich dich und Laura in die Irre zu führen. Ich wollte das alles nicht. Es tut mir so leid.

Die Beweise dafür habe ich bei einem Notar treuhänderisch hinterlegt. Weil mir sehr wohl bewusst ist, dass das Geschehene ein wahrlich schlechtes Bild auf mich werfen könnte, habe ich es mir trotzdem erlaubt, eine etwas längere Reise anzutreten. Bis etwas Gras über die Sache gewachsen ist.

Natürlich werde ich mich in einem Land aufhalten, das kein Auslieferungsverfahren mit Österreich hat. Deine weiteren Ermittlungen werden sicher mehr Licht in das Dunkel bringen. Zu gegebener Zeit wird sich dann auch der von mir bestellte Notar mit Dir in Verbindung setzen.

Als Zeichen meines guten Willens und als Beweis, dass dieser Brief sicher von mir ist, habe ich meine Echthaar-Perücke mit in das Päckchen gelegt. Eine DNA-Probe wird sicher bestätigen, dass diese Perücke nur von Anna Mühlbacher getragen worden ist. Für die Fingerabdrücke auf dem Brief und der Verpackung gilt das Gleiche. Mit dem Gin könnt Ihr gleich auf Euren Erfolg anstoßen. Ich möchte mich auch bei deiner Assistentin entschuldigen, dass ich ihr so übel mitgespielt habe, wie gesagt ich war in einer Notsituation und es tut mir sehr leid. Ich hoffe, es geht ihr wieder gut. Zuletzt möchte ich Dich aber auf eine Sache aufmerksam machen, von der Du bis jetzt noch nichts gewusst hast.

Ich weiß es nur, weil ich in meiner Funktion als Therapeutin, sagen wir mal, auf etwas gestoßen bin. Die Menschen erzählen uns in der Praxis viele der Dinge, die sonst nur den engsten Freunden und ihren Familien vorbehalten sein sollten. So werden dann auch mal viele Geheimnisse mit ins Grab genommen.

Deinen Großvater und meinen Großvater verband ein solch großes Geheimnis. Du möchtest natürlich wissen welches? Das glaube ich Dir, lieber Michi. Alle notwendigen Informationen, die Du dazu benötigst, um dieses Geheimnis zu lüften, wirst Du noch erhalten. Du wirst

Dich wohl auf so etwas wie eine Schnitzeljagd begeben müssen, um diesem Geheimnis auf die Spur zu kommen. Die benötigten Informationen findest Du dort, wo der Schlüssel sperren wird.

Jetzt ist es an Dir, das passende Schloss dazu finden. Ich werde einstweilen einmal meine Nerven beruhigen, mich von den furchtbaren letzten Tagen erholen, die Sonne genießen und hoffentlich meine Ruhe haben. Wenn meine Unschuld bewiesen ist, dann komme ich auch gerne wieder zurück.

Es wird ja nicht so schwer für euch sein, eins und eins zusammenzuzählen. Meine Schuld zu beweisen wird sicher schwierig werden. Wie gesagt, ich wurde erpresst und brutal gezwungen, diesen furchtbaren Dingen beizuwohnen. Es war einfach furchtbar.

Wenn meine Krebserkrankung und das Schicksal es weiterhin gut mit mir meinen sollten, werden sich unsere Wege sicher noch einmal kreuzen, mein lieber Michi.

In diesem Sinn, mache Dir eine schöne Zeit, denke oft an mich, löse das Geheimnis unserer gemeinsamen Vergangenheit oder besser gesagt, unser beider Familien.

Hochachtungsvoll und auch ein wenig traurig,

Deine Anna Mühlbacher

PS: Deine liebe Großmutter, Theresia Löchtenberger, wusste schon immer, dass die Wahrheit immer im Auge des Betrachters liegt. Vergiss das nicht!

Michael T. Löchtenberger will (maybe) return!

Liebe Leserinnen, lieber Leser:

Ich stehe nun mal auf Graz!

Die Straßen, Lokale und Plätze, die ich in meiner Geschichte erwähne, gibt es meist tatsächlich.

Ich habe mir jedoch erlaubt, einige Plätze zu erfinden und die geografische Lage einiger Schauplätze zu ändern, weil es meine Geschichte damit bereichert. Die Personen oder Menschen, die in meiner Geschichte vorkommen, die gibt es natürlich nicht. Sollten Sie sich jedoch wiedererkennen, dann ist das wahrscheinlich ein Zufall und nicht beabsichtigt von mir.

Dass unsere Polizisten tollpatschig sind, ist schlichtweg frei erfunden.

Aber eine gute Geschichte benötigt eben viele verschiedene Charaktere und deswegen sei mir erlaubt, mit viel Augenzwinkern, über Menschen, Plätze und meine Heimatstadt geschrieben zu haben.

Hochachtungsvoll,

Ihr

Rudi Zötsch

PS: Wäre das jetzt ein Nachspann, dann würde ich mir folgendes Lied dazu wünschen: „Cercami" von Renato Zero.

Danksagung!

Mein Dank verteilt sich auf viele Menschen.

Die beste Ehefrau von allen – danke, liebe Julia – die mich motiviert hat, dieses Buch zu schreiben, nicht ahnend sich damit für fast vier Jahre der Bürde auszusetzen, einen noch verrückteren Mann zu haben. Mir zuzuhören, mich zu beraten, mich zu motivieren und zu guter Letzt, das ganze Buch noch zu korrigieren, dafür danke ich Dir, mein Schatz.

Das Du mir in der Zwischenzeit das größte Geschenk in Form unserer Romy gemacht hast, lässt mich verstummen. Ihr seid ein Wunder. Dankeschön!

Meinen Freunden Wolfgang, Klaus, Alex, Heike und Jörg mit Elisabeth, die sich bereit erklärt haben, meine ersten Versuche, Wörter auf Papier zu bringen, zu lesen, dies auch beizeiten getan haben und trotzdem noch mit mir befreundet sind, dafür bedanke ich mich von ganzem Herzen.

Danke auch an meinen Freund Robert, der sich mit meinen Kollegen in unserer Firma, alle Geschichten rund um das Buch, gefühlte hundertmal angehört hat und mich trotzdem immer wieder unterstützt hat, nicht aufzugeben. Auch wenn es für ihn sicher die größte Überraschung sein wird, dass ich es zu Ende gebracht habe.

Danke lieber Manzi für deine aufbauenden und sehr charmanten Worte, nach dem ersten Hineinschnuppern in meinen Text.

Danke, an Barbara und Marie, die mir beim Lektorieren zur Seite gestanden sind und einiges dazu beigetragen haben, dass ich ein wenig besser geworden bin!

Danke Chrisen, ohne dein Buch wäre ich nie auf die Idee gekommen, selbst eines zu schreiben.

Ein großes Dankeschön, an all jene meiner Kunden, die mir immer wieder zugehört haben und mich durch eifriges Nachfragen wie: „Wann ist es denn endlich fertig, dein Buch?", ebenfalls motiviert haben, nicht aufzugeben.

Stellvertretend hervorheben möchte ich Karl und Oliver, die besonders hartnäckig waren. Dankeschön!

Ein großer Dank gilt auch all jenen, die mich über meine Webseite beim Projekt vorab unterstützt haben und die an mich glauben.

Das Beste kommt zum Schluss: Danke, liebe Sofie, dass du deinen Papa nicht ausgelacht, sondern unterstützt hast! Du bist die beste große Tochter der Welt. Ich bin sehr stolz auf dich.

Danke beste Mama! Ich gebe es ja zu, ein wenig erinnert mich die Mama von Michael schon an dich. Ich liebe Dich.

Ein „Danke" spare ich mir auch für mich auf. Ein echt gutes Gefühl diese Zeilen schreiben zu können.

Wer diesen Text noch liest, hat es geschafft, meine Geschichte, hier in Buchform, zu Ende zu lesen!

BUMM, dafür möchte ich mich auch bei Ihnen bedanken.

Bleiben Sie gesund.

Hochachtungsvoll

Rudi Zötsch, Graz 2020-11-15

PS: Eine Geschichte zu erzählen ist einfach, sie auf Papier zu bringen schon etwas anspruchsvoller, sie ohne Fehler zu veröffentlichen schier unmöglich. Sollten Sie einen oder mehrere Fehler gefunden haben, dürfen Sie diese als Geschenk behalten oder mir gerne, in welcher Form auch immer, zukommen lassen.